Rua da Desilusão

JACQUELYN MITCHARD

Rua da Desilusão

Tradução de
BEATRIZ HORTA e TIAGO MORAES

EDITORA RECORD
RIO DE JANEIRO • SÃO PAULO
2007

CIP-Brasil. Catalogação-na-fonte
Sindicato Nacional dos Editores de Livros, RJ.

M667r Mitchard, Jacquelyn
Rua da desilusão / Jacquelyn Mitchard; tradução de Beatriz Horta e Tiago Moraes. – Rio de Janeiro: Record, 2007.

Tradução de: The breakdown lane
ISBN 978-85-01-07421-8

1. Esclerose múltipla – Pacientes – Ficção. 2. Mães e filhas – Ficção. 3. Romance americano. I. Horta, Beatriz. II. Moraes, Tiago. III. Título.

06-4407
CDD – 813
CDU – 821.111(73)-3

Título original norte-americano:
THE BREAKDOWN LANE

Copyright © 2005 by Jacquelyn Mitchard

Publicado mediante acordo com Harper Collins Publishers.

Todos os direitos reservados. Proibida a reprodução, no todo ou em parte, através de quaisquer meios.

Direitos exclusivos de publicação em língua portuguesa somente para o Brasil adquiridos pela
EDITORA RECORD LTDA.
Rua Argentina, 171 – Rio de Janeiro, RJ – 20921-380 – Tel.: 2585-2000
que se reserva a propriedade literária desta tradução

Impresso no Brasil

ISBN 978-85-01-07421-8

PEDIDOS PELO REEMBOLSO POSTAL
Caixa Postal 23.052
Rio de Janeiro, RJ – 20922-970

EDITORA AFILIADA

Para Patty e Patti,
uma, mãe; outra, apoio;
e para Jeanine, minha companheira e dublê para sempre.

Agradecimentos

Embora este romance seja fruto da minha imaginação e todos os erros de informação sejam meus, a esclerose múltipla é uma doença real e terrível, um ladrão que todo ano rouba a energia de um número de mulheres duas vezes maior que o de homens, no auge da vida. Por me ajudar a entender os danos que essa doença provoca, agradeço a Rebecca Johnson, Bob Engel, Sara Derosa e Sarah Meltzer. Linda Lerman também me deu muitas informações. Dan Jackson me ajudou a entender de dança. Agradeço à Fundação Ragdale, de Lake Forest, no Illinois, sem a qual nenhum livro meu jamais teria sido possível e onde trechos deste foram escritos na primavera de 2004. *Grazie* a Roberta, Ed, Steve e John pela imparcialidade sobre o assunto rompimento e às três simpáticas mulheres que me falaram sobre o mundo esperançoso e às vezes aflitivo das comunidades alternativas. A boa amiga Kathleen leu, gentilmente, as poesias de Julieanne. Minha amiga e editora Marjorie Braman, com seu ouvido de afinador de piano para palavras e frases; a divina Srta. Kelly, que fez de cada livro um motivo de comemoração; a HarperCollins, a melhor editora que conheço; a minha cara agente literária, Jane Gelfman, que há 22 anos é minha confiável ligação com a realidade: todos eles merecem medalhas de mérito por me agüentarem. Devo muito à minha assistente Pamela English, que é meu coração e parte da minha "comunidade intencional"; envio meu carinho também para Franny, Jill, Karen, Kitt, Joyce, Stacy, Gillian, Karen T., Laurie, Bri e Jan, Clarice, Emily, Cathy G., Mary Clarke e Esa. Meus filhos e filhas maravilhosos e meu gentil marido, Chris, vocês são o centro do centro do meu coração.

Para D.C.B.A., o meu "Gabe", um agradecimento especial.

Mas quando os dias de sonhos dourados findaram,
E nem o Desespero tinha força para destruir,
Então aprendi como a vida pode ser apreciada,
Fortalecida e nutrida sem a ajuda da alegria.

— Emily Brontë, "Lembrança"

U M

Gênesis

EXCESSO DE BAGAGEM
J. A. Gillis
The Sheboygan News-Clarion

Cara J.,

Vou me casar no próximo verão com um homem de outra nacionalidade. Nossas famílias estão muito satisfeitas, mas há um problema. As inúmeras parentes dele (tias, avós e irmãs) devem ficar na primeira fila, como é de praxe. Como elas descendem dos Masai, da África, são muito altas. Minha família é nipo-americana. Somos menores em altura e em quantidade. Meu pai tem apenas 1,62m e minhas irmãs, 1,50m. O casamento será realizado no salão de baile de um hotel, com cadeiras dispostas em fila. Não queríamos um "lado da noiva" e um "lado do noivo", pois pretendemos fazer com que haja uma verdadeira mistura de famílias. Mas sei que as parentes de meu noivo vão usar chapéus grandes e enfeitados (não me refiro a chapéus cerimoniais, pois elas são afro-AMERICANAS há várias gerações, mas ao que meu noivo chama de chapéus de "igreja", do tamanho do nosso bolo de casamento). Os chapéus farão com que elas fiquem mais altas ainda, e assim, ninguém, exceto meus pais, vai conseguir me enxergar durante a cerimônia. Não gostaria de sugerir que elas "passassem para o fundo do ônibus" por causa da minha família. Então, o que fazemos para não melindrar ninguém em nosso dia especial? Com a disparidade de altura dos convidados, a valsa do casamento também vai ficar bem esquisita.

Nervosa, de Knudson

Cara Nervosa,

A situação exige certos cuidados, pois a tensão do dia do casamento pode deixar um gosto amargo que permanece por anos. Mas você diz que está nervosa? Já deve ser o nervosismo único-na-vida de toda noiva. Não junte à sua lista de coisas estressantes esta pequena chance de usar a criatividade. Com o mesmo entusiasmo que você já demonstrou com sua maravilhosa e ousada decisão de misturar culturas diferentes, crie um círculo de alegria. Peça à equipe do hotel para dispor as cadeiras numa grande roda, com a primeira fila reservada para os membros mais importantes das duas famílias e as outras arrumadas irregularmente; assim cada convidado, não importa que altura tenha, poderá ter uma boa visão. Os convidados serão levados até uma pequena entrada, a mesma por onde chegará o noivo com os parentes dele, pouco antes de você entrar com os seus. Ponha o altar (ou qualquer outra plataforma onde se realize a cerimônia) no meio do salão e faça com que a cerimônia também seja em círculo; por exemplo: os noivos virados para um lado durante a troca de votos e para o outro na troca de alianças ou de velas, com tudo suavemente acompanhado por música instrumental ou cantada. E, quanto à dança, ninguém se sente esquisito numa cerimônia tão alegre! Lembre-se de todas as tias e avós que você já viu dançando polca em grupos de cinco!

J.

Comecemos pelo fim do começo. O primeiro momento do segundo ato de nossas vidas.

Estava na aula de balé. A segunda da semana, que combinava passos de dança e exercícios de Pilates no solo. Firme na sala da academia, eu estava pronta para iniciar os últimos alongamentos. Lembro-me dessa sensação maravilhosa. Estava cansada, mas satisfeita, minhas costelas não doíam tanto como doeriam se eu estivesse fazendo algo mais exigente. Essa aula e meus exercícios de musculação eram as horas da semana em que eu me sentia relaxada, quase pura.

Estiquei a perna direita no chão como de hábito — postura correta, apoiada nos ossos da bacia, um pouco convencida de mim mesma, tentando não perceber que até as colegas de classe mais jovens notavam como eu ainda tinha flexibilidade — e me inclinei para alongar a parte posterior do pé.

Quando vi, fiquei tão horrorizada que as idéias fugiram pelas frestas do piso de madeira.

O que era aquilo?

Caco solto de osso? Pé com garras de pássaro, contraído?

O que era aquilo?

Pior. Não era... nada.

Não vi nada de diferente de quando me sentei no chão, cinco segundos antes. Era apenas a minha perna, no colante imaculado, que vestia como uma luva (o colante prata, que minha filha caçula chamava de "roupa de sereia"), minha perna ainda dobrada num ângulo de 45 graus, o dedo pontudo enfiado na coxa.

Parece pouca coisa, não?

Você tem o direito de esperar que grandes medos sejam mais do que isso. Um grito agudo e solitário numa rua deserta. Um nódulo do tamanho de um grão que seu dedo sente ao ensaboar o seio. Um cheiro de fumaça no ar parado; o som de passos acompanhando os seus ao entardecer no estacionamento vazio. Uma sombra na parede do quarto onde você sabe que está sozinha.

Mas espere! Uma coisa tão grande que vá desmontar seu mundo pode ser invisível. Pode ser um germe. Um cheiro. Uma ausência.

Olhe, *senti* minha perna se abrindo lentamente, como uma faca de mecanismo bem sincronizado. No entanto, ela não se abriu.

Cascatas de pensamentos desabaram sobre mim, como as estrelinhas que as crianças fazem com fogos de artifício: o fenômeno do músculo fantasma, precursor de um derrame cerebral, uma paralisia causada por algum vírus. Minha primeira reação foi gritar. Mas, como qualquer pessoa saudável, tentei novamente.

A perna não se mexeu.

Meus poros exalaram um suor metálico e gelado, que molhou meu rosto e meu pescoço e desenhou meias-luas sob meus seios. Eu estava molhada como uma autêntica sereia na minha "roupa de sereia". De soslaio, vi minha amiga Cathy, que tinha aula comigo, estender os braços e se inclinar sobre a perna. Seus olhos fechados, em concentração, abriram-se de repente, parecendo uma daquelas antigas persianas, como se tivesse ouvido um estalido, um barulho, como se eu *realmente* tivesse gritado. Olhou para mim intrigada, a sobrancelha como um dedo chamando. Sorri. Eu tinha acabado de pensar uma coisa! Minha perna estava dormente. Era esse o problema! Acontecia com todo mundo. Sorri para ela de novo. Ela retribuiu o sorriso.

Concentrei-me melhor e vi minha perna se esticar lentamente, arrastando no chão. Mas ela não parecia mais fazer parte do meu corpo. Era como um braço de robô que eu manobrava pela primeira vez. Senti uma pontada no lado externo da coxa, igual à acupuntura que fiz para aliviar cãibras. Consegui terminar os alongamentos sem que ninguém, senão eu, percebesse nada de estranho.

Mandei um beijo na direção de Cath, fugi do café e fui para casa.

Meu marido, Leo, estava sentado no chão, recostado no seu aparelho de alongamento de coluna, com o laptop equilibrado na barriga, a tela do micro meio virada, já que ele tinha engordado um pouco. Leo nunca ficava muito satisfeito em me ver chegar, afogueada e revigorada pela aula. Eu devia lhe passar uma idéia de censura.

— Lee, minha perna está esquisita. Aconteceu alguma coisa na aula — avisei.

Ele abaixou os óculos estilo John Lennon.

— Aconteceu alguma coisa?

— Não sei explicar, mas aconteceu.

— Você está muito velha para fazer essa aula, Julie. Para que ficar se contorcendo? O que está querendo provar com isso? Já falei mil vezes...

— Não, não tem nada a ver! — reclamei. — Margot Fonteyn foi bailarina profissional até depois dos 50. E Leslie Caron...

— Você não é Margot Fonteyn, nem Leslie Caron — disse Leo. E aí, antes que eu explodisse e o mandasse para o inferno, ele me "leotizou", como fazia havia quase vinte anos. — Sempre achei você mais do tipo Cyd Charisse, inclusive nas pernas e no jeito, uma bandida do Meio-Oeste com um passado nebuloso, sabe como é?

— Chega — pedi, já vencida.

Por cima da cabeça dele, vi lá fora nosso jardim limpo e rústico, com seus seixos e perpétuas, onde meu filho Gabe, que, na época, tinha... quantos anos? Treze? Não importa, não estava mais na idade de fazer o que estava fazendo: pendurar-se de cabeça para baixo num galho e balançar, sonhador, como um morcego diurno, com um sorriso tão beatífico que era quase apatetado. Estava de mocassins de trinta dólares e calça de ocasiões especiais, o tipo de roupa que um menino usaria para ir à igreja, caso fôssemos uma família que ia à igreja. Não tinha motivo para ele estar com aquela calça, pois só tinha ela, e estávamos no final da primavera. Devia ter sido a primeira que Gabe viu no armário. Estava estragando a calça. Balançava-se para a frente e para trás, tranqüilo e estranho como um lêmure. De repente, alguma coisa em Gabe lá fora, sozinho, mas que jamais parecia solitário em seu mundo, me pareceu muito preciosa e frágil.

— Leo — disse eu, meio chorosa —, se eu pegar a arnica, você me ajuda a passar na perna? Não alcanço o lugar onde está doendo. Não é exatamente uma dor, pois...

Ele disse não.

Disse:

— *Não*, Jules. Escute uma coisa: você fica fingindo que tem 20 anos, vai distender um músculo. Você mesma pode esfregar a perna. Estou ocupado.

— Leo! Pare o que está fazendo! Preciso da sua ajuda!

— Julie — murmurou Leo-meu-marido, calmo —, você precisa é cuidar mais do seu interior do que do exterior. As pessoas são tão superficiais. Concluo isso toda vez que leio uma coisa como a que está aqui — mostrou a tela do laptop. — Reclamação sobre um professor que pegou na bunda de uma aluna do colegial.

— Estamos falando da *minha* bunda, Leo! E da minha saúde cardiovascular. E de diminuir o estresse. Por que diabos meu exercício incomoda *você*? Balé e Pilates são formas bem baratas de terapia para o meu *interior*. Você acha que o meu exterior é uma causa perdida? Se gostasse de mim, me carregaria para o quarto!

— Se eu fizesse isso, você teria de me carregar para o massagista — disse ele, colocando os óculos na posição certa. Mais tarde eu perceberia que no mesmo dia me foi oferecida em salva de prata não só uma, mas *duas* provas cabais (sim, nesse ponto vale perguntar se era preciso que a casa caísse na sua cabeça). Estava faltando alguma coisa no meu sistema nervoso e no ecossistema do meu casamento. E eu não me incomodei.

Neste ponto, como especialista em língua inglesa que sou, poderia dizer que, se quem estivesse escrevendo este livro fosse Nathaniel Hawthorne, haveria uma súbita mudança na narrativa: *Caro leitor, vamos nos aproximar, furtivos, por trás desse nosso imprevisível, taciturno e, digamos, até meio hostil bom moço Steiner, e ver no que se concentra tanto a ponto de não dar atenção à sua desditosa esposa...* e por aí vai. Poderíamos ver se Leo estava mesmo lendo uma reclamação de assédio sexual ou, *com secreto e oculto interesse*, escrevendo para UMA AMIGA ÍNTIMA.

UMA AMIGA ÍNTIMA.

Prefiro usar outra expressão.

Cadela é a que me vem à cabeça. Alguém que faria Hester Prynne, a personagem de Hawthorne, parecer uma freira beneditina.

Talvez o jovem e bom Steiner estivesse escrevendo: "Julie acaba de entrar em casa; finalmente conseguiu machucar bem a perna em sua ridícula aula de balé, e lastimo não conseguir ser mais solidário com ela. Mas gastar 75 dólares por semana com ginástica?" A resposta chegaria alguns minutos depois (na época, o bate-papo eletrônico não era tão comum). E podia ser assim: "Ah, Leo, será que ela não sabe que esse dinheiro podia ser usado para salvar vidas? Ela não sabe que há bebês morrendo na Rodésia?" (Ela, *a amiga íntima*, não saberia que o país já não se chama Rodésia, pois é estupidamente idiota. Jurados, desconsiderem esta última afirmação. Não só é cedo demais na história para eu saber disso, mas também é pouco gentil. Ela não é tão idiota. É esperta o suficiente para... bem... siga as instruções da embalagem.)

Mas quem ia saber o que Leo estava realmente fazendo?

Talvez *estivesse* mesmo lendo uma reclamação de assédio sexual.

No entanto, qualquer que fosse o motivo, ele estava estranho. Não era o tipo de filho-da-puta que se nega a ajudar a mulher que manca. Considerando agora o que se passou na época, vejo que o comportamento dele em relação a mim naquela tarde era o similar doméstico à pontada na perna que senti na aula. Foi o toque de corneta que o inimigo deu do outro lado dos portões, mostrando assim que não ia fazer prisioneiros. Mas como eu podia saber?

O que eu sabia é que o *meu* Leo teria balançado a cabeça, cismado mais um pouco com a minha mania de manter algum vestígio do meu antigo corpo de jovem dançarina, depois teria ido à cozinha e pegado a arnica. Ele teria esfregado a minha perna, tentando inutilmente manter o mau humor, teria começado a gostar da fissura muscular, da topografia dos músculos nos lugares de quando eu era garota e, aos poucos, teria dado um sorriso arrependido e constrangido tipo Leo. Teria, talvez, até flertado um pouco, embora estivéssemos no meio da tarde, passado a mão no meu traseiro até que eu o empurrasse... mas não para muito longe.

E, assim, não perguntei: *Leo, o que há?*

Eu não atirei minhas coisas no chão e berrei: seu merdinha. O que há com você? Está com ciúme porque ainda consigo fazer exercícios com as pernas, enquanto você fica tanto tempo sentado que não consegue nem dobrar o corpo?

Em vez disso, fui para meu quarto e, tremendo, tirei a roupa, tomei um banho, passei a arnica, me sentei na cama com meu laptop e abri as cartas pedindo conselho, pois ganho a vida dando conselhos.

Não é ótimo?

Aconselho as pessoas sobre a vida delas.

Eu. A princesa epistolar da auto-ilusão.

Mas eu era Julieanne Ambrose Gillis. E, sendo uma Gillis, a contradição era minha sina.

Meus pais eram capazes de beber até ficarem vesgos numa noite de sábado e, menos de seis horas depois, tranqüilamente conferir se os waffles estavam com a crosta devidamente dourada, enquanto uma criada, calma e sem expressão, enchia um saco plástico com pontas de cigarro amassados em copos de uísque e derramava água gasosa nas manchas de vinho do carpete. A criada ignorava os waffles e as manchas, e nós, minha irmãzinha Jane e eu, ignorávamos a criada, apesar de quase a semana inteira ela ser nossa amiga e confidente depois da escola. Uma manhã de domingo pós-Cheever era respeitada com silêncio de catedral. Afinal, meu pai tinha estofo. Ele era A. Bartlett Gillis, escritor popular que vendia bem, embora implicassem um pouco com ele como romancista. Integrou o júri de ficção do National Book Awards, detalhe que ele conseguia inserir em três quartos de suas conversas, talvez porque seus livros tivessem um fundo histórico e um personagem fixo e ele não ficasse muito à vontade com isso. Como ele, minha mãe bebericava todas as noites e tomava porres nos fins de semana. Mas os dois não criaram duas filhas adoráveis e educadas? Não estavam sempre recebendo convites impressos em papel fino? Não foram apresentados à rainha da Inglaterra, que confessou apreciar muito os livros de meu pai? E minha mãe não conseguiu quase sozinha, por meio de anúncios e de conhecidos, salvar a Biblioteca Malpolde com seu acervo de desenhos de Hopper? Comparados com tais proezas, o que eram uns furos no carpete, o cheiro de gim que podia sumir abrindo-se as janelas e a ocasional e audível ânsia de vômito? Melhor servir o café da manhã.

Anos mais tarde, quando a leitora *Apavorada*, de Prairie du Sac, me escrevesse desesperada porque a meia dúzia de viagens de uma semana de duração que a *irmã* dela vinha fazendo de bicicleta com o *marido* da *Apavorada* acabaram não sendo um interesse em comum por esporte, mas um *caso amoroso*, eu iria me perguntar como aquela esposa tinha sido antes de sua lobotomia.

Eu ficaria pasma: *como* alguém podia *não notar*?

Mas você pode. É possível. Você *pode* preferir ignorar qualquer coisa que não queira saber; basta estar muito disposta a não saber. E ter uma pequena ajuda. Um marido que mente, por exemplo, não só ao seu lado na cama, mas entredentes.

Por que Leo se cansou de mim, da nossa família, da nossa comida, da nossa vida sem es-pi-ri-tu-a-li-da-de? Não foi por eu ter gastado muito dinheiro em produtos de maquilagem ou aulas de balé.

Acho que ele fez 49 anos, percebeu que um dia ia morrer e quis negociar isso com o universo. Acho que ele começou a considerar o trabalho como um impedimento, em vez de uma busca por justiça. Acho também que os malucos que mandavam textos para ele ler, como *Doação Beneficente*, uma revista malfeita sobre agricultura sustentável e outras grandes iniciativas que se poderiam tomar para, ao mesmo tempo, salvar o planeta e a alma (revista essa que ele deixava espalhada pela casa toda), convenceram-no de que ele era um irremediável burguês.

Sei disso porque a única coisa que aprendi com o casamento dos meus pais foi que ficar junto dá trabalho e que é essencial lembrar-se do que você gosta no outro e não do que deixa você maluca e idealizar o cônjuge. Talvez ajudasse ser bêbado.

E eu tentei. Tentei bastante.

Leo também. Houve época em que, antes de ir para o escritório, todo dia levava chá verde de manhã para mim (eu trabalhava em casa). Toda sexta-feira ele fazia seu prato preferido, ravióli com bacon, do qual todos nós gostávamos, embora pareça horrível.

Veja um pouco como fui um dia, antes que eu fique tão mal que não consiga nem lavar a cabeça. Veja-nos.

Um dia, o primo de Leo disse a ele:

— Julie é tão bonita que podia ser uma segunda esposa. (Eu nem sequer gostava de Jeremy, o primo de Leo. É lastimável o quanto esse comentário até hoje me incomoda.)

Eu era uma esposa que deixava bilhetinhos no travesseiro. Mandava cartões engraçados. No nosso vigésimo aniversário de casamento, dei de presente a ele uma aliança nova de ouro branco com as iniciais J e L tão bem entrelaçadas que só quem prestasse muita atenção veria que não era só um desenho abstrato. E Leo, Leo me deu um alce usando sapatilhas de balé, com uma caixinha de brincos de diamante amarrada numa pata, depois de me fazer ficar o dia inteiro perdida pela casa, achando que ele tinha se esquecido da data. Jamais fui me deitar sem vestir uma camisola bonita e escovar os dentes. Ele sempre carregava as sacolas de supermercado.

No piquenique do reitor da universidade, eu sempre usava algo que fosse tão inusitado que provocasse comentários aprovadores, mas não olhares esquisitos, manequim 38, largo, calças à Katharine Hepburn e blusas novas, feitas por alfaiate. Mantive os cabelos compridos, enquanto todas as mulheres da minha idade desistiram e tosaram tudo como aqueles penteados de patinadora no gelo que são arrumados com os dedos ou presos na nuca num coque de bailarina. Imagine. Eu era uma mãe que jamais faltava a uma peça teatral da escola, uma viagem ao campo, um jogo, um encontro de enxadristas ou uma horrenda apresentação de bandas. Uma mãe que leu alto *A teia de Carlota* e todos os livros infantis por três vezes no período de dez anos e que comprou um aparelho de karaokê para as crianças em vez de uma Hotbox ou seja lá como se chamam essas horrorosas e violentas máquinas de videogames. Uma mãe que se envolvia muito nas atividades da escola. Tinha um trabalho rentável, embora um pouco superficial. Planejava as férias. Embrulhava os presentes. Ainda fazia charadas e jogos de palavra com Leo na cama como quando éramos recém-casados.

E, sim, eu me sentia orgulhosa. Não faz sentido? Mesmo que provoque um certo nojo? Eu me achava uma esposa interessante. Um ponto acima das demais. Morava no Wisconsin, mas era, evidentemente, *do* Upper West Side de Nova York. Achava que foi por, digamos, mérito e uma certa presença de espírito que não sumi quando o relógio marcou 40 anos de idade. Foi por eu ser vigilante (e não por uma sorte cega e boba) que meus filhos se tornaram seguros e educados. E, claro, eu *realmente* achava que o exterior era importante. (*Filhodaputa*, considerando o que houve, não tenho por que achar outra coisa.)

Eu estava em ótima forma.

Ótima forma.

Nem um quilo a mais do que o meio do meio da média da tabela de medidas.

Sem um fio de cabelo branco. Certo, tinha alguns fios, uma pequena mecha lateral, na qual Teresa aplicava sua arte de cabeleireira para parecer uma pequena e perfeita onda prateada.

Índice de colesterol: 188.

Sim, eu estava sendo atacada por todos os flancos, como diria um dos cavaleiros da Guerra Civil nos livros que meu pai escrevia. Inimigos por dentro. Inimigos por fora. Assassinos furtivos.

E sim, é verdade, eu era o veículo perfeito, o bem preparado hidrogel para esse vírus. *Hominidus Gillis Julieannus.* Como disse uma vez um sujeito, eu era capaz de ignorar uma trava no meu olho enquanto procurava uma lasca no olho do outro. Quarenta e sete vezes por ano, eu diria aos leitores que *seus instintos têm sempre razão*. Ouça seus instintos, não importa o quão solitário isso pareça, nem quem você ache que vai magoar.

A ironia disso me mata.

Me queima.

E ainda nem cheguei ao tema de que realmente trata este livro.

Como posso escrever sobre isso?

Na verdade, o livro não trata de mim.

Trata de desperdiçar a vida de três crianças maravilhosas.

Nem consigo pensar nisso.

Daí eu ficar falando sem parar de calças, alianças e piqueniques.

Não agüento falar no sofrimento deles. No que eles passaram que eu sei e, pior, no que passaram que eu não sei. Gabe, Caroline, Aury. Minha rocha, meu anjo caído e meu bebê.

Sinto muito.

Não que faça muita diferença, mas eu sinto muito.

"Minha consciência ou minha vaidade horrorizadas." — Yeats.

"Que sacana!" — Coelho Pernalonga.

Quando avalio os extremos que minha doença e a ausência de Leo causaram em meus filhos mais velhos, eu me encolho. Quando penso no rostinho contorcido, choroso e perdido de Aury... sinto ódio de mim.

Todo santo domingo, na minha coluna do jornal, eu ensinava às pessoas que elas não podiam se sentir culpadas pelo que não fizeram. Mas as crianças não conseguiam isso, nem eu. Eu me sinto mais culpada pelo que fiz a elas (e que não foi de propósito) do que pelo que Leo fez a todos nós. Podia imaginar os filhos de *outros casais* sofrendo as dores e os males da culpa pelos erros e desditas dos pais. Mas não os meus filhos!

Mesmo assim.

Diz o velho provérbio que, do avesso, todo policial é um bandido; todo psiquiatra, um maluco; todo juiz, um marginal. Posto isso, quantos dos que aconselham equilíbrio têm algum? Ou será que, sem saber, são eles os que mais precisam de equilíbrio?

Todos aqueles conselhos que eu dei.

Mesmo assim. A maior parte do que achamos que é um inferno acaba sendo uma torradeira. A maior parte dos passos que ouvimos nos estacionamentos fechados são apenas... consumidores.

Mas, às vezes, não.

Duas coisas iguais e opostas podem ocorrer ao mesmo tempo. Você pode ser alpinista e fraturar a cabeça ao cair de uma calçada.

Houve época, não faz muito tempo, em que eu me considerava a mulher com menor probabilidade de tomar uma boa e amarga dose dos meus próprios remédios; aquela com menor probabilidade de servir aquele velho molho que eu dava aos meus leitores de dúzias de jeitos diferentes, dúzias de vezes por ano (o que não mata, engorda!), mostrando que o mínimo que aqueles pobres babacas mereciam era um salva-vidas.

Será que eu acreditava mesmo naquilo?

Nã-nã.

Pois estava errada.

Fim da história.

Começo da história.

Tudo o que é realmente interessante acontece no meio, concorda?

DOIS

Números

EXCESSO DE BAGAGEM
J. A. Gillis
The Sheboygan News-Clarion

Cara J.,

Namorei um homem durante 17 anos, desde o primeiro dia de faculdade. Era a relação perfeita. Ele me confiava todos os segredos de sua alma. Eu me sentia maravilhosa quando estava com ele. Tínhamos um monte de amigos em comum. Quando ele se mudou para o Arizona, por causa do clima e de um emprego, nossa ligação continuou, e eu tinha certeza de que um dia ele me pediria em casamento. Passava um mês ou dois sem eu ter notícias, mas então chegava uma carta dele dizendo que vinha me visitar, e aí era como se nunca tivéssemos nos separado. Até que, na primavera passada, ele escreveu dizendo que tinha se apaixonado por uma pessoa que conheceu no trabalho e que nunca havia percebido que o que tínhamos era uma grande amizade e não amor do tipo que dá em casamento. Fiquei arrasada, mas perdoei. Ele me convidou para o casamento, e eu fui, contente. Agora, embora ela e eu tenhamos conversado algumas vezes, a mulher dele não está gostando da amizade entre nós dois. Ele disse para eu só telefonar em ocasiões especiais e tocar minha vida para a frente. Mas estou com 38 anos e fico pensando se vou encontrar alguém que me conheça como ele conhecia, principalmente porque a maioria dos homens quer ter filhos e estou chegando à idade em que isso é complicado. Mais ainda: se alguém de quem gostei tanto pôde me esquecer com tanta facilidade, devo ser uma mulher bem esquecível. Sinto um vazio tão grande no coração, todos os espaços que ele preenchia, que acho que não consigo superar isso. Você acha que um aconselhamento psicológico ajudaria?

Arrependida, de Rheinville

Cara Arrependida,

Tenho certeza de que um aconselhamento ajudaria. É provável que você visse essa relação de uma forma bem diferente de seu namorado. A relação era, evidentemente, o centro de sua vida emocional, mas a periferia da dele. Você está bem magoada, por isso ele tem razão em dizer para tocar sua vida para a frente. É difícil duas pessoas que se amaram conseguirem manter uma amizade, a menos que se passe bastante tempo. Você precisa mudar o enfoque. Continua podendo ter uma relação completa e maravilhosa e, como tive um filho aos 42 anos, sei que isso também é possível. Viver no passado, mesmo que ele tenha sido longo e importante, só vai fazer você andar em círculos e ficar insegura. Não foi culpa sua. Procure um psicólogo que seja especializado em relacionamentos femininos e vá em frente.

J.

No começo, era Leo.

Produto final de uma família de quatrocentos anos de trabalho duro, intolerância cruel e fidelidade absoluta, ele tinha caráter. Em outras palavras, ele não tinha desculpas.

Do outro lado, estava eu.

Você sabe tudo a meu respeito.

Leo e Julieanne, que eram de feitios diferentes, resolveram se costurar juntos num traje chamado casamento.

Nossa história simples parece começar séculos antes do meu diagnóstico final, antes de uns oitenta médicos me dizerem que eu tinha tudo, de síndrome de fadiga crônica a parasitas, ataxia locomotora por hemorragia cerebral e depressão catatônica.

Mas toda mulher pode ser rejeitada, embora não seja comum o rejeitador descrever uma situação cuidadosamente planejada como "acidental". Nem dizer que "não tem nada de que se envergonhar".

Não é incomum uma mulher (seja ela anjo, bruxa, chata ou arrogante) ser regiamente desprezada. É um clichê, sem originalidade nem para servir de tema para mais uma canção sertaneja. As melhores canções desse tipo já foram escritas. Em "Jolene", Dolly Parton fez um ótimo trabalho em dois minutos e trinta segundos de duração. Ou, se você é mais intelectual, pode ler tudo sobre a traição sofrida por uma altiva lindeza injustamente humilhada em *A casa da alegria*.

O que faz esta história diferente é o seguinte: desde que tais coisas foram escritas, supõe-se que um monte de coisas tenha *mudado* no relacionamento entre homens e mulheres.

Considere a aceitação do envelhecimento. Supostamente, os homens aceitam as mudanças que acompanham o envelhecimento da mulher, da mesma forma que aceitam as mudanças no próprio corpo. Seios que não chamam mais a atenção nem numa olhada levemente carnal, bom, continuam sendo bons seios. São seios que, talvez, tenham amamentado filhos. Que podem ter aconchegado a cabeça de um homem ao confessar a tristeza ou frustração que não confessaria a mais ninguém no mundo. Quando a agitação desvairada do início da paixão diminui para um suave oscilar de pêndulo, supõe-se que seja assim mesmo, pois a sacralidade de uma parceria longa e sincera vai além até da deliciosa refrega do sexo no começo.

Mas essa mudança de comportamento e de valores é besteira.

Pois nada mudou — só, como poderia ter dito Alice, lá no País das Maravilhas, ao passar para o outro lado do espelho, o *nome* das coisas.

Nós nos amávamos loucamente, Leo e eu.

E, de certa maneira, queríamos provocar nossos pais: os de Leo esperavam que ele se casasse com Shaina Frankel. E os meus, que eu me casasse... com alguém em situação melhor.

Começou na faculdade.

A mãe e o pai (sim, *era* assim que nós os chamávamos) tinham estudado na Universidade de Nova York. Para eles, não valia a pena freqüentar nenhuma instituição de ensino superior que não fosse servida pela linha A do metrô de Nova York. Rebelei-me. Aquela filhinha maravilhosa se *rebelou*. Preferi ir para a Universidade do Colorado, em Boulder. "Por que você quer se isolar no alto de uma montanha poeirenta?", perguntou meu pai, pintando Boulder como um posto avançado do Pony Express, tendo tendas como salas de aula e amarantos florindo na rua poeirenta, em meio a *saloons*. Expliquei que queria escalar picos, usar jeans, dançar de bandana na testa, de meias compridas, sob a orientação de Rita Lionella, a famosa professora de dança moderna que tinha voltado de Nova York para sua cidade natal e que chefiava o departamento de dança lá. Essa emoção caiu nos ouvidos moucos de um homem capaz de ir de avião para Londres como quem entra num ônibus municipal, mas que achava que ir de carro para Provincetown era como viajar pela Cumberland Gap num vagão da Conestoga. O pai achava que subir a escada da linha Y do metrô no West Side para entrar nas quadras de tênis era o máximo que uma pessoa normal precisava encarar.

Eu venci, embora já sabendo que não ia ser uma "verdadeira" bailarina. O American Ballet Theatre e até o Winnipeg Ballet eram sonhos que deixei de lado quando cheguei a 1,66m de altura e 65 quilos. Garota prática, não estava disposta a viver de fumar e beber vodca com pimenta para dançar três anos no Corpo de Baile do Houston Ballet, o que consegui, por um verão. Mesmo assim, eu queria um dia fazer teatro na cidade, talvez ensinar dança ou inglês num colégio pequeno, pois a literatura inglesa era tão familiar para mim quanto água para as criaturas de guelras.

Assim, um dia, saí dos bastidores após o recital de inverno. Eu tinha feito um solo em *Entardecer de um fauno* e estava furiosa porque tinha ido bem. Eu tinha ido bem, e meus pais estavam na Suíça. Mandaram rosas, que dei para as outras garotas, e elas me acharam uma princesa bondosa. Meu cabelo ainda estava dolorosamente puxado para trás, meus olhos ainda pintados como amêndoas douradas por delineador preto e dourado. E tinha aquele rapaz. Um rapaz de jaqueta de couro preto com cabelos que pareciam ser cachos de couro preto e um relutante sorriso de lado.

— Olá, você estava ótima — disse ele e, como se achasse que eu podia ir embora depois de agradecer o cumprimento, acrescentou: — Sabe, eu era a única presença masculina na platéia que não era nem namorado nem pai.

— Gosta de balé? — perguntei, imaginando se aquele cara lindo seria homossexual ou um conterrâneo nova-iorquino.

— Não, eu aqui faço a limpa — respondeu ele. Achei que ele tinha um defeito na fala e fiz que ia andando. Fui safadinha.

Pelo jeito, ele já sabia.

— Não, eu limpo o *chão* — acrescentou Leo, apressando o passo para emparelhar comigo. — Varro tudo, além das salas de ensaio.

— Também serve as mesas como garçom nas associações estudantis? — perguntei, pois sabia que os alunos bolsistas faziam isso. Com atraso, eu estava pensando em participar de uma associação, embora já tivesse créditos escolares para cursar o primeiro ano. Morava num apartamento apertado e tinha aprendido que a divina independência na verdade consistia em ter de fazer outro pudim toda vez que uma de suas colegas de quarto ficava chapada e comia tudo sozinha.

— Não, prefiro varrer, sinceramente — respondeu Leo.

— Por quê? Os garçons têm comida de graça.

— Não gosto muito dessas patricinhas metidas. E acho que ninguém com sobrenome Spenser merece ser servido.

Olhei bem para ele.

— Eu sou uma patricinha metida — afirmei, deixando cair a alça da malha de balé.

— Não, você pode ser metida e não ser patricinha — disse ele, de novo com aquele sorriso torto.

— Quem disse que sou metida?

— Conheço as pessoas. Sei que você gosta de citar nomes de gente famosa. Sei que Kurt Vonnegut vai visitar seu pai em casa...

— Só porque os dois são da mesma idade e ele mora na parte de baixo da rua...

— Mesmo assim, isso é citar nome de gente famosa.

— Ah, sei — disse eu, jogando a cabeça para trás. — Obrigada por vir à minha apresentação para me dar aula de higiene moral. E tenha uma feliz, ahn, varredura.

— Vou dizer uma coisa que vai derrubar você — disse ele.

Levei um susto.

— Opa!

— Bom, vou ser sincero. Olha, eu vim porque era a única oportunidade de ver você dançar sem fingir estar trabalhando. Você... é tão linda que chega a doer.

— Isso é de James Jones — disse eu.

— Quase acertou — disse Leo.

— Quem é metido? — rebati.

— Ah, sou metido num outro sentido. Tenho Q.I. alto. Meus pais são pobres, mas orgulhosos. Minha mãe é sobrevivente do holocausto. Tinha 2 anos e toda a família escapou, mas ainda assim isso tem relevância.

— Então você é um esnobe pelo *avesso*.

— Exatamente. E isso é bem melhor: superioridade moral.

— Jack Lemmon.

— Não, Billy Wilder.

— Então qual é o seu maior interesse?

— Não é a dança.

— Nem o meu. Gosto de dança, mas vou acabar obrigando crianças a ler Nell Harper.

— Que o mundo conhece como Harper Lee.

— Chega! Não estou acostumada com caras que não consigo enganar — disse eu, rindo.

Ele queria ser poeta. Estava se diplomando em administração.

Fomos ao Kafé Kafka para comer bolos velhos e tomar chá. Nem chegamos a ir para uma mesa.

Caímos na cama. O chá com leite que levamos em copos de papel ficou com uma crosta gélida durante a longa, longa noite. Eu estava tão ansiosa para perder a virgindade quanto para aprender rapel numa montanha de verdade. (Acabamos por fazer as duas coisas juntos, pela primeira vez. Leo disse que *naquela noite* ele não tinha muita certeza do que queria, mas depois confessou que não tinha decidido ainda. Tentamos, da melhor forma possível, mostrar o melhor caminho um ao outro e, na manhã seguinte ao meu recital, nenhum dos dois conseguia andar sem sentir dor. Eu queria me levantar na aula de inglês (que era sobre Swift, Pope e Fielding) para gritar: *Mudei!* Levou uma semana para melhorar a irritação na pele (nós chamamos de "queixo de beijo").

Após dois meses de caso, palavra que jamais usaríamos para descrever o que sentíamos, que era Amor Duradouro, Leo escreveu:

Julieanne, com um gesto,
Rejeita minha fantasia cinza, cinza,
E me transforma, de rapaz desajeitado, em homem ensopado de chuva,
De pé, limpo, aberto a um azul profundo, ao roxo numa nuance vermelha
Desacostumado a paixões, temeroso, porém sincero,
Tudo isso com apenas um gesto de mão de
Julieanne.

Alguém que já tenha saído da faculdade usaria a palavra *nuance*?

Bom, meu Deus, como não me apaixonar por um rapaz que não só tinha a garantia de um bom sustento, mas já havia me escolhido como musa? Para Leo, a administração de empresas era uma atividade transparente, mesmo que não fosse inspiradora. Ele entendia e gravava na memória coisas que eram incompreensíveis para seus colegas de turma. E já tinha uma boa tarefa: escrever os trabalhos escolares para os colegas.

Em brasa, queimando em suplícios troianos, esperamos até o outono seguinte, encarando um horrível verão separados. Então, com a preocupada permissão de nossos pais, casei-me com o rapaz que se descrevia como "o único judeu da cidade de Sheboygan, no Wisconsin".

Eu tinha 20 anos. Leo, que teve de assistir menos horas de aulas para merecer a bolsa de estudo, tinha quase 25. Imagine só. Vinte anos. Apenas. Se a nossa vida tivesse sido normal, não sei se eu teria deixado meu filho Gabe fazer uma *viagem de carro* para a Flórida aos 20 anos, muito menos se *casar*. Bom, pode ser que deixasse a viagem de carro para a Flórida. Mas por que nossos pais deixaram? Eram doidos? Seria um tempo em que o mundo era mais inocente, ou talvez não tão nebuloso?

Seríamos nós tão evidentemente feitos um para o outro?

A história do encontro de nossos pais era boa.

Hannah e Gabe Steiner Avô, funeralmente trajados de lã negra no mês de junho, vieram jantar. Ficaram tão adequadamente impressionados com Ambrose e Julia Gillis quanto mandava o *droit de seigneur* de meus pais. Deram uma volta pelo apartamento no décimo andar (num prédio de dez andares) de dez cômodos, na Venecia com vista para o Central Park Oeste, como se temessem ser presos a qualquer momento. Mas depois de três taças de champanhe, meu pai ficou histórica e histrionicamente comovido com a descrição simples que Hannah fez do desaparecimento de toda a família em Buchenwald e do resgate deles na última hora, graças à rica família de um padre alemão que fora amigo de infância do pai dela. Meu pai ficou tão interessado pela pungência do relato que tive medo que se levantasse e começasse a cantar "Sunrise, Sunset".

— Sempre admirei o povo escolhido — disse papai, enquanto Leo e eu tentávamos nos enfiar no canto de um sofá de dois lugares.

— Continuamos à espera de que o Senhor aprecie os luteranos — disse Gabe Avô a meu pai. Trocaram charutos.

A adoração dos Steiner pelo amado, maravilhoso e único filho era extravagante. Meus pais achavam que eu era uma pérola de valor inestimável. Minha irmã, Janey, considerava Leo deliciosamente pagão e idólatra, embora ele fosse tudo menos isso. Leo disse que jamais teve sequer um solidéu. Apesar da origem, os Steiner eram os judeus mais desligados, e meus pais, os anglicanos mais letrados, orgulhosos de citarem São Lucas no Natal. Em datas festivas, as duas famílias davam preferência à comida chinesa. Não havia problema de valores conflitantes. Em resumo, do jantar fomos para o casamento. Seis semanas depois, no feriado de Ação de Graças, saímos do apartamento de meus pais para velejar seis dias nas ilhas Seychelles — presente de casamento dos meus pais —, depois nos instalamos num apartamento pequeno, mas com toalhas de banho e taças de vinho de qualidade.

Não decepcionamos nossos pais nem estragamos nossa educação. Nós *éramos* um bom menino e uma boa menina. Por mais que desejássemos não usar camisinhas e finalmente misturar nossos cromossomos, nos contivemos, obedientes. Quando apareceu uma pílula que não me deixava gorda nem com a pele manchada, passamos a satisfazer melhor nossos corpos. Nunca nos preocupamos em agradar o intelecto do outro. Leo e eu jogávamos Bartlett na cama, e ele conseguia empatar comigo em todas as citações. Economizamos nossos centavos, fomos de mochila para a Grécia e nadamos nus no mar Egeu. Como se tivesse descoberto urânio, Leo parou e olhou o círculo formado por meus seios brancos na topografia circundante de castanho e louro mais que louro. Eu me sentia tão... à frente das outras moçoilas da faculdade. Eu não estava *ficando*. Estava *casada*.

O primeiro emprego dele foi numa enorme empresa de seguros em Chicago. Sorri amarelo enquanto Leo sorvia a indignidade de um posto júnior na American Liability Trust. Mas ele era um iniciante.

— Claro, meu filho, são seis dias de trabalho por semana — disse o Sr. Warren, que na época devia estar com 110 anos, quando Leo foi promovido de amanuense a ser humano na empresa. — E o eventual domingo. Nós nos orgulhamos de ser uma firma mais gentil. Sabemos que as pessoas têm vida familiar. Todos os funcionários saem mais ou menos às 20h, o mais tardar.

Consegui emprego de revisora no *Sunday Times* no turno cemitério, reservado para os desesperados, para os que bebiam de dia e para os bizarros por natureza. E assim Leo trabalhava 14 horas por dia, e eu, 14 horas por noite.

Nenhum dos dois era o cônjuge perfeito. Aos sábados, Leo dormia profundamente até as 15h, enquanto eu reclamava que nunca íamos ao Art Institute. Ele convidou os *pais* para nos acompanharem nas férias no condomínio da empresa na Disneyworld e deu para *eles* a suíte principal. Nós passamos de coelhos que funcionavam em qualquer espaço horizontal no Colorado aos mais jovens celibatários do mundo. Eu ficava furiosa por Leo gostar da foda dos acordos da seguradora, em vez de foder comigo. Fiquei interessada num homem que escrevia sobre golfe. Uma vez, numa das ocasiões em que Leo estava trabalhando, deixei o escritor entrar no meu carro e me beijar, sendo a transgressão estritamente acima da cintura e por cima da blusa. Mas aquilo me assustou. Era sinal de que Leo e eu estávamos prontos para dar o próximo passo.

Eu ainda gostava do homem ensopado de chuva.

Às vezes, e eu jamais diria isso para Gabe, ainda gosto.

De todo jeito, eu queria uma vida mais consistente. Sheboygan oferecia isso na forma de uma porrada dupla, mas com uma sorte que veio escondida. Até hoje não me arrependo.

Os pais de Leo ainda tinham a loja de badulaques na Pine Street quando vovô Steiner teve câncer de próstata. Apesar do prognóstico esperançoso, vovó Steiner ficou tartamuda de medo. A loja Mil Coisas dos Steiner foi para o espaço. O tratamento fez vovô ficar transparente. Estava na hora de Leo agir como o cavaleiro de armadura na liderança da empresa. Para a família dele, *Leo* era o funcionário do seguro. Mas ele teve de me convencer das vantagens do Wisconsin: a qualidade das escolas, a beleza dos bosques do Norte que ficavam a algumas horas de distância, o valor de viver bem, a oportunidade de colocar o diploma dele para trabalhar para *nós* e não para o Sr. Warren. Os Steiner estavam prontos a fazer qualquer coisa para salvar a loja, que para eles era como a mansão Tara de ...*E o Vento Levou*.

Pouco antes de decidirmos mudar, passamos o décimo aniversário de casamento na ilha de Santa Lúcia. Voltei para casa com um diploma de mergulho, queimaduras de sol de segundo grau e seguramente grávida. Era o toque que faltava. Havia a possibilidade do embrião que começamos a chamar de A. Gabriel Steiner (Ambrose como meu pai, nome que nunca usamos) crescer seguro e cuidado, perto dos avós mais simpáticos. Em Chicago, teria sido uma enorme catástrofe, pois essa era uma época em que despedir uma grávida não era considerado absurdo, mas bom senso. No Wisconsin, onde poderíamos viver melhor por menos, eu podia ajudar enquanto Leo terminava as estantes de cordões para pipa e caixas de papel xadrez e fazer uma seção de molduras para fotos, além de cartões Hallmark e objetos de artesanato local mais finos, transformando uma lojinha numa "loja".

O filho que estava por chegar fazia parte integrante do plano geral. Fiquei mais integrada numa família do que jamais fui na casa dos meus pais. Sempre havia gostado de Hannah e Gabe, e ali passei a amá-los.

O vovô ficou bom. O trabalho melhorou. Gabe nasceu. Os Steiner estavam prontos para assistir a um superdesfile comemorativo.

Foi então que perdi a cabeça.

Na época, não era "certo" mulheres como eu ficar em casa cuidando do seu bebê. Depois de dar ao bebê um bom começo, esperava-se que eu levasse Gabe aos delicados raios de lua de alguma creche chamada Girafa Vermelha ou O Vagãozinho. O que eu não tinha considerado era a força vulcânica do amor que me assustaria quando meu filho finalmente chegou, hesitante e cinzento como um rato molhado, depois de trinta horas de parto capazes de enlouquecer. No início dos anos 1980, as pessoas olhavam torto para qualquer mulher que pedisse uma aspirina durante o parto; mediam sua dilatação de 2,5 centímetros e lhe davam uma aspirina. Eu estava exausta e Gabe também mal conseguia choramingar. Quando as grandes e ríspidas enfermeiras suecas enfiaram uma máscara de oxigênio no rosto dele, rosnei como uma Medéia do avesso com aquele jeito de tratar o meu pedacinho de gente, o único ser no mundo que precisava só de mim. Jamais quis deixá-lo, jamais quis que crescesse. Quando meu bebê fez dois meses, eu já chorava só de pensar em ficar oito horas sem ele e por isso não tomei qualquer providência em relação a O Vagãozinho. Vovó Hannah tinha vista fraca, mas era forte como um cavalo selvagem. Ela aparecia sem qualquer motivo, enquanto eu remexia uns artigos de revista bons (mas teóricos), que falavam sobre voltar à forma depois da gravidez, a importância de ficar em forma *antes* da gravidez e como o parto fica fácil se... adivinhe? Você estiver em forma na gravidez.

Mas Leo ficou pensando e acabou por perguntar: Jules, por que comemos variações de arroz pilafe todas as noites? Por que não somos uma casa sustentada por dois salários como planejamos, de gente com condições de comprar uma casa? Mesmo assim, a vida continuava muito boa, no geral. Gabe Avô e Hannah compraram uma casa (modesta, mas bonita) em Door County, aonde passamos a ir nos fins de semana, e "entraram" num condomínio em Sarasota com os melhores amigos deles, que eram padrinhos de Leo.

Então, de repente, a "loja" dos Steiner bateu as botas, vítima do aumento de shoppings.

Leo imediatamente aproveitou a ótima localização da loja e a vendeu. Pasmos com o valor da propriedade deles, os Steiner se aposentaram e Gabe Avô (sempre atento) passou a ter algumas ações na Bolsa. Eles dividiam cuidadosamente os lucros conosco para assim podermos, como Hannah gostava de dizer, "colocar um dinheiro de lado".

Leo continuava a ser um gênio.

Demos entrada numa casa de dois andares construída no pós-guerra, tão grande que era como se fossem duas casas, uma em cima da outra. Tínhamos quatro ótimos quartos e um cantinho que Leo e eu usávamos como escritório. Então, alugamos o andar de cima para um casal dinamarquês, Liesel e Klaus, professores no Departamento de Entomologia da Universidade Estadual do Wisconsin, e eles viajavam tanto para este ou aquele paraíso infestado de insetos que, praticamente, eram fantasmas bondosos que pagavam nossa hipoteca. Tinham três quartos grandes, um dos quais usavam como laboratório. Leo sempre dizia que ainda bem que estudavam insetos e não doenças tropicais.

Leo resolveu, então, me alfinetar. Ele ia usar parte do dinheiro que tínhamos "posto de lado" para pagar uma faculdade de direito em

Marquette. Sem trabalhar e querendo continuar assim, tive vontade de dar um chute no joelho dele, mas, com toda razão, ele me convenceu de que, com um diploma de direito e um MBA, teria mais condições de enfrentar o mercado. E acrescentou:

— Jules, você *tem* de arrumar um emprego. Não vamos conseguir pagar os exames do bebê.

— Olhe, já pensou que, com os dois diplomas que vai ter, você podia ser agente do FBI? — respondi.

— Jules, sei que você não quer deixar Gabe em casa para ir trabalhar — disse Leo, calmo.

— Não quero deixá-lo. Acho que devia amamentá-lo pelo menos até um ano e...

— Até um trabalho em parceria com outra pessoa ajudaria. Com benefícios parciais.

— Podemos ir ao serviço de saúde do estudante.

— Fica em *Milwaukee*, Julie. Quase cinqüenta quilômetros daqui.

Eu sabia que ele tinha razão. Se não fosse Liesel e Klaus e a bolsa de estudos que Leo conseguiu, estaríamos em dificuldades.

Passei a fazer trabalho temporário. Quanto menos falar sobre o tema, melhor. Leo foi para o programa para estudantes diplomados com graus avançados, à noite, inclusive nas férias.

Então.

Eu estava amamentando e, claro, não engravidaria de novo.

Em tese.

Os Packers estavam na final. Todo mundo na cidade ficou louco e nós também.

Hannah Caroline foi o ponto da vitória.

Ter dois bebês me fez desejar qualquer conversa que não falasse em cólicas intestinais. Tentei amamentar os dois, lutando para engordar com muita cerveja e coalhada; mesmo assim, às vezes eu parecia uma alcoólatra magrela e desnutrida. Embora Leo conseguisse finalmente o diploma (com louvor, claro), a necessidade de eu arrumar um emprego era real, bem além da teoria política.

Uma estudante de direito que Leo conheceu trouxe a filha de dois anos para nossa casa e passou a tomar conta de tudo, e assim eu pude trabalhar fora. Caro tinha apenas seis meses e sempre achei que foi por isso que ela jamais pareceu gostar de mim como Gabe gostava. Fiz um currículo incluindo em negrito minha passagem pelo *Chicago Sunday Times* e fui à redação do *News-Clarion*. Para eu usar na entrevista de seleção, Leo comprou uma saia e um suéter Donna Karan coral, que era a primeira coisa nova (exceto roupas de baixo) que eu tinha em dois anos. (Naquele Natal, meus amigos, sempre práticos, me deram uma jaqueta de pele de raposa e couro, que vendemos para consertar o nosso Subaru.)

Comecei a trabalhar como redatora e, aos poucos, passei para a editoria de artigos, onde Marie Winton teve durante quarenta anos uma coluna de conselhos intitulada *Winona entende;* ela devia estar na época com, no mínimo, 85 anos. Eu editava a coluna e, de vez em quando, se ninguém mais tinha condições de fazer, escrevia uma pequena matéria sobre concurso de esculturas no gelo.

Marie continuava a responder cartas que perguntavam se era adequado enviar cartão de agradecimento impresso em vez de manuscrito. A secretária da editoria, Stella Lorenzo, a *gostosa* da redação, e eu mandávamos os telefones de organizações de atendimento de emergência, dos Alcoólicos Anônimos à Parent's Respite, e juntávamos cartões carimbados com a frase "Com os melhores votos de Winona" nas cartas que não tratavam de etiqueta.

— Não é justo. Ela ignora os verdadeiros pedidos de ajuda — comentei, baixinho, com Stella.

— Pois é — disse Stella, revirando os grandes olhos à Annette Funicello e levantando com o lápis a penca de cabelos enrolados como um saca-rolhas. — Todos os dias abro cartas de mulheres perguntando se os filhos não viveriam melhor sem elas. Pelo amor de Deus, Julie, essas mulheres pensam em se suicidar. Não sei o que fazer.

Tomei coragem e fui falar com Marie, que todos os dias ia trabalhar de chapéu e cerimoniosamente colocava-o na estante antes de se sentar na frente da máquina de escrever Smith Corona.

— Será que estamos ajudando as pessoas em crise, Srta. Winton? — perguntei. — Acho que só mandar um número de telefone não basta.

— Minha cara, eu não trato de problemas pessoais desagradáveis — respondeu ela. — Meus leitores não estão assim tão preocupados com tais coisas.

Eu estava na editoria havia apenas três ou quatro meses, mas, sem alarde, comecei a responder algumas cartas endereçadas a Winona, escritas por pessoas que estavam numa situação muito ruim. Chamei para me ajudar Cathy Gleason, amiga minha e terapeuta de família que conheci numa produção comunitária da peça *Oklahoma!*. Fiquei obcecada pelas cartas. Quanto mais eu lia, mais coincidências apareciam. Todos os seres humanos estavam com a cabeça torta. Caixas de banco e pedreiros. Secretárias e cirurgiões. Ao ler, eu ficava desesperada pensando como adultos, com emprego e carteira de motorista, podiam demonstrar uma tal falta de autoconhecimento. E como alguém conseguia ficar casado, criar um filho ou trabalhar com chefes cujo comportamento era muito parecido com o do carrasco Dr. Mengele.

O próprio fenômeno de escrever pedindo conselhos para um completo desconhecido me parecia, à primeira vista, estranho, mas muitíssimo comovente. Não muito diferente de abrir a alma para um estranho num avião. É uma enorme tentação. Você nunca vai ter de engolir o que disse.

Um dia, a Srta. Winton foi ao banheiro feminino e nunca mais saiu, quer dizer, não como *Winona entende*. Uma hora depois, uma repórter da redação a encontrou, com um sorriso sem graça, sentada na privada mais próxima da porta. Chamaram a ambulância. A Srta. Winton foi levada para o hospital Sheboygan Mercy, depois para o The Oaks. (Stella e eu fomos visitá-la com um monte de cartas, e *ela respondeu* a todas, embora não fosse possível entender o que escreveu. Sorrindo, nós lhe garantimos que postaríamos todas as cartas. Na visita seguinte, levamos cupons da loja K-mart, que Stella tinha, e a Srta. Winton respondeu-os também.) O novo e eficiente editor, Steve Cathcart, soube por Stella o que eu havia andado fazendo. Certa manhã, ele parou na frente da minha mesa de metal cinza, plantou os pés tipo Colosso de Rodes e disse:

— Gillis, sei o que você tem tentado fazer. Precisamos incrementar o conselho aos leitores. Você pode fazer isso? Certo, combinado. Vamos chamar a coluna de *Conte para Julie*.

— Não — disse eu, pasma por ousar contradizer um editor, ainda por cima um *novo* editor que eu mal conhecia. — Esta coluna não é sobre alguém. Quero chamá-la de... *Excesso de bagagem*. Afinal, é disso que falam as cartas, do peso que as pessoas carregam e que vai acabando com suas costas.

Ele gostou da idéia!

Antes de fazer um ano no jornal eu era colunista!

Na época eu não sabia, mas hoje sei, que todo mundo acaba nesse tipo de trabalho. Pensei que o editor Cathcart estivesse impressionado com o meu bom senso e com a minha sensibilidade. Depois ele me disse que, já que eu era mulher, teria empatia pelo tema e, já que era filha de meu pai, seria capaz de escrever bem. Quase *todas* são mulheres, exceto os que têm mestrado. E ainda que eu nunca tenha tido uma "tia malamada" (isso mesmo, éramos chamadas assim há cinqüenta anos e ainda somos) que aos 12 anos disse a si mesma: você sabe o que quer ser quando crescer? Eu quero ser a nova conselheira sentimental do tipo *Querida Abby*. A *Querida Abby* decerto nem pensou nisso. A maioria de nós estava a caminho de fazer algo na área de psicologia ou de algum tipo de atividade ligada a escrever, quando fomos atraídas e agarradas pelo simples poder de responder perguntas e fazer as pessoas acreditarem em nós. Hoje, há conselheiros para jovens, para idosos, para todas as preferências afetivas, para políticos, para quem tem animais de estimação, para fabricantes de estofados e jardineiros. Mas nós somos as pioneiras, oferecendo consolo para os amantes sem esperança, para a criança magoada. A maioria de nós não tem mais qualificação do que eu tinha. E todo mundo tem um psicólogo de bolso para ajudar, como se fosse um ás na manga. Cathy é uma terapeuta de família cuja própria família, na época, consistia apenas nela e em sua espinhosa mãe irlandesa, mas também tinha conhecimento de desesperanças e desajustes. Cathy era lésbica; eu a conheci e à sua então namorada, Saren, e, na mesma hora, nos entendemos. Cathy *adorou* a idéia de espalhar suas idéias sobre temas delicados de relacionamento com sua identidade escondida atrás da minha foto semi-séria na coluna. Ela uma vez disse que os colunistas de conselhos deveriam ter um telefone de chamadas grátis e a senha CARINHO. Quando ela e Saren se separaram (Saren se apaixonou por um homem), eu fui essa chamada grátis dela, e ficamos mais próximas, passamos longas noites tomando *licorice* vermelho e vinho tinto, ouvindo "Blue", de Joni Mitchell, trilha sonora universal da tristeza feminina. Ingênua, perguntei a Cath como ela podia se despedaçar daquele jeito, engordar e passar os sábados inteiros na cama, se tinha altos conhecimentos de como se cuidar numa fase de perda. Ela uma vez me disse: "Não permita que ninguém lhe diga que saber reagir a uma perda é igual a saber reagir a uma perda sua."

Leo e Cathy se entenderam desde a hora em que foram apresentados, e nós meio que fizemos uma extensão da família com ela e a mãe, Connie. Todos os anos alternávamos o jantar de Ação de Graças na nossa casa ou na delas, e coisas do gênero. Leo não gostou quando eu quis fazer Cathy guardiã legal das crianças, caso nós dois morrêssemos, mas acabou vendo que ela certamente nos substituiria melhor do que minha irmã Janey e o marido ou do que os pais dele. Na verdade, Cathy era mais minha irmã do que a minha irmã.

Assim que Leo se formou, surgiu um emprego de advogado na Universidade do Wisconsin. O salário era ótimo, e Leo aceitou. Logo ele estava cuidando de problemas legais, não muito diferentes daqueles tratados nas cartas que eu recebia. Tivemos aumentos de salário. Contratei uma pessoa para cuidar do jardim na frente da casa. Achei uma escola para Gabe onde os cabeças-duras ignorantes não davam a entender que ele era autista por não conseguir dizer o nome das cores, embora conseguisse fazer com que o apontador de lápis funcionasse com energia solar. Eu sabia que Gabe tinha alguma coisa diferente, da mesma forma que eu tinha algo diferente quando pequena, embora na época eles não soubessem rotular o que era. Eu não era "ligada" ou "falante", tinha o que hoje se chamaria de déficit de atenção e hiperatividade. Gabe tinha outra coisa. Conseguia verbalizar muito bem, mas escrevia como uma criança do jardim-de-infância. Lia rápido como uma casa pegando fogo, porém não conseguia soletrar as palavras que tinha acabado de ler. Mas ele era tão inteligente e maravilhoso! Achava que conseguiria vencer tudo o que estivesse errado com ele, da mesma forma que, graças à força de vontade e a pequenos cursos, Leo e eu tínhamos nos tornado dançarinos que arrasavam na pista em festas de casamento.

Vivíamos bem.

As pessoas ficavam encantadas por sermos casados há tanto tempo. Nós ficávamos encantados por estarmos casados há tanto tempo e fugíamos para tomar banho nus em Door County quando nossos pais e filhos estavam dormindo. Uma vez, uma vizinha me contou que passou na frente da nossa casa e viu todos nós no gramado, tentando ensinar Caro a plantar bananeira, e naquela noite ela disse ao namorado que queria, sim, queria ter uma família como a nossa.

Todo mundo quereria. Todo mundo, menos Leo. Ele se considera inocente com o "desenrolar dos fatos", como diz, como se o vazio que se abriu entre nós dois tivesse sido devido à temperatura ambiente ou às novas leis tributárias. Costuma se considerar inocente em quase tudo... acho que sempre foi assim. Mas, se eu olhar para trás, vejo que ele talvez estivesse com um pé fora de casa antes que eu sequer desconfiasse disso... e que seu comportamento esquisito era um detalhe num panorama mais vasto, do qual eu só enxergava um canto.

Achei que ele estava com uma espécie de esgotamento nervoso. Começou a se despedaçar pelo estresse e me convenceu de que, em grande parte, isso era culpa minha, ou minha e das crianças, ou culpa do simples fato de a lucidez dele estar turvada pelo caos da nossa cultura. Não disse em tantas palavras que ele era Leo Steiner, vítima, mas teria sido igualmente claro se tivesse gritado isso num alto-falante.

Começou com queixas estranhas, que não eram comuns nele. Disse que a galinha orgânica vendida na cooperativa não era... suficientemente orgânica. E que precisávamos de uma alimentação melhor, comida integral e poções. Senão, nosso sistema imunológico entraria em colapso. A responsabilidade extra de Aury (mais uma criança para sobreviver, como ele estranhamente explicou uma vez), junto à tensão do trabalho e à própria agressão do ar que respirávamos, faziam com que a saúde dele ficasse ruim.

Acabamos indo a uma fazenda onde as galinhas eram criadas soltas e depois decapitadas. O lugar ficava a *45 minutos* de carro e voltávamos para casa com sinistras sacolas sangrentas guardadas na traseira do Volvo. Leo logo começou a sugerir que criássemos galinhas, mas eu me recusei; tinha certeza de que crianças que comem seus próximos podem precisar de análise.

Mas o que foi mesmo que veio primeiro: a galinha ou... bem, o ovo que virou minha filha caçula?

Acho que jamais saberei.

Acho que Leo não sabe direito.

Se você tiver a resposta, sabe para onde me escrever. As cartas continuam chegando.

TRÊS

Juízes

EXCESSO DE BAGAGEM
J. A. Gillis
The Sheboygan-News-Clarion

Cara J.,

Os colegas que dividem o aluguel comigo vivem apavorados porque tenho uma jibóia como animalzinho de estimação. Hércules tem dois metros de músculos, é limpo e lindo, jamais fugiu da gaiola nem incomodou nenhuma visita. Só fica solto no meu quarto, com a porta fechada, para se exercitar e brincar. Meus colegas dizem que só saber que Hércules come ratos vivos (que também tenho no quarto, numa gaiola) já basta para odiarem a situação. Exigem que eu me mude ou me livre de Hércules, mas, como o aluguel está no meu nome e o anúncio que coloquei para dividir a locação dizia que eu tinha um animal de estimação diferente, mas de bom trato e que não causava alergia, acho que eles não têm razão. Ameaçam ir embora e, com isso, terei de arcar sozinho com um aluguel maior do que tenho condições de pagar. O que faço?

Irritado, de Appleton

Caro Irritado,

Embora você seja o dono de Hércules, não pode culpar seus colegas por ficarem um pouco assustados de dividirem a casa com os dois metros de músculos que comem ratos vivos. Veja a situação pela ótica deles: quando responderam ao anúncio que você colocou, devem ter achado que seu animal de estimação era um furão. Eu daria um tempo para seus colegas procurarem outro lugar, de forma que não se sintam expulsos, depois poria um anúncio pedindo outros colegas para dividirem o aluguel, mas deixando claro que seu animal de estimação é um réptil ENORME. Pesquisas mostram que as cobras são um dos animais que as pessoas mais associam a perigo e medo. Boa sorte para você. P.S.: Algum dia já refletiu por que considera uma jibóia um "animalzinho de estimação" e pensou em ter, talvez, um bicho de sangue quente? Ratos, por exemplo?

J.

Já me ocorreu dezenas ou centenas de vezes que fui castigada por menosprezá-los. Os meus leitores. Por sentir desdém.

Quando eu lia alto as cartas para Cathy (eis aí a lenda da discrição de médicos, advogados e jornalistas, embora o conteúdo das cartas nunca tenha saído dos limites da casa), nós rolávamos de rir. Tinha o homem da cobra. E o encanador que queria abrir um serviço de tosa de ovelhas e perguntava se havia possibilidade de fazer isso numa localidade urbana. ("Em Brisbane!", sugeriu Cathy). Tinha a mulher que não sabia por que os dois noivos dela se recusaram a mostrar a declaração de rendimentos dos últimos anos para que ela resolvesse com qual deles se casaria. Mesmo quando a situação na minha vida estava ficando difícil, as pessoas me pediam conselhos, e eu os dava, satisfeita, de um patamar de força que achava que tinha, ou tinha mesmo, dependendo de como se veja a situação, em retrospecto.

Acho que Caroline ainda estava no primário e Gabe começava o secundário quando Leo começou a se preocupar com sua saúde. Leo. O mesmo homem que pouco antes tinha me criticado por "transformar ginástica em religião". Começou com seus problemas de sono, com suas obsessões com tudo que não tinha feito para garantir uma vida longa. Percebia o ressentimento dele em relação a mim e ao que eu fazia. Eu caminhava alguns quilômetros, voltava para casa e recebia um olhar terrível, daqueles que se lança a convidados que chegam para o jantar trazendo cães labradores.

Eu o surpreendia checando a pulsação várias vezes todo dia. Passou a me dar para ler pesquisas sobre pessoas que viveram 105 anos tomando café e vitamina C. Passou também a ir de carro ao outro lado da cidade para ter aulas de ioga numa sala totalmente escura e sem janelas, na casa de alguém. Ele parecia com o pai, quando dizia "Olhe, só corro se alguém me perseguir. Não fumo. Não uso drogas. Meus pais têm mais de 80 anos. Todo mundo morre." Achei que a nova paixão dele era... como um caso leve de envenenamento alimentar que iria entrar no sistema de meu marido. Achei que um pouco de humor era o melhor antídoto. Sal para a alma.

Fiquei com pena do pobre filho-da-puta. E uma parte de mim achava que aquilo era ótimo, algo que podíamos compartilhar.

— Grande Leo! — disse eu, aplaudindo, na primeira vez em que ele entrou em casa depois de uma hora de exercícios, tão encharcado de suor que parecia ter sido pego por uma tempestade. De vez em quando, Leo comprava um novo par de tênis caros, corria duas vezes pela vizinhança e depois dava os tênis para nosso inquilino, Klaus. Mas dessa vez, não. Os dias se passaram. Os meses. Começava a parecer que ele estava levando a coisa a sério.

Enquanto eu, dedicada, passava arnica nas pernas *dele*, Leo me perguntou se eu não queria experimentar fazer ioga também.

— Mas não sei se você poderia, por causa do balé. O balé faz você ficar dura — disse ele.

Fiquei mesmo dura... de raiva, e esfreguei com um pouco mais de força que o necessário. Mas dei um risinho amarelo.

— Eu, ahn, estou muito flexível, Leo. Acho que as duas coisas têm muito a ver. Eu certamente consigo acompanhar você...

— Uns vão contra a natureza; outros, a favor, Julie. Você tinha de ver as pessoas nessa aula. Mulheres da sua idade que levantam a perna e ficam paradas com a perna bem levantada.

— Eu provavelmente conseguiria. Bom, não.

— É, não. Eu nunca vou conseguir. Elas treinam todos os dias há anos, todos os dias.

— Você tem de estar por dentro de alguma coisa. Todo mundo acredita nisso hoje. Até as estrelas de cinema. Só não consigo imaginar a parte de ficar sentado e calado.

— Esse é o grande desafio. Ficar consigo mesmo. Não sei se você teria concentração suficiente. Você, Julie, é o meu feijão saltador em forma de gente. Lembra quando tentou o parto com auto-hipnose?

— Lembro que você é que ficou hipnotizado.

— Bem, eu consigo me concentrar.

— Leo, eu também consigo me concentrar — rosnei. Era mentira. Jamais consigo pensar em menos de quatro coisas ao mesmo tempo. — Só não consigo entrar em coma. Lembra-se de antes de você entrar na faculdade de direito? E eu disse que queria fazer direito, quando você ainda pensava em ser um comerciante de destaque? Fui melhor do que você nos testes. — Aquele continuava sendo um assunto delicado, e Leo se irritou.

— Os testes para a faculdade de direito não são a mesma coisa que a *faculdade de direito*. De todo jeito, balé nunca deu nenhuma revelação espiritual a ninguém.

— Nem a faculdade de direito. Eu tinha *21* anos quando fiz as provas de direito, Leo. Você, 25. E um monte de religiões usa a dança em seus rituais e nas histórias que contam.

— É a respiração, Jules. É como se eu respirasse pela primeira vez desde criança.

— Bom, aqueles monges todos "viajam" pelo excesso de oxigenação. Mas, espere aí. Eu sempre quis que você se exercitasse comigo. Podemos conseguir músculos elásticos e revelação es-pi-ri-tu-al ao mesmo tempo.

— Não fique zombando, Jules — disse Leo. — Nessa área, não demos nada para nossos filhos. Eles não têm a menor idéia do que seja judaísmo ou cristianismo...

— Mas são bons democratas — destaquei.

— Ah, Julie — disse Leo, com um suspiro.

Mas *tínhamos* confiado em Mark Twain, Robert Frost e Meredith Wilson como base do desenvolvimento moral de nossos filhos. A Igreja parecia exigir um esforço... tão grande. Mesmo assim, começamos a freqüentar a Casa de Reuniões da Igreja Unitariana, em Sheboygan, quando do Gabe estava mais ou menos no sétimo ano, e Caro, no sexto. Gostei. Adorei o Mozart, os velhos hinos, como "Oferendas Simples", os inflamados sermões políticos. Para crianças como Gabe, que não ficavam paradas, eles davam aulas no domingo para as que freqüentavam até a nona série da escola, ensinando por que o homem primitivo adorava o fogo, como fazer uma fogueira só com alguns dentes-de-leão e por que era sagrado plantar árvores para reflorestar (o que eles faziam quase toda semana). O curso de Caro ensinava como as lendas que consideramos contos de fada eram, na verdade, a base de religiões (Gabe chamava essas aulas de Caroline de Evangelho Segundo Walt Disney). Mas durante as orações silenciosas, Leo parecia estar sentado num vaso sanitário. Acho que se concentrava em todos os pecados dos quais não conseguira se arrepender, em todas as pessoas no trabalho que não conseguira perdoar no Dia do Perdão anual dos judeus, nos trinta anos desde que fizera o *bar mitzvah*. (Descobri que ele teve um *bar mitzvah* e que usou solidéu durante uns seis meses. Confessou que o trecho que recitou foi o mais curto do Torá, equivalente nos Salmos a *Jesus chorou*.)

Mas o pensamento unitariano, com seu T.S.P.T. (Traga Sua Própria Teologia, como Cathy chamava), não bastou. Leo continuou desligado. Tirou suas primeiras férias sozinho, dez dias para fotografar petróglifos. E quase ensinou hipnose para todos nós ao passar uma hora inteira de slides, mostrando rochedos com rabiscos que podiam ser cervos ou luas brilhando e, principalmente, uma figura humana que Gabe chamou de *Homo muchas erectus*, um deus da fertilidade que devia ser de alguma tribo antiga de índios hopis ou zunis. Ele passou os slides para um CD e alugou uma TV e um aparelho de DVD para nos mostrar as fotos. As crianças olharam para aquilo como se ele tivesse comprado uma Harley.

Depois, no Natal, Leo deu a Caro uma máquina de costura e alguns moldes de túnicas para ela fazer as próprias roupas.

Ela veio me falar aos prantos.

— Mãe, o papai quer que eu pareça membro da comunidade *amish*.

Deu para Gabe um serrote de mesa, em vez da câmera conectada ao computador que ele tanto queria. Mas Gabe gostou. Fizeram uma mesa de trabalho que ele ainda tem e que é, admito, muito bem encaixada, sem um prego sequer. Para mim, Leo deu duas cadeiras Adirondack (feitas nas montanhas Adirondack, claro) para espremer perto das tinas de tomate, em vez de nossas enormes espreguiçadeiras. Era, pelo jeito, para podermos ver os tomates crescerem e os vizinhos grelharem salsichas enquanto nós grelhávamos os hambúrgueres vegetarianos marca Little Bear. Sentada, inquieta, na minha poltrona, eu me perguntava: o que virá a seguir?

O que veio a seguir foi que Leo comprou uma tesoura de barbeiro e um livro que ensinava a cortar cabelo e passou um domingo inteiro tentando chegar perto da cabeça de Caroline, enquanto ela fugia e avisava:

— Eu bato em você, pai. Nunca fiz nada tão grave e nem quero fazer, mas, se você tocar no meu cabelo, eu bato.

Podíamos pagar os cortes de cabelo de Caroline, e ele sabia o quanto era importante para uma menina cortar o cabelo na moda. Mas Leo dizia que não gostava que uma garota de 12 anos gastasse 22 dólares num corte de cabelo. As pessoas podiam fazer as coisas... elas mesmas. Para manter a paz, Gabe aceitou e foi para a escola parecendo que tinha sido tosado. Leo elogiou-o por ajudar a nos tornarmos mais "autossuficientes". (Gabe depois me consolou dizendo que o cabelo ia crescer de novo e que os colegas acharam que ele ficou parecido com um integrante dos Goo Goo Dolls.)

Mas eu estava aborrecida.

Por que, pensava, Leo não modificava só a si próprio? Ou instalava alguns painéis solares ou algo assim?

A seguir, ele se sentiu *desconfortável* com meus cremes de rosto, por eu usar um de manhã e outro à noite. Pediu-me para deixar de usar maquiagem, passar a usar nos cabelos sabonete marca Sloan e, no pescoço e na testa, usar loção Kiss My Face (imagine como chamamos essa loção agora) em vez de Clarins. E não usar mais delineador nos olhos.

— Leo, desde que você estava no oitavo ano não vê uma mulher acordada que não esteja usando maquiagem — disse eu.

— Não é verdade. Muitas mulheres preferem uma aparência natural. Não se importam em ficar como as mulheres devem ficar na idade delas. E mais: sabia que *Caroline* usa rímel? — Perguntou isso no mesmo tom de voz que teria usado se a acusasse de cheirar cocaína.

— E daí? Só usa para ir a festas.

— Ela nem é adolescente! Já está totalmente ligada no consumismo.

— Não está. Ela é tão consciente das coisas quanto Marissa, Justine ou qualquer outra amiga, principalmente aquela... aquela que é modelo agora. — Eu estava confusa. Não precisávamos do dinheiro que eu gastava no maldito creme. Aquilo não ia mudar o destino dos países do Terceiro Mundo.

— São só aqueles potes, aqueles vidros torneados, aquelas garrafas azuis, toda aquela embalagem. É isso que você paga. Teria o mesmo resultado consumindo vitamina C e geléia de petróleo, Julie.

— Desde quando você é cosmetólogo?

— É globalmente inútil gastar 35 dólares em algo que a sua pele sequer consegue absorver direito.

— Pois é localmente ridículo reclamar de uma besteira dessa. Por que você não anda de bicicleta em vez de pegar o Volvo, Leo?

— Gostaria, mas não ia chegar ao trabalho na hora, no pique do trânsito.

— O pique de trânsito aqui dura cinco minutos, Leo...

Esquecemos o assunto. E comecei a comprar produtos de beleza Yonka, que eram ainda mais caros que os da Clarins, e, isso mesmo, embalados com a alegria salgada da agressividade passiva.

Até que um dia Leo me disse:

— Acho que vou pedir aposentadoria precoce aos 52 anos, pois sei que vão cortar funcionários. Tenho ouvido falar que quem pedir aposentaria receberá benefícios integrais e pensão, além do salário. Pensei, bom, podemos vender a casa. E talvez comprar uma cabana de um cômodo. Lá perto de Wild Rose, quem sabe, ou em algum lugar legal, quando as crianças forem para a faculdade.

— Divirta-se e apareça sempre — respondi. — Não vou morar numa cabana de um cômodo, Leo. — Não me dei ao trabalho de tirar os olhos dos retalhos que estava costurando no jeans de Caro (devo acrescentar que os retalhos eram enfeites, e não para tapar buracos na calça).

— Já bastam os problemas que tenho com as teias de aranha nas vigas dos quartos em Door County.

— Ou uma cabana no norte do estado de Nova York — continuou ele, sem tomar conhecimento do que eu dissera. — Tenho pensado em ir lá só passar um fim de semana fotografando. Conheci umas pessoas pela internet que são de lá e estão fazendo umas coisas incríveis com jardinagem em pequeno espaço.

— Mais vasos de estrume? Rezas de tomate? — perguntei.

— Não, chata. Eles transformaram os quintais, se você prefere chamar assim, numa mistura de campo com jardim. Fica lindo.

— Mostre uma foto.

— Eu... eu não tenho — disse Leo.

— Então, como sabe que são lindos?

— Eu... eu li.

— Leo, Caroline ainda nem entrou no secundário.

— Mas vai entrar logo.

— Daqui a cinco anos ou mais, Leo.

— Mas podíamos comprar o terreno.

— *Leo!* E o *meu* trabalho?

— Você podia se aposentar também.

— E as crianças? Você espera que, depois de freqüentarem a escola, passem as férias de verão dormindo no chão?

— Eu paguei pela minha escola e o seu pai deixou ações para eles receberem os lucros e devolverem depois.

— É verdade, mas meus pais esperavam ver isso acontecer — argumentei, com os olhos brilhando de lágrimas.

Ele sossegou.

— Esqueça essa história por enquanto. Desculpe, Jules.

Meus pais tinham morrido há dois verões.

Embora eles raramente viessem nos visitar, nós íamos todo ano a Nova York para vê-los. Não faziam parte de nosso cotidiano, como os Steiner. Mas quando morreram num desastre de avião na Escócia, hóspedes de algum ricaço, fiquei arrasada. Numa homenagem boba, ocupei um terço do nosso quarto com a escrivaninha de mogno que fora de meu pai, tendo sob o tampo de vidro fotos cimentadas pelo tempo. Eram fotos dele quando jovem, rindo com E. B. White e Truman Capote, todos segurando um copo de coquetel. Leo fez um furo atrás da mesa para passar os fios do meu computador, e eu trabalhava lá, envolta na presença calorosa e na proteção carinhosa e próxima de meu pai. Eu tinha minha irmã Janey; no entanto, ela era do estilo da mãe e do pai: ela e o marido arquiteto ofereciam "pequenas reuniões" para cinqüenta pessoas, circulavam por Hampton com os filhos e filhas de escritores famosos de nomes como Bo e Razzie.

Meu único e verdadeiro mundo era Leo e as crianças. Eu não ia puxá-los de baixo de mim por extravagância, como se fossem um tapete gasto.

— Não estou preparada para me aposentar, Leo — disse eu, séria. — Não estou preparada para ficar como os *seus* pais. E nem estarei daqui a cinco anos. Sou uma pessoa medianamente doméstica. Preciso de amigos humanos e não só de amigos cibernéticos.

— Você pode trabalhar pelo computador. Eles agora permitem que você faça isso onde quer que queira. — Era verdade. Steve Cathcart não queria saber onde eu estava quando escrevia a coluna. Eu ia à redação raramente, só para pegar correspondência.

— Vai ser uma cabana com internet banda larga? O que nós iríamos *fazer*? Viver sozinhos? — Espera-se que você goste da idéia de um pão, uma jarra de vinho e o companheiro ao seu lado na selva de Wild Rose; e eu me perguntava por que eu não estava gostando. Para mim, era difícil de engolir.

— Iríamos fazer tudo o que nunca pudemos fazer. Iríamos viver. Estamos numa pior, Julieanne. E chamamos isso de vida. O que fazemos pelos outros? Uma vez por ano, colaboramos com uma ONG. O que fazemos por nós mesmos? Tomamos um vinho com Peg e Nate duas vezes por ano? Não fazemos muita diferença nem para nossos filhos. Eles assistem à televisão na casa dos amigos, apesar de nós nos acharmos puros por não termos uma em casa. Talvez, se você reduzisse um pouco a velocidade, Jules, a gente ficasse mais na mesma página da história. Você fica tão ocupada com esses corações solitários, que assim que acabarem de ler o jornal vão continuar fazendo exatamente a mesma merda que vinham fazendo, e... o seu balé... e a sua corrida guiada. Que diabo de coisa é corrida guiada? Dá a entender que você precisa de um cão de cego... você não enxerga o mundo à sua volta, o que dá ao mundo nem o que tira dele. Roupas, parques de diversões e telefones celulares: Jules, o mundo é mais do que isso. Ou menos. Ou deveria ser.

Talvez eu devesse ter tentado fazê-lo se prolongar naquele assunto. Naquele exato momento. Talvez eu tivesse evitado alguma coisa. Talvez ele estivesse tentando, sem perceber, mandar mais de uma mensagem sobre como melhorar *nossas* vidas. Pensei que ele estava apenas sendo o Novo Leo, cínico idealista. Ele sempre tivera essa tendência. Pensei também no *Homo muchas erectus* e em mim fazendo *trekking* com vaselina no rosto, arrumando rugas na cara e bolhas nos calcanhares ao sol do Novo México; pensei em viver como os pais de Laura Ingalls Wilder nas plantações de batata e bosques de pinheiros no meio do Wisconsin e mentalmente comecei a fazer furos no meu diafragma.

Três meses depois, começou o que Leo encarou como uma verdadeira contrariedade. Nove meses depois, aquilo se transformaria numa contrariedade de três quilos e trezentos gramas.

Faltavam só dois anos para Gabe entrar na faculdade, Caroline começava a reparar nos meninos, e nós estávamos começando de novo.

Leo estava... pasmo.

Ele parou.

Aquilo não fazia parte do segundo plano qüinqüenal.

Embora eu, ao dar a notícia, não esperasse ser recebida necessariamente com enorme animação, a total falta de emoção dele foi arrepiante.

— Você sempre quis mais um filho — disse eu, por fim. Eu tinha acabado de dar a ele um charuto de explodir. — Eu é que queria só dois filhos.

— Mas nós não...

— Achei que você estava cheio de fazer e queria começar a ser.

— Eu quis dizer que estaríamos livres... sem ter de cuidar de mais uma vida durante 18 anos.

— Quem tem filhos jamais está totalmente livre, Leo. Você sabe disso. Então, você não quer.

— Quero sim, eu quero, Jules — disse ele, sério, e me abraçou com carinho. — Talvez este seja um sinal para eu começar de novo com esse filho e não cometer os mesmos erros...

— Erros? Acho que Gabe e Caroline são belos exemplos de bons...

— Não, eu quero dizer orientar ele ou ela mais no caminho...

Meses depois, ele me presenteou no Dia das Mães com uma foto onde eu flutuava numa bóia no lago Michigan, com a barriga parecendo um bolo estufado por cima e por baixo do biquíni vermelho, com os dizeres: "Querida, navio de propriedade de Sua Majestade."

Como alguém podia fazer aquilo e depois fazer o que ele fez?

Pouco depois que dei a notícia da gravidez, Gabe entrou no nosso quarto. As portas nunca foram nada para Gabe, exceto uma membrana permeável.

— Gabe — chamou Leo, abrindo os braços para o filho: — Você vai ser pai! Quer dizer, eu vou ser pai. Outra vez. Quer dizer, quando eu for pai outra vez, você vai estar quase na idade de ser pai!

Pela primeira vez, ele tinha razão.

QUATRO

Diário de Gabe

Planejei isso como um exercício de redação criativa. Por uns cinco minutos.

Depois, me veio à cabeça que, se minha mãe soubesse que eu queria (mesmo que por um milésimo de segundo) rebaixar Leo/Papai de uma nota 10, ela ficaria uma fera. Mamãe.

Ela se apóia na culpa. Mas não assume. Ela diria que, se você detesta Leo, vai acabar igual a ele. Vai sacanear o seu próprio carma, diria. (Não que ela não seja brava e forte e a nosso favor, além de sagaz e prática e toda aquela besteirada que as pessoas dizem sobre ela, mas também é bem anos 70 para, como Leo, dizer "carma" como se fosse algo totalmente real, porém invisível como nitrogênio.)

Ela quer que eu ainda "ame Leo, apesar da fraqueza dele". Da mesma forma que ela continuaria gostando de mim mesmo se eu estivesse preso. O que é uma coisa inteiramente diferente. Qualquer mãe faria isso. Se eu estivesse numa prisão, seria por um motivo decente. Como quebrar as pernas de Leo. Ou um idiota. Como por porte de maconha. Ao passo que, com o meu suposto pai, devia haver um pequeno avião Cessna sobrevoando a final da Liga Nacional de Futebol Americano com uma faixa onde se lesse: LEO STEINER CAGOU PARA A MULHER E OS FILHOS POR-QUE NÃO CONSEGUIU SE SEGURAR.

Sempre li as cartas e os diários de minha mãe.

Ela não soube disso, bem, por quase toda a vida, mas também não se importou muito quando descobriu (acho que o discurso dela sobre inva-são de privacidade e limites era mais por formalidade). Pelas cartas e diários de minha mãe, sei que Leo é um estereótipo. Ele tentou fazer com que parecesse uma grande revelação, mas o fato não passou de um cara comum que fez 49 anos e percebeu que ia morrer. Ele chamava de "autenticidade espiritual" aquilo que estava procurando.

Autenticidade espiritual.

Espera-se que você respeite seu pai (mesmo que ele faça algo idio-ta) por causa das coisas que fez por você no passado. Ele xingou seu novo e idiota professor de cívica, usando uma elegante linguagem de advogado, quando você construiu um modelo da Torre Nacional do Canadá com belvedere rotativo, mas ganhou nota cinco porque errou os pontos e vírgulas na bibliografia. Leo fez isso. Ele ensinou você a se-gurar o bastão de beisebol, a fazer a barba antes que fosse preciso, con-feriu se você sabia a letra de "Officer Krupke" e de "Goodbye Yellow Brick Road". Espera-se que você o perdoe mesmo que ele saia um pouco dos trilhos, a menos que mate alguém, bata na sua mãe, humilhe você ou deixe marcas de cinto nas suas costas por você não querer ser um militar de carreira como ele, ou algo assim.

Mas como respeitar o que Leo chamaria de um descuido cruel? Des-cuido é o pior pecado. Como você vai querer continuar usando o sobre-nome de alguém que fez algo pior do que bater na sua mãe? Que acabou sendo um filho-da-puta totalmente egoísta com *todos*?

Espera-se que seu pai seja como o seu... endereço.

Se isso for verdade, quero estar no programa de proteção às teste-munhas.

Aliás, não me incomodaria em receber nota 10 em redação criativa.

Eu ia começar investigando a deterioração de nossa família pelos nomes que nossos pais nos deram. Estou saindo do assunto. Tenho tendência a fazer isso.

Minha irmã Caroline e eu recebemos o nome de nossos avós, o que é bem comum. Ela se chama Hannah Caroline, mas usávamos Caro porque minha avó Hannah ainda era viva, gozava de boa saúde e aparecia em casa todos os dias. Eu recebi o nome (se segura para não cair) de Ambrose Gabriel, mas sempre fui chamado de Gabe. Meu avô Gillis era Ambrose, mas ninguém em sã consciência iria chamar um menino assim; poderia bem ser Percival. Quando nossa pobre irmãzinha nasceu, não era que não existissem mais avós para ela receber o nome, era que (foi o que me pareceu) meus pais tinham endoidado. Substituíram a mesinha com cadeiras que ficava no nosso, digamos, terraço de dois metros por três por enormes vasos, onde cultivavam tomates, pimentões e um pé de milho murcho. Nós íamos de carro até a casa do fazendeiro Grisworld e voltávamos com galinhas mortas numa sangrenta sacola de lixo na traseira do Volvo. Achei que por isso os dois decidiram dar a ela o nome de Aurora Borealis.

Aurora Borealis Steiner. Falei que parecia uma piada étnica. Papai reclamou, enfático, depois fez sua cara zen-compreende-os-ignorantes e disse:

— O vento sopra do Sol, passa pela Terra e traz o nitrogênio, o oxigênio... é o que você vê, as luzes setentrionais, as cores... — Balancei a cabeça, concordando. Eu tinha tido aula de ciência. — Portanto, como ela é uma nova luz na Terra...

Meu Deus. Fiquei constrangido pelo cara. Se algum dia eu ficar assim, por favor, me mate com um tiro de uma 45mm.

Eu sabia que meu pai tinha pisado na bola. Soube antes de minha mãe.

De todo jeito, o nome não teria sido um grande problema para a pobre coisinha, se suas iniciais não fossem iguais às da enorme placa na estrada que ia para a velha e grande casa georgiana de dois andares em que morávamos.

A tal placa anunciava uma empresa que se chamava *Atlas Breeders Services* — ABS (Reprodutores Atlas) e lidava com touros premiados, ou melhor, com seus produtos para reprodução. Até alguns anos atrás, a empresa se chamava Sêmen de Touro América. Dá para perceber qual é o problema.

No secundário, eu conhecia a garota que foi coroada Rainha dos Laticínios Wisconsin (e, sim, há uma disputa com a empresa de micros de mesmo nome). Não estou inventando. Um dos privilégios do reinado dela era andar com uma seringa do produto ABS na bolsa, caso encontrasse uma vaca necessitada de ajuda. A garota era totalmente tímida quando fora de sua personagem, embora tivesse um corpo que a entregasse, principalmente a área do úbere. Mas estou fugindo do assunto. De todo jeito, ela era obrigada a ficar lá sorrindo, radiosa, enquanto os malditos produtores de laticínios faziam comentários ótimos quando ela sacava o inseminador. Sem falar no que seus tão sagazes e gentis companheiros na escola secundária Sheboygan LaFollette diziam a ela sobre o assunto. (Ela me disse que o que mais a incomodava era ter de tomar sorvete todos os dias do verão. Começou a vomitar de propósito, embora não fosse bulímica. Depois que acabou o ano de reinado, ela ficava com enxaqueca só de sentir cheiro de baunilha. Mas ela também tem sonhos de que sua bolsa se abre e saem, digamos, quarenta enormes seringas de inseminação.) Ela me disse que gostaria que a ABS jamais tivesse sido inventada.

Todo mundo se divertia com aquela placa. Os funcionários da empresa estavam sempre colocando pequenos slogans nela. No Natal, por exemplo, puseram *Bimbalhamos nossos touros para as vacas ficarem contentes!* No Dia da Independência, *Viva o reprodutor americano de sangue vermelho!* E a frase de que eu mais gostava, da Páscoa: *Nossos reprodutores são rápidos como coelhos!* Os garotos que passavam de carro saltavam e, encobertos pela escuridão, rearrumavam as letras para conseguir o máximo de vulgaridade. A fazenda ficava longe à beça da estrada, e nós nunca entendemos por que a placa ficava bem no meio de Sheboygan, no Wisconsin, que era uma cidade bem grande, com uma universidade meio decente, embora todas as crianças temessem a vergonha de acabar indo para lá. Não sei por quê. Estudei lá durante um ano, e era um lugar bastante bom. Só acabei na Columbia porque resolvi que precisava de mais espaço entre mim e o Meio-Oeste. Por isso, e por querer ver por que minha mãe mudou do jeito que mudou, minha mãe, a combinação da mulher mais corajosa e mais superficial do mundo.

Foi também uma espécie de homenagem ao meu avô, porque ele deixou para nós um bocado de dinheiro que só poderemos usar quando fizermos 21 anos, e ainda não tenho essa idade. Ele fez isso antes de explodir com a vovó num pequeno avião a caminho do torneio aberto de tênis na Inglaterra. Nunca li os livros do meu avô, mas o cara da Guerra Civil criado por ele, que se transformava numa espécie de Robin Hood, obviamente tinha algo "extra", porque em todos os livros da série ele "levou para o leito" (era assim que o Avô diria) mais putas do que James Bond conseguiu em todos os filmes, e sem ajuda de um isqueiro que virava punhal, canhão ou alguma porcaria dessas. Como os livros renderam muito dinheiro, ele uma vez foi presidente do National Book Awards. Acredito que, em tese, precisamos mais do avô quando somos bem pequenos, mas, no meu caso, foi ao contrário. Meu avô morreu quando eu tinha 10 anos e, aos 15, eu jurava que, se pegasse o telefone, ainda o ouviria falar: "Aqui fala A. Bartlett Gillis", e eu respondia: "Aqui é A. Gabriel Steiner." Isso foi na fase em que meus pais pareciam ter perdido a noção da realidade, como três refeições por dia, enquanto a maioria das pessoas da idade deles já tinha entendido o que era ser pai e mãe.

Vovô Steiner ainda fala comigo como se eu tivesse 10 anos, mas o Avô (éramos obrigados a chamá-lo assim) sempre falou comigo como se eu tivesse 20, mesmo quando eu tinha 5. "Como estão as coisas, meu amigo?", perguntava ele. Ouvia minha resposta, embora raramente escutasse uma frase inteira de qualquer outra pessoa sem interromper. Quando morreu, vovó e ele não tinham a menor intenção de nos deixar em má situação financeira. Ele não ia imaginar que íamos precisar de nossas ações para viver, e não como renda. Ele simplesmente adorava o chão que minha mãe pisava. Queria apenas evitar que Caro e eu queimássemos o dinheiro (dele) em Corvettes quando éramos jovens e bobos. Minha irmã Caro teria queimado tudo (ela hoje se apresenta como Cat e percebe-se logo que uma pessoa com esse nome não pode ser levada em consideração).

Por outro lado, vovô Steiner, velho demais para se preocupar conosco, era um ser totalmente perfeito quando precisávamos dele. Chegou a vender o condomínio do qual os dois tanto se orgulhavam. Quero dizer apenas que o avô Gillis teria feito a mesma coisa. Mas estou fugindo do assunto. Outra vez.

Voltando à minha irmã Aury e seu nome. No começo, achei que o nome dela, assim como as galinhas recém-abatidas e as revistas e publicações de circulação dirigida que meu pai recebia de pessoas que moravam em tendas e dividiam o uso de um caminhão, não passava de conseqüência da mania de saúde de meu pai. Eu achava que essa obsessão surgiu porque ele não conseguia dormir. Ele me disse que não conseguia dormir por causa do trabalho. Tinha enxaquecas. Ele era *conselheiro legal-chefe* do Secretário do Estado do Wisconsin em Sheboygan (mais ou menos como ser gerente do McDonald's, mas *em Milwaukee*, não em Evansville), e isso o deixava louco. Tinha de cuidar de acusações feitas por pais de idiotas que caíram de janelas do segundo andar após beberem todas com professoras de Estudos das ilhas do Pacífico que achavam que estavam tendo suas gratificações negadas porque a escola queria liberar mais dinheiro para os caras da Escola de Administração.

Meu pai me disse:

— A maior pista que tive foi quando achei que todo mundo no trabalho parecia com um animal. Eu pensava: lá vem o Porco, presidente da Faculdade de Direito. Tem a Ferrão, a secretária. Tem meu colega de escritório, Clark, que parece um *bull-terrier.* Eu estava enlouquecendo e morria de medo de me distrair de repente e perguntar: "Por favor, Porco, pode dar uma olhada nesse requerimento? É interessante, leia."

Meu pai disse também que ficava louco por ter de lidar com as diversas formas de as pessoas foderem com vidas absolutamente perfeitas. (Como se ele não estivesse prestes a ser chamado de Melhor Jogador em Campo nessa área... E como se minha mãe não tivesse ficado quase famosa fazendo exatamente isso: chegou a achar que foder com sua vida estava no DNA, fazia parte de um bípede hominídeo que respira.)

De todo jeito, ele virou um caso perdido. Foi para a Universidade do Wisconsin, em Madison, participar de uma pesquisa sobre sono, e assistimos ao vídeo dele com eletrodos na cabeça e no corpo. Pelo menos eram mais interessantes do que os slides do homem da Idade da Pedra, que parecia ser ainda mais fixado nos genitais do que meu pai. Meu pai *pegou emprestada uma TV para isso*, o que era como tomar emprestado um carneiro vivo para um desfile de Páscoa ou alguma besteira dessas. (Nós nunca tivemos uma TV como eletrodoméstico de uso diário, do jeito que as outras crianças tinham. Tínhamos de ver TV na rua, em geral eu via na casa do meu amigo Luke. Isso era esquisito, pois as crianças perguntavam: como você vive? Mas ainda era bem menos estranho do que o que estava por vir.) De todo jeito, nos sentamos na sala e assistimos a Leo dormindo sob o efeito de pílulas soníferas naquela pequena sala branca tipo motel, e isso deixou a gente totalmente para baixo. Ele mexia pernas e braços a cada segundo. Não era de admirar que não dormisse profundamente. Havia anos ele não dormia, no sentido habitual do termo, embora com toda a certeza *parecesse* dormir. Passamos, digamos, meses da nossa infância com jogos de mesa e peteca com tamborete nas mãos, esperando que Leo acordasse, e vendo-o dormir.

Não sei se toda a história de sono era um fingimento proposital para nos mostrar que ele precisava de um "descanso" daquela vida tão estressante, ou se o problema era verdadeiro. Eu não passava de uma criança e na época não entendia que era uma espécie de tradição americana jogar tudo para o alto e ficar com uma *gostosa* antes de chegar aos 50. *Seria* bem difícil *fingir* mexer os olhos setenta vezes por minuto.

Minha mãe dava conselhos para *ele* combater o estresse: Lee, dê longas caminhadas à noite, vá nadar, faça mergulho com aparelhos. Em vez disso, ele ficava até tarde no computador. Eu passava pelo quarto deles e via a luzinha azul do laptop dele brilhando, da mesma forma que outras crianças veriam a tela da TV no quarto dos pais, embora nós não tivéssemos uma. Eu já disse isso, não?

Nós vimos como ela estava.

Leo deve ter visto também.

Ele não permitiu que isso atrapalhasse.

De qualquer forma, Aurora Borealis, minha irmã caçula, era uma linda criancinha de cabelos pretos e covinhas e, como a Rainha dos Laticínios da minha turma, provocava comentários nojentos sem ter feito nada para isso. Exatamente como minha mãe, que, sem ter culpa, tinha um parafuso a menos na cabeça. E nós, que não tínhamos qualquer defeito de nascença, tínhamos Leo.

Achei que estava protegendo minhas irmãzinhas por manter uma longe da rua e a outra longe da minha mãe. Mamãe achava que estava nos protegendo ao dizer que estava ótima, mesmo quando tentava fazer os olhos mexerem ao mesmo tempo. Cathy, a melhor amiga de minha mãe, achava que a estava protegendo resmungando ameaças sobre a vontade que tinha de mutilar Leo. Meus avós Steiner achavam que estavam protegendo minha mãe fazendo panelas de macarrão, mantendo a grama cortada e vendendo a casa de condomínio que tinham na Flórida. Meu pai achava que estava nos protegendo (como se ele nos desse a mínima atenção) fingindo que o trabalho o estava deixando louco, e não apenas a vontade de largar aquela vida (o que nos incluía). Todo mundo estava correndo em volta, tentando fazer com que tudo parecesse normal, então Caro e eu podíamos muito bem fazer o que quiséssemos. Foi assim que entramos no programa do computador e iniciamos uma viagem com uma desculpa falsa que jamais teria sido engolida por qualquer pessoa que estivesse prestando atenção.

No final das contas, claro, ninguém protegia a gente.

CINCO

Êxodo

EXCESSO DE BAGAGEM
J. A. Gillis
The Sheboygan News-Clarion

Cara J.,

Sou católico. Há 15 anos, quando éramos coroinha, meu amigo e eu violamos a hóstia antes da missa mijando nela, depois secamos no aquecedor, de brincadeira. Sempre considerei isso apenas uma bobagem juvenil até perceber que as coisas na minha vida adulta andaram sempre muito mal: os relacionamentos, os empregos, o fracasso na escola e assim por diante. Já confessei isso ao padre e fui absolvido várias vezes. Você acha que Deus rogou uma praga contra mim?

Preocupado, de Warrenton

Caro Preocupado,

Não, acho que Deus não rogou praga contra você. Você pode estar carregando uma certa culpa. Se conversar com um psicólogo, pode descobrir outros motivos para se sentir fracassado em coisas que não têm nada a ver com sua religião e que você acha que foram provocadas por aquela bobagem. Afinal, se você foi absolvido, apagou qualquer mancha da sua consciência. É comum as pessoas sofrerem anos por causa de um fato do qual ninguém sabe e que passa a não ter a menor importância para ninguém, nem para elas, após terem uma visão geral dos fatos através da terapia. Boa sorte.

J.

— É menina! — gritou o obstetra e, embora nós já soubéssemos (gestantes de 42 anos têm de fazer exame do líquido amniótico), não conseguíamos acreditar na pequena maravilha que era nossa filha.

Nada jamais fora tão perfeito... em miniatura. Eu tinha esquecido. Fiquei cheia de remorso ao pensar que havia criado aquela pequena vida para atrapalhar meu marido. Dei um beijo abençoando a cabeça dela e sussurrei:

— Eu queria você. Você é meu amorzinho.

Leo e eu seguramos o bebê juntos na cama da sala de parto. Gabe e Caroline entraram, totalmente constrangidos com a prova da fisiologia dos pais, e seguraram-na desajeitados, o jeito gracioso deles transformado em cotovelos de gafanhotos por causa do medo de algo com o qual não estavam acostumados.

— Oi, mãe — disse Gabe.

— Ela é bonita, tem cabelos — disse Caro.

Momento Kodak.

Leo então anunciou o nome do bebê, e todos nós olhamos para ele como se a transmissão tivesse sido interrompida.

Se a chegada iminente de Aurora foi o equivalente doméstico da minha pontada na perna, sua chegada real abriu a porta para Leo sair. Ele andava escorregadio e, talvez por querer ou porque sempre se reprimiu, contendo-se. Do dia para a noite, ele se transformou num corredor morro abaixo. Eu tinha concordado com as galinhas criadas soltas e até filosofei sobre o jardim feito dentro de tinas. Nós sempre fomos dois bons liberais do verde. E nunca me incomodei muito com o que os outros achavam de nossas escolhas. Mas Aurora Borealis Steiner?

Foi Caroline quem perguntou:

— Que nome é esse?

— É um termo mítico científico para estrelas setentrionais, aquelas que vemos lá em Door County — explicou Leo.

— Ah — disse Caroline.

— É em latim — disse Gabe. — Como *Ursus arctos horribilis.*

— O que quer dizer isso?

— Urso peludo — respondeu Gabe.

— Como nós vamos chamá-la? — perguntou Caro.

Respondi:

— Pode ser Rory.

Gabe disse:

— Pode ser Shorty.

Na noite em que ela nasceu, Leo ficou enfiado no laptop na espreguiçadeira da maternidade, mandando boletins sei lá para quem. Eu me levantei, cuidei do bebê e fiquei preocupada.

Mas por que fiquei preocupada? Leo ainda era irônico, inteligente, bonito como um garoto rebelde, só um pouco mais crítico do que sempre fora. Ele lidaria com aquela nova filha como lidava com tudo, aproximando-se aos poucos. Quando fizesse isso, a maluquice se evaporaria como suor depois de uma sauna. Resolvi que ele estava para fazer 49 anos, tinha percebido que um dia ia morrer e quisera tentar negociar com o universo. As pessoas geralmente vão ficando meio doidas, cultivando os germes da loucura, até chegar ao final dos 40. Essa era a versão simples. A primeira que dei para Gabe. E eu não tinha nenhum motivo real para pensar de outra forma. Leo era meu marido e meu namorado da faculdade. Meu melhor amigo do sexo oposto. Tínhamos uma história tão antiga quanto a de Moisés. Não creio que os casais continuem a vida inteira as almas gêmeas que foram aos vinte anos. Principalmente se têm filhos. Isso não significa que não tenham um bom casamento. Imaginei que eu sobreviveria àquela tempestade e teríamos uma linda filha, que, quando fizesse 16 anos, mudaria o nome do meio para Jane.

Dezessete meses após o nascimento de Aurora, Leo anunciou que ia tirar um "pequeno ano sabático".

— Vai tirar seis meses? — perguntei, pasma. — Agora? Para quê? Não é a melhor hora, Lee.

Mostrei a sala à nossa volta. Apesar da intervenção de uma equipe de limpeza (Leo não se opôs), nossa sala parecia um acampamento-base abandonado no Everest. Roupas jogadas, identificáveis como limpas ou sujas apenas pelo cheiro. Caixas vazias de suco de frutas dobradas ao meio. Peças de jogos que faziam um som de cubos de gelo sob meus pés quando eu ia ao banheiro, o que não era comum, já que não tinha me recuperado do nascimento de Aurora como dos outros partos. Isso me preocupava, e não só pela minha idade. Eu estava com dificuldade para ler minha correspondência, mesmo com os óculos da receita nova. Escutava coisas esquisitas, como pequenos solos de flauta que ninguém ouvia. Estava ficando mais difícil ignorar tudo.

Na semana anterior, eu havia oferecido a Cathy um chá de bebê, que transformara num desastre.

Um ano depois de perder Saren, Cathy resolvera arrumar um verdadeiro companheiro para a vida inteira. Adotou a chinezinha Abby Sun, de quatro meses, que poderia ser uma adorável descendente de índios americanos. Preparei um ponche de rum com sorvete de frutas moldado em velhas fôrmas que vinham com massinhas de modelar, e decorei com pequenos guarda-chuvas (minha interpretação sheboygana de juncos flutuando no rio), biscoitos de amêndoa e uma mistura de nozes temperadas e macarrão frito. Havia muitos bebês circulando e amigos de Cathy do trabalho dela e do jornal, que não conheceram Aurora quando ela nasceu e que inesperadamente trouxeram-lhe presentes junto com os de Abby. Aury, que estava com quase 2 anos, dava beijos no bebê adormecido e dizia: "Neném Abby." Foi engraçado. Stella Lorenzo anunciou que tinha ficado noiva de Tim Downer, da revista *Sunday*. Abracei-a e disse:

— Corações partidos...

— E paus moles... — completou Cathy.

— Por toda a cidade de Sheboygan! — terminei a frase, e ela enrubesceu. Todos rimos. — Você vai ser uma boa esposa, Stella — disse.

— Tenho bastante prática! — retrucou ela.

— Quer dizer, vai ser uma boa esposa, não por ter grandes olhos castanhos e peitões, o que não é ruim, mas por ter um grande coração. Sei disso porque trabalho na redação e vejo que você tem uma incrível paciência para agüentar com graça os idiotas e para ver o lado bom de tudo.

— Essa é a descrição da pessoa perfeita — disse Cathy. — Então, Stella, sei que essa pergunta não é comum, mas será que você tem uma irmã lésbica?

Nós rimos muito e fui buscar o bolo.

Quando eu voltava da cozinha com a grande camada que tinha feito em forma de sol, tropecei em alguma coisa que ninguém conseguiu ver, deixei cair o prato, pisei nele e foi aí que as coisas foram piorando.

Ajoelhei no meio da confusão, chorei e, por mais que tentasse, não conseguia parar. Se eu ria, só tinha novos ataques de choro. Como se fosse um aviso, as mulheres começaram a me consolar com histórias de altos e baixos emocionais que tiveram aos 40 anos e como seus casos haviam sido bem piores e que ninguém precisava comer bolo, já que tinha toda aquela variedade de salgados. Stella se ajoelhou no chão com a água gasosa para tirar o glacê amarelo do carpete. Só Cathy me chamou para um lado antes de ir embora e sugeriu que eu procurasse um médico. Disse que eu não me preocupasse, que não devia ser nada sério, mas que uma anemia ou até uma infecção de ouvido poderiam provocar aquele tipo de tremor.

Só bem depois ela admitiu que vinha disfarçadamente me observando andar e dançar havia um bom tempo e sabia que aquilo não era infecção de ouvido.

Fosse qual fosse o motivo, eu não estava em condições de virar mãe solteira enquanto Leo tirava um semestre de férias. Fiquei ainda mais tartamuda quando ele anunciou que ia passar parte daquele período fora de casa.

— O quê? Você está brincando? — perguntei. — Vai ficar fazendo o quê? Onde? Durante quanto tempo? Não vai passar uma semana inteira!

— Não, primeiro só um mês; depois, talvez duas semanas — disse Leo, e pensei: *O quê? O que esse homem disse? Parecia piada.* — Tenho tempo de serviço acumulado. Uma das coisas que quero é dar uma olhada no norte do Estado de Nova York. Talvez compre um terreno. Longe da cidade, mas ao mesmo tempo de fácil acesso — disse ele, com encantador deleite. Privacidade, isolamento... e a Broadway! Mais perto da minha irmã Janey e de Pete. Talvez como uma casa de férias, talvez mais do que isso, mais tarde na nossa vida. Ele já havia planejado encontrar pelo caminho algumas pessoas com as quais se correspondia. Se eu quisesse, podia ir, mas, acrescentou logo, ele sabia que eu precisava voltar a trabalhar, e já tinha convidado minha sogra para sair da cabana onde morava com meu sogro agora e ficar um pouco conosco.

— Como você não percebeu? — perguntaria Cathy depois. — É igual à situação da *Perplexa*, de Prairieville, ou seja lá quem for, cujo marido fazia viagens de bicicleta com a cunhada porque os *dois adoravam bicicleta*. Julie!

— Não foi isso — insistiria eu, sabendo que na verdade eu era mesmo a *Insensata*, de Sheboygan. — Eu *sei* que, em primeiro lugar, ele estava na menopausa masculina. As pessoas passam por isso sempre e não acontece nada.

E nada aconteceu mesmo. Leo escreveu para nós e mandou lindas fotos de "comunidades intencionais", em que vinte pessoas dividiam um limpador de neve e compravam vinte livros de capa dura por ano. Havia jantares em grupo e aulas de ioga. "Você tinha de ver minha posição cachorro na ioga!", escreveu ele.

Mesmo assim, 24 dias depois, quando o avião em que ele veio pousou no Michell Field, eu é que senti estar chegando em casa. Ele *estava* melhor com as aventuras. Bronzeado e animado, Leo parecia, literalmente, ter menos vincos na testa. Muito satisfeito por ver as crianças, chamou-as ao nosso quarto só para ficar olhando-as. Disse que pensar em mim segurando Aury lembrava-lhe um quadro de Cassatt. Transamos ferozmente, o tipo de sexo que gente casada não faz, o tipo que deixa os joelhos esfolados pelo tapete. Naquela noite, vendo Aurora dormindo, Leo chorou. Disse que os cabelos negros dela brilhavam no escuro e que nada que ele havia feito poderia devolver-lhe a mudança e o crescimento dela no mês que ele perdera, mas que não saberia disso, se não tivesse perdido o mês.

— Eu estava exausto, Jules — disse-me naquela noite, quando estávamos de roupa de baixo na cozinha, comendo torrada com manteiga de amendoim. — É isso. Estava cheio de ser um bom menino. Mas, porra, eu *sou* um bom menino. Estou condenado a ser pelo resto da vida. Deve ser algo genético.

— Uma pessoa pode ser coisas bem piores, Lee — disse eu. — Nem todo mundo tem que ser Jack Kerouac.

— Eu achava que um dia ia ser — disse ele, triste.

— Todos nós achávamos, querido — repliquei, abraçando-o. — Se você queria tanto ser, por que não foi?

— Esperavam de mim o que... esperavam de mim — constatou ele.
— Minha única rebeldia foi me apaixonar por uma branca anglo-saxã protestante numa malha de balé — disse ele, sorrindo torto.

Será que eu nunca pensaria em perguntar: Leo, você não estava mais que um pouquinho cansado? Digamos, um pouco cansado de mim? Será que me passaria pela cabeça dar uma olhada no correio eletrônico, já que eu sabia que a senha dele era *Innisfree*?

Duas semanas depois, Leo resolveu que os unitários eram conservadores demais e sugeriu que fôssemos aos domingos à tarde a um centro de retiro tibetano ao sul de Madison.

Finquei pé. Os domingos eram... bom, sagrados. Eu gostava de passar as tardes dominicais lendo minha coluna e o *Times*. Sugeri que levasse Aurora Borealis.

— Eles lá vão morrer de susto com o nome dela — disse a Leo. — Ela pode encontrar algumas lindas crianças suecas chamadas Tenzig e Sorgay. — Ele não pareceu perceber a graça.

Leo me trouxe livros que explicavam que a física quântica e o pensamento criativo são baseados em ondas. Comprei para ele o livro de Stephen Jay Gould sobre por que as pessoas acreditam em maluquices. Ele comprou para Aury blocos de madeira de Matemática-com-Mozart. Eu comprei uma TV de tela panorâmica, o que era, na nossa família, como comprar uma metralhadora Uzi. (Gabe e Caroline literalmente caíram de joelhos, agradecidos, e encostaram a testa na minha mão.)

Quando Aury estava pronta para entrar na pré-escola (era, na verdade, uma creche disfarçada, que custava mais caro porque eles usavam giz em vez de creiom e tinham um professor de movimento criativo duas vezes por semana; a criança tinha *apenas* um ano e meio), Leo sugeriu que eu desse aulas para ela em casa, largando a coluna no jornal e talvez pegando mais alguns alunos. Eu sugeri que *ele* ensinasse Aurora em casa.

— Se existe alguém aqui que precisava de aulas em casa, era *Gabe* — disse eu. — Você sabe tudo o que ele agüentou das crianças... *e dos* professores? Oito anos de tortura porque ele é mais inteligente do que quase todo mundo na escola e tem todas as dificuldades de aprendizado? Por que você não se incomodou? Por que era tão importante as crianças irem para a escola *pública* por você trabalhar numa empresa pública?

— Aí é que está, Julieanne — disse Leo. — Não quero cometer com Aurora os mesmos erros que cometi com os mais velhos. — Leo olhou para cima, calmo. — Sabia que você ia ser contra. — Pegou uma folha de papel. — Rateei nossas contribuições financeiras para os filhos. Desde que Aurora nasceu e você passou a trabalhar meio expediente, você trabalha em casa e eu provejo o sustento... bom, é justo que você tenha uma parte maior da administração da casa.

— Foda-se! Eu já faço isso. Você usa amaciante nas toalhas de banho, Leo? — perguntei.

— Claro. Quem quer toalhas velhas e ásperas? — respondeu Leo, fungando.

— Errou! Se usar amaciante, as toalhas deixam de absorver e não servem para enxugar, Leo! — expliquei.

— Quando Gabe e Carol foram para a escola... Jules, as escolas não são mais lugares propícios. Elas são tanques de contenção para os desajustes sociais que criamos com nossa comida envenenada de lanchonete, nossas McCoisas e nossas...

Deixei-o resmungando, peguei minha bicicleta e fui para a casa de Cathy, onde passamos a tarde tomando *margaritas*. Aquilo era apenas uma velha e simples bobagem, pensei.

Tinha razão, era bobagem. Mas logo ficou claro que não era nem simples nem velha.

SEIS

Eclesiastes

EXCESSO DE BAGAGEM
J. A. Gillis
The Sheboygan News-Clarion

Cara J.,

Finalmente cobrei meu marido pelas suas sucessivas infidelidades. Ele disse que nosso casamento ia melhorar se cada um tivesse relações sexuais com outras pessoas, uma espécie de relação aberta. Continuaríamos sendo um casal, mas teríamos uma variação. Não tenho certeza se quero fazer isso. Mas temos dois filhos pequenos e quero que meu casamento continue intacto. Será que isso é uma fase?

Desconfiada, de Lancaster

Cara Desconfiada,

Pode, realmente, ser uma fase. Ou pode ser um sino badalando alto para avisar que seu marido está resolvido a sair do casamento. O único jeito de descobrir é não tentar experimentar outros relacionamentos. É procurar um bom aconselhamento psicológico especializado nesse assunto; há terapeutas de casal, inclusive. (Por favor, ligue para a recepção do jornal e peça uma lista de nomes.) É fundamental que trabalhem juntos para ver quais os verdadeiros problemas latentes, que podem surpreendê-la. Seu marido pode estar se sentindo sexualmente rejeitado ou inseguro por motivos que nada têm a ver com você. A maioria dos assim chamados casamentos abertos termina em divórcio e não em harmonia. Resolva o que fazer ou aceitar, mas só depois de uma sessão semanal de aconselhamento, com seu marido ou individualmente. E mantenha-me informada.

J.

Pouco antes de começar o semestre de outono na universidade, Leo me levou para jantar fora.

Não tínhamos nem começado nossas saladas quando ele disse:

— Vou me aposentar antes.

— Já havíamos discutido isso — eu disse, colocando meu camarão em volta do brócolis.

— Quero dizer que vou me aposentar agora — disse Leo, enfiando o garfo no seu macarrão à primavera.

— Agora. Você quer dizer *agora.*

— Este ano.

— Quer dizer, está pensando... Leo, você não tem nem 50 anos.

— Mas eu disse a você que eles fariam corte de funcionários, mais cedo ou mais tarde, e que eu receberia uma proposta. Recebi. No nível em que estou, posso pedir aposentadoria precoce, passar alguns anos recebendo salário integral e depois pensão integral. Posso ter benefícios como se eu tivesse sido do Exército. Com direito a atendimento odonto-lógico, psiquiátrico...

— Vamos precisar do auxílio psiquiátrico. Sabe quanto eu ganho, Leo? Acabo de receber um aumento. Ganho uns 22 mil dólares por ano.

— E você tem seguro...

— Só tenho seguro contra catástrofes!

— Bom, você e as crianças estão cobertas. Você vai ficar ótima. Temos nossos investimentos. Não vou ficar sem fazer nada. Vou trocar algumas ações com papai. E trabalhar em alguma coisa na área de meio ambiente...

— Acha que isso vai dar lucro.

— Mas antes, e sei que você vai ficar preocupada, vou tirar um ano sabático de verdade. Não como aquela viagenzinha de antes. Vou dar uma desligada geral. Não quer dizer que vai ser *completa,* pois vou telefonar para você todos os dias. Mas vou tirar um ano sabático de verdade. Longe de tudo. Vou morar no norte do estado de Nova York, bem à margem do Hudson, com aquela grande comunidade com a qual me correspondo há anos. Antes de ir para lá, vou visitar umas pessoas com as quais também venho me correspondendo, que moram na Pensilvânia e em Massachusetts. Talvez passe um tempo na casa de um deles. Já combinei tudo. A hipoteca da casa será paga por débito automático...

— Você deu entrada no nosso divórcio? Porque, na verdade, você está me abandonando, Leo.

O ar pareceu estremecer entre nós dois. Meus olhos fizeram aquele movimento separado, mexendo cada um para um lado, como passariam a fazer em momentos de grande estresse ou confusão. Balancei a cabeça para colocá-los no lugar. Balancei de novo. A parede entre mim e Leo era visível e tremia. Eu a via estremecer. Nem o garçom se aproximava da mesa.

Meu marido me olhou muito sério, com seus grandes olhos castanhos.

— É isso que estou tentando evitar, Jules. Não quero me cansar da nossa família, da nossa vida familiar, e fugir. Falo sério. Mas eu tenho de...

ir embora. Por um tempo. Tenho de me afastar do trabalho em casa, dos Planos Educacionais Individualizados de Gabe, da música tocando alto e de Aury fazendo manha... por um tempo... para que possa continuar no nosso casamento e renová-lo. Não posso mais sofrer uma pressão diária.

Como se sabe, o riso é uma irresistível reação humana. Um mecanismo de sobrevivência. É como a fome, a sede ou o desejo sexual. Eu ri. A descrição que Leo fez de nossa família soava como se ele morasse com sete crianças com graves problemas mentais e uma mulher que estava fazendo tratamento de desintoxicação.

— Você tem de sair. Por quanto tempo? — perguntei.

— No máximo seis meses.

— Seis *meses*?

— Eu disse *no máximo*. Você sabe como foi da última vez. Não consegui ficar longe de você tanto quanto planejei. Senti falta da minha família. Amo meus filhos, Julie. — Eu não duvidava de nada disso. — Amo você. — Disso, eu duvidava. — Nem me importo de morar... aqui. — Era como se ali, a cidade natal dele, fosse uma suja estação do metrô.

— Você está muito maluco — disse eu, descansando o garfo na mesa, abaixando a voz à medida que o barulho no restaurante diminuía. — Não quero dizer você está louco, como... Lee, amor, seu grande bobo, você está louco, pára com isso! Quero dizer que você *precisa de ajuda*. Precisa mesmo. Tem de procurar ajuda, falar com alguém, antes mesmo de pensar nessa... merda de viagem.

— Nós não somos uma única pessoa, Julie. Não temos de querer as mesmas coisas na mesma hora a vida toda.

— Eu nunca disse que éramos um, embora esse fosse o ponto principal dos votos que fizemos. Lembra? Não precisamos ficar ligados, mas essa é uma atitude extrema, Leo. Diga que você sabe disso. Não me assuste. Tenho a impressão de estar numa sala com um bêbado.

Leo respirou fundo, prendeu a respiração e expirou lentamente. Ele agora fazia isso o tempo todo, o que me fazia sentir como se ele estivesse me apagando, como uma vela. Os longos suspiros me incomodavam tanto como um garfo raspando o prato. Eu tinha vontade de dar um tapa na mão dele.

— *Isso* é ajuda, Julie. Essa é toda a ajuda de que preciso. Me ajudar a planejar uma vida que será melhor para nós e as crianças.

— E qual é a opção, Lee?

— Não vejo nenhuma.

— Não vê?

Leo enfiou a cabeça nas mãos entrelaçadas.

— A única opção é... não posso mais ficar aqui, Julieanne. Preciso tirar isso do meu sistema. Tenho de *tirar*.

Ele queria dizer literalmente.

Não tive escolha senão sair do restaurante, pois não conseguia respirar e parecia que eu tinha enfiado o garfo no meu peito. Vi que eram sinais do corpo para demonstrar estresse, da mesma forma que outras pessoas ficam com dor de cabeça, ou pelo menos era o que eu achava. Levantei-me da mesa e andei bem no meio do corredor acarpetado. Os comensais na sala pareciam enfileirados de ambos os lados do meu corpo, como animais na jaula, grasnando e rugindo alto. A porta do restaurante estava bem à frente. Eu a abri. Quando chegamos, havia quatro degraus que levavam à entrada. Mas quando passei pela porta, os degraus se dissolveram e a calçada era como se fosse um penhasco íngreme, com partículas prateadas brilhando em volta da luz do poste. Não tinha mais de 15 centímetros do alto do penhasco até a calçada. Pulei e caí de joelhos, com força.

— Julie! — gritou Leo, em pé atrás de mim. Olhei para cima. Ele estava no alto da escada, que eu agora via bem. Olhei meus joelhos sob a meia de náilon. Sangravam como se tivessem sido esfolados numa serra.

Estendi a mão, Leo me pegou no colo, embora ele não fosse muito maior que eu, e me carregou até o carro. No carro, perguntou se devia me levar para o hospital. Soluçando, abanei a cabeça. Em casa, ele lavou meus joelhos e tirou pedacinhos de cimento. Passou um creme de Polysporin nos machucados e colocou curativos de gaze.

Só quando as radiografias garantiram que eu não estava com nenhum joelho fraturado foi que ele começou a fazer as malas.

SETE

Diário de Gabe

Às vezes, eu gostaria de ter sido expulso da escola no secundário.

Mas eis aí. Não fui sequer um rebelde.

Nunca fiz nada errado.

Ou certo.

A excelente vida dupla de nosso pai fez com que a escola ficasse ainda mais divertida. Tinha umas pessoas que usavam a desculpa de "sei o que você vai passar, meus pais também se divorciaram", mas nossa família era conhecida em Sheboygan, e aquilo foi uma bela confusão.

Não que eu não odiasse a droga da cidade onde morávamos. Sheboygan LaFollette não tinha bandos de crianças que roubam espingardas ou coisa assim. A cidade era apenas uma tediosa porcaria. Por exemplo: durante dois anos fui o iluminador das ridículas peças do clube de teatro de lá. Ninguém viveu se ainda não assistiu a uma garota fazer o papel de Maria, tendo cerca de um metro a mais do que o rapaz que interpreta Tony, e que obviamente é sueco e tem um maxilar que parece uma enxada vista por trás, cantando "Somewhere", e você sabe que vai ser chato e ruim e depois Maria cai na cama sem dobrar o corpo, parecendo que foi cortada por um machado. Era um pecado contra a natureza, para não falar contra a arte dramática.

Mas a verdade é que a escola e eu... nunca nos entendemos. Tinha o habitual bando de jovens malucos zoando, que provavelmente seriam futuros criadores de porcos ou corretores de ações e que atormentavam Caroline porque ela era uma espécie de menino levado e desligado, em vez de uma desligada madura, que usava roupas esportivas daquelas que as garotas nova-iorquinas gostam (calça preta curta, camisa branca; um uniforme) em vez daquelas repugnantes e horrendas roupas My Little Hooker da década de 1970, que as amigas dela, inclusive a muito maravilhosa Justine, usavam. Os rapazes também me torturavam (em geral, com palavras), embora eu não desse a mínima, com o detalhe de me chamarem de "Ed" (por eu ser da turma de Educação Especial) ou, pior, de *Forrest Gump*, que não é um filme tão animador, se você quer saber.

Acabo de ter duas malditas horas de aula de física.

É um mistério para mim por que obrigam você a ter aula de física e de história no que se acredita ser uma escola Barney para alunos "muito criativos" (leia-se, com dificuldades de aprendizado, mais ou menos alfabetizados, mas incapazes de provar isso), onde estou tentando aprender redação criativa, iluminação teatral e técnica de som. Conheço mais a placa-mãe do computador do que a minha mãe. Será que preciso saber qual é a reação química que faz o quartzo ser um condutor elétrico?

Com relação à minha mãe. Eu disse uma coisa injusta. Minha mãe não é minha confidente, como acha, mas confio nela. Eu... gosto dela, embora seja neuroticamente superprotetora e quase doente... no geral. Mas passou por muita coisa. Não se pode culpá-la. Como ela é uma mãe com a metade da voltagem física, ela é ótima.

Também "conheço" Leo. Entendo meu pai. Isso é legal, não? *Conheço* meu pai. Apesar de tê-lo visto exatamente duas vezes em... quanto tempo? Uns quatro benditos anos? Atualmente, ele visita seus parentes uma vez por ano, mais ou menos, o que é muito bom para os pais dele, não? Eu vou visitá-lo com meus avós, nunca sozinho. Saímos para comer macarrão. Ele não pode gastar muito dinheiro porque, embora exerça a advocacia lá onde vive hoje, ganha pouco, lá naquele cafundó, e Joy, sua alma gêmea, quer comprar toda porcaria que existe sob o Sol, e tudo tem de ser fabricado na Itália, na França ou sei lá onde. Claro que Leo não se importa, mas teve época em que ele queria que minha mãe lavasse o rosto com detergente de lavar pratos.

Claro que minha irmã Caroline (hoje, "Cat") escreve. Escreve sobre as alegrias do Vale Feliz, onde estuda em casa, e provavelmente agora já consegue até aplicar ela mesma sua tintura de cabelo. Não consegue nem soletrar palavras. Eu não consigo, mas Caroline *conseguiria*, se quisesse. Ela se acha um gênio por ter lido todos os romances água-com-açúcar que as garotas Devlin tinham. A biblioteca delas era essa. Romances água-com-açúcar e todos os livros que já foram escritos sobre o padre, o açougueiro e o padeiro da cidade.

Considerando o nível das amigas dela — inclusive a melhor amiga, Mallory Mullis, que desconfio tenha cabeça, mas que aparentemente toma muito cuidado para esconder isso, a ponto de parecer a lâmpada mais fraca desde a invenção de Thomas Edison —, isso não chega a ser surpresa. Ela escreve que Mallory sabe o nome de todas as partes do cavalo, porém não consegue somar e subtrair tão bem quanto Aury. "A matemática é tão des-essencial", escreve minha irmã.

Eu pessoalmente acho que "Cat" é des-essencial.

Não deveria ter me chocado com tudo o que ela fez depois que nosso pai saiu de casa.

Mas fiquei chocado à beça.

Não respondo às cartas dela. Mas as leio. Às vezes, mando e-mails. (O "Paraíso" tem internet, embora Cat diga que ninguém come nada que exija lavar um prato, é de lei. Se você tem de lavar o prato, então a comida não é boa para consumo humano.) Respondo com e-mails que dizem: "Certo." Mamãe fica contente porque minha irmã e eu mantemos contato, embora eu dificilmente chame isso de contato. Minha mãe perdoaria Jeffrey Dahmer se ele apenas pedisse desculpas direito. Ela diz que Caroline vai "ceder". Segundo minha mãe, eu devia "amar" minha irmã, porque um dia ela vai cair em si. E por acaso ela tem onde cair? Minha mãe diz que Caro não passa de uma criança autocentrada. Por que eu não sou? Por que a pequena Aurora não é?

Minha irmã me conta tudo sobre Dominico, seu grande amor. (Belo nome para um sujeito, não? Tão cheio de sentido quanto "Aurora Borealis".) E como sou injusto com Leo e Joy (Joy é abreviação de Joyous; ela mudou o nome, que era Joyce). E se eu fizesse uma visita...

Tenho certeza. Vou conseguir.

Eu jamais acharia que ela era capaz.

Não que me importe. Grande perda. Que pena. Que triste. Quando estava aqui, Caro era como um aspirador de pó: apenas consumia oxigênio e ocupava espaço. (Será que isso é um aspirador?)

Não que eu não entenda seu ponto de vista. Depois que meu pai foi embora, a situação aqui em River City foi uma total, fedorenta e humilhante lástima, sobretudo depois que Caroline e eu descobrimos que ele tinha ido para não voltar.

Eu não achava que minha irmã fosse parecida com, digamos, Cyndi Lauper ou outra assim, toda cérebro e coração atrás de uma aparência pateta, mas não sabia que ela era mais rasa do que um bronzeado. Não sabia que iria fazer 15 anos e ficar estática. Ela tem a cota completa dos genes de Leo, acho eu, que não se expressaram até que a última ficha caiu. Eu não devia me referir a ela no tempo passado. Mas Caro é tão passado. A casa que nós encontramos na nossa Viagem Incrível (depois falo mais sobre isso) no final da rua sem nome, perto da estrada Rural 161, é o lugar certo no mundo para minha irmã. Ela pertence àquele lugar. A Herdeira do Trono das Colinas de Merdas, dama de companhia da rainha Joyous, das Colinas de Merdas, capital do mundo.

Estou me saindo um canalha?

Bom, não sou um canalha.

Mas ainda estou puto, embora minha vida tenha melhorado em relação ao que eu tinha o direito de esperar. Digamos que eu conhecia minha irmã tão bem quanto minha mãe conhecia Leo. E nós éramos... parentes. Tipo quase gêmeos. Gêmeos fraternos. Não tínhamos nem 11 meses de diferença. Ela, 6 anos e eu, 7; eu, puxando-a para casa, a cabeça dela ensangüentada, eu gritando por Leo a plenos pulmões, depois que ela meteu a cabeça na caixa de correio do vizinho ao tentar se equilibrar na roda traseira de sua maldita bicicleta Barbie BMX. Eu, tipo 10 anos e ela, 9; eu, puxando o vestido dela para trás para não ficar todo vomitado, no maldito banheiro das mulheres no velório dos nossos avós Gillis. Eu, 13 anos e ela, 12; eu, dando de cara com ela só de calcinha, camiseta e um travesseiro no meio das pernas, sem conseguir olhar para ela por duas semanas. Não que eu não fosse capaz de me masturbar até desmaiar... e ela retribuiu batendo com um remo nas minhas costas. Eu, 14 anos e ela, 13; eu, tendo de afastar dela um dos sociopatas do oitavo ano quando eles me chamaram daquela porcaria de Ed. Ela chutou o saco de um cara que tinha 15 centímetros e 25 quilos a mais do que ela, sem nem saber que eu estava vendo (ele também não sabia; e eu tinha 30 centímetros e dez quilos a mais do que ele).

Ela era durona, tenho de reconhecer.

Ela fazia coisas malucas que não eram totalmente inadmiráveis. Ela concorreu a líder de torcida e era ágil o bastante, graças às aulas de dança que minha mãe a obrigou a fazer, para que conseguisse fazer todos os exercícios da equipe apenas para que pudesse explicar publicamente, na reunião de animação, que preferia extrair os pré-molares sem lidocaína a ficar na frente de um bando de neandertais sacudindo a bunda num saiote de tênis. Ela usou a palavra *bunda*. Isso foi no oitavo ano. Pensei que a Sra. Erikson fosse dar um tapa na cara dela. Vi a mão da pequena sacana loura nos alvos shorts de ginástica, e um professor de educação física que era conselheiro dos líderes de torcida levantou-se e segurou Caro pelo cotovelo. Vi Erikson observar atenta com seus pequenos olhos azuis de fuinha e ver que o diretor estava perto deles.

Gostaria que ela tivesse estapeado minha irmã. Poderíamos ganhar uma ação na justiça. O dinheiro depois viria fácil. Mas acaba que recebi uma bolsa de estudo para jovens talentosos e de miolo mole. E não precisei do dinheiro do vovô. Vou pegar esse dinheiro e, provavelmente, investir em alguma coisa. Pensei em dar para mamãe; no entanto, ela não precisa mais. É muito estranha essa parte, de quando estávamos na merda, no fundo do poço financeiramente, não faz tanto tempo assim. É difícil esquecer a fase de manteiga de amendoim. Ninguém acha que as crianças percebem. Mas eu percebi. Sabia que Cathy estava pagando quase toda a comida quando ela se mudou para nossa casa, depois que meu pai foi embora para sempre. Sabia que ela estava morando lá não só para ajudar minha mãe naquela fase difícil. Morava lá também porque minha mãe não poderia sobreviver à Deserção Inicial sem a ajuda financeira de Cathy, a não ser que mudássemos para um *trailer.*

Mas estou fugindo do assunto outra vez.

Outra vez.

Caroline.

Ela vive na terra dos jantares cerimoniais à luz do luar, de decisões de consenso e de mesas feitas de portas catadas em dia de coleta do lixo ou "liberadas" em construções (de pessoas que planejam e *compram* suas portas). Ela mora no meio dos campos de morango (literalmente). O irmão de seu namorado, Dominico, chama-se McGuane. A irmã é Reno. O nome dos irmãos segue um tema de família, mas não sei qual é o tema. (Contei que essa turma lá da margem do rio é realmente muito esperta).

Leo (*nosso* pai) deixa Dominico dormir com ela na casa deles. E deixou quando Caro tinha só 15 anos.

Não que isso seja algo que eu não tenha invejado em certa época.

Mas a autodepreciação também tem seus prazeres. Hormônios acima do cérebro é, aparentemente, a marca registrada da nossa família. Isso, além de não enxergar a própria bunda por ficar olhando para o cotovelo. Estou meio determinado a provar que a educação está acima da índole natural. Gosto de saber que não sou idiota.

Tudo bem. Toda a viagem de carro que fizemos para encontrar nosso pai quando ele parou de nos telefonar foi idéia de Caro. Ela conseguiu descobrir como transferir os e-mails de papai para o computador de mamãe antes de ele ir embora e como usá-los em ordem cronológica inversa para podermos fazer um mapa do itinerário. Fazer o nosso mapa. Tenho de reconhecer que isso foi idéia dela.

E houve noites lá fora em que nunca me senti tão próximo de ninguém na vida (não me entenda errado; quero dizer próximo, platonicamente). Por exemplo: ela sabia o que eu ia dizer antes que eu soubesse. Às vezes, ela era muito rápida nas idéias (Caro é uma mentirosa espetacularmente dotada, uma verdadeira mentirosa olímpica). *Assim*, ela impediu que fôssemos mandados de volta para casa de ônibus com um ótimo policial especializado em jovens e duas barras de granola.

Jamais esquecerei aquilo. E, de certa forma, acho que parte da minha vida vai ser sempre... meio dela.

Mas foda-se. Não sinto falta dela. Ela pode ter irritado a Sra. Erikson. Mas ficou claro que seu destino era ser uma líder-de-torcida-da-mente. Gritando, com ranho escorrendo pela cara numa cascata borbulhante de lágrimas, *Gabe, preciso; não consigo, não agüento ver ela assim; tenho medo, Gabe...* Supostamente, eu devia ter pena dela. Foda-se! Eu já não estava mesmo cagando de medo? Ela não percebeu que viver no meio do mato, não freqüentar escola nenhuma e conseguir um bom pedaço de uma das generosas irmãs Devlin (eram cinco, já contei?, Joy era a do meio) também podia me interessar? Deixar tudo de lado e esquecer da velha e boa mãe quase suicida em Sheboygan? Desistir de ser o que eu realmente era, jovem demais para ser enfermeiro, provedor da casa e melhor substituto do bom moço Steiner para meus avós, além de alma gêmea e meio pai de uma criancinha muito linda, mas fodida e assustada? Será que ela não achava que talvez eu quisesse, em um nível totalmente egoísta, ser Leo Dois, o Filme?

Mas estou fugindo do assunto. Merda. Esse é um dos meus problemas. Se eu não tivesse acionado o corretor ortográfico, ia ficar escrito "*É um d os meu pobrema*". Acho que Leo ia preferir um filho com controle do lado direito e esquerdo do cérebro.

Para ser totalmente honesto, gostaria de ver Caro outra vez.

Houve um tempo em que eu achava que toda a merda da escola que agüentei antes da verdadeira merda já era cota para uma vida inteira. Mas parece que não era, porque tudo o mais ocorreu depois, e é tão chato que ocorra outra vez, mais outra e outra ainda, e ninguém jamais aprenda porra nenhuma com isso, porque se aprendesse, não procriava. Tenho certeza. Talvez mereça um estudo. Eu poderia pesquisar. É possível que falte um gene da porra da lealdade no cromossomo Y, sem falar no que falta no cromossomo X para distinguir o cheiro de rosa do cheiro de merda. Minha irmã é o exemplo perfeito. Minha mãe, bem...

Talvez eu devesse escrever minhas memórias. Meu avô era famoso. Minha mãe é menos famosa.

Eu poderia escrever sobre ser jovem, inteligente, com dificuldade de aprendizado e dis-foda-funcional.

Não.

Minha mãe detesta qualquer tipo de memórias. Chama de "mimmórias". Se você comentar sobre um livro de memórias, ela vai dizer que há muita coisa mais interessante para se escrever do que sobre si mesmo.

Você pode observar que, de certa maneira, ela escreveu sobre si mesma em *Miríades de desconexões*. Mas diria: "*Não* escrevi sobre *mim mesma*. Escrevi sobre *fatos*."

Isso não tem nada a ver com o problema dela. Ela sempre foi assim. Não se pode dizer a ninguém o que fazer da vida, pois a pessoa sabe que você não sabe do que está falando. Não ligue para minha ironia.

Mesmo assim, uma coisa interessante que minha mãe costumava dizer sobre porcarias que realmente magoam é que colocar uma coisa no papel crava uma estaca no coração da coisa.

Talvez eu transforme esses escritos numa longa carta. Uma *Carta a meu pai*, por A. Gabriel Steiner. Escrevi principalmente sobre minha irmã, até agora. Mas há muito mais a dizer.

Portanto, pai, esta é para você.

OITO

Lamentações

EXCESSO DE BAGAGEM
por J. A. Gillis
The Sheboygan News-Clarion

Cara J.,

Há pouco tempo minha vizinha e melhor amiga perguntou se eu podia acompanhá-la na sala de parto. Naturalmente, fiquei orgulhosa com o pedido. Os filhos dela são como primos de nossos dois filhos, e fiquei ao mesmo tempo encantada e um pouquinho enciumada por minha amiga (a quem chamarei de "Lauren") ter o terceiro filho, pois meu marido insiste que "bastam dois". Depois de dez horas de trabalho de parto, veio o bebê, um menino enorme de quatro quilos, e eu disse, sem pensar: "Puxa, se não soubesse, diria que é Ben McAllister!" Ben é meu filho que hoje tem dois anos. A sala de parto inteira ficou em silêncio. Lauren então confessou ali mesmo que o bebê era filho do meu marido, conseqüência de duas relações casuais quando Ben era bebê. Cobrei do meu marido, que implorou perdão. Ele e o marido de Lauren (que vai aceitar o filho, com a condição de darmos uma pensão à criança) querem que continuemos todos amigos. O marido dela a perdoou. Acho que é mais generoso do que eu. Os três dizem que deviam ter me contado antes, mas temiam me magoar ou prejudicar a amizade. Eu ainda gosto de Lauren e amo meu marido, mas não sei se consigo passar o resto da vida a duas portas de distância do lembrete da traição dele. Ele diz que até as pessoas boas erram. Eu preferia mudar de endereço, mas meu marido trabalha aqui, e Lauren diz que, se mudarmos, não vamos mais saber da criança. Estou num dilema. Não quero estragar a vida de todo mundo.

O que devo fazer?

Coração Partido, de Hartford

Cara Coração Partido,

Eu também estou num dilema. Não sei por onde começar. Você não disse uma palavra sobre sua raiva, que deve ser o que mais sente. Você foi enganada e teve a prova da traição do seu marido esfregada na cara. O que você "ama" em "Lauren", mulher que não teve escrúpulos em fazer sexo sem proteção com seu marido, expondo você a uma humilhação e provavelmente até a uma doença, e que agora quer que compartilhe da vida da criança que resultou de uma cruel deslealdade? E você ainda tem de pagar pelo privilégio?

Você diz que quer manter seu casamento. Certo, é uma adulta livre e responsável. Pessoas boas cometem erros bobos e têm de pagar por eles, mas eu teria muita dificuldade em doar 17% da minha renda familiar durante 18 ano por causa de um erro que poderia ser evitado com algum autocontrole ou com um envelope de três dólares de camisinhas. Depende de você. Mas, se ficar com ele, seja por causa do emprego ou não, vai ter de levar a vida longe de "Lauren" Se não consegue enxergar isso, é porque a ciência ainda não inventou as lentes de grau de que você precisa.

J.

— Mas Julieanne, não faz sentido — disse o pai de Leo. — Ouvi o que você disse, mas não entendi. O Leo que eu conheço, o Leo que eu *criei*, não faria isso. Ele nem contou para a mãe. Você disse que ele vai voltar?

— *Ele* disse que vai voltar, papai — respondi.

— Julieanne, o que tem nas suas pernas, ele bateu em você?

— Eu... caí, papai. Caí quando saímos do restaurante... duas noites antes de ele ir embora.

— Porque se ele alguma vez bateu em você, de algum jeito...

— Papai, ele não me bateu.

— Julieanne, eu soube que Leo tem um celular. Preciso do número. Preciso falar com meu filho. Preciso botar um pouco de juízo nele, antes que vá tão longe por esse caminho que acabe perdendo o rumo...

— O rumo de casa, eu sei — completei, levando um susto quando *meu* filho se levantou e saiu da sala, deixando cair sua mochila de trinta quilos com um som surdo que fez as janelas estremecerem. (Gabe achava os armários da escola um mistério e uma chateação, por isso sempre carregava tudo com ele, como uma tartaruga dentro da casca.) Caroline estava com Aury no colo e puxou a cadeira para mais perto, a fim de poder assistir melhor ao espetáculo. Eu sabia que devia tê-los mandado sair da sala, mas não tive forças.

Bateram à porta. Era Cathy, com Abby Sun de camiseta bordada com dizeres politicamente corretos (a mãe de Cathy aprendera a escrever "Eu amo a mamãe" em caracteres chineses).

— Julie — disse ela, me abraçando e tirando da cabeça do bebê o chapéu de tricô totalmente supérfluo. O cabelo de Abby era como uma pele de foca que podia aquecê-la numa nevasca de Sheboygan, e estávamos num ameno verão. — Julie, não posso lhe dizer o que fazer até que eu entenda...

— Não sei se você precisa fazer isso ou se há algo que eu possa...

— Estávamos só tentando entender quão fundo vai isso — disse Gabe Avô.

— Não sei se tem um fundo — disse eu.

— Meu pai se mandou — disse Caroline, de repente. — Foi o que a vovó Hannah falou: "Ele se mandou, aquele bestinha."

— Caroline! — Dissemos todos ao mesmo tempo.

— Bom, foi o que ela falou! — Caroline revirou os olhos castanhos, que brilhavam, travessos. Ela gostava de ver o touro ser espetado com as espadas. Três dias depois de Leo ir embora e no dia em que meus sogros vieram correndo ajudar porque meus joelhos incharam como travesseiros vermelhos, acho que nenhum de nós sabia direito o que tinha acontecido, ou estava para acontecer.

Hannah colocou Aury para dormir. Mandou Caro fazer o dever de casa no quarto.

— Não tenho dever de casa — disse Caro.

— Invente algum, Hannah Caroline — mandou a vovó Hannah, numa voz que não dava chance de rebater. — Vá logo. — Ela foi indo, se arrastando, mas dali a pouco saberíamos que não passou do corredor.

Achei que as pessoas que ficaram na sala, os adultos, formavam uma espécie de comitê da Otan tentando discutir uma ordem de extradição.

— Essas pessoas — começou Hannah, de volta ao assunto —, esses hippies com quem ele andou se correspondendo. Julieanne, você sabe que gosto de você como se fosse minha filha; portanto, não se ofenda se eu perguntar se há alguma mulher entre os hippies que ele esteja... bem... caçando? — Hannah seria a última pessoa no mundo a usar essa expressão. — O que ele levou consigo?

— Roupas, máquina fotográfica, nada, na verdade. Colocou tudo numa mochila de lona — respondi.

Caro então pôs a cabeça na porta:

— Ele enfiou um bocado de coisa naquela mochila! Ele comprou aquelas roupas da Travelwise que você aperta e cabem na mão. Tem uns casacos que você pode guardar no bolso, lavar e secar em uma hora sem um amassado.

— E um tecido sintético chamado Tencel, mas que é uma grande mentira — disse Cathy.

Cocei a cabeça. Meus olhos, como os de um animal marinho lutando contra as ondas, mexiam-se cada um para um lado, independentes, outra vez.

— Acho que nada disso está acontecendo — disse eu para minha sogra. — Acho que na verdade ele está querendo saber o que fazer da vida depois da universidade. É o jeito dele. Está passando pela adolescência.

— Tem mais — disse Hannah.

— Acho que ele quer se sentir jovem outra vez. Livre para fazer o que quiser...

— Ele tem mulher e filhos — disse Hannah. — É isso que ele tem de *querer* fazer. Não interessa que precise se sentir livre.

— É esse o problema dele — afirmei para Hannah. — Ele acha que nunca teve chance de sentir isso. Acha que eu o sobrecarreguei com bebês, casas e...

— Julie, até parece que você está do lado dele! — interrompeu Cathy. — Para dançar um tango, é preciso dois. Sua compreensão vai além de qualquer compreensão. Você tentou fazer com que ele desistisse dessa história ou o apoiou, como quando ele fez aquela... outra viagenzinha?

— Nunca dei apoio para ele fazer aquilo. Eu deixei, mas a contragosto. E dessa vez, bati pé. Disse com todas as palavras que não queria que se aposentasse, nem que saísse de casa...

— E...? — quis saber Cathy.

— Você está vendo ele aqui? — perguntei, estendendo os braços para segurar minha afilhada, Abby, que enfiou o polegar na boca e, como a inteligente geniozinho da matemática que certamente viria a ser, adormeceu.

— Vocês trocavam idéias sobre tudo — continuou Cathy.

— Nos últimos tempos, não. Ele ficava mais no computador e no centro de ioga do que comigo — admiti.

92

— É o que você escreveu para aquele cara cuja mulher se correspondia por e-mails com um amigo em Austin. Você escreveu que a proporção de tempo deveria ser totalmente invertida, que a infidelidade intelectual era tão perigosa quanto a outra, que confidências na intimidade da internet eram tão fortes ou talvez até maiores do que entre duas mesas-de-cabeceira...

— Foi o que você me disse para escrever. Uma infidelidade intelectual — lembrei a ela.

— *É* uma ótima definição — disse Cathy, suspirando. — Bom, não temos certeza se foi isso que ocorreu aqui. Só sabemos que temos um cara...

— Que fez 49 anos e percebeu que um dia vai morrer — disse Gabe, da sala de estar. — Se eu ouvir isso mais uma vez, vomito. Por que o pai de Luke não fez isso? Ou o de Justine?

— O pai de Justine é meio idiota — disse Caroline.

— *Mas papai* é um sujeito sóbrio, um santo comedor de missô, Caroline! — berrou Gabe. — Então, o que você está querendo dizer, burra? O fato de ele *não* ser idiota deveria tê-lo impedido de fazer isso, e não o inverso.

— Acho que papai pensou mais sobre a vida — disse Caro, baixo.

— Pensar muito sobre a vida não é necessariamente uma coisa boa — disse Hannah para minha filha. — Há coisas que você faz, outras que você pensa. E há coisas que você pensa que é melhor não fazer nunca.

— Amém — concordou Gabe Avô. — Preciso me deitar por mais ou menos uma hora, Julieanne. Você se incomoda? Continue com os pés levantados e as compressas de gelo, certo? — Concordei, obediente. Como todo judeu de certa idade, mesmo aqueles que passaram a vida vendendo bolinhas de gude e barbante para pipa, Gabe Avô tinha sobre mim a força autoritária de um médico.

— Vou ficar aqui, Sr. Steiner. Eu cuido dela — disse Cathy.

— Vou tentar fazer um jantar — disse Hannah para nós duas — com todos os restos de comida que encontrar na geladeira.

— Tem cogumelos e algumas caixas de *tofu* na copa, Hannah — disse.

— *Tofu* — disse ela, séria. — Gabe! Preciso de galinha sem pele, quatro peitos, um pouco de alecrim, pão francês, arroz comum e uma dúzia de ovos...

— Vou tirar um cochilo, Hannah — explicou Gabe Avô.

— Cochilo mais tarde. Agora preciso cozinhar — disse a mulher para ele. — E, Caroline, não precisa ficar aí sentada toda linda, embora você seja linda mesmo. Quero que arrume essa casa toda. Tire toda a roupa suja do seu quarto e do quarto do seu irmão e lave...

Irritada, Caroline berrou:

— Do meu irmão...! Não vou lavar a roupa dele!

— Assim ele pode levar Aurora ao parque de carona na bicicleta, o que sei que você não faria isso nem morta, e brincar com ela enquanto nós limpamos a casa.

— Abby dormiu — disse Cathy. — Eu lavo a roupa, se Caroline varrer e arrumar a casa. Depois posso conversar com Julie.

Cathy não sabia como tinha sido a minha noite de sexta-feira. Eu estava louca para contar, mas queria que fosse cara a cara... tudo tinha acontecido tão depressa. Passei a noite falando com Leo enquanto ele tentava dormir, implorando a ele que, antes de sair de casa, pelo menos conversasse com Cathy... não precisava ser na minha presença. Apesar de ele ouvir com carinho e concordar com a cabeça como se entendesse o meu pânico, apesar de ter até tentado transar comigo, nada que eu dissesse ou fizesse o convenceria.

— E se eu vender a casa enquanto você estiver fora, Leo? E se eu mudar para Nova York e não para alguma cidadezinha à margem do Hudson?

— Você não pode fazer isso, Jules. A casa é propriedade de nós dois — lembrou-me ele.

— Posso imitar a sua assinatura — ameacei.

— Se precisa fazer isso, vá em frente. Acho que não vai conseguir o que quer — disse Leo.

— Quem é você, porra? O Dalai-Lama? — perguntei, pulando da cama, e imediatamente a dor nos joelhos machucados me derrubou como uma mão pesada. — O que é isso, fazer-o-que-você-pensa-que-é-preci-so-para-satisfazer-a-sua-vontade, porra? Virou zen? Leo! Não tem o menor interesse em saber o que vai ser de nós? Da casa? Dos benditos pés de tomate?

— Tudo isso é imaterial — disse Leo, recostando-se em seu travesseiro de espuma modelo astronauta. — O material é imaterial. — Ele sorriu, irônico. — Só disse isso para irritar, Jules. Você sabe que me interesso por tudo isso. Mas você consegue dar conta. É uma mulher muito competente. Temos uma empresa que cuida do jardim. Você tem uma forte rede de apoio de bons amigos. Tem os meus pais. E é uma pessoa criativa. Tem dinheiro para comprar todos os cremes de rosto de que precisar. As crianças vão ajudar. Não estou preocupado. E vou ficar sempre em contato.

Não ficou sempre em contato. Não fez contato algum. Não deixou o itinerário porque, conforme explicou, suas viagens poderiam levá-lo ao lugar onde as pessoas moravam ou a outro qualquer. Mas insistiu que aquele grande envelope pardo que me deu tinha todos os endereços e telefones onde poderia ser encontrado ou pegar recado. Não tinha nada disso. Só cópias de nossos testamentos e seguros, o número do *pager* que ele tinha comprado para ampliar a cobertura do celular e um cartãozinho com o desenho de um cara num carrinho andando em círculos, dedicado "com amor" a mim.

— Tenho amigos no Wyoming que no verão moram nas montanhas porque as cabanas deles não têm água encanada e no inverno alugam uma casa na cidade, onde fazem todo o tipo de trabalho manual na temporada turística, pois *só* querem ficar *perto* da cidade se for para vender artesan....

— Por que acha que eu quero saber dessa droga toda, Leo?

Ele pareceu realmente intrigado.

— Até parece que tenho algum interesse em saber qual é o trabalho temporário de um bando de vagabundos egoístas de meia-idade. Quer saber de uma coisa? Acho esse tipo de vida pior do que... acampar. — Leo sabia que eu achava acampamento um pecado não *pela*, mas *contra* a natureza, uma forma de abnegação primitiva disfarçada de lazer, uma oportunidade para os homens baterem no peito ao amanhecer e as mulheres lavarem os mesmos pratos 15 vezes por dia, e ainda por cima com areia. — O que você ia fazer com as suas coisas, enquanto ia e voltava entre esses dois mundos? Entre a cidade e a montanha? O que ia fazer com suas roupas e seus livros?

— As bibliotecas têm livros, Jules. E a maioria das pessoas não tem a mesma necessidade de roupas que nós temos. A maioria das pessoas que trabalha em casa não precisa de vinte pares de sapatos, nove dos quais...

— São pretos. Certo, Leo. Você já me disse isso apenas cinqüenta vezes. Mas eu também dou palestras, faço parte do conselho do teatro e me relaciono com amigos; por isso preciso de roupas. Não vou discutir isso com você, Leo, como se eu fosse Imelda Marcos e você, Gandhi. Nada disso é verdade. Acaso você percebeu que, se não tivesse esse seu pára-quedas dourado ou seja lá o que for...

— Não entendi — disse Leo, seco.

— Bom, se não fosse o seu pára-quedas prateado que é a universidade, de pessoas que *pagam impostos*, você não teria liberdade para fazer esse joguinho, para ser esse pequeno Ulisses em crise de meia-idade. Você não é como aquelas pessoas que usam bandanas na testa, Leo. Pode querer ser, mas é um sujeito com diploma de administração, um advogado corporativo, que mama na teta pública...

— Jules, se eu estivesse ouvindo, ia me irritar — disse ele e bocejou. Eu sabia que o bocejo era fingido. — Para mim, cumpri meu papel. Tentei fazer um pouco de bem para os outros. Sei que fiz um pouco de bem para alguns. Mas não fiz nada de bom para mim, engolindo colheradas de Tagamet, vivendo sem paixão...

— Vivendo sem paixão?

— Não falei nesse sentido.

— Nem eu — repliquei. — Não estou questionando se nossa vida sexual está de acordo com a média nacional, Lee. Estou falando de paixão por três pessoas chamadas Gabriel, Caroline e Aurora Borealis.

— É justamente por causa delas que estou fazendo isso. Quero trazer para a vida delas o máximo de riqueza que puder quando estiver com elas.

— Largando-as aqui?

— Redescobrindo a minha própria alegria...

— Você confunde superficialidade com alegria, Leo. Acha que gente egoísta é sábia. Você é uma porra de um idiota.

— Olhe, *essa* é uma afirmação importante. E lembre-se, Julie: faça as afirmações sempre na primeira pessoa. É o que diz Cathy, a guru dos relacionamentos, que, aliás, mora com a mãe.

— Que tipo de afirmação sexista e homofóbica é essa?

— Ela mora com a *mãe*, Julie. Tem 35 anos.

— Pensei que você fosse totalmente a favor de respeitar as gerações e das comunidades interdependentes e de toda aquela baboseira.

— Você confunde interdependência com respeito, Julie. Confunde comportamento estranho com intimidade.

— Eu me orgulhava de você — disse eu, de repente.

— Humm. O que mudou? — perguntou ele.

— Eu me orgulhava, até *você* mudar.

— Então por que você nunca usou meu sobrenome?

Isso me atingiu como um soco vindo de outra galáxia. Quando nos casamos, Leo não tinha o menor interesse se eu ia me tornar uma Steiner ou uma Steinway modelo armário. Gostava de estar casado com a filha de Ambrose Gillis. Não consegui pensar em nada para argumentar, senão "Ahn?", e a seguir:

— Mas as crianças têm seu nome.

— Portanto, você não se orgulhava tanto de mim. Como pessoa. Era como a garota da parte elegante da cidade. Até mesmo aqui. Não conseguiu deixar de ter o nariz empinado. Nunca pensou que isso me chateava?

— Leo, isso é... — É verdade, pensei, mas disse outra coisa: — É ridículo.

— E depois que você virou estrela da comunicação... da cidade de *Sheboygan* e de partes do condado de Milwaukee...

— Não faça graça com o meu trabalho — ameacei.

— Então não faça graça com o que me interessa.

— Estou preocupada é com o que *não* lhe interessa. Eu me orgulhava de não ter me casado com Mark Sorenson ou Jack Ellis...

— Julie, o fato é o seguinte: não passaria pela sua cabeça colorir o desenho fora do contorno; então, não consegue aceitar ou achar que alguém aceita.

— Conseguiria, se isso não significasse que seus filhos jamais entenderão a sua saída e que terei de ser mãe e pai de um bebê e de dois...

— É você, praticamente, quem decide tudo a respeito deles...

— Agora sou casada com Leo Steiner, um ex-caretão.

— Não sou mais um unicórnio, sou apenas mais um dos eqüinos, Julieanne, minha cara — disse Leo, batendo suas longas e fartas pestanas antes de se virar na cama e dormir com a mesma facilidade de um homem sumindo num alçapão.

— Você ama o Leo? — perguntou Cathy, enquanto trocava os curativos dos meus joelhos, agora verde-amarelos.

— Claro — respondi. — Não sei. Isso não importa. Você amava Saren?

— Claro. Não sei. Isso não importava — disse Cathy. — Eu não sabia mais se a amava, pois estava louca de raiva e não conseguia enxergar mais nada. De todo jeito, isso não tinha importância. O importante é que a raiva acabou sendo útil, pois se há uma coisa que não se pode negociar em terapia é o fracasso do comprometimento se um quer e o outro não. E Saren não queria.

— Saren era homossexual mesmo?

— Não sei. Talvez não totalmente. Não sei se algum ser humano realmente é. O mais agressivo exibicionista sexual, o sujeito que está no *reality show* da TV com vinte mulheres implorando para casar com ele, costuma ser um cara que detesta mulher ou que não sabe de que lado está.

— É mesmo?

— Também não sei. De fato. Eu sei o que vejo na prática. O que concluo.

— E Saren nunca quis voltar?

— Ela quer ficar "amiga".

— Ah, Cath.

— Ela quer conhecer Abby e comparar as ultra-sonografias do feto dela com minha filha.

— Cath.

— Não estávamos falando de Saren. Perguntei se você ama Leo e como vai conseguir engolir a raiva, em termos residuais, se ele voltar.

— Você disse "se", Cathy.

— Eu quis dizer "se", Julie, e você sabe que existe mesmo um "se". Você sabe disso tanto quanto eu.

O que eu podia ver tanto quanto ela era que Gabe estava na parede divisória da sala de jantar. Não de pé. Gabe não faria isso. Ele usava seus longos dedos de 15 centímetros para subir e descer até a altura do queixo no batente da porta.

— Gabe! Você está escutando a conversa!

Ele ignorou o que eu disse.

— Aury estava com febre. Dormiu no Burley a caminho de casa.

— Onde ela está agora?

— Continua no Burley.

— Na calçada da frente, Gabe?

— É.

— Você não acha que ela fica um pouco vulnerável lá fora, uma criança que não tem nem 2 anos, exposta como um sanduíche de lanchonete para algum maluco?

— Mãe, você acha que os malucos hoje estão na rua em Sheboygan?

— Vá pegar sua irmã e ponha-a na cama — mandei, voltando a falar com Cathy. — Desculpe ter largado você.

Cathy tinha aproveitado os poucos minutos em que falei com Gabe para escrever no verso de um dos blocos de colorir de Aury: *Primeiro, cozinhe a entrada principal. Depois, degele.*

— Por que essas coisas sem sentido?— perguntei à minha amiga.

— O que isso quer dizer, Jules? Leia o que escrevi.

Li.

Cathy então disse:

— O que está escrito é: "Cozinhe a entrada principal e depois congele." O que você disse a Gabe um minuto atrás?

— Eu disse para ele pegar Aury.

— E...?

— Mandei parar de escutar conversa escondido.

Cathy recostou-se na cadeira, inclinando os estreitos e graciosos ombros.

— Julieanne, além daquele dia com o bolo e dessa história no restaurante, você caiu outras vezes? Teve algum problema de visão? De equilíbrio? Sentiu dor em algum lugar?

Muda, tentei encará-la, olhar azul-inglês na direção de olhar verde-galês. Tive de desviar primeiro.

— Há algo mais importante do que entender essa história com Leo. Por exemplo: o que está havendo com você.

— Comigo? Como assim? — perguntei.

— Jules, está na hora de você procurar um médico — disse Cathy.

NOVE

Diário de Gabe

Eles nunca brigavam na nossa frente.

Seria mais fácil votarem em Rush Limbaugh para presidente, aquele gordo sórdido do rádio.

Era uma regra de Bons Pais. E eles a respeitavam. Algumas vezes tiveram uma discussão que beirou a definição da palavra briga. Na verdade, mamãe uma vez despejou uma lata de limonada em pó pelo chão todo. Mas depois eles nos pediram desculpas. Disseram, quase em uníssono, que adultos podem ser tão ridículos quanto crianças. Lembro-me disso porque foi no início da fase sei-lá-que-diabo de Caro.

— Devo me sentir satisfeita ou ofendida? — perguntou minha irmã, após ouvir as desculpas. — Dito pela maioria dos adultos que conheço, isso ofende os adolescentes.

Graças a tal observação, Caroline foi proibida de passar a tarde com as amigas (o que não teria sido assistir ao jogo de futebol americano da nossa escola, mas gritar "Cala a boca!" e trançar e retrançar o cabelo sob as arquibancadas no colégio).

Ad hoc, mas não necessariamente *proper hoc* (não estou me exibindo, pois qualquer filho de advogado sabe pelo menos rudimentos de Latim), no dia seguinte o e-mail de meu pai teve problemas. Como micreiro da família, fui o primeiro suspeito. Com toda sensatez, argumentei com Leo que eu não ia acordar de um sono profundo para me vingar em nome de Caroline, pois fora ela, e não eu, que tinha ficado de castigo e estava furiosa.

Meu pai foi confrontar Caro.

Na verdade, ele a interrogou firme por 45 minutos, durante os quais ela não olhou para a esquerda nem uma vez, sinal garantido de que estava mentindo. Ela montou uma boa defesa: disse que não tinha licença para usar o laptop de mamãe e que arruinar o programa de e-mails de papai era tão ruim para ela quanto para ele, pois ela também se correspondia com gente de Milwaukee ao Maui. Ele não podia condená-la sem ter qualquer prova concreta, mesmo quando Caro se traiu e disse que a veia pulsando na testa de meu pai fazia ele parecer um adolescente irracional. Ele disse:

— Caroline, você é perversa. Por que foi exagerar e criar problemas, se seu pai e sua mãe tentaram fazer uma coisa ótima, isto é, pedir desculpas por incomodar você?

— Vai ver que você tem razão — disse ela, dando de ombros. — Não acho totalmente normal vocês nunca brigarem. Portanto, não precisavam se desculpar.

Mas isso foi nos velhos tempos.

Antes da *Überluta*.

Naquela noite de sexta-feira, meu melhor amigo, Luke, e eu tivemos de nos esforçar para não ouvir os rosnados e sibilos depois que meus pais chegaram do restaurante, uns dois dias antes de Leo ir embora. Meus pais estavam no quarto deles, que era ao lado do meu. Falavam muito alto, nenhum dos dois preocupado em não fazer barulho para não acordar o bebê ou qualquer coisa assim. Aumentei o som da música que ouvíamos, querendo mostrar sutilmente a eles que não estavam sozinhos em casa. Não estava ouvindo Evanescence, nem U2 ou qualquer coisa normal, era "Amor, sublime amor", mas havia motivo para isso. Não adiantou aumentar o som. Olhei para Luke e meio que dei de ombros. Ele também. Na casa dele, por uma ou duas vezes, ouvi os pais dele, Peg e Nate, brigarem, e ele tinha dito alguma coisa tipo problema deles, não liga não, é uma espécie de esporte deles. Assim, quando aconteceu a mesma coisa na minha casa, nós apenas continuamos o que estávamos fazendo. Que era escrever uma paródia chamada "Amor, rico amor" porque era sobre os judeus hassídicos muito poderosos e ricos que moravam perto da antiga casa de meu avô Gillis, onde nós dois costumávamos andar. Meu avô mostrava os homens com cachinhos nas orelhas e casacos de casimira e dizia: "Diamantes." Apenas isso. Não tinha nada de anti-semita. Muitos daqueles sujeitos eram mesmo vendedores de diamantes.

Escrevíamos a paródia para não ter de fazer uma comparação entre o verdadeiro *Romeu e Julieta* (não tenho certeza, mas acho que fui obrigado a ler essa peça todos os anos a partir do sétimo) e o filme com a linda garota ruiva e Leonardo DiCaprio. Podia-se fazer um projeto para substituir o ensaio, trabalhando em grupos de dois ou quatro alunos.

Na sexta-feira falamos ao telefone depois da escola, e eu disse que era uma ótima idéia, porque podíamos escrever uma espécie de história ao contrário, pois *nós* morávamos no Upper West Side de Sheboygan.

— Então a escola fica na zona leste? — perguntou Luke.

— Ah, claro, Einstein. Além da nossa área, só existe uma zona sul e uma norte. A leste seria no lago Michigan — respondi.

— Que se dane, certo? — disse ele no telefone. Mas uma hora depois apareceu na minha casa. — Puxa, claro que pensei que tivesse uma zona leste de Chicago. Tem uma zona leste em Nova York, e lá tem um *oceano*.

Luke era mais ou menos meu melhor amigo. Ainda é, mais ou menos.

Na época, ele era um garoto tipo meio marginal, mas compensava sendo um herói do futebol americano, com muita velocidade, mas sem tamanho. E sem medo. Em outras palavras, era um bom zagueiro, para os padrões de Sheboygan.

Devo dizer que era meu amigo só em casa. E das quatro da tarde de sexta-feira até o jantar de domingo. Morava no mesmo quarteirão, mas, na escola, me cumprimentava só com um aceno de cabeça, como se nos conhecêssemos da igreja ou algo assim. Tinha medo do que as pessoas iam achar dele por andar com um aluno da Educação Especial.

Na época, eu não ficava com raiva de Luke, nem fico agora, sendo um fato da vida o equilíbrio caça-caçador que eles chamam de escola, onde os professores sabem de tudo, apesar de continuarem dizendo que "nossa escola tem tolerância zero com valentões" e porcarias do gênero. A escola é um parque de caça para os leões e uma espécie de inferno para os antílopes, pelo menos nos dez primeiros anos de vida, até que os antílopes param de se incomodar, conseguem reagir ou endoidam.

Reconheço que era meio irônico Luke conseguir enfrentar um rangedor de dentes, retardado mental dominador, que o pai tinha alimentado com fígado cru e esteróides desde os sete anos e que queria quebrar a porra das pernas de Luke e, ao mesmo tempo, não ter força para ser visto com uma pessoa com a qual não tinha problema quando ia conosco para a cabana ou mesmo para a Flórida. Zoávamos e nos divertíamos, desde que não aparecesse nenhum conhecido dele.

Assim que aparecia alguém superior na escala animal, ele ficava tipo: Vem cá, eu conheço você?

Minha mãe, que acompanhava mais a *minha* vida social do que deveria, ficou muito irritada quando Luke deu sua última festa de aniversário estilo criança (chata, sem bebidas e com comida calórica) e convidou só os caras do time de futebol que topavam andar com *ele* — praticamente na frente da minha casa, a três quintais de distância. Os caras não eram jogadores titulares, eram de times especiais ou da reserva, além de um pão-duro que era mais ou menos legal com todo mundo, embora fosse um conhecido drogado. Não tinha zagueiros na festa, nem da segunda divisão.

E não tinha eu.

Foi a primeira vez em que isso aconteceu.

Ele explicou (quer dizer, ouvi a mãe dele explicar, ou melhor, ouvi a *minha* mãe responder à suposta explicação da mãe dele) que "o time" era uma espécie de religião. O treinador incentivou-os a se relacionarem só entre eles durante o campeonato para formar uma unidade dependente que funcionaria como um único corpo. Isso era uma meia-verdade e uma meia-besteira, mas devia ser também exatamente o que um treinador como Sobiano diria, apesar de ainda assim ser uma grande besteira.

— E como você acha que ele ficou, Peg? — ouvi minha mãe perguntar. Eu estava deitado no sofá, atrás de uma barricada das onipresentes almofadas de minha mãe (de cores diferentes em cada cômodo), sem saber se arrancava o telefone da parede ou apenas o pegava e dizia como uma secretária eletrônica: — No momento, a família Steiner-Gillis não pode atender...

Eu estava morrendo de vergonha.

Porque minha mãe insistia.

Ela perguntou mais uma coisa:

— Constrangido? Você quer mesmo me convencer de que Gabe ficaria constrangido na festa de aniversário de um garoto que ele conhece desde os 10 anos, que foi conosco para nossa casa de verão, que dormiu centenas de vezes aqui, só por que ele não *joga* futebol? Ele *assiste* ao futebol, Peg. — Silêncio. — Ele joga sinuca. Joga xadrez. Bom, não é bem esse o problema, Peg... O problema é que, se a situação fosse inversa, e Gabe me dissesse que Luke ficaria constrangido de conhecer seus outros amigos... Eu sei como são as crianças, Peg. Sei como elas *são*. Mas nem todas são iguais. — Dali a pouco, ela ia me comparar a Boo Radley e dizer que eu era um pássaro raro, e eu ia me levantar do sofá e enfiar meu boné de beisebol na sua boca. — Como quiser, Peg. Mas já que Luke disse que... eu sei que não posso administrar a vida social dele, Peg, nem a de Gabe...

De qualquer forma, depois de um desses casos (que, felizmente, eram poucos, porque nem minha mãe gostava de ser tão metida quanto sabia que podia ser), ela me procurava, geralmente se sentando na beira da minha cama à noite. Dava uma batidinha na barriga da minha perna. Nós dois sabíamos que eu não estava dormindo. A seqüência era sempre a mesma e, apesar disso, sempre única na capacidade de me dar vontade de abraçá-la e estrangulá-la ao mesmo tempo. *Eu sei que você está magoado; não precisa negar. Você é o melhor. Eu admiro você por perdoá-lo.* O que me mata é que ela realmente me admira. Me admira. Diz que é porque eu protejo os pardais, mas o fato é que não tenho a menor idéia do motivo.

Mas ela estava certa. *É* humilhante receber uma gelada pública do amigo que gostava de você mesmo quando você finalmente conseguiu a calça cáqui larga que queria, mas depois esqueceu de colocar o cinto. Aí, você aprende logo que cinqüenta por cento de alguma coisa é melhor do que cem por cento de nada. Eu não queria ir a festas onde se bebia cerveja com um bando de caretas com Q.I. de dois dígitos, mas gostaria de ter sido convidado, o que é muito diferente. Aliás, a história do cem por cento de nada não fui eu que inventei. Foi Satchel Paige, a lenda negra do beisebol. Ele podia ter sido tão bom quanto, digamos, Sandy Koufaz ou outro assim, mas nunca teve chance de jogar com os grandes de verdade em vez de na *Liga de Negros* até já estar muito velho, com uns 40 anos, e eu acho que ele era um arremessador rápido, não como Nolan Ryan com seu monte de truques. Seja como for, tentei não deixar que esse problema de Luke me evitar, que na verdade era dele, porque não tinha coragem de falar sobre o assunto, e meu, porque eu realmente constrangia as pessoas, causasse uma grande estranheza entre nós. Tenho de dizer também que ele não tentava inventar muitas desculpas quando eu ligava e ele estava esperando um convite para fazer alguma coisa melhor. Ele apenas dizia: "Tenho de fazer uma coisa, Gabe." "O mundo é assim, colega", diria meu avô Gillis. Quase todo mundo que consegue fisgar um peixe de dois quilos e meio depois o usa de isca para tentar conseguir outro de três quilos e meio. Olhe o exemplo do meu pai.

Afinal de contas, eu não era santo. Ora, um cara da Educação Especial não pode ter preconceito com outro. Há diversos níveis. Mas o fato é que eu não pareço ter essa dificuldade. Minha mãe acha que sou muito bonito; não sou. Mas não sou feio. Sou como qualquer outro cara, um pouco mais alto e esbelto do que a maioria. Pareço com Leo. O outro cara com quem eu às vezes saía na época, você poderia... bem, dar sua opinião. Ele tinha os olhos bem caídos e separados demais, embora fosse um sujeito legal e conseguisse consertar na hora qualquer porcaria. Era só colocar a máquina de lavar desmontada na frente dele e ele ficava cantarolando uma música que ninguém sabia o nome e em dez minutos devolvia a máquina pronta, o que era bem prático para mim e minha mãe, quando estávamos numa situação bem ruim. Há... muitos tipos de alunos de Educação Especial, como se sabe. O tipo mais prejudicado tem problemas emocionais, pais horríveis e foi adotado quando sofreu abuso sexual ou estava velho demais para ser adotado. Eu não carreguei esse caminhão de peso. Não tinha *problemas de comportamento*. Não tinha *problemas mentais*. Nem coisas do tipo. E não queria andar com a espécie inferior de garotos com dificuldade de aprendizado, aqueles cujos pais, digamos, beberam tanto quando os filhos eram fetos que eles nasceram com cérebros parecidos com mingau de aveia e passas, com uma idéia aqui outra acolá, mas quase sempre um mingau, mas que também podiam tocar Rachmaninoff. Eu não era desse gênero.

Só que eu fazia todo o dever de casa do semestre na primeira semana de aula e depois me esquecia de entregar. Marcava os três primeiros círculos do teste na ordem certa, depois saltava um e errava o resto todo, como quando se abotoa errado um botão da camisa e os outros ficam descasados.

Mas uma das formas que Luke tinha para justificar seu jeito estranho (sem ter de me xingar ou dar uma desculpa para seus amigos mais fortões sobre por que andava comigo) era fazer comigo os trabalhos da escola. Assim, estávamos fazendo esse projeto de língua inglesa e assim pudemos fazer um trabalho especial que poderia ser sobre música e estávamos escrevendo um musical. Uma paródia. Já contei isso.

Como eu, Luke é de raça mista. Um híbrido. Falo assim de brincadeira.

Ele se chama Luke Witter, que era Horowitz quando os antepassados dele chegaram à Ellis Island. A mãe é polonesa católica, Margarete, vulgo Peg. O pai é judeu. Eles discutem por causa disso, ao contrário de meus pais. A mãe é uma *autêntica* católica e o pai só há pouco tempo se interessou *muito* em voltar às raízes. Luke tem três irmãos menores. Parece uma camisa de listras: um filho tinha o nome tirado do Antigo Testamento, o outro, do Novo Testamento. Tem Luke, depois Joshua, Johnny e Daniel. Assim, estávamos escrevendo o tal musical, e como somos fãs de Weird Al Yankovic e de Monty Pithon, estava indo muito bem. Fizemos uma letra com a música "Maria", de *Amor, Sublime Amor: Yeshiva! Meus pais me levaram ao Yeshiva! E todo mundo lá usava cachinhos como eu! Yeshiva! Você não vai ver nenhuma menina no Yeshiva! Não importa o que fazem, as meninas não podem ser autênticas judias, é verdade!* E estávamos começando uma letra com a música de "When You're a Jet".

— Olha, que tal escrever quando você é judeu, é para sempre, desde o dia do *bar mitzvah* até o dia em que empacota... — disse Luke e comecei a digitar.

— E que tal a letra *Eu sou um merda, ah, tão merda...* com a música de "I Feel Pretty"?

— A gente não pode usar palavrão, mas acho boa essa letra, se gravarmos um CD — disse Luke.

E então, ouvimos as vozes de meus pais brigando.

Leo e Julie:

— Que besteira. — Um resmungo. — Paixão por pessoas? E que tal falarmos em paixão pelas quatro pessoas aqui presentes?

— Não entendo o que tem a ver uma coisa com a outra — disse eu, querendo mudar de assunto.

— Não precisa. Meus pais conseguem passar do tema "por que não devemos comer lingüiça" ao tema "holocausto" em menos de três minutos — disse Luke. — Mas os seus pais nunca brigam. Estão sempre: "Pode me passar a manteiga, Julie? Como estão as coisas hoje, Lee?" Não estou dizendo que são falsos, mas que é muito legal.

— Meu pai anda meio esquisito.

— Drogas?

— Drogas? — Caí da cadeira. — Drogas? Porra, isso seria como o *Acredite se quiser*, do Ripley. Leo, metido com drogas? Não, quero dizer que anda metido com essa porcaria de comida saudável e férias para fotografar, e minha mãe está cheia. Já contei para você.

— Eu nunca vou me casar — disse Luke. — Acho que os casados passam um mês do ano só brigando. Todos os casais. Seja aos gritos ou aos sussurros. Os pais de Mark Hunt não se falam. Acho que discutir ainda é melhor. Agora, é minha mãe que pensa que vamos ser impedidos de entrar no Paraíso ou alguma merda dessa...

— Mas não sei como se pode ter filhos de um jeito legal, se não se casar — eu disse.

— Você quer filhos?

Dei de ombros.

— Eu gosto da Aury.

— Eu não vou ter. Só uma boa pá de mulheres. Filho é outro tema para briga. Talvez seja o tema principal. Sua mãe está estragando você.

110

Seu pai está cedendo demais. Ou então ele é muito mesquinho. Ou ela fala demais e os filhos vão ser iguais. Você sabe como é.

— Eu até gostaria que eles conseguissem brigar por besteiras assim — disse. — Meu pai foge dela, volta para os e-mails com os babacas dos amigos dele. Não é muito justo. É como se ela não conseguisse fazer nada direito.

— Justine está aqui na sua casa agora de noite? — perguntou Luke. Como todo macho de Sheboygan LaFollette, Luke era todo ligado em Justine, uma das melhores amigas de minha irmã, além de Mallory. Todo macho, quer dizer, menos eu, porque eu a conhecia. É como trabalhar num restaurante cuja comida todo mundo adora, menos você, porque você viu como é feita. Eu não sabia se ela estava na nossa casa. Mas ela e Caro não conseguiam passar uma noite de fim de semana separadas, era sempre uma luta para saber quem dormia na casa de quem (dependendo de onde era mais provável os pais não estarem). Batemos na porta do quarto da minha irmã. Silêncio. — Vamos lá jogar rolos de papel higiênico na casa dela — sugeriu Luke.

— Puxa, fica longe daqui, Luke — disse eu.

— Ande — apressou-me ele, empurrando minhas costas. Descemos na lavanderia para pegar rolos de papel higiênico. Você pode achar, como eu, que jogar rolos de papel higiênico nas árvores das pessoas era desperdiçar a raiva dos pais; em outras palavras, é melhor ficar de castigo por algo que vale a pena, como pegar o carro sem ter carteira de motorista, o que eu já tinha feito, porque, apesar de não ter talento para me concentrar, tenho para dirigir. Mas se você é um cara que está no nono ano, recusar-se a jogar papel higiênico na árvore da casa de uma garota gostosa é como não querer rearrumar as letras na placa do Reprodutor Atlas. Em outras palavras, é como admitir que você é veado. Pegamos quatro rolos, e nesse momento minha mãe saiu correndo do quarto com o cabelo todo espetado e aqueles curativos enormes nos joelhos e disse:

— Caroline? Quero falar com você. Agora. Olá, Luke. Talvez hoje não seja uma noite muito boa para você ficar aqui.

— Desculpe, quer dizer, ahn, eu sou Gabe — disse eu.

Ela me olhou como se eu de repente estivesse com a doença do homem elefante.

— O quê?

— Você me chamou de Caroline.

— Que diabo, Gabe! O que está fazendo com tantos rolos de papel higiênico?

— O que você está fazendo com esses enormes curativos nas pernas?

— Levei um tombo.

— Tombo?

— Na escada do restaurante.

Minha mãe era dançarina e era capaz de, depois de estar pronta para sair, vestir uma meia-calça em pé. Vi-a fazer isso quando eu era menor. Era difícil imaginá-la caindo. Por outro lado, recentemente teve aquela situação da mão tremer e do olho virar, que achei que era por causa do meu pai estar infernizando a vida dela, mas também em parte era culpa dela, porque dava atenção quando ele começava com um dos seus discursos a-Terra-está-morta que nenhum de nós, os filhos, agüentava.

— Papai empurrou você? — perguntei, de súbito.

— Acho melhor eu ir embora — disse Luke.

— Espere — pedi. — Podemos falar depois, mãe? — Mas foi como se ela tivesse esquecido completamente que tinha falado comigo, porque saiu tropeçando para a sala, como quem tenta escapar de tiros. — Você está bem? Você se machucou? — perguntei.

— Só os joelhos — respondeu ela. Eu não conseguia enxergá-la no escuro. — Pode ir, deixe, depois eu falo com você.

Olhei no quarto dos meus pais e Leo estava enrolado em seu lençol como um salsichão no espeto (minha mãe tinha o dela, um grande e

fofo edredom branco, porque Leo "roubava" o cobertor) e dormia profundamente.

— Vamos pegar o carro — disse eu para Luke.

— Cara, diga o que você quer que eu mande gravar no seu túmulo
— observou ele.

— Leo está dormindo.

— E se acordar quando ouvir o carro sair?

— Ele não acordaria nem se saísse o foguete espacial da nossa garagem.

— E Julie?

— Não está nem aí.

— Meu senhor, nossa carruagem está à espera — disse Luke.

Essa acabou sendo uma das melhores noites da minha vida.

Fomos de carro e jogamos o papel higiênico nas árvores da casa de
Justine, o que fez a mãe dela aparecer e nos xingar. Mas, a mãe, no fundo, meio que se identificava com a popularidade de Justine, pois era uma
divorciada gostosona na casa dos 40, parecida com aquela cantora *country*
que fazia dupla com a mãe. Ela nos convidou para entrar. Caroline estava
lá, com vários amigos do time de Luke, de cabeças raspadas como selvagens e camisetas rasgadas em lugares estratégicos. Mas como eu estava
com o carro de meus pais longe sem permissão oficial, todo mundo ficou louco para me conhecer enquanto tomava Diet Dr. Pepper, que eu
acho que parece remédio para tosse, mas era só o que tinha para beber.
Entramos todos no carro, a mãe de Justine estava meio alta, e fomos para
o local onde estavam construindo a comunidade do golfe, com ruas e até
campos de golfe, mas sem casas, e deveria ter uma placa lá dizendo
AMASSOS, AQUI. Quando chegamos, já tinha tantos carros parados, de
faróis apagados, que parecia o estacionamento do Wal-Mart. Fomos com
o carro mais para trás, quase no ponto em que antes tinha um campo e,
pela primeira vez na minha vida, dei mesmo umas agarradas naquela linda tailandesinha de intercâmbio estudantil que estava no nosso colégio

havia uns dois meses num programa do Rotary e de quem Caroline gostava muito. Ela se chamava Tian, mas Caro e todo mundo a chamavam de Tee. Deitamos na grama verde, que era mais macia do que nosso carpete, e estava uma noite perfeita, sem insetos e com um monte de estrelas, como se alguém tivesse jogado uma bola de neve que explodiu formando pontos brancos pelo horizonte. Conversamos sobre o que ela queria ser, pediatra. Ela perguntou o que eu queria ser, e eu disse que queria escrever canções. Ela se sentou e, com uma vozinha parecida com a da Branca de Neve, cantou "Younger Than Springtime", depois perguntou se eu conhecia aquela canção, que eu conhecia porque minha mãe tem o CD de todos os musicais que já existiram, e do que tratava a peça.

— É aquela sobre racismo — disse ela. — Da Primeira ou da Segunda Guerra Mundial. A garota vivia numa ilha, supostamente era uma garota má em Tonkin, mas não era, e está apaixonada pelo soldado americano. É uma garota do oceano Pacífico. Aliás, isso sempre acontece na Tailândia. Quer dizer, soldados americanos com garotas cujos pais não têm dinheiro. Eu tenho amigas que são prostitutas.

— Não da sua idade.

— Sim, da minha idade. Mais jovens. Não estou brincando.

— Crianças?

— Doze anos. Um problema. Você vai a Bangcoc e arruma uma garota para namorar uma semana. Aí, ela engravida. Às vezes, eles se casam, se ela tiver idade. Mas não se pode casar com uma menina de 13 anos. Nem na Tailândia.

— E as outras garotas, como são...?

— As outras, como eu, os pais mantêm fechadas dentro de casa. Praticamente. Por exemplo: lá, eu jamais poderia estar num lugar como esse com um garoto. Meu pai mataria você, se você me beijasse.

O que é claro que eu fiz, e ela me beijou de volta e disse que estava tudo bem, porque estávamos nos Estados Unidos, e pensei: eu podia morrer agora, feliz. Cá estou eu, Gabe Steiner, tendo nos braços essa linda garota usando uma blusinha curta e sem sutiã, que também é muito esperta, e ela está em cima de mim, não exatamente misturando as partes do corpo, mas é muito bom. E eu tenho apenas 15 anos. Caroline estava no banco de trás do carro com um dos amigos idiotas de Luke de camiseta rasgada, e Luke finalmente foi, bom, bem mais longe com Justine do que qualquer de nós conseguiu com alguém naquela noite, tenho certeza. Justine não ligava para essas coisas.

Ficamos todos por lá até quase meia-noite, quando tive de acabar com a história porque lá em casa tinha toque de recolher, ainda mais dirigindo sem carteira e sem sequer uma licença especial, com oito caras num Volvo e, se minha mãe tivesse conseguido se recuperar de alguma coisa (como dos sentidos, por exemplo) depois que saí, eu ia ficar numa grande merda, embora até merecesse. Saímos de carro e reorganizamos as letras na placa da Reprodutor Atlas, e a frase NOSSOS TOUROS ENLOUQUECEM NO OUTONO ficou OS TOUROS SÃO LOUCOS POR LOURAS. Não foi muito criativo, mas estava tarde para agitar, e as garotas ficaram um pouco ofendidas mesmo quando dissemos que a intenção era chatear os fazendeiros e não insultar o sexo feminino. Deixei cada um na sua casa, com exceção de Caro e Luke, e voltamos para casa.

Durante muito tempo, essa foi a melhor noite da minha vida.

DEZ

Diário de Gabe

Cara J.,

Meu filho é doido por armas. O pai também. Eles caçam juntos, Cody fez o curso de treinamento de segurança e este é um dos melhores momentos que passam juntos. Caçam faisões ou pombos selvagens, que são meio difíceis de cozinhar, pois são tão pequenos que acabam parecendo croquetes de passarinho. O problema é que as paredes do quarto de Cody são cobertas de cartazes de armas: italianas, do Exército, antigas. Ele mentiu, dizendo que tinha 18 anos, e entrou para a Associação Nacional do Rifle. Assiste às exibições de tiros e compra uma revista de tiro ao alvo. Tenho medo de que ele faça... alguma coisa. Não é um aluno muito bom e tem amigos que fumam e bebem cerveja. É um rapaz feliz e nunca nos desobedece. Mas agora vai caçar sozinho na nossa fazenda (esquilos e gansos) e, embora diga que faz isso para trazer a caça para mim, esse problema da arma está me incomodando. O pai acha que é muito normal e que a única coisa ruim que posso fazer é chamar a atenção para isso. Cody tem apenas onze anos.

Preocupada, de Callister

Cara Preocupada,

Senti um grande alívio por você não parecer uma mãe "Calma, de Columbine". Todos os meninos da idade do seu são fascinados por armas de fogo, fogos de artifício, espoletas — e até por fogo, ponto. É um amadurecimento sexual. Mas Cody vai além do piromaníaco comum, a caminho de se tornar um mercenário ou o próximo Dylan Klebold. Se o seu marido não acha estranho ter um filho no quinto ano que só se interessa por armas, ambos precisam consultar um profissional, o padre, o orientador pedagógico da escola ou Charlton Heston, pois até ele acharia demais. Não pense que você exagera nos cuidados. Não criar caso com isso seria, na verdade, fora da lei, já que é ilegal um menino de onze anos caçar sozinho no Wisconsin. Dê um skate e um capacete para o seu filho. Matricule-o num curso de hip-hop. E dê uma dica para o seu marido. Lembre-o de que nunca ninguém foi morto por levar muito a sério algo que é estranho e violento.

J.

O texto acima é isso.

Recortei a primeira coluna que Cathy e eu escrevemos no lugar de mamãe.

Depois que meu pai foi embora, mamãe passou uma semana de cama.

Ficou de cama como se fosse um segundo emprego.

Só me lembro dela se levantar uma vez para fazer macarrão com queijo, e estava tão fraca que não conseguiu tirar o prato do forno. A bancada inteira ficou com queijo e leite derramado. Minha mãe usou o mesmo moletom dia e noite, de segunda a sexta. Não correu, não fez ginástica nem sequer lavou o cabelo.

Achei que ela estava relaxada assim por depressão, mas, como eu não queria assustar meus avós (que iam querer que ela fizesse exames de sangue ou coisa do gênero), liguei para Cathy. Ela era sempre boa numa situação complicada. Cathy me ensinou umas coisas legais e umas besteiras para dizer aos professores. Veio com Abby, perguntou por que minha mãe não telefonou e balançou a cabeça quando eu disse que não sabia. Ela fez jantar para as meninas e me mandou ajudar Caro na matemática, matéria em que nós dois somos péssimos.

Quando minha mãe se levantou da cama, ouvi as duas conversando.

— Quando você precisa entregar a coluna? — perguntou Cathy. — Como você envia? Qual é o tamanho? Duas cartas pequenas, uma longa ou tanto faz?

Ela então me chamou na cozinha. Estava com o laptop da minha mãe e uma pilha de pastas.

— Olhe, Gabe, você não é bobo — disse ela para mim.

— Você também não é, Cath — disse eu, imaginando o que aquilo tinha a ver com o preço do queijo.

— Obrigada, seu grande sacana — disse Cathy. Ouvi a princesa Jasmine cantando algo na TV para Abby e Aury sobre um mundo totalmente novo. Desconfiei que eu estava prestes a entrar num e que, considerando a opção que me restava, o melhor era nem ter a chave. — Você sabe que sua mãe não está legal.

— Sei que ela faz umas coisas engraçadas. Ela tem comportamento bipolar? — perguntei.

— Bipolar? — Cathy ficou espantada. — Não, ela não é bipolar. Quer dizer, acho que não é. Considerando o trabalho que fiz com doentes bipolares, não é disso que estamos falando. Acho que ela está doente e quando fui com ela ao médico, todos os exames de sangue e os outros deram normal. Ela não tem nenhum vírus, nem infecção ou alergia. Claro que está muito deprimida, mas isso não influi nos sintomas... no comportamento estranho que ela tem tido. Por isso marcamos consulta com um neurologista, mas só tem hora daqui a três semanas...

— Neurologista?

— Acho que sua mãe tem algum problema de equilíbrio. Primeiro, achei que podia ser um vírus que estava afetando o ouvido ou até o cérebro. Mas ela vai fazer uma ressonância magnética...

— Você acha que ela tem um tumor cerebral? — perguntei.

— Não — respondeu Cathy.

Vi que não era um *não* convicto, mas esperançoso. Perguntei então:

— O que você fez? Esperou até nós sairmos para a escola e percorreu os prontos-socorros e os consultórios médicos da cidade? E não se preocupou de contar para Caroline ou para mim?

— Fomos para Milwaukee. Obviamente, Gabe, não queríamos preocupar você. Você pode ser da altura de um homem, mas é um menino.

— Como você faz isso, Cathy? Se é que não se incomoda de eu perguntar. Você não precisa trabalhar? Sei que minha mãe pode trabalhar em casa e sei que ela tem a... sei lá, pensão de papai para ajudar... mas como você vive tão livre e solta?

— Dou muita consulta por telefone...

— Como o serviço de sexo por telefone.

— Exatamente. — Por isso é que Cathy era uma amiga tão legal como adulta. Podia-se dizer qualquer coisa para ela. Na minha opinião, as pessoas homossexuais são menos duras, no geral. É como se elas já tivessem ouvido de tudo na vida. — As pessoas não têm mais tempo de sentar num consultório de terapia, embora eu tenha muitos clientes tradicionais. E a maior parte de nós não fica à vontade de falar ao telefone. Mas meus colegas meio que viraram o ouvido do telefone para mim porque me sinto à vontade. Deve ser porque fiz teatro, então consigo ouvir muito pela voz da pessoa, como quando ela está fingindo que está bem, ou algo do gênero. Tem gente que não fica à vontade cara a cara, embora eu possa perceber muito pela...

— Pela linguagem do corpo — completei.

— Até pelo jeito de se sentarem e onde se sentam. Ultimamente, quando um casal, um garoto ou uma mulher me consulta, a aparência deles já me dá uma noção geral de como se sentem...

— Gente feia é mais maluca?

— Não, mas os gordos comem porque estão com raiva de alguém, às vezes deles mesmos. Além disso, tenho muitas consultas às oito da noite, essas coisas. Horário em que as crianças já foram para a cama, ou o marido saiu para jogar *softball* ou o delinqüente está na casa da namorada.

— Parece legal.

— Às vezes. Mas, Gabe, isso exige muito de você também, sabia? Atender durante dois anos uma mulher que, depois de ser surrada pelo marido a cada 15 dias, ainda acha que ele é muito bom porque nunca bateu nos filhos? E, como o pai dela era pior e o primeiro marido batia nos filhos com ferramentas da fazenda, ela então acha que está numa situação melhor?

— Mas você é sempre otimista.

— Preciso correr muito, dançar e fazer equitação para ficar assim. Se guardasse dentro de mim tudo o que escuto... ficaria igual ao comedor de pecados. É como minha mãe chama a pessoa que... bom, isso é nojento.

— Continue.

— Quando minha mãe era pequena, na Irlanda, e alguém morria, os pobres procuravam alguém ainda mais pobre para ir ao velório...

— Eles sempre faziam velório?

— Espere — disse Cathy, sorrindo e abrindo a tampa do computador. — Eles faziam uma grande refeição no caixão do pobre defunto. Qual é a senha da sua mãe?

— A senha é Ático. Voltando ao comedor de pecados...

— Essa pessoa devorava a lauta refeição e, junto, todos os pecados do morto; assim aquela prezada alma podia ir direto para o céu.

— O que acontecia com o comedor de pecados?

— Bom, ele tinha vida mais longa, já que não passava fome.

— Ficava louco?

— Bom, se fosse um católico supersticioso, sim, às vezes ficava. Mas alguns eram apenas espertos negociantes que pediam alguns xelins, além da comida. Mas quando as pessoas batiam as botas, sempre conseguiam um comedor de pecados, com certeza.

— Seguro de acidentes.

— É.

— Então, todos esses médicos...

— Vamos devagar. Todos esses médicos ainda não chegaram a uma conclusão sobre Julie. Mas a coluna no jornal é publicada amanhã, e ela não conseguiu adiantar nada nem pode escrever agora. Posso pensar numa solução, se você me apresentar um problema, mas não consigo escrever a coluna. Não sou escritora.

— Bom, ligue para o editor do jornal. Eu não sou escritor.

— Você escreve muito bem.

— Mas você não vai conseguir entender o que escrevo, Cathy.

— Nunca ouviu falar em revisor de texto no micro?

— Já, e posso usar até o fim dos tempos, mas as palavras vão sair de cabeça para baixo, de lado, ao contrário, sem organização.

— Eu posso ajeitar.

— Isso não é, digamos, ilegal?

— Deve ser.

— No jornal, eles devem conseguir outra pessoa para escrever por algum tempo.

— Gabe — disse Cathy, mordendo a boca antes de continuar. — Se sua mãe perder o emprego agora, vai perder mais do que um salário.

— Eu achava que, se uma pessoa está mal, a última coisa que quer é ouvir os males dos outros.

— Nem sempre as pessoas provocam os próprios problemas. Às vezes, elas estão no lugar errado na hora errada. E ajudar alguém, quando você está se sentindo inútil e deprimido, pode fazer você se sentir... forte. Pode restaurar a sua...

— Deixe que eu digo. Auto-estima. Ficarei feliz se nunca mais ouvir essa palavra.

— Mas é verdade. Se você foi abandonado por alguém, precisa saber que continua sendo um ser humano importante e de valor.

— Foi assim que você se sentiu? — perguntei.

— Em relação a Saren?

— Sim.

— Eu fiquei com vontade de comer um tijolo de sorvete e assistir a reprises de *Arquivo X* até morrer de diabetes. Mas a sua mãe, a sua mãe me obrigou a assistir àquela peça com ela, hummm...

— *Carrossel*.

— Isso mesmo...

— Eu me lembro porque eles me deixaram comandar o *spot* no ensaio. Que porcaria de peça. Quer dizer, não chego a ser um fã de musicais, mas aquele era ruim demais. Mas não tão ruim quanto *Oklahoma!* Esse, leva a taça.

— E que recado ele dá! Estou me referindo a *Carrossel* — acrescentou Cathy. — Um tapa pode ter o mesmo efeito de um beijo! Mas trabalhar com ela, estar com ela e passar a ter sua mãe como amiga... (ela sempre foi minha amiga, depois virou a melhor amiga...) fez com que eu quisesse continuar. Ela me deu coragem para adotar Abby. Jamais conseguirei retribuir o que ela fez por mim.

— Então você quer fazer isso por ela, escrever a coluna até ela melhorar de saúde.

— Bom, seria só essa semana. Ela vai ficar boa, se conheço Julie. Se conseguirmos ultrapassar isso. Acho que podemos. Acho que as pessoas estão sempre escrevendo no lugar de outros.

— Não sei — disse eu.

— Por que não liga para seu pai e pergunta? Por que você não liga?

— Porque já liguei cinqüenta vezes desde que ele foi embora, deixei cinqüenta recados, e ele jamais retornou.

— Ele mandou cartas...?

— Caroline guardou todas com ela, me deu os endereços, escrevi para ele, mas não respondeu. — Respirei fundo. — Ele deve achar que mamãe está fingindo.

— Eu liguei para ele também, Gabe. E sabe o que acho? Ele não passa de um grande filho da puta.

— Puxa! Você está falando do meu pai, Cathy.

— É, Gabe, estou falando do seu pai. E, se você tem um só osso que preste no corpo, e eu sei que tem, vai concluir que mandar umas cartas de Illinois, de New Hampshire e de Massachusetts no período de cinco meses não é ser pai...

— Ele continua sendo meu pai. — Eu não sabia se xingava ou fingia que não ouvia. Achava a mesma coisa que ela, mas, ao mesmo tempo, tinha uma dolorosa necessidade de defender Leo, quase como, se eu não defendesse, o que ela disse seria verdade por culpa minha. Era como se eu tivesse virado o comedor de pecados.

— É, continua sendo seu pai. Mas devia retornar as ligações. Devia ligar para você. Devia ligar para a pequena Aury toda noite em vez de mandar uma caixa de porcaria de trufa! Quantas vezes ligou para ela? — Não respondi. Não me lembrava se tinham sido duas ou três vezes, mas numa delas eu tinha saído com Tian, que ia embora dali a algumas semanas. Francamente, se tinha alguém com quem eu queria falar, era Tian, e não Leo. Meu pai dali a pouco estaria de volta, com cheiro de *misoshiru* e queimando incenso de anisete no banheiro. Talvez tentando convencer todos nós a mudarmos para uma terra feliz e muito, muito distante. Mas eu não queria mudar. Em primeiro lugar, não queria ficar longe dos meus avós, que agora pareciam o único ponto fixo na galáxia. Mais ainda: pela primeira vez na vida, eu me sentia um adolescente normal e, se minha mãe tivesse percebido, ia dizer de mim o que os pais dizem dos adolescentes normais: *Eu nunca o vejo. Ele nunca está em casa.* Você não sabe o que é a média, se nunca se sentiu na média. Tian viu que eu freqüentava salas especiais de estudo e tal, mas não ligou nem um pouco; achou que era só como o programa que ela fazia depois da escola, de inglês-como-segunda-língua. Na primeira vez em que não consegui achar as palavras que combinassem com o que estava pensando, ela riu como um sininho, porque a mesma coisa estava acontecendo com ela. Como eu, ela também não tinha o inglês como língua materna. Para ela, meu problema de fio solto na cabeça era apenas por ser um enroladão, se não um caretão. Ela não percebia.

Eu sabia que ia perdê-la; sabia que depois que ela fosse embora minha vida voltaria a ser aquele prato vazio com um buraco no meio. Mas, naquele momento, eu tinha Tian. Eu, Gabe Steiner, o bobo da Educação Especial, tinha a garota que todo mundo na escola queria — Tian, que parecia uma porra de uma estrela de cinema e ainda era inteligente, muito legal e tão pequena que dava para levantar do chão e abraçá-la. Eu estava apaixonado. É possível acontecer isso, mesmo naquela idade. E eu sabia que amar Tian mudaria a minha vida, que eu teria algum tipo de respeito duradouro e pensaria nela para sempre... em como sua pele era perfeita, como ela deixava eu enfiar a mão quase até seus seios, como eu me sentia pequeno porque uma criatura tão rara deixava minhas mãos tocarem nela.

Na verdade, parei de desejar ficar em coma até os 25 anos.

Não era uma boa época na vida para cultivar ombros largos e assumir os problemas de minha mãe. Bobagem dizer isso, mas é verdade.

A cara de Cathy me convenceu de que eu não tinha escolha. Ela parecia uma espécie de deusa da guerra, com aquele olhar dizendo que mataria você com uma faca, se você não ouvisse. Eu sabia que tinha perdido.

— De vez em quando, ela também reduz uns textos — informei a Cathy, cansado. — As cartas. Tem gente que escreve sete páginas dos dois lados do papel. Ou manda e-mails com três anexos. Ela precisa dar uma mexida nas cartas, mas nunca muda as palavras importantes, a menos que a gramática seja muito ruim. E precisa esconder a identidade deles. Por exemplo: se dizem que dão aulas na escola secundária, ela põe que ensinam na pré-escola da igreja ou qualquer coisa assim, se essa informação for necessária. Em geral, ela tira a droga da identificação do remetente, a menos que a mulher seja casada com um policial que vende drogas ou algo parecido. Ela transforma o marido num juiz ou os situa num lugar como Illinois. — Cathy foi anotando tudo o que eu dizia. — Cada semana ela tenta apresentar um assunto diferente. Por exemplo: ela não quer uma série de colunas sobre quando se deve fazer sexo num novo relacionamento, ou como posso saber se ele está me enganando. Ela mistura os assuntos. Pais idosos. Brigas com a irmã que não fala com você há um ano. Coisas desse tipo.

— Temos de avisar a ela que vamos escrever a coluna — disse Cathy, batendo nos dentes um lápis de Aury com desenho do Scooby-Doo.

Quando avisamos, minha mãe virou-se para a parede e se enrolou no lençol amarelo de Leo.

— Querida, se você não quer que a gente escreva, nós paramos já — disse Cathy, baixinho.

— Não posso deixar de fazer a coluna — disse minha mãe, e ouvi que estava chorando. — Não quero perder o emprego. E se eu ficar desempregada e Caro tiver uma apendicite? Quando Justine teve apendicite, seus pais ficaram com uma conta de trinta mil dólares para pagar. Estou burra demais. Não consigo pensar. Começo a pensar uma coisa e vem outra como um trem e tira tudo da minha cabeça...

— Também tenho sempre isso — disse eu. — Parece que escuto cinqüenta conversas ao mesmo tempo e não consigo entender nenhuma, principalmente se estou chateado...

— Eu também — disse minha mãe. — Mas isso é pior. Parece que a minha cabeça está falando comigo. Escuto sons estranhos. Como gaiteiros de fole tocando, ou crianças pequenas falando... que não estão lá. Aurora me pede um copo de leite e tenho de pensar o que significa "leite". Demora um minuto. Mais. Quando tento falar, as palavras somem no vento. Quer dizer, de cabeça para baixo. E se me concentro, fica *mais ruim*.

Cathy e eu nos entreolhamos. Minha mãe podia fazer qualquer coisa, mas nunca cometer um erro de gramática. Até Aury sabia a diferença entre "fixar" e "fichar".

— O que mais você sente? — perguntou Cathy.

— Não quero... falar. Basta escolher um mapa que não tem nada a ver com o tema amor — disse minha mãe, e nós sabíamos que ela queria dizer "carta" e não mapa. Senti um fio de suor frio escorrer no meu peito.

Antes de sairmos do quarto, ela dormiu.

Claro que escolhi a carta que me interessava mais, já que em LaFollette uma prateleira para arma é acessório tão comum num carro como um aparelho de CD. Na época, o governador tinha dito que podia não ser má idéia as escolas secundárias terem não só seguranças armados, mas funcionários armados. O que significaria que a Sra. Erikson poderia ter dado um tiro na minha irmã durante aquele pequeno pega-pra-capar das duas.

— Você acha que esse menino das armas tem problema? — perguntei a Cathy.

— Acho que a família dele vai ser manchete de jornal daqui a uns cinco anos, se alguma coisa não mudar rápido.

— Então, essa é uma boa carta.

— A Associação Americana de Pediatria diz que ter uma arma carregada numa casa onde há crianças é tão perigoso quanto... bem, ter uma arma carregada.

Só não contei a Cathy que eu tinha uma arma, embora não soubesse.

Achei um revólver quando fui mexer nas gavetas de meu pai, procurando uma daquelas camisetas justas que as pessoas chamam de "machão" e que minha mãe sempre nos obrigava a chamar de "camiseta de músculos", para usar embaixo de uma espécie de camisa transparente que também era de Leo. A arma estava na caixa. Era um modelo 38mm especial. Não tinha balas. Fiquei pasmo.

Mas meu pai tinha sido sempre contra armas. Preferiria ser preso a ir para o Vietnã, embora fosse isento por ser casado e estar cursando direito. Ele sempre me disse que, se um menino viesse para cima dele com uma bomba, amarrada nas roupas, ele preferiria explodir a matar o menino. Isso foi antes de ele entrar na ioga e tal. Ele sempre foi assim. Disse que os caras que praticam caça têm medo de ter o pau pequeno demais; usou essas palavras.

Peguei o revólver como quem pega uma cobra. Era mais pesado que sua forma graciosa dava a impressão e tinha cano longo. Eu achava que nunca havia sido usado. Tinha certeza de que meu pai nunca o usara. Depois, mexi em todas as gavetas dele e não vi nada mais interessante do que pacotes velhos de camisinhas e uma pinça, que na época eu não tinha idéia de como era usada, mas agora sei que mostrava que ele e minha mãe de vez em quando fumavam um baseado. Ou tinham fumado quando éramos bem pequenos, ou algo assim.

Por que ele teria um revólver?

Será que, no fundo, tinha medo de enfrentar um problema na rua, andando no meio de verdadeiros marginais? Será que tinha uma intenção psicótica de nos proteger de invasores? Será que tinha tendência suicida? Se tinha, por que tinha deixado o revólver lá? Por que tinha levado o laptop e não sua arma portátil, companheiro?

Foi quando eu soube que Leo realmente tinha endoidado... Peguei a coisa e joguei na prateleira mais alta que consegui, atrás dos sapatos do smoking que Leo tinha de usar todo ano para ir ao Baile dos Chanceleres. Fiquei de estômago virado só de pensar que Aury podia ter achado o revólver, embora ela não alcançasse a gaveta de cima do armário de meu pai.

Depois me sentei no chão do closet e tentei pensar bem, me concentrar mesmo, no comportamento dele no que dia em que foi embora. No que ele fez. No que ele disse. Tudo tinha sido meio normal. Tudo tinha sido meio típico de Leo e meio maluquice.

Naquele dia, todos nós tivemos de ir tarde para a escola porque o avião dele só saía ao meio-dia.

Leo fez a gente se sentar no sofá. Colocou Aury no colo. Minha mãe estava no quarto. Não quis sair de lá. Ele explicou o que era seu "ano sabático". Falou nas pessoas com as quais ele andava se correspondendo, que eram gente normal, educada, só que achavam que a vida não precisava ser aquela enorme corrida de ratos, falou na história do pedaço de terra limpa que ele queria comprar, com um rio e talvez uma pradaria. Explicou que cortava o coração dele ficar longe de nós até o fim do inverno, mas que achava que tinha de fazer aquilo e que, quando fôssemos mais velhos, lembraríamos do que ele tinha feito e que, quando as pessoas tentassem nos fazer desistir de coisas que parecessem diferentes mas que nós sentíamos que tínhamos de fazer, teríamos o exemplo dele, de que confiar nos próprios instintos é sempre o certo. Falou sem fazer um ponto.

Aí, ele chorou. Não como se chora no cinema, no caso de um homem. Mas como chora um bebê quando cai no chão.

— Amo tanto você, filho — disse, e beijou minha cabeça.

— Eu também amo você — respondi, simples.

— Caroline, eu me lembro da primeira vez que vi você — disse ele.

— Eu não lembro — replicou Caro, com a cara parada como água estagnada, sem um tremor, uma ruga.

— Aurora — disse Leo então, e encostou Aury no peito. Balançou-a e beijou-a. Caroline olhou-o como se ele fedesse.

— E se os seus instintos disserem para você largar a escola? — perguntou ela, de repente.

— Caroline, eu sei o que você está...

— Não, pai, me responda — insistiu Caro, enquanto Aury saía do colo dele e ia para o quarto que dividia com Caro. (Ela dormiu no quarto de meus pais até fazer um ano e meio. E meu pai insistia que o quarto de "hóspede" devia ser uma biblioteca ou escritório, onde ele pudesse ler em paz. Naturalmente, Caro ficou uma fera por ter de dividir o quarto com um armário cheio de ursinhos.)

— Se seus instintos disserem para largar a escola no sentido tradicional, mas você achar um jeito de se sustentar, então você deve largar — disse meu pai.

— Não entendi o que você quer dizer — disse Caroline.

— Nem eu — disse minha mãe, que surgiu na porta. Parecia ter bebido um quarto de garrafa de champanhe e esquecido de tirar o vestido de baile. Estava de camisola de cetim e usava uma espécie de bota. — Eu sei que você pode conseguir um diploma estudando em casa em vez de ir para uma escola regular, mas não tenho idéia do que ele quer dizer com está certo se os instintos dizem que justifica largar os filhos seis meses em qualquer circunstância, a não ser que se tenha um irmão que está morrendo, mora em Saskatoon e precisa de sua ajuda para salvar a fazenda de trigo da família. E nós já sabemos que ele não tem disso.

— Julie, o que você diz não ajuda em nada — disse Leo.

— Não tenho a intenção de ajudar. Tento ser racional.

— Julie, o que aconteceria se eu morresse?

— Está perguntando se eu seria contra?

— Sacanagem dizer isso, mãe — observei.

— Não se meta, Gabe — avisou ela.

— Julie — implorou meu pai —, e se eu morresse? Você ficaria como está agora, exatamente do mesmo jeito. As passagens de avião que comprei são as mais baratas que existem; vou ficar num lugar onde terei casa e comida em troca de ajuda com algum problema legal que eles tenham. Tenho seguro de saúde e você também. Essa história toda poderia me custar por volta de mil dólares. Você gasta isso em roupas em seis meses.

— Não gasto — disse minha mãe, ríspida.

— Gasta, sim — disse Leo.

— Não gasto — repetiu minha mãe.

— Eu vejo as contas, Julie. Gasta, sim — disse meu pai, paciente, com sua voz de advogado. — Quero dizer o seguinte: não estou largando você perdida. Aury passa uma parte do dia na creche, o que dá tempo para você fazer o seu trabalho, se realmente trabalhar, em vez de passar a metade do tempo mexericando com Cathy ao telefone. — Cathy, que estava sentada à mesa da cozinha, suspirou alto. — Cathy, não quero ser grosseiro, mas gostaria de ficar um pouco a sós com minha família — disse Leo.

— Julie me pediu que ficasse aqui com ela, por isso fiquei, e sinceramente não quero ser indelicada por estar aqui, Leo — disse Cathy.

Nesse momento, Aury voltou com a calça do pijama velho de meu pai, que pegou na gaveta de baixo, e seu *Grande livro de poemas infantis*.

— Dormir? Papá lê *estólia*? — Ela achou que, se conseguisse que Leo a fizesse dormir, ele teria de ficar. Foi aí que eu comecei a desmoronar e fiz um buraco na parede de tijolo aparente atrás do banco na janela. Rápido, escondi o buraco com uma das almofadas. Ele deve continuar lá, pois quando mudamos mamãe deixou as almofadas e fez outras.

Leo se levantou e foi até mamãe. Passou as mãos nos longos cabelos dela e ela ficou parada, apertando as pernas com as mãos.

— O cabelo mais macio que já vi — disse ele. — Julieanne. A minha namorada. — Ela segurou nos pulsos dele.

— Por favor, Leo — implorou. — Por favor, não faça isso. Eu peço a você. Nunca pedi nada sério a você. Olhe para Aury. Por favor. — Ele pegou sua enorme mochila e pôs nas costas.

— Não vê como é difícil para mim, Julie? — perguntou ele, realmente surpreso. — Estou com muito medo.

— Aaaah, merda, Leo, deve ser mesmo horrível — disse minha mãe, as mãos caídas, sem implorar mais.

— Pois é, Julie.

— Leo, você deve estar indo para um hospital bom e grande, com papéis de parede alegres — disse minha mãe. — Ou então você é o homem de coração mais frio...

— Cuidem de sua mãe, meninos — disse ele para nós.

— Essa parece ser a, ahn, descrição da sua função — disse Caro.

— Caroline, deixe eu dar um abraço em você — respondeu Leo.

— Vá... abraçar uma árvore — disse ela. Eu sabia o que ela queria dizer, mas nossa irmãzinha estava na sala.

— Papá! — gritou Aury, quando Leo foi para a entrada e vimos pela janela o táxi lá fora. Minha mãe tinha se recusado a levá-lo de carro ao aeroporto. Meus avós também; eles nem sequer atenderam o telefone quando ele ligou para se despedir. — Papá! Eu quero ir! Leva eu, papá! Fico boazinha! — Ela se jogou no chão e ficou batendo as perninhas roliças; o rosto ficou rubro, depois roxo. Leo, que chorava alto, abriu a porta e saiu.

Nós todos corremos e levantamos Aury, como se estivéssemos brincando de esconder embaixo de um lençol num piquenique. Enquanto ela esperneava e chorava, minha mãe começou a cantar aquela velha canção do Elvis, "Love Me Tender", que sempre cantava para minha irmãzinha: "Aura Lee, Aura Lee, jovem de cabelos dourados..." Pegou Aury pelas costas, de modo que nenhuma das duas se machucasse com os chutes. Aury gritava tanto que Caro fechou as janelas. Até que pareceu se esvaziar.

— Ela está bem — disse minha mãe. — Prendeu a respiração por muito tempo. Mas está bem. Vai ficar meio tonta. — Minha mãe se levantou e colocou a mão aberta sobre a vidraça da frente. Ficamos ao lado dela. Ouvimos uma porta de carro se fechar. Era o carro de Liesel e Klaus. Ele acenou. Para eles.

Tenho certeza de que vou odiar gente na minha vida mais do que odiei Leo naquele momento. Cheguei a odiar Leo mais a partir daquele momento. Mas a verdade é que, provavelmente por causa dos hormônios, pensei naquela merda do revólver.

ONZE

Livro de Jó

EXCESSO DE BAGAGEM

J. A. Gillis

The Sheboygan News-Clarion

Cara J.,

Tenho certeza de que muitos homens da minha idade têm o mesmo problema que eu. Estou amando sincera, concreta e profundamente uma mulher com quem pretendo me casar. Ela tem o mesmo sentimento. Agora que concordamos que passaremos o futuro juntos, acho que, para ser um marido que nunca vai ter um caso, preciso ter outros relacionamentos antes de colocar a aliança no dedo dela e selar meu destino. Não que eu deseje alguma mulher em particular. Minha futura mulher é linda, talentosa e inteligente. Mas não quero ter nenhum arrependimento e, como somos um pouco jovens, temos 25 anos, sei que as experiências que eu não tiver agora, posso querer ter depois. Minha amada simplesmente não entende isso. Diz que tive muito tempo na faculdade e depois dela para explorar outros relacionamentos. Ela acha que o fato de encontrá-la mostra que estou pronto para desistir de minhas atividades de solteiro. J., eu realmente quero um casamento feliz. Mas sei também que muitos casamentos fracassam porque um dos parceiros sente falta de coisas que só são possíveis fazer quando se é solteiro. Como resolvermos essa situação e seguirmos rumo ao futuro que ambos merecemos?

Sufocado, de Sullivan

Caro Sufocado,

Primeiro, quero parabenizá-lo. Pela namorada que tem. Ela é realmente inteligente. Não quis se casar com você até agora e não sabe se ainda quer. Em segundo lugar, quero saber como você define estar "sincera, concreta e profundamente" apaixonado. Se é ouvir os sinos tocando para receber a medalha na corrida de prova de masculinidade, parabenizo você também por saber o que, fervorosamente espero, vai evitar que você contribua para a distribuição de genes. Você não quer experiência. Quer um bolo de casamento gelado enquanto você experimenta um pedaço de torta de maçã fresca. Não se preocupe. Acho que está garantido o futuro que você merece.

J.

Cara J.,

Concorde comigo. Como os leões e o poderoso gorila, o macho da espécie humana não é para ser monógamo. Isso é invenção das mulheres que querem ter filhos e viver tranqüilas à custa de um homem. Se fosse para o homem ficar com uma mulher só, por que tantos de nós teríamos tantos filhos? Diga, J., as pessoas querem muito saber o que você acha. Você é sempre sincera.

Macho, de Menomonee Falls

Caro Macho,

Você tem toda a razão a respeito dos leões e gorilas. Eles não só dormem com muitas fêmeas, como a única atividade deles, além de dormir e comer o que as fêmeas trazem, é fazer mais filhotes. Alguns humanos têm a mesma vida fácil... e nós os chamamos de pais parasitas. Os filhotes de leão não usam tênis Reebok, não comem macarrão com queijo nem fazem faculdade. Não precisam aprender a ler, dirigir, barbear-se... nem a ter responsabilidade sexual! Não pegam Aids, não fumam nem usam drogas. Um leão de um ano pode caçar e sobreviver sozinho. Um ser humano de um ano não consegue sobreviver uma noite ao relento. Você tem toda a razão. As mulheres inventaram a monogamia! Por desespero. Os homens queriam dar uma e sair fora. Junto com aquele espaço no meio das pernas, eles criaram um espaço entre os ouvidos, mas este é vazio. E, se você acha que as mulheres pensam que a situação é fácil, pergunte à sua mãe.

J.

Foi o que senti, na primeira vez que fiquei de cama.

Foram noites embaixo do lençol que filtrava a escuridão e manhãs de vista embaçada, em que às vezes eu via sombras se mexendo. Eu morria de frio ou de calor numa cama fria e úmida. O simples ato de levantar para ir ao banheiro não consistia só em me mexer, mas em fazer uma longa lista, como de supermercado para o jantar de Ação de Graças: colocar os pés no chão, medir a distância até a porta, segurar a bexiga com uma das mãos, como uma barriga de grávida, até o lugar aonde eu ia; lembrar de levantar a camisola e de usar papel higiênico. Mexer as pernas era como arrastar sacos de pesos diferentes cheios de pedras pontudas. Eu caminhava apoiada na escrivaninha, na cabeceira da cama, na pia e, finalmente, na parede. Jamais me olhava no espelho.

Depois de uma longa e penosa série de dias assim, acordei. E era eu mesma. Súbita e completamente.

Era uma manhã de domingo, porque as crianças estavam dormindo. A casa estava silenciosa e calma.

Pela janela, vi um pássaro marrom no galho lá fora bicando uma casca de bolo que Aury e eu havia muito tempo tínhamos colocado no comedor que ela fez na escola, em forma de meia tigela. Observei os movimentos ágeis, cuidadosos e tímidos do passarinho, notei a separação das penas no ralo penacho bege e, de repente, percebi que eu *podia ver o passarinho!* Não estava com a visão nublada. Para focar, não precisava fechar um olho. Sentei-me na beirada da cama com facilidade. Senti uma pontada na coxa, como se fossem punhais em miniatura, mas consegui me levantar, primeiro balançando como um barco no rastro de uma embarcação maior; depois me situei e me acalmei, firme. Fui até o banheiro. Entrei no chuveiro e lavei cada saliência e reentrância do meu corpo, enxaguando o cabelo várias vezes com um deleite animal. Calcei as meias, vesti o jeans e uma camisa branca com cheiro de goma. Abotoei-a.

Entrei na cozinha e quebrei ovos caipiras numa tigela azul. Juntei leite aos ovos e misturei alecrim, pimenta e sal sobre as ilhas flutuantes cor de laranja, depois espalhei pedaços finos de queijo. A manteiga ia se derretendo em fatias grossas de pão branco quando Cathy veio do quarto arrastando os pés com Aury no colo e Abby Sun pela mão.

— Ah! Puxa! — gritou, agitando os cabelos ruivos e espetados e dando um passo atrás como se tivesse visto a bisavó Gleason, que ela nos contou que morreu no *Titanic*. Enquanto isso, eu batia os ovos numa tigela em cima do fogão. — Você me assustou! Pensei que a casa estivesse pegando fogo. Já ia fazer a retirada das tropas.

Gabe e Caroline apareceram, Gabe um pouco... mudado, crescido, estranho para mim na sua calça de pijama baixa e frouxa, o peito mais largo, com novos músculos, um tufo de cabelos embaixo do umbigo. Talvez fosse apenas porque eu não o via sem roupa havia bastante tempo.

— Mamãe — ele meio que choramingou, confuso, passando a mão nos cabelos. — O que está fazendo de pé?

— Melhorei — respondi. — É só o que posso dizer. Acordei e estava melhor. Quer ovos? Estou com muita fome. — Todos nos sentamos e comemos os ovos com torradas e a geléia de framboesa feita pela mãe de Cathy. — Há quanto tempo você está aqui, Cathy? Quanto tempo eu fiquei... desligada?

— Duas *semanas* — respondeu Caroline. — Cath e eu ficamos duas semanas dormindo num quarto com dois amorecos, mamãe. Não no mau sentido.

— Ah, desculpe. Desculpe eu não poder dormir no chão da sala, princesa Caroline — disse Cathy.

Caro apertou os lábios e jogou para trás seus cabelos exageradamente louros (estariam mais louros do que antes?). Houve algo estranho na mesa.

Elas estavam se tratando como... como mãe e filha.

— Vai se levantar, mamãe? Não está mais com depressão catatônica? — perguntou Caro.

— Foi isso que eu tive? Acho que não. Mas tenho certeza de que Cathy já marcou consulta para descobrir o que realmente foi.

Passei o braço em volta de Abby para apertar com carinho o braço de Cath.

— Caroline! — Cathy chamou a atenção de minha filha, e Caro revirou os olhos. — Bom, Julie, você acertou. Tem consulta marcada na terça-feira. *Esperemos* que tenha tido depressão, e certamente teve, por isso respondeu muito bem aos remédios... — Cathy estava cortando a torrada de Aury em quadrados de dois centímetros e Gabe, fechando o copinho da princesa Jasmine, que ela não abandonava. Não eram apenas uma família. Estavam, todos eles, falando sobre mim como se eu não estivesse ali, como se eu não tivesse feito a comida que estavam comendo, como se eu fosse uma planta doméstica que eles esperavam que não estivesse com praga. O que fariam se eu estivesse com praga: despejariam borra de café em mim e me deixariam lá fora? Mesmo assim, o cheiro do café era mais sensual do que qualquer coisa que já experimentei com um bebê ou um homem no meu seio. Eu queria derramar o líquido cremoso nas mãos e colocá-lo perto do rosto, tocar os grãos, sentir a forma e cheirar cada grão. Eles tinham tremeluzentes pingos de laranja dependurados na boca aberta, transparentes como lágrimas. O barulho de uma criança mastigando de boca aberta. Nenhuma flauta tocando. Nenhuma voz ao longe. Nenhum som de vento úmido como o sussurro constante de um barítono saindo de uma caverna escura. Uma simples manhã de domingo.

Sem dizer nada que pudesse dar a impressão de um pedido de licença, levantei-me, abri a porta da frente e peguei o jornal. Não imaginei que Cathy e Gabe fossem trocar aquele olhar. Depois de anos de prática, eu era capaz de, com a ponta do dedo, pegar na hora a capa do caderno Sua Vida, a minha editoria. Sentei-me com uma segunda xícara de café (café que eu conseguia sentir o gosto!) e li minha coluna, sim, com o jornal à distância de um braço, mas sem óculos de leitura. Li uma vez. Li de novo.

— Que diabo é isso? — perguntei.

— Nós... meio que... achamos... — começou Cathy.

— Vou ser demitida! — disse eu, de repente, o café derramando na borda da mesa. — Não se pode... agredir as pessoas! Não se pode... usar palavras vulgares... Gabe! Você sabe disso!

— Calma, mãe — disse Gabe, espreguiçando-se, felino, com exagero. — Ele gosta! Cathcart diz que você está indo além dos limites. Ele mandou uns quatro e-mails para você, dizendo que os leitores estão ligando, adorando a nova Gillis...

— É como se estivessem dizendo... vá em frente, Julie! — disse Caroline.

— Isso não sou eu.

— Você... queria que não fosse tão você? — perguntou Cathy.

— O quê?

— Você nunca teve vontade de... falar desse jeito? Do jeito que falamos quando comentamos as cartas?

— Não sei — respondi, apelando para Cathy com os olhos. Abaixei o jornal. — Olhe, não sei mais de nada. Vocês devem estar certos. Eu devia agradecer a vocês, em vez de me zangar.

— Bom, nós não sabíamos escrever de outro jeito; então, fizemos com sinceridade — disse Gabe.

— Pensei que eu estava sendo discreta, objetiva e delicada. Não estava? Eu estava sendo...

— Chata — completou Gabe.

— Obrigada, filho — suspirei. — Aaah, detesto que vocês tenham razão. — Dei uma risadinha, não consegui reprimir. — Detesto!

— Mãe, não leve à mal — disse Gabe, com aquela voz calmante igual à de Leo. — Você ficou fora do ar por duas semanas e completamente desligada por... Tínhamos de fazer alguma coisa — continuou Gabe, agora firme. — Cathy foi simplesmente o máximo. Ela sabe tudo de relações humanas.

— Vocês acertaram. Eu fiquei irritada porque estou sem jeito.

— Não precisa — disse Cathy. — Mesmo. Julie, nós somos a sua família.

— Sei que você está se sentindo esquisita, mãe, e não só por estar doente — disse Gabe. — Mas porque ninguém sabe do papai...

— É mesmo? — perguntei, olhando para cada par de olhos culpados até cada um se desviar. — Ele não ligou?

— Mandou um cartão — disse Aury, alegre.

Chorei.

— Eu me sinto tão... esquecida! Levanto da cama e meus filhos têm outra mãe. Cathy, não leve a mal. Você é melhor do que eu fui.

— *Julie!* — gritou Cathy, assustada. — Julie, pare com isso. Fiquei aqui e ajudei essas crianças a lidarem com a tristeza, com o medo e com as lições de história americana e, sim, me orgulho disso. Mas você teria feito a mesma coisa. E ainda por cima teria pintado um quarto ou dois. Não me deve nada.

— Devo, sim, mas não posso nem retribuir. — Agarrei a caneca de café, agora frio.

— Julie, escute. É normal você ficar constrangida. Mas não é justo. Olhe, o marido que você, eu e todo mundo achava que era perfeito, nos últimos tempos saiu muito do caminho num cais emocional muito estreito, enquanto você distribuía chá e simpatia... Não, espere, Julie, você acha que devia ter percebido o que estava para acontecer, mas não devia. Você é gente, e somos programados para acreditar que vamos ser bem tratados pelas pessoas nas quais confiamos. E Leo está se comportando como um merda de coração duro no fim dos 48 anos, se é que não está no Havaí agora. A forma decidida com que ele se livrou do bebê chorando não deixa dúvida de que há mais coisas aí do que ele disse, Jules. E isso assusta você. Qualquer pessoa ficaria...

— Espere! — Eu quase gritei, mais agressiva do que pretendia. Eu chorava muito. As meninas pulavam. Meu coração batia forte. Não queria desabar assim na frente dos meus filhos, porque talvez, apenas talvez, aquilo não fosse verdade. Talvez eu ainda tivesse um marido que estava naquele exato momento se recuperando de uma crise da meia-idade e vindo para casa me encontrar. Tentei me agarrar a essa idéia da mesma forma que me agarrava à mísera esperança de que nas últimas noites eu tinha tido um ataque de... resfriado ou algo assim. — Espere! — Tentei dar um tom familiar, brincalhão, à minha voz. — Caroline Jane! Gabe. Não têm um lugar aonde possam ir? À Lua, por exemplo?

— Eu estou bem aqui, mamãe — disse Caro. — É muito dramático. E é ótimo ouvir você me chamar de um nome que não é Hannah, ou Connie ou Janey. Connie é a mãe de Cathy.

— Você é bem mazinha, Caroline. Não fiz isso de propósito — disse eu.

— Ah, eu sei. E sei que posso ser bem mazinha — disse minha filha.

— Não vou parar agora — insistiu Cathy, servindo mais café para mim. — Mesmo se você quiser que eu pare. Quando adoeceu, pareceu corresponder exatamente a quando Leo foi embora. Então, ainda por cima, você não é um morcego comum da criação de morcegos, você é doida mesmo! Do tipo que merece internação! O que isso quer dizer? Senão que você não é nada disso? E se você estiver doente mesmo, se tiver um tumor cerebral maligno, embora não tenha... os exames de sangue mostram que não há células cancerígenas no seu corpo? Mas e se tiver outra coisa? O que vai ser das crianças? O que vai ser de você? E então você acorda, sente-se bem pela primeira vez em semanas, acha que passou tudo e descobre que sua amiga e seu filho fizeram o seu trabalho! O que sobra? Onde está Julieanne Gillis, o cisne do Estúdio de Balé da Seventh Street, a mulher que Saren costumava mandar ficar na frente e mostrar para todo mundo os exercícios e as pessoas perguntavam: "Ela tem 40 anos? Tem filhos adolescentes?" — Eu sentia as lágrimas rolando pelo rosto, e a sensação, mesmo neste momento, era um grande prazer. — Onde está aquela Julie? Onde?

— Prefiro que você saia, Cathy, e não me analise — pedi a ela, cansada.

— Não, continue. *É como se fosse um filme sobre uma vida* — disse Caroline, inclinando-se para a frente.

— Onde está aquela mulher, Julie? — continuou Cath, sem dar atenção ao que Caro disse.

— No fundo de um poço e... — respondi.

— E aí...?

— Está escuro e o poço tem paredes escorregadias, úmidas e sujas, não sei se consigo subir. Sou pequena demais...

— O que mais?

— Bom, também não sei se quero sair.

— Por quê, Julie?

— Porque aqui não tem espelhos.

— Quem é a mais linda de todas? — perguntou Caroline.

— Fique quieta! — Cathy e eu dissemos ao mesmo tempo.

Levantei os olhos e disse para Gabe:

— Desculpe. Cathy tem tanta razão que é como se fosse um clarão na vista. Temos de conversar umas coisas, meninos. — Virei-me para Cathy. — Desculpe-me por ficar com ciúme por você cuidar de tudo sem mim. Reconheça que é difícil ser eu...

— Não precisa, Julie. Eu sentiria o mesmo — disse Cathy.

— Nunca aprendi a errar com graça.

— Nunca precisou. Seja bem-vinda a como é viver como nós — disse ela.

— Bom, pelo jeito, estou fazendo um curso intensivo. Eu deveria saber bem como Ser Errada em apenas seis semanas! — Chamei Caroline, e ela, relutante, recostou-se ao meu lado. Aury subiu no meu colo. — Eu desapontei vocês. É a pior coisa que uma mãe pode fazer. Vocês entendem, não? — Aos poucos, muito aos poucos, Caroline fez sinal com a cabeça. Aurora apenas me segurou. — Bom, se algum dia decepcionarem alguém e não for culpa de vocês, não se envergonhem.

Enxuguei os olhos com o punho. Gabe me deu o paninho de segurar a alça do bule.

— Ah, obrigada, querido. Isso é melhor. — A princípio tremendo, meio desanimados e inseguros, começamos a rir com vontade.

— Que porcaria de comida é essa? — perguntei.

— Sei que você não fez isso — disse Gabe.

— Não, não fiz. E nunca comi nada do tipo — falei.

DOZE

Diário de Gabe

O vestido de Tian era incrível e tinha — como dizer? — uma espécie de brilho feito cobertura de pudim de baunilha. Essa descrição não soa muito bem. Mas pode acreditar em mim. Se eu passasse a mão nele, lembrava a textura de pudim morno na tigela. Como se adivinhasse o que eu estava pensando, Connie Gleason, mãe de Cathy, disse:

— A oleosidade da sua mão vai sujar a roupa dela, Gabriel. Não ponha a mão. E Tian precisa de um xale, ou de um casaco, se preferir... Gabriel, isso aqui não é uma aventura no paraíso, como ela está acostumada, sabe?

Tento escrever do jeito que ela falou, mas não sei como diabos se escreve uma mistura de sotaque irlandês com vogais de Sheboygan. Quando passei aquele semestre inteiro na Columbia, no programa especial, aprendi uma coisa: que eu não devia estar na Columbia e as pessoas ficavam dizendo que eu tinha sotaque. Nunca pensei nisso. Achava que eu falava como quem lê jornal. Quando fui para a escola na Flórida, ninguém percebeu nenhum sotaque. Lá, ninguém é de lá. Quando finalmente fui para Connecticut, ninguém percebeu, pois eles só percebem eles mesmos.

143

Mas voltemos à cozinha da Sra. Gleason, naquela tarde fria antes do inverno começar de verdade.

— Como vamos dançar, se eu não encostar a mão nela? — perguntei.

— Um cavalheiro não precisa apertar a mulher para dançar — respondeu Connie. — Você toca de leve. Assim. — Connie segurou Tian nos braços, e Tian sorriu para ela, parecendo tão pequena e esguia quanto Aury (Tian deu para minha irmã de dois anos uma de suas pulseiras de prata e *coube* no braço dela). Tian era quase da altura de Connie, que tinha, digamos, dez centímetros menos do que minha mãe. Ela parecia leve o bastante para ser levantada, o que fiz algumas vezes, embora Tian não gostasse nem um pouco e esperneasse como um gato doido. As duas balançaram-se juntas, e os longos cabelos pretos de Tian refletiram as luzes da cozinha. Olhei aquele comprido espelho de cabelo e fiquei enjoado. Eu realmente não sabia se era um desejo sexual doentio (quer dizer, não doentio, mas o maior tesão que senti na vida) ou a certeza de que não conseguiria dançar sem quebrar as costelas de Tian.

— Está vendo, Gabe? Não precisa apoiar a mão.

Tian sorriu para mim, mexendo os ombros nus.

Connie fez o vestido a rigor de Tian para o baile de inverno com um tecido que minha mãe comprou. Calouros como nós não eram especialmente aguardados no baile. Mas como Tian era aluna de intercâmbio, podia participar de tudo o que a escola dela fizesse no semestre. Não sabíamos se dava para ir até poucos dias antes do baile. Não havia tempo para os pais dela mandarem dinheiro para comprar um vestido e o Rotary Clube a teria deixado procurar roupas de segunda mão na Goodwill. Além disso, o manequim dela era menor que o tamanho P. Assim, minha mãe entrou em ação, e Connie costurou tudo; aliás, até hoje uso camisas que ela fez para mim. Como um casaco esporte de lã. Imagine. Fazer um *casaco*. É como fazer uma geladeira ou algo assim.

O vestido de Tian era como aqueles das pessoas da revista *People* ou algo parecido. Depois recebemos aquele cartão bobo dos pais de Tian, com pequenas trombetas prateadas e cheio de templos, agradecendo minha mãe por "fazer nossa filha ter uma verdadeira experiência americana com um lindo presente". Quando Tian viu o desenho do vestido que Connie havia feito, ela literalmente começou a pular.

— Parece um vestido da Cinderela. Posso levar para minha casa? Vou ficar com ele para sempre? — perguntou a Connie.

Parecia que ela não estava dando a mínima pelo fato de que, dentro de apenas duas semanas, ia me deixar, por acabar aquele tempo que tinha mudado toda a minha vida. Para ela, estava ótimo, desde que pudesse ficar com o vestido de princesa.

— Gabe, todo mundo vai achar que fiquei rica nos Estados Unidos — disse para mim, séria.

— Onde você vai usar o vestido? — perguntei.

— Em restaurantes de hotéis. Em festas com meus pais. Em nossa casa. Eles dão muitas festas. Somos cristãos — explicou, como se houvesse um pré-requisito para dar festas.

— Ela vai esquecer que me conheceu — comentei com Luke ao telefone.

— Com certeza — disse Luke, atencioso. — Quer dizer, qual é a sua chance? Você nunca mais vai encontrar com ela. E eles são cristãos, Gabe. Você é judeu, completamente judeu, do dia do *bar mitzvah* até levarem você para o... eles não sabem que você ignora a diferença entre *Rosh Hashanah* e Rush Limbaugh. Além disso, qual a chance de você encontrar com ela outra vez?

— Você é de foder — disse eu.

— Você bem que gostaria que ela tivesse feito isso — rebateu ele.

Não sei se gostaria ou não. Minhas, digamos, moléculas gostariam de foder com Tian. Mas eu tinha... 15 anos. Deixei para lá. Havia sacanas que fizeram sexo quando eram calouros, mas era isso que eles eram: sacanas.

Assim, tive a exata impressão de que a última coisa no mundo que queria fazer era colocar minhas mãos sujas nos dois pêssegos perfeitos que se sobressaíam no vestido cor de caramelo, sem alça nem nada, só uma faixa no alto. Aquela pele dourada e imaculada, aquele vestido, aqueles cabelos. Ela parecia uma sobremesa linda que eu poderia destruir.

— Sabe dançar valsa, Gabriel? — perguntou Connie.

— Nossa, Connie. Não sei nem andar. E sempre quis saber uma coisa: por que você tem sotaque?

— Eu não tenho sotaque.

— Tem sotaque irlandês, e Cathy diz...

— Faz 30 anos ou mais que não vou à Irlanda — disse ela para nós. — Mas tenho parentes lá. E daí? — Connie estava com a boca cheia de alfinetes, naquela tarde na cozinha da casa dela. Havia aqueles pratinhos e saleiros com trevos irlandeses por toda a casa de Cathy, menos no quarto de Abby. — Acho que peguei o sotaque das tias, irmãs de minha avó. Foi durante a viagem de navio para os Estados Unidos...

— Nós conhecemos essa história — avisei.

Já tínhamos ouvido umas 42 vezes, aproximadamente.

— Eu não conheço — disse Tian.

Rosnei, embora baixo. Connie estava fazendo o vestido e aquela coisa de amarrar na minha cintura para combinar. Tive de agüentar a história do *Titanic*.

— Foi no *Titanic*, navio da companhia inglesa de navegação White Star Line — começou Connie, tirando os alfinetes da boca, enquanto eu mexia o indicador como se estivesse regendo uma orquestra.

— Isso eu sei! — gritou Tian. — Aaai! — Ela pulou, pois esbarrou num alfinete na bainha descosturada.

— Cuidado, queridinha — disse Connie.

— Ouvi contar na escola! O navio afundou no Atlântico Norte. A água estava abaixo de zero...

— Graus centígrados — expliquei para Connie.

— E centenas de pessoas morreram geladas. Hoje não sobrou ninguém. Tinha uma mulher que sobreviveu até o ano passado... — continuou Tian.

— Meus bisavós estavam no navio, na terceira classe, onde viajavam os pobres — disse Connie com aquela voz parecida com a de quem recita um poema. — Ele era Henry Gidlow e ela, Constance Lyte Gidlow...

— Esse nome Lyte tem o mesmo sentido de luz em inglês? — perguntou Tian.

— Tem, mas se escreve com y e não com i. Eles viajavam com os filhos, Patrick e Michael, e as filhas, Bridget...

— Tem sempre uma Bridget na história — eu disse a Tian.

— Fique quieto — zangou-se ela.

— E a filha Maeve — completou Connie.

— Mas como você...? — ia perguntar Tian.

— Maeve fez amizade com um rapaz no navio, que também era Gidlow e do mesmo condado, mas não do mesmo ramo da família. Era um primo em quinto grau ou algo assim, e eles se casaram durante a viagem...

— Quem os casou?

— Um padre que estava a bordo.

— E ele sobreviveu?

— O padre? Havia vários padres no navio.

— Não, o pai do... sei lá. Eles não se casaram de verdade, não é Connie? — Não sei por que perguntei isso. Percebi alguma coisa falha na voz dela.

— Eles se casaram por motivos práticos.

— E o marido de Maeve...

— Morreu, como todo homem honrado naquela noite terrível.

— E ela *vive*? — perguntou Tian, ansiosa. Sempre que ficava fascinada com uma coisa, Tian pingava palavras em inglês como pinceladas de tinta.

— Sim, ela era minha bisavó — respondeu Connie. — Maeve Gidlow Gidlow. Gostava de dizer que era como Eleanor Roosevelt, pois, quando se casou, não precisou mudar os monogramas nos lençóis! Não que ela tivesse monogramas nos lençóis. Ou lençóis para bordar monogramas.

Tian e eu perguntamos juntos:

— O quê?

— Lençóis?

— Não, Eleanor Roosevelt — respondi.

— É que Eleanor também era Roosevelt, como o marido. O sobrenome dela era o mesmo dele! Sabe a esposa do grande reformista? Ela foi mais presidente do que ele. Uma vez ela disse: "Eu sou as pernas do meu marido." O que vocês aprendem na escola? Era prima distante de Franklin Delano...

— Isso não está combinando! — reclamou Tian, de repente.

— O quê?

— Isso não foi há trinta anos! Foi há setenta. Noventa anos!

— Eu não disse que *eu* estava no *Titanic*. Nem disse que *essa* foi a última vez em que estive na Irlanda, disse?

— Ah, você voltou à Irlanda...

— Sim.

— De férias — disse Tian.

— Não, fui buscar minhas tias-avós que moravam lá e estavam bem idosas... fui com meu marido.

— Ele se chamava Gleason?

— Sim, era a única coisa boa nele. Isso e o pente dele. Era um beberrão. Adorava o copo. Eu devia ter retomado meu antigo nome de família...

— Ficaria bonito... lá na sua geração — sugeri.

— Meu nome de solteira? Eu gostava mais dele. Só isso — disse Connie. — Me lembrava coisas melhores. Tempos melhores. Gente melhor. E não me lembrava de Gleason, sabe-se lá onde ele está agora. Mas, se estiver morto, que descanse em paz.

— Não deve estar morto, Connie. Você é bem jovem para ser mãe. E mais jovem ainda para ser avó.

— Naquele tempo, a gente fazia as coisas mais jovem.

Era uma conversa ótima, que eu não tinha motivo para sacanear. Mas ainda assim disse:

— Volte para o naufrágio do navio. Cathy conta isso de um jeito que parece que *você* ficou lá na proa do *Titanic*, a última sobrevivente, com seu pai segurando você na água gelada... — Acho que fui meio estúpido. É preciso ser estúpido quando se é um menino de 15 anos. Nunca conheci um garoto educado que não tivesse algum plano na cabeça. Talvez eu estivesse apenas sendo um chato. Estava. Afinal, elas eram as únicas pessoas que eu conhecia que tiveram alguma ligação com o *Titanic*. Isso merece um certo respeito.

— Você está estragando a história, como gosta de fazer, Gabriel — zangou ela.

— É uma história, Connie! É como uma lenda! Parece bem mais trágico do que foi — afirmei.

— Não seja agressivo — disse Connie. — É por nossas histórias que lembramos de nós mesmos. E o que podia ser mais trágico? Seus avós não falam nos campos da morte? E seu avô não fala nas batalhas marítimas das quais participou?

Eu continuava muito irritado sem motivo. E não era com Connie. Dali a três dias eu ia ter aquela garota nos braços (de leve), tentando não tropeçar (minha mãe estava me dando o curso de dança mais rápido da história), muito louco com tudo o que sentia por Tian. E mais dez dias, ela ia embora. Bum. *Ciao*, Gabe. De volta para restaurantes de hotéis, formar-se médica e casar com algum bobalhão que saiu de Bancoc para Yale, onde ela certamente me perguntaria, se eu aparecesse por lá (em New Haven, quero dizer): "A gente se conhece?" Puxei uma cadeira de sob a mesa com um pontapé e deixei-me cair pesadamente nela. E, então, olhei para cima, e lá estavam minha mãe e Cathy na porta que dava para a garagem.

Estavam em pé lado a lado. Ninguém disse nada.

A cara da minha mãe estava da cor do vestido de Tian. Tian, que vivia fazendo esse tipo de coisas, correu e abraçou minha mãe pela cintura. Minha mãe normalmente teria abraçado Tian e dito algo como *você está o retrato de uma debutante americana,* mas ficou lá olhando para mim por cima de Tian.

— Gabe — chamou Cathy.

— Deixe que eu falo — disse minha mãe.

— Você é o mais velho — disse Cathy.

Não consigo demonstrar como eu ficava puto quando ouvia isso.

— Eu falo, Cathy. Pode levar Tian para casa? — perguntou minha mãe. Tian parecia confusa.

— Corra e se arrume, querida — disse Connie para Tian, tirando o vestido de festa pela cabeça dela, com uma pressa ansiosa. Tian pegou o jeans, correu para o banheiro e pouco depois saiu toda vestida e de mocassins.

Minha mãe disse:

— Vamos, Gabe. Temos de ir para casa. Tian, Connie, Cathy, desculpem. Você estavam se divertindo tanto...

— Você é que acha, Julie querida. Disponha do que precisar, não importa o que seja — disse Connie.

— Eu sei — respondeu minha mãe, oferecendo uma versão fraca do seu sorriso de pasta de dente.

Entramos no carro, passamos pela sorveteria que foi uma loja do meu avô, pelo restaurante italiano, pelo *minishopping* onde eu costumava comprar meus modelos de aeroplanos.

— Mamãe? — perguntei, por fim, sabendo que ainda usava aquela palavra só quando estava com problema na escola ou quando queria dinheiro.

— Estou com esclerose múltipla, Gabe — disse ela, puxando uma mecha de cabelos para trás da orelha como Caro fazia quando tentava pensar.

— Que diabo é isso? — perguntei. Lembrei-me de Jerry Lewis na TV toda noite.

— Não é mortal — respondeu minha mãe, rápido. — É uma doença do cérebro e da medula. Ainda não sei tudo sobre o assunto. É, ahn, uma doença degenerativa. Não sei como peguei. É causada por um vírus. Se o seu sistema imunológico tem predisposição para pegar, você... pega.

Fiquei de estômago virado.

— Como se cura? Vamos conseguir? Que remédio toma? Degenerativa? Que diabo isso quer dizer? É como a doença de Alzheimer?

— Não, não é — respondeu mamãe. — Bom, na pior das hipóteses, é como se fosse essa doença.

— Então, como é?

— Posso ficar... doente... como... antes — disse mamãe, baixinho. — Mas pode ser que não. Talvez nunca mais fique tão mal como daquela vez. Aquilo era da esclerose múltipla. Assim como as coisas que ocorreram antes. A queda, a dormência, aquela vez com as minhas pernas na aula de balé, lembra? E minhas mãos dormentes o tempo todo. Essa doença afeta pessoas diferentes de formas diferentes, e afeta a mesma pessoa de formas diferentes em ocasiões diferentes. Na primavera, quando me senti esquisita, já era isso.

— Não é o tempo todo? Você não vai ficar daquele jeito o tempo todo? — perguntei, de novo.

— Não — disse ela. Ela tinha andado me ensinando a dirigir. Continuou falando: — A doença pode piorar muito, talvez não agora, Gabe. Tenho de resolver algumas coisas. Como teria de resolver se fosse diabética, por exemplo. Teria de comer mais proteínas e emagrecer um pouco. Ou tomar algumas injeções de insulina já. Tenho de resolver coisas desse tipo. Tentar a homeopatia ou, quem sabe, remédios naturais. Suplementos vitamínicos. Ou o que eles chamam de uma série de bolinhas. Valium para os tremores e os nervos. Antidepressivos...

— Porque você está com depressão.

— Bom, ainda não se manifestou... mas, quando aparecer, acho que sim. Ou os comprimidos fortes. Posso começar agora, antes que piore e precise de... remédios contra câncer.

— Contra *câncer*?

— Alguns médicos acham que esses remédios impedem que os ataques da esclerose múltipla piorem, ou seja lá como quiser chamar isso. Hoje, é muito aceito. Sabe que pensei que estava louca? Você não achou, Gabe? — Ela fez um esforço para rir. Não conseguiu. — Gabe, lamento muito. O médico disse que pode ser bem brando. Portanto, eu posso ter uma vida normal. Do jeito que estou agora, Gabe. E não como estava algumas semanas atrás. Vou poder trabalhar e dançar...

— Vai poder cuidar de Aury? Até papai...

— Claro. E de você e Caroline.

— Você vai ficar, digamos assim, de memória fraca?

— Não sei. Acho que não. Ou nem sempre. Tenho de tomar injeções.

— Injeções? Você detesta injeções.

— Bem, os remédios contra câncer são injetáveis. Eles inibem a doença. Injeções, depois comprimidos. Eu tenho só de... ahn, segurar a barra. — Sua tentativa de falar como eu me deu vontade de chorar.

— O que você precisa fazer, afinal, para matar o vírus ou isso que você tem?

— Não é uma doença curável, Gabe. Não se mata um vírus. Ele só acaba se for um resfriado. Mas isso não é. Vou ter pelo resto da vida.

— Acho que você está brincando comigo.

— Não estou. Mas temos de contar para Caroline e Aury, juntos.

— Você vai adoecer já? Ficar de cama outra vez? — Pensei: E como eu vou ao baile? Será que terei de ficar em casa e cuidar da minha mãe? — Nós temos de... quando? Mãe, pare o carro e tome um café, uma água, alguma coisa.

— Não preciso de nada — disse minha mãe. — Vamos para casa agora, Gabe, entrar em casa... e jantar.

— Espere aí — interrompi. — Quer dizer que você pode não ficar doente nunca ou ficar tão doente que não consiga se levantar, mas sem aviso...

— Centenas de milhares de pessoas têm esclerose múltipla — disse minha mãe. — E muitas passam anos sem saber que têm. E muitas, você não sabe que têm só de olhar para elas. Mas algumas perdem toda a visão e a fala...

— Se centenas de milhares têm, por que ninguém sabe nada dessa doença?

Minha mãe suspirou. Um suspiro doído. Eu me senti um pequeno idiota retardado.

— Desculpe, mãe — disse. Pude ver seus olhos se encherem de lágrimas.

— Eu é que me desculpo. Esta porcaria. E o seu pai. — Depois, respirou fundo e aprumou os ombros, no estilo Gillis. — Vamos, querido, vamos pensar. Depois, ligamos para o papai...

Se a raiva fosse um acelerador, naquele momento a minha raiva por Leo teria passado de 0 a 100 em cinco segundos. Pensei: Seu grande merda. Ela estava preparando aquela frase feita de "ligamos para papai!". Minha mãe tinha de saber que há meses, desde que Leo foi embora, não conseguíamos localizá-lo nem com todas as cartas que mandamos, até para a Caixa Postal do Estado de Nova York, que ele prometeu que seria sempre um "endereço permanente" durante seu semestre sabático. Nem eu, nem Caroline, nem Cathy conseguimos. Minha mãe tinha de saber que ele ligou exatamente três vezes em três meses, da seguinte maneira:

a primeira vez, uma semana depois que foi embora; a segunda, no Natal, e a terceira, no aniversário de Aury. Bom, pelo menos, que eu soubesse. Talvez tenha ligado para minha mãe à noite, quando estávamos dormindo, mas, não, ela teria contado alguma coisa. Mesmo antes desse problema de doença, dava para ver que ela estava sempre preocupada. Fazia coisas de gente da minha idade, tipo pegar o telefone para ver se está funcionando quando espera o telefonema de alguém.

Seguimos para a Pine Street pela estrada que passa pela placa do Reprodutor Atlas e pela escola, entramos na espécie de sub-região onde morávamos, chamada Porto Cinzento, embora nada lá fosse cinza, com exceção de uma casa, e não houvesse porto algum. Achei que minha mãe não fosse falar nada, embora em geral não se consiga fazer com que ela fique calada. E ela não disse nada até estarmos quase na entrada de casa, quando parou o carro e disse:

— Querido, não quero que você se preocupe. Quando localizarmos o papai, ele voltará direto para casa. Estou forte, saudável e vou fazer... vou fazer o que eles mandarem, mesmo que isso signifique tomar remédios. Não agora, mas... — Ela segurou minha mão e acrescentou: — Não vou virar um vegetal, Gabe.

— Está certo, mãe — disse eu. Mas sabia que não estava nada certo.

Caro estava na casa de Mallory. Chamei-a e pedi que não perguntasse nada até chegar em casa. Mamãe fez a volta de carro e pegou Aury com a moça que estava tomando conta dela, uma colega de trabalho chamada Stella. Fez macarrão com azeite, mais salada de pepino e rúcula.

Comemos em absoluto silêncio.

Até que minha mãe perguntou:

— Aurora, lembra quando mamãe tinha de ficar deitada o tempo todo?

— E não lavava a cabeça? — respondeu Aury.

— É.

— Mamãe ficou fedida — disse Aury.

— Era porque eu estava doente. Mas tia Cathy me levou ao médico e ele vai me fazer melhorar — disse mamãe.

— Muito bem, mãe — disse Aury. Continuei com vontade de gritar porque era isso que dizíamos para Aury quando ela aprendia o nome de uma cor. — Você pode comer como uma menina grande, mamãe.

— Mas se eu ficar doente outra vez, tia Cathy, Nana e vovô vão nos ajudar e papai vai voltar logo. — Para dizer a verdade, depois de três meses que meu pai foi embora, Aury parecia ter se esquecido dele. Mas sorriu e foi abraçar minha mãe.

— Mamãe boa. Muito bem — disse ela. — Papai vem para casa, Gay — disse Aury para mim. Não conseguia pronunciar "Gabe". Luke adorava quando ela me chamava de "Gay".

— É verdade, pequena. Papai vem para casa e tudo vai melhorar.

— Gabe, por favor, você pode levá-la para dormir? — Eu tinha dever de casa de inglês, mas aquela voz apática me assustou. Resolvi deixar o dever de lado. Era exatamente o que a Sra. Kimball, minha, digamos, professora de "apoio", esperava de mim.

No quarto de Aury, puxei pela cabeça dela a camisetinha de time de futebol e enfiei Aury no pijama inteiriço fechado com zíper com o dedão de fora. Tínhamos de cortar o pijama para o dedão sair, senão ela dava ataque. Fiz com que ela escovasse os dentes com a escova princesa Jasmine. Lemos um daqueles apavorantes livros com 52 porquinhos, raposas e cobras dirigindo caminhões de lixo, orientando o trânsito e com as falas em pequenos balões. Só de ler um livro desses a pessoa já fica exausta, mas Aury ainda queria que eu "fizesse ela pular" na cama. Caro e eu obedecíamos, dizendo: "Pula, pula, pum!", e depois a colocávamos para dormir. Se a gente deixasse, Aury ficaria fazendo isso seis semanas direto. Parei no quinto pulo. Depois, com um enorme nó na garganta, dei um beijo na cabecinha dela.

Desci a escada pisando forte. Não queria dar um susto na minha mãe.

Ela e Caroline estavam sentadas à mesa da cozinha. Eu sabia que mamãe tinha acabado de ter a mesma conversa sobre o que é esclerose múltipla e como ela afeta pessoas diferentes de formas diferentes. Caroline parecia aborrecida. Finalmente, perguntou:

— Agora posso ligar para Justine? — E minha mãe concordou, cansada.

— Use o celular, preciso do telefone — disse ela.

Peguei o telefone da parede e tirei o número do celular do meu pai da cortiça que ficava ao lado dele.

— Mãe, quer que eu saia? — perguntei.

— Não, sente-se — respondeu ela.

Ela discou o número.

Ouviu.

Depois, passou o fone para mim.

Disquei o número e ouvi uma gravação: "Esta é a mensagem número 32. Você discou para um número que está fora de serviço ou foi desligado."

— Vai ver que ele não pagou a conta — disse eu para minha mãe.

— Eu paguei, Gabe — disse ela.

— Então, vai ver que ele está fora da área, como dentro de um daqueles cânions — sugeri.

— Você sabe que ele não está — disse minha mãe.

Fiquei ali sentado. Eu não estava com a menor vontade de ficar ouvindo aquilo.

— Você sabe que ele não quer que a gente o ache — disse minha mãe. — Isso mesmo. Isso mesmo. Vai ver que Cathy tem razão, ele nunca quis que a gente o encontrasse. Se for isso, eu posso fazer alguma coisa. Mas vou esperar, Gabe. Vou esperar porque conheço Leo Steiner mais que tudo. Conheci-o por toda a minha vida adulta, e ele jamais, jamais, me fez perder a confiança nele. Por mais confuso, egoísta ou fraco que esteja agora. Ele é um homem bom. Um homem bom. Seu pai é... um...

homem... bom. — As lágrimas escorriam pelo rosto dela, mas mamãe não parecia estar chorando. Sua respiração era regular e lenta. Ela ficou ali sentada, o corpo retesado, com a palma das mãos para cima.

Levantei-me.

— Posso ir à casa dos Witt para ver Luke?

— Está escuro, Gabe, não quero você andando de bicicleta no escuro.

— Vou a pé.

Minha mãe suspirou.

— Gabe, pegue o carro — disse ela. — Eu sei que você pega mesmo. São poucos quarteirões.

Aquela revelação me deixou surpreso. Eu ainda não tinha nem licença temporária para dirigir. Não tinha idéia de como minha mãe sabia. Olhei as mãos dela para ver se estavam tremendo. Não estavam. Ela apenas olhava para a parede como se fosse um espelho.

Meu pintor preferido é Edward Hopper. Não é verdade. Ele é o único artista cujos quadros eu já vi. Meus avós tinham um no apartamento em Nova York. Gosto porque os quadros parecem reais como fotos, parecem mais do que reais. É como se Hopper conseguisse pintar o que as pessoas sentem, como se as visse por dentro e não por fora. Mesmo quando pintava casas, era como se pudesse mostrar o que as casas estavam pensando.

Virei-me para trás e olhei para minha mãe, o rosto tão pálido e imóvel sob a claridade da luz da cozinha, os braços apoiados na mesa de madeira, o cabelo puxado atrás da orelha, parecia um daqueles quadros de Edward Hopper. Parecia que ela não estava na nossa cozinha em Sheboygan, mas sozinha em algum restaurante, onde só podia pagar um café, e tinha de esperar muito até passar outro ônibus. Ela dava um bom quadro de Edward Hopper, só que ninguém quer que sua vida seja como um quadro dele.

TREZE

SALMO 55

EXCESSO DE BAGAGEM
J. A. Gillis
The Sheboygan News-Clarion

Cara J.,

Não agüento mais. Não agüento mais ouvir: "Sherry, você é forte." Meu pai acaba de ter um ataque cardíaco e, graças a Deus, vai ficar ótimo. Mas vai precisar ser levado de carro para os exercícios de reabilitação durante meses, o que minha mãe não pode fazer porque, embora esteja ótima também, vai fazer uma cirurgia de catarata. Enquanto isso, meu marido e eu ajudamos nosso filho a procurar uma faculdade e tenho um trabalho que exige muito. Meus irmãos — ele, mais velho e ela, mais jovem, moram do outro lado da fronteira. Em Indiana. A menos de uma hora de carro. Mas você acha que eles fazem alguma coisa? Não, meu irmão só reclama do divórcio e minha irmã só reclama da artrite, que não chega a ser muito forte. Por que as pessoas aproveitam o fato de você conseguir ter saúde e uma vida normal? Se meu marido não estivesse sendo tão legal, eu ia encher a cara.

Sobrecarregada, de Oleander

Cara Sobrecarregada,

Certo, ufa! Você deixou de ser forte. Você é fraca. Está deprimida. Tem artrite e seu casamento está dando errado. Seus pais não têm problemas de saúde que exijam ajuda. Eles já morreram. Seu filho não está procurando a faculdade certa. Ele está numa clínica de recuperação para delinqüentes. Matou outro garoto num acidente de carro ao dirigir bêbado. Ele bebe porque você bebe.

Sente-se melhor agora? As pessoas dependem de você, embora isso possa ser um peso, porque você CONSEGUE ficar saudável e ter uma vida normal. Isso é raro. Claro que você tem mais no prato do que quer comer. Bem-vinda ao clube. Como iniciante, tente ser grata pelo que tem.

J.

Contar às crianças sobre a minha doença deve ter sido a coisa mais difícil que já fiz.

Mas receber a notícia foi a segunda.

Foi assim.

No consultório, Cathy e eu nos sentamos de frente uma para a outra. Ficamos nos alternando rodando na cadeira do médico. Olhamos nas estantes. Levantei e fui ao banheiro. Cathy se levantou e olhou a papeleta com informações a meu respeito que estava na caixinha de plástico ao lado da porta do consultório.

— Estou com uma inveja... — disse ela. — Quantos quilos você emagreceu?

Nenhuma de nós falou do que era tão óbvio, como se o assunto fosse com uma outra pessoa ali no consultório. Aquilo estava demorando muito. O médico podia levar dias para ler uma ressonância magnética, mas não precisa de mais de... digamos, 47 minutos para informar ao paciente os resultados.

— Que diabo ele foi fazer? Dar umas tacadas de golfe? — perguntou Cathy, irritada, olhando o relógio pelo que devia ser a décima quinta vez. Como se a pergunta fosse uma deixa, o Dr. Billington entrou de supetão na sala, arrancou os óculos e sentou-se à mesa, balançando entre nós os filmes do meu pescoço e da minha cabeça.

— Bom, basicamente, Sra. Gillis, vou confirmar o que já deve saber. Hoje é raro eu ter uma paciente que passe por essa porta sem já ter navegado na internet para saber o que significam os sintomas. Quando chega aqui, ela traz uma lista de perguntas do tamanho do braço, às quais estou pronto a responder da melhor forma possível. A pergunta mais importante, que costuma ser a primeira, é: qual vai ser a evolução da minha doença? E isso eu não posso...

— Um momento, não é que não saibamos usar a internet — disse Cathy. — Não sabemos é da evolução de que doença o senhor está falando. Não sabemos se Julie teve um derrame, ou se tem um tumor benigno...

— Desculpem. Pensei que tivessem me procurado por haver uma grande suspeita de esclerose múltipla, e com os sintomas que a senhora descreveu das últimas semanas, somados às lesões que estão bem claras nas fotos...

— Estou com esclerose múltipla? — perguntei. — Tenho *esclerose múltipla*? Vou ficar aleijada? Vou ficar numa cadeira de rodas? Tenho uma filha de 2 anos. Não são só... essa doença não é só de gente mais velha? Eu... um momento. O primeiro médico, meu clínico particular, disse que havia uma grande probabilidade de ser ata...

— Ataxia, devido a uma infecção viral ou bacteriana no ouvido interno ou em outro local. Bom, embora seja raro, uma infecção viral, dependendo do lugar, pode causar problemas de equilíbrio e coordenação, até alucinações auditivas... e, não, Sra. Gillis, a senhora está exatamente na idade para esse diagnóstico.

— Depressão! Ou síndrome de fadiga crônica. Meu médico disse que era possível, que era visualmente... virtualmente indetectável! Ou envenenamento alimentar. Por mercúrio. Envenenamento por chumbo...

— Sra. Gillis, isso poderia ser pior! Houve época em que se chegava ao diagnóstico da esclerose múltipla por exclusão, mas hoje temos meios de ter certeza, e tenho certeza absoluta de que a senhora deve estar com essa doença há anos. Um momento! Sim. A senhora teve uma melhora. O interessante no cérebro é a capacidade de se recuperar por outras vias, fazendo com que outras áreas executem as funções daquela que foi atingida. É como um desvio na estrada após um acidente, com a polícia rodoviária orientando os carros. Geralmente, o paciente tem entre vinte e quarenta anos no início da doença. Mas a senhora não tem infecção. No seu caso, a camada de mielina que recobre os nervos vai sendo destruída aos poucos...

— Eu sei o que é esclerose múltipla! — disse, irritada. — Mais um motivo para... acho que preciso de uma segunda opinião. Já que estou... ótima agora. Estou simplesmente ótima. Na semana passada, fui à aula de dança, estava um pouco rija, mas... se eu tivesse essa doença, estaria mancando e cambaleando como um bêbado.

— Nem sempre. Esperamos que haja aqui uma remissão que dure muito tempo. As pessoas às vezes se recuperam depois de uma primeira manifestação da doença e às vezes, nem sempre, ficam anos do mesmo jeito. Já vi isso ocorrer. O que a senhora acaba de dizer é muito bom — disse o Dr. Billington. — Não tem mais problemas de marcha. Significa que podemos esperar que seja uma forma amena de esclerose múltipla...

— Caso seja isso mesmo que eu tenho!

— Deve ser o que chamamos de recidiva — continuou o médico. — Quer dizer, é possível que, depois do mês que a senhora passou, continue por semanas, até meses ou... mais, sem qualquer sintoma. E então os ataques poderiam ser suaves ou iguais aos que já teve, ou mais complicados. Não temos certeza de nada. A senhora disse que tem sintomas persistentes?

Uma dormência, pensei.

— Uma dormência muito leve — respondi. — Minha mão e minha perna continuam dormentes. Por fora, quero dizer. E tenho um pouco de falta de equilíbrio... e uma dificuldade para organizar as idéias. É uma bobagem, mas não consigo que meus pensamentos me obedeçam. Para comandar minhas palavras ou meu corpo.

— Há quanto tempo ocorre esse déficit cognitivo? — Ele parecia interessado, mas não surpreso.

— A dormência? — Lembrei-me da minha perna na aula de balé, arrastando pelo chão, aos poucos se desdobrando. — O problema do controle? Bem, eu tenho tido dificuldade para controlar... meus movimentos...

— Problemas para pensar. Falar. Existem há quanto tempo? Semanas?

Cathy disse:

— Há quase dois anos. Eu vi. No mínimo. O problema mental e físico.

— Sei — disse o Dr. Billington.

— Não tenho déficit cognitivo! — gritei, chorando, furiosa. — Tenho uma certa dificuldade de memória. Coisa de pré-menopausa. Uma certa dificuldade de aprendizado. Sempre tive, da mesma forma que...

— É possível. Mas o que a senhora descreveu parece um resultado da doença...

— Não é! Estou *ótima*!

— Bom, pode-se dizer que, se está assim há algum tempo, com tão pouca manifestação real, isso é muito bom — cedeu o Dr. Billington, com um suspiro. — O que temos a fazer é observar bem isso. Está claro que a senhora passou por algo muito sério recentemente. Houve alguma... morte na família? Algum tipo de choque? Não pergunto uma coisa específica nem quero ser indiscreto, mas o estresse tende a exacerbar...

— Houve, sim — respondeu Cathy.

— Acho que preciso ouvir mais um médico, fazer mais um exame. Não é que eu questione... — comecei.

— Tem todo o meu apoio, Sra. Gillis. Mas essas ressonâncias não mentem — disse o Dr. Billington. — São imagens da medula de uma paciente com lesões típicas de esclerose múltipla.

Depois, Cathy me explicou o resto que o Dr. Billington nos disse. Ela anotou tudo sobre o tratamento que o doutor recomendaria "para a própria mulher", se fosse o caso. Indicou uma série de providências. Eu tinha de aprender a aplicar injeção em mim. As injeções representavam uma esperança. Certas drogas aplicadas em forma injetável (a única que eu conhecia era Interferon, para câncer) reduziam o progresso da doença, apesar de terem alguns efeitos colaterais que o Dr. Billington disse "não serem desprezíveis". Havia comprimidos também. Cathy discutiu a possibilidade de eu tomar um antidepresivo, perguntou sobre grupos de apoio e comentou que ouviu dizer que relaxantes musculares às vezes ajudam tanto a dormir quanto a relaxar os espasmos musculares. Cathy perguntou tudo sobre dança e ioga, sobre capacidade de usar o teclado do computador, sobre quais seriam os efeitos dos verões brutalmente quentes e úmidos de Sheboygan.

Eu não perguntei nada.

Minha cabeça estava gritando, mas não saía um único som da minha boca.

O Dr. Billington me entregou uma pilha de folhetos e uma pasta cheia de papéis verdes, dourados e rosa, com telefones e perguntas mais comuns, papéis esses que deixei cair no chão.

— Ah, é que estou nervosa, não foi um espasmo. Deixei cair porque é difícil ouvir uma notícia dessas como se não fosse nada.

O médico, sinceramente gentil, disse:

— É difícil dar essa notícia. Leva muito tempo para aceitar o que parece ser uma traição, principalmente quando a senhora está tão saudável...

— Eu sou saudável! — gritei.

— Sra. Gillis — disse o Dr. Billington, calmo.

— O que pode acontecer de pior? — perguntei.

— Não vamos enveredar por esse caminho, Sra. Gillis.

— Não, por quê? Eu tenho o direito.

— A forma mais maligna de esclerose múltipla é rápida e constante e leva à total incapacitação física, insuficiência respiratória e morte num espaço de anos. Costumamos ver a doença nessa forma agressiva nos homens, embora as mulheres tenham esclerose múltipla na proporção de duas para cada homem, talvez por terem uma estrutura hormonal diferente. Em outras palavras, a melhor coisa da mulher, sua capacidade de dar vida e...

— Ah, cambada de machos — disse eu.

— A senhora entendeu o que eu quis dizer — afirmou o médico.

— É, entendi — concordei.

— Bom, por algum motivo que as pesquisas ainda não descobriram, pois a pesquisa de gênero nesta doença é recente, as mulheres têm mais esclerose múltipla do que os homens. Mas costuma ser de um tipo mais brando. Na *melhor* das hipóteses, a senhora não vai ficar pior do que está; se tiver sintomas, serão poucos e a intervalos grandes.

— Vou ficar numa cadeira de rodas?

— Não necessariamente.

— Vou morrer jovem? Quer dizer, jovem para morrer? Sei que não sou mais *jovem*.

— Não. Não é o que se espera. Nós simplesmente não sabemos, Sra. Gillis. Não se pode dizer até onde a doença vai até ela ir, de forma que tudo o que eu dissesse seria... bem, poderia ser mentira. É muito imprevisível. Muitos pacientes com esclerose múltipla andam normalmente, alguns têm um pequeno problema, alguns usam bengala. É muito raro um paciente precisar de ajuda para a toalete...

— *Ajuda* para a toalete? O senhor quer dizer fraldas geriátricas? O senhor quer dizer incontinência urinária... problemas desse tipo? Prefiro a morte. Prefiro a morte.

— Não prefere, Jules — disse Cathy, séria.

— Cathy, sou a pessoa mais recatada, a mais enjoada...

— Eu sei. Mas você não ia preferir morrer. Não exagere. E como iam ficar as crianças? E eu? E até Leo?

— Acabo de saber que tenho uma doença que vai arruinar a minha vida.

— Não está ouvindo, Julie? Ele acaba de dizer que isso nem sempre ocorre. Pode ser que você nunca mais tenha o que teve. Você pode ter dez pequenos ataques. Ninguém disse que não vai conseguir andar, trabalhar e dançar...

— Gostaria de perguntar mais uma coisa — pedi ao médico, apressada. — Tenho leitores com parentes que têm esclerose múltipla e tomam ervas medicinais... tem até um que usou picadas de abelha. Lembro agora. Tenho vontade de, primeiro, experimentar dieta, exercícios e algumas coisas assim, depois passar para essas drogas pesadas, se precisar...

— Pode fazer isso, Sra. Gillis — disse o Dr. Billington que, de repente, parecia da mesma idade de Gabe, tirando os óculos e coçando os olhos. — Mas a senhora não vai... pelo menos meus colegas acham que só vai se *sentir* melhor, enquanto a doença vai continuar progredindo por dentro. De fato, alguns acreditam que o tipo grave da esclerose múltipla, não o tipo letal, mas o que chamamos de progressivo secundário, que começa com recaídas que pioram muito a cada vez, ocorre por se retardar o inevitável, isto é, o uso de medicamentos que fazem efeito. Algumas pessoas acham que o certo é atacar firme a doença com as melhores drogas que existem antes que piore, pois não podemos ver o que está acontecendo dentro do seu sistema nervoso. Considerando que a senhora está... com quase 45 anos, espero que possa ter um período normal de

165

vida... talvez com alguns danos funcionais com o tempo, mas que só a senhora perceberia. Tenho certeza de que a solução é usar as drogas que sabemos que fazem efeito, não para todos os pacientes, mas fazem efeito, apesar do desconforto que causam. Reagir o quanto antes. Compreende? Pode não haver necessidade de apoio... para se equilibrar, por mais chocante que seja ouvir isso pela primeira vez, e esperamos que um dia a senhora consiga se ver como uma das pacientes de sorte.

A boca dentro da minha cabeça estava bem aberta, berrando: *Sortuda! Sortudasortudasortuda* e *LeoLeoLeoLeoLeo.* Tentei sorrir. Tentei ser educada. Cathy me ajudou a levantar da cadeira.

CATORZE

Ruth

EXCESSO DE BAGAGEM
J. A. Gillis
The Sheboygan News-Clarion

Cara J.,

Sei que o Dr. Kevorkian está preso, mas há quem precise dele. Sofro de miastenia grave. Agora estou muito bem. Mas sei que uma hora vou ficar tão fraca que um dos meus filhos vai ter de cuidar de mim, ou então serei internada numa casa de repouso, gastando todas as minhas economias. Quero terminar com a vida enquanto ainda tenho saúde e aproveito a vida. Meus filhos têm filhos pequenos e moram no noroeste. Graças a Deus, nem sabem que estou doente. São rapazes maravilhosos, casados e com lindos filhinhos. Sou a última coisa de que eles precisam. Não me entenda mal. Não estou com pena de mim mesma. Só quero encontrar uma forma civilizada de acabar com isso antes que eu vire uma pedra amarrada no pescoço dos meus filhos. Também não quero usar tudo o que economizei pagando uma casa de repouso. Ouvi dizer que há livros que ensinam como pessoas com doenças terminais podem pôr fim à vida com dignidade.

Perdida, de Lancaster

Cara Perdida,

Sou totalmente solidária com seu medo de ficar inválida, mas não espere que eu concorde com seus planos de suicídio. As pessoas em tratamento intensivo nos hospitais terminam a vida com dignidade, quando chega a hora. Se você ainda pode ler, rir, apreciar uma boa comida e andar, sua hora não chegou. Se os seus filhos são tão maravilhosos, por que não contou para eles que está com uma doença grave? Gostaria que eles tirassem a própria vida em vez de pedir ajuda a você? E os seus netos? Você é um bem mais valioso para eles do que um laptop ou uma Vespa. Desça da cruz, senhora. Seus filhos vão aparecer e ajudar, ou achar pessoas boas para ajudarem. Junte-se à sua família. Foi isso que Robert Frost quis dizer quando escreveu sobre o lar. Quando você precisa entrar, eles têm de receber você.

J.

Cara J.,

Estou apaixonada por um homem que é dez anos mais jovem do que eu. Nós estamos de acordo que, se preciso, podemos adotar filhos ou tê-los por uma mãe-de-aluguel, mas ele outro dia confessou que estava preocupado com a minha aparência, com medo de, no futuro, quando eu envelhecer, me aborrecer com os comentários de quem nos vir juntos. Sugeriu uma cirurgia plástica agora, que ainda tenho 40 e poucos anos. Posso pagar, mas não sei se quero uma cirurgia. Sou bonita, estou em forma. Não sei por que ele está mais preocupado com isso do que eu. Sou viúva e ele nunca se casou.

Aturdida, de Beaver Dam

Cara Aturdida,

Eis uma receita de três palavras para você: largue esse otário. Quando o seu amor diz que está preocupado com o que os outros vão achar da diferença de

idade entre vocês, está falando dele mesmo. Tenho certeza de que ele é a cara do Mel Gibson, pergunte se vai fazer lipo quando ficar com pneus na cintura daqui a alguns anos. Há muitas alternativas não-cirúrgicas para melhorar a pele. Se quiser, faça uma. Mas que seja para o seu bem-estar, não para o dele. Ou largue o Sr. Sensibilidade e mude-se para a Itália, onde a mulher madura é considerada um prêmio sensual. Diga-lhe que o que ele realmente quer é almoçar com aquelas garotas que servem na lanchonete Hooters.
Boa sorte,

J.

Eu não estava totalmente segura da nova e irritável Julie (a que resultou da mistura do jeito de Gabe e de Cathy e dos meus próprios sentimentos) quando, algumas semanas depois, ouvi um recado na secretária eletrônica.

Era a ligação que eu temia.

A voz do meu editor, Steve Cathcart, tinha um tom urgente. Tive certeza de que ia ser demitida.

Evitei retornar a ligação porque, pelo menos em termos relativos, as coisas estavam indo muito bem! Sentia uma pequena queimação na coxa, alguns tremores e umas desagradáveis pontadas nos joelhos, mas, no geral, estava saudável como um dia de sol. Além do mais, Caro e eu estávamos numa fase de estranha proximidade, frágil como um ovo de açúcar. Tínhamos aula de balé juntas, depois saíamos "para um café" e experimentávamos sapatos que combinavam com bolsas de couro que jamais teríamos dinheiro para comprar. Ela me confidenciou que não chegara à segunda fase com nenhum garoto, embora Justine já tivesse chegado. Eu confessei que gostei de saber e que pagaria 500 dólares se ela continuasse a "não chegar" até terminar o secundário.

— Quinhentos dólares... — avaliou ela. — Nada mau.

— É quase o preço de uma passagem de ida e volta para Paris, na baixa temporada — informei.

— Você paga isso por eu não fazer *tudo*, mãe? — perguntou ela. — Ou por não fazer nada?

Pensei outra vez na insaciável falta que sentia do meu agora provavelmente perdido marido.

— Não fazer não é não fazer nada, Caro. Pode dar beijo de língua. Fique à vontade para... sentir. Mas nada que possa resultar em doença grave ou filho.

— Vou pensar bem — disse ela, séria. — Mas você não se sentiria meio esquisita de terminar o secundário ainda sendo virgem?

Que mundo, pensei.

— Ainda acontece muito, querida — respondi.

Como estava perdido de amor por Tian, Gabe deixou de ser o cabeça do casal e se divertia em sua volta ao reino infantil. Eu passava horas olhando para a pequena e brilhante tela do meu computador e, por cima dela, vendo Gabe ver Tian assistir à televisão. Ela ficava encantada com tudo, dos mais estranhos e perturbadores *reality shows* a reprises do filme *Nos tempos da brilhantina*. A toda hora Gabe passava a mão no rio de cabelos negros dela como se fossem uma relíquia, e ela, distraída, dava um tapinha na mão dele, atenta demais ao engodo que se passava em *Cops* para reagir à altura. Tian fez com que Gabe merecesse pontos temporários na hierarquia da escola, já que ela era mesmo uma graça. Raramente Gabe conseguia se separar dela. Mas conseguia. Quando vovô Steiner veio da Flórida (felizmente eu ainda estava bem, e ele não desconfiou da doença sobre a qual não tive coragem de comentar), levou Gabe e Luke para um passeio sem graça num campo de golfe de inverno e comprou um conhaque para cada um. Luke passou a aparecer na nossa casa até nas noites de semana. Tomei coragem para enfrentar o que eu desconfiava que era sentimento de pena de mim e fofocas sobre Leo e então fui jogar verde para colher maduro com Peg, a mãe de Luke. Quando ela comentou, baixo, alguma coisa sobre Leo estar fora de casa há tanto tempo, eu disse que ele estava refazendo os passos dos exploradores Lewis e Clark.

O silêncio de Leo era um canto fúnebre que tocava há tanto tempo que já não escutávamos mais, a não ser no silêncio da noite. Eu o ouvia na calma solitária da minha cama. Mas recuperar a saúde era uma dádiva tão especial, que eu não podia desperdiçar muito em tristeza. Leo voltaria ou não. Eu o veria e o amaria. Ou não. Minha meta era deixar Leo fora da minha recuperação o mais possível. Eu tinha de fazer o que os homens sempre faziam: enfiar a rejeição em algum canto escondido da minha cabeça. Se fizesse isso, achava que conseguiria lidar com as crianças e comigo mesma. A conta que somava esclerose múltipla com Julieanne com um pé no túmulo financeiro e outro numa bola de pingue-pongue e subtraía Leo tinha como resultado eu. Era melhor eu me concentrar só nas crianças, nas despesas e em mim.

Na mesma semana, Steve deixou outro recado na secretária.

Não dava mais para eu não retornar a ligação.

— Gillis! — disse ele, caloroso, e foi direto ao assunto: — Gillis, preciso de uma reunião com você. Pode ser às três da tarde?

Eu tinha de fazer uma palestra num clube de mulheres à uma hora, então no mínimo teria de mudar de roupa: estava com um short velho de Leo e uma camisa de mangas compridas que sobrara da faculdade. Segurei o fone e percebi que minha mão esquerda sacudia como um peixe na linha de pescar. Sabia que o estresse não podia "causar" um efeito misterioso, apenas exacerbá-lo (talvez, pois tudo é talvez com a esclerose múltipla). Mesmo assim, pensei numa resposta com cuidado, como quem coloca pequenas palavras imantadas na porta de uma geladeira; eu ia dizer "Está *certo*" e garantir que não ia dizer "Está *perto*"... e rebati:

— Por mim, está certo. Você está querendo substituir minha coluna por uma tira de quadrinhos, Steve?

— Bom — respondeu meu chefe —, não posso enganar você. Não, fora de brincadeira, tenho de falar com você aqui. Se você não pode vir hoje, então que dia quer...?

— Hoje eu vou trabalhar — afirmei.

No fundo, achei que a vontade de Steve Cathcart me ver (pessoalmente) podia significar várias coisas, mas todas ruins. Tentei organizar os motivos na cabeça, o que tinha passado a ser um esforço, e não algo que pudesse fazer ao mesmo tempo que juntava os ingredientes de, digamos, uma sopa. Muito bem, pensei. Eles resolveram de uma vez por todas cortar custos e ter uma colunista que escrevesse para vários jornais. Tinham arrumado uma novata que pudesse fazer vinte coisas ao mesmo tempo. Estavam pensando em publicar uma coluna do tipo Opinião Dele e Dela, em que um sujeito e uma mulher respondem à mesma pergunta. Mas eu ainda podia me virar com meus 22 mil dólares anuais se conseguisse criar um espaço com todas as minhas palestras recentes, uma espécie de sociedade, talvez com resenhas, ou peças de teatro beneficentes ou exposição de flores...

— Não creio que eu consiga freqüentar exposições de orquídeas — comentei, sem perceber direito que ainda estava no telefone.

— O quê? — berrou Steve.

— Ah, estava falando com uma das crianças que chegou. — São 9h, meu Deus, ele vai achar que estou louca, pensei. Até Aury estava na escola. — Desculpe. Claro que vou à redação assim que terminar a palestra que tenho...

— Combinado.

Desligamos.

Fui me abaixando devagar até sentar no azulejo frio do piso do banheiro e me encolher na isometria da negação.

A terapeuta a que Cathy me levara (duas vezes, até agora) tinha falado nas vantagens da negação forçada "em situações como essa". (Eu não sabia que existiam situações como a minha, então mergulhei na negação.) Mesmo assim, uma das primeiras coisas que Jennet disse foi:

— Não pense que as coisas não podem piorar. — Frase de abertura para um romance, pensei. Pelo menos, eu não teria de agüentar besteiras animadoras sobre um novo despertar e que o universo fecha uma porta para você, mas abre uma janela. Jennet estava me forçando a aceitar o meu fardo e depois tentar viver como se eu não o tivesse, esperando que a janela não caísse na minha cabeça. — Negar é essencial, Julie. As pessoas que têm esclerose múltipla não podem viver numa crise constante. Na verdade, ninguém pode — disse Jennet, uma mulher grande e simpática, a única pessoa com mais de 30 anos que eu achava que ainda usava sapatos Earth. Ela gostava de echarpes que evidentemente jogava por cima do casaco quando ia trabalhar e depois esquecia de enrolar no pescoço ao voltar para casa, então o consultório parecia uma tenda no deserto, um salão de muitas cores. Ela também tinha objetos de materiais diversos, tais como uma fálica tulipa de metal; uma cabeça de granito do tamanho da palma da mão, que tinha um lado liso e mostrava um casal se olhando; um ovo de vidro que se encaixava, tendo a parte interna quebrada e com as beiradas lisas, embora parecessem pontudas o bastante para cortar. Eram coisas que chamavam a atenção e pediam para ser tocadas. Eu conhecia aquele tipo de objeto pelos que Cathy tinha no consultório dela. Até adultos precisam de brinquedos para afagar quando enfrentam lembranças de morte, revelações terríveis, um dilema angustiante. Havia um instante de alívio em que Gabe ou Caro não estavam apertados no outro canto do sofá, rejeitando meu pedido de desistir do êxtase do Êxtase.

Para quem está numa situação em que não sabe onde vai dar (para usar a mesma metáfora de Jennet: a pessoa não sabe se vai parar numa ilha tropical ou numa prisão federal), as alternativas à negação eram um constante gotejar de pena de si mesma ou a sensação desconfortável de um cão de guarda numa corrente curta. Ambas acabariam causando paralisia emocional na vítima. E na família dela. Nenhuma das duas situações era aceitável, principalmente naquele momento, quando eu me encontrava no que se supunha fosse uma "remissão". (Desde então aprendi que "remissão" pode ser uma série de coisas, não só um tempo em que a pessoa se sente normal, mas em que nada muito horrível está acontecendo.) Naquela época, antes do Natal, eu tinha uma energia quase de combustão e uma admiração quase sobrenatural pelos elementos do mundo. Era como se tudo estivesse delicadamente sublinhado com um fino marcador permanente. Eu ficava deslumbrada com a incrível perfeição das tarefas das quais antes tentava me livrar rápido para voltar aos meus livros e à minha música. As tarefas tinham se transformado num prazer sensual. Eu estava aqui e agora, como diria Leo. Dando três dobras nas toalhas. Combinando todas as sessenta meias de Aury. Vendo, encantada, minhas mãos firmes, competentes e seguras descascarem batatas, cortarem-nas em cubos, salpicarem salsa e juntarem leite. Abrindo a lata do fermento. Fermento tinha cheiro de casa. Despejando-o na minha máquina de pão que tinha 22 anos de uso (e continuava ótima), sentindo o cheiro do pão começando a assar. Cada uma dessas coisas era como encontrar um brinco preferido que você achava que tinha perdido. Lembrei-me da infância, quando fiquei boa do sarampo, aquela vacilante sensação de insegura renovação. Sempre gostei da minha vida; nunca a considerei um milagre. Agora, considerava. Como não reparar naquele desenho em forma de cérebro atrás da cortina! Ou em todos aqueles blazers azul-marinho e cinza me reprovando no outro armário.

Nós até tivemos um bom Natal. Jantamos com Connie e Cath, depois demos uma penca de presentes para as crianças: uma Harley motorizada para Aury, um som estéreo de verdade para Gabe e, para Caro, um laptop usado, mas em perfeito estado. Connie tricotou um suéter para cada membro da família, inclusive Leo.

Hoje sei que essas fases eram um sonho acordada. Hoje sei que, inevitavelmente, um dia eu abriria os olhos e descobriria que alguém tinha colocado criptonita embaixo do meu travesseiro. Os preciosos dias de força eram sugados e levavam a esperança e o alívio primeiro. Mas quando a força voltava, a esperança também voltava. Na época, eu não sabia disso e, mesmo se soubesse, ainda estaria disposta a saborear aqueles bons dias que vieram depois da minha grande recaída, ainda que só para odiar Leo *e* a esclerose múltipla. Jennet estava certa. Cath disse que a terapeuta estava certa, e estava mesmo.

A única coisa errada com Jennet era sua teimosa insistência em encarar os fatos. Eu gostava da verdade, mas, como disse o poeta, aos poucos, uma colherada de cada vez.

— Seu diagnóstico não é de uma doença terminal — disse ela, na nossa primeira consulta. — Portanto, você pode nunca mais ter outro dia ruim, como pode ter dez dias ruins num verão e depois passar dez anos sem ter nada, e depois um fato importante...

— Fico preocupada, pois preciso continuar funcionando sempre igual, agora mais do que nunca — disse eu, rolando nas mãos o frio e liso ovo de mármore.

— Agora mais do que nunca? Será que houve uma época melhor? — perguntou Jennet, inclinando-se para a frente.

— Bom, sim, quando meu casamento... quando meu marido... antes de ele ir embora.

— Você é separada?

Separada, separada, separada. A pesada palavra rolou pela sala inteira, todas as suas sílabas rosnando e ecoando. Tinha um tom trovejante, um som distante e alarmante, como *adultério.* Achei que era melhor levantar os pés do chão antes que a descrição viesse rolando e se chocasse contra eles.

— Não, não somos separados. Ah... meu marido está fazendo uma longa viagem...

— Viagem de negócios?

— Não, uma espécie de ano sabático...

— Uma licença? De quanto tempo?

— Não é uma licença oficial... bom, ele ainda vai ficar longe vários meses.

— E o que ele pensa? O que acha da sua resistência em relação ao tratamento? — perguntou Jennet.

— Não sei.

— Bom, é comum, principalmente com os homens, não quererem encarar uma situação de frente. Já que não podem melhorar nem curar a doença, sentem-se inúteis.

— Ele não sabe, eu não contei — falei, colocando o ovo na mesa e pegando a cabeça esculpida que me olhava como o bebê de um dos monolitos da ilha de Páscoa.

— Julie, você precisa contar para ele — disse Jennet.

Coloquei a cara de pedra com mais força do que pretendia sobre o tampo de mármore.

— Não contei porque não sei onde ele está. — Levantei a mão. — Não, não é o que parece. Ele não está ferido... — Depois pensei: talvez esteja ferido. Pensei: talvez ele... exatamente nesse momento, esteja enfiado num buraco de geleira ou algo assim, morrendo de sede. Pensei que aquilo seria bom. Depois pensei: meu Deus, nem me passou pela cabeça que Leo podia estar precisando de *mim*... Nós não usávamos o mesmo sobrenome, e meus sogros e cunhados estavam na Flórida. Será que conseguiram localizá-los?

— Julie? — chamou Jennet.

— Ele disse que planejava ficar totalmente incomunicável de vez em quando, e acho que agora é uma dessas ocasiões. Pena ter sido nesse momento. — Fiquei impressionada com a serenidade do rosto da ilha de Páscoa, seu olhar sem expressão, vendo tudo sem se importar com coisa alguma. Olhei de relance para a perfeição sem marca do ovo e me lembrei da canção "Todos os cavalos do rei e todos os homens do rei não vão conseguir que meu amor volte"...

— Mas o que você costumava fazer numa emergência?

— Não *temos* emergências como essa — observei, desanimada.

— O que você faria se acontecesse *alguma* coisa com uma das crianças ou com os pais de Leo? — insistiu Jennet. — Sei o que você escreve na sua coluna. Aliás, gosto muito. — Foi como se Jennet tivesse rasgado a minha blusa. Esperava que fôssemos fazer o nosso "trabalho" atrás das respectivas máscaras e fingir não nos reconhecermos na seção de hortifruti do supermercado. Mas era uma cidade pequena.

— Achei que faríamos algo bem elementar, bem sensato — admiti. — Eu telefonaria para um dos números da lista de emergência que Leo deixou. Ele disse que tinha me deixado uma lista para contatos de emergência.

— Mas não deixou.

— Não.

— Por que você acha que ele fez isso?

— Bom, acho que não estava nos planos dele. Ele achava que eu resolvia qualquer situação. Sempre resolvi.

— O que estava nos planos dele?

Mordi o lábio.

— Não quero pensar nisso. — Mas Jennet não ia me deixar fugir do anzol.

— Portanto, o casamento estava trincado antes de ele ir embora — resumiu Jennet. — E esse tempo sabático é uma tentativa de ele se concentrar para fazer com que o casamento funcione, em vez de vir com você aqui ou em outro consultório qualquer para tentar resolver o que está entalado na garganta dele. — As palavras dela eram como balas atiradas num boneco recheado de algodão. Eu sentia o impacto, mas não a dor. A hipoteca da casa continuava sendo paga mensalmente, mas eu tinha acabado de ter um cheque devolvido por falta de fundos. Quando o gerente do banco me lembrou que "Leo e eu" tínhamos fechado aquela conta e vendido algumas ações da empresa de reciclados de madeira, eu ri e disse que devia estar ficando senil. Mike, o gerente, fez umas piadas sem graça sobre férias maravilhosas. Transferi dinheiro da poupança para a nossa conta, assustada com as poucas economias que tinham sobrado, se eu pensasse em termos de anos. Tinha ações... Leo não conseguia ligar para *mim* ou para os filhos, mas conseguia falar com a agência bancária para me trair em algo que era de nós dois. Não havia escapatória.

Com uma sincera empatia nos olhos, Jennet disse, delicada:

— Os *planos* de Leo eram pular fora da situação, não eram?

Olhei para ela e disse:

— Acho que é isso mesmo.

— Puxa, você está em toda parte, Gillis — disse Steve, quando apareci na sala dele, tensa no meu vestido de gola alta de seda cinza, sapatos de salto cinco, meias com costura, os joelhos doendo como se eu tivesse corrido uma meia maratona em vez de ter usado o elevador para subir três andares. Ficar de pé num estrado para dar uma palestra de uma hora não ajudou. Steve recostou-se na cadeira. Continuei de pé. Na verdade, estava com medo de me sentar na frente dele e ficar congelada na cadeira pelo resto da tarde.

Isso acabou tendo um efeito psicológico, pois ele achou que eu estava assumindo uma posição de força.

— Bom, você deve saber o que vou dizer — começou, cofiando a barba bem-cuidada. Seus dentes grandes e iguais brilharam, emoldurados por uma boca rubra como poucas. Eu nunca tinha reparado como Steve parecia o Lobo de *Chapeuzinho Vermelho*.

— Acho que sei — disse. — Mas, Steve, você precisa considerar que...

— Eu sei, Gillis. Não se sinta culpada. Por mais que eu deteste ter de aceitar, você precisa ser publicada em mais jornais. Foi o que disse para o meu colega Marty, da Panorama Comunicações. Ele concordou. Mas, olhe, isso não é sinal que você seja alguma diva do colunismo — disse ele. Segurei no encosto da cadeira e tentei concordar com a cabeça, enquanto minha perna esquerda bamboleava embaixo da saia, como Elvis cantando "Jailhouse Rock". Steve prosseguiu: — Espero que você continue fazendo o número especial, uma grande matéria ou uma página de Pergunta e Resposta exclusiva para nós e com pagamento à parte, claro. E mantemos a nossa combinação. Você recebe por sua coluna semanal separado do que a Panorama vai lhe pagar, seja quanto for, e continuamos publicando a coluna na íntegra, mesmo se seus outros clientes cortarem texto. Antes de mais nada, você é nossa, Julie. Marty diz que ele deve conseguir para você uma centena de pequenos jornais diários para começar e talvez alguns grandes, agora que as garotas Lederer pararam de escrever. Tem a garota que escreve no *Post.* Ela é boa, mas fala só em namoros, encontros, casos. Já você, fala de tudo: filhos, irmãs, aquela coisa toda. Detesto ter de dividi-la com outra publicação, mas você precisa ir em frente. Não vai ficar rica por ter sua coluna publicada em vários jornais, mas tem o Sr. Advogado para pagar as coisas importantes. Essa mudança vai ajudá-la a crescer e... não vá ficar convencida com o que vou dizer, mas você é boa demais para ficar num jornal pequeno.

Steve me entregou um pedaço de papel com o telefone e o endereço de Marty Brent na Panorama e fez aquela coisa pateta que consistia em se sentar no brilhoso tampo da mesa e girar o traseiro até ficar de frente para mim sem precisar se levantar. Pegou minha mão, uma paródia entre um aperto firme e um cavalheiro beijando a mão da dama.

— Você está elegante, Gillis. Tem malhado muito? — perguntou.

— Muito — respondi. — Obrigada por notar. As coisas estragam primeiro por dentro.

Ele riu e se despediu com um aceno.

Saí da redação, entrei no carro e liguei para Cathy.

— Você não vai acreditar! — falei.

— Foi promovida a editora do jornal!

— Não.

— Foi demitida?

— Vou sair em vários jornais! A minha coluna! Vai sair em uns cem jornais! Ou mais!

— Vai ficar rica! Não vai precisar de Leo! — gritou ela.

— Não... vou ficar nada rica, Cath — falei, e meus olhos se ofuscaram com a neve derretendo na estrada. — E por que... o que você... o que quer dizer em relação a Leo? Eu preciso dele.

— Julie, você precisa saber...

— Cath, eu tenho de ligar para uma pessoa. Para marcar uma entrevista. Desculpe, amiga. Eu ligo depois. — Desliguei o telefone, mas não liguei o carro.

Apenas fiquei ali sentada.

Dois caras, que deviam ter seus 20 e tantos anos, passaram num conversível. Estava um dia lindo, embora provavelmente não fizesse mais de 10 graus. Frio demais para adultos abaixarem a capota do carro, mas nada como uma falsa primavera para fazer um nativo do Wisconsin se exceder.

— Ô, gostosa! — gritou um deles. Meus olhos arderam. Tirei logo do painel o cartão de estacionamento para motorista com deficiência. Se eu saísse do carro naquela hora e atravessasse a rua cambaleando como uma bêbada, será que iam me achar muito gostosa?

E Leo, me acharia gostosa? Ficaria orgulhoso de mim?

E se eu acabasse precisando de cadeira de rodas?

Teria de arrumar um jeito de conseguir uma. Sozinha.

Eu agora dependia de mim mesma. Agora.

Por isso, precisava fazer algo concreto para ficar bem pelo máximo de tempo possível. Não estava tomando aqueles remédios caros, grandes e assustadores não só por causa do preço, mas pelo que significavam. Só que vitaminas, chá verde e antidepressivos não iam cortar a doença. A situação ia ficar mais difícil. Talvez. Por isso eu também tinha de ficar mais dura. Precisava de um seguro de vida próprio: seria caro, principalmente com a condição preexistente que eu não podia negar, mas seria dedutível do Imposto de Renda. O seguro de Leo continuaria cobrindo as crianças, mas era provável que dali a pouco ele deixasse de me cobrir em todos os sentidos. Eu tinha (engoli em seco ao pensar nisso) de achar um grupo de apoio, pessoas que pudessem responder às minhas perguntas. Podia vender algumas coisas: as jóias autênticas de minha mãe, meu carro quase novo. Mais tarde, naquele mesmo dia, ia começar a fazer compras comparando os preços. Mas uma coisa não podia esperar. Peguei o celular e marquei uma consulta com o neurologista.

As injeções tinham a peculiaridade de fazer com que o intervalo entre elas se tornasse um "espaço bom". Ou pelo menos deviam estar fazendo isso; eu não tinha idéia de como ficaria sem elas.

Mas havia um outro lado da questão. A fase logo depois das injeções era uma areia movediça.

E, no início, a areia movediça podia durar uma semana, à medida que meu corpo se acostumava ao ataque violento do que, na verdade, era um veneno.

Comecei tomando uma injeção por mês e, depois do primeiro, já tinha certeza de ficar mal por uma semana.

E, quando eu ficava mal, as crianças saíam de cena. É incrível que uma casa vire um caos em dois dias, se a dona e patroa só consegue sair da cama para ir ao banheiro ou, às vezes, fritar uns hambúrgueres e dormir antes de conseguir comer o primeiro.

Gabe não fazia nada de errado. Só se deixava dominar por sua inércia natural. Levava Aury à escola todos os dias, embora às vezes ela chegasse lá uma hora depois do horário. Mas Caroline, outrora minha nova melhor amiga, começou a se dedicar ao que eu desconfiava ser a perda da virgindade de 500 dólares. Ainda por cima, seu último boletim parecia ter se extraviado tanto quanto as cartas de Leo. Eu me acostumei com o leve clique da porta que coincidia com o relógio batendo quatro da manhã. Significava que Caro estava de volta de um me-diverti-não-sei-onde. E eu *gostava,* pois oficialmente não sabia que minha filha de 14 anos estava passando a noite fora.

Até que Cathy teve o desplante de me *criticar* por causa disso. Ou, pelo menos, de tocar no assunto.

— Ela não presta contas a ninguém — disse Cathy, sem jeito, depois de encontrar Caroline na porta da garagem às *sete* da manhã de um domingo. Cath estava trazendo bolinhos para o café da manhã, Caroline estava apenas voltando para casa. — Com esse comportamento, ela está *dizendo* que quer limites.

— Bom, o que sugere que eu faça, Cath? — devolvi, meio tonta mas firme, sentada na cama para comer um bolinho que Connie havia feito. Eu sabia, objetivamente, que os bolinhos tinham uma textura leve, deliciosa. Mas o gosto que eu sentia era de papelão molhado. Todos os meus terminais nervosos estavam de férias. — Quando eu dou bronca, ela *liga*, mas quando não posso fazer nada, aproveita. Eu proibi, mas Caro faz nas minhas costas. Não posso pagar uma pessoa para tomar conta da casa. — Cath sugeriu que eu fosse dura. Estabelecesse limites enquanto ela ainda era jovem para se incomodar com limites. Mas Cath não sabia como minha filha tinha virado um osso duro de roer. Eu olhava Caroline, sempre de fones de ouvido, a cabeça marcando um compasso numa ausência silenciosa, totalmente desligada, autocentrada. Acho que era um mecanismo de defesa tão bom como outro qualquer. Mas Caroline sempre teve um rosto indecifrável, talvez um coração indecifrável. Mesmo pequena, ela conseguia guardar tudo para si mesma por mais tempo que a maioria das crianças, ou que a maioria das pessoas, até adultos, ponto. Eu não conseguia controlar seu aproveitamento na escola, da mesma forma que não conseguia controlar o peso dela.

— Pelo menos, Patty Gilmore me diz que ela vai à escola todo dia. Já é alguma coisa — disse eu.

Se Caro saía com um rapaz mais velho nos fins de semana em que eu estava doente ou se ela estava se drogando, a única terapia de que eu dispunha era Cath, tão próxima de Caro que era quase como outra mãe e, portanto, destinada a ser desrespeitada. A única forma de reabilitação que eu poderia pagar era do tipo que vem com uma ordem judicial. Na verdade, a longo prazo, seria melhor eu ignorar qualquer problema grave que Caro tivesse. E se ela acabasse num lar-substituto?

E tinha Gabe. Ele era um tijolo de força e cuidava bem de Aury, mas não passava de um menino, com os padrões da idade para o que seriam condições aceitáveis em uma casa. As roupas deviam ser lavadas, mas não precisavam ser dobradas nem guardadas. Quando todos os pratos estavam sujos, inclusive a porcelana de usar em festas, era hora de lavar três pratos. O resto ficava no lugar óbvio: a máquina de lavar louça. Quando eu me sentia bem, nós fazíamos uma marcha forçada pela casa tirando o pó, varrendo e esfregando. Mal terminávamos, já estava na hora de tomar outra injeção.

Depois da injeção, eu ficava fraca, e Gabe assumia minhas funções numa rotina que inventamos, sem jamais termos combinado nada. Ele marcava o despertador para seis da manhã, saía se arrastando da cama, acordava Caroline (chegava a passar gelo na sola dos pés dela), levava Aury ao banheiro e de volta para a cama, se não fosse dia de aula na pré-escola. Punha a mesa para nós, com tigelas de cereal de passas e farelo de trigo. Se Aury tinha aula, ele ligava para Cathy antes de pegar o ônibus, e Cath levava Aury de carro. Um dia, ele me mostrou um formulário (perfeitamente falsificado) que preenchi para uma autorização para menor de idade dirigir e trabalhar. Pensei, com o coração pesado, em quantas outras faltas e castigos por ele entregar os deveres de casa atrasado eu teria conhecimento. Comecei a jogar fora os bilhetes endereçados "Para os Pais de A. Gabriel Steiner". De que adiantavam? Eu não podia pagar um orientador para criança com dificuldade de aprendizado que fosse muito bom. Não podia ligar para a "encarregada do caso" dele, embora os e-mails dela se empilhassem no meu correio como pequenos sentinelas zangados.

Naquelas noites pós-injeção, eu acordava tremendo e transpirando. Queria ter certeza de que Aury ainda estava viva e coberta, então me arrastava pelo corredor, mas, muitas vezes, por causa da escuridão e do meu passo inseguro, eu ia de gatinhas. Gabe ouvia e, sem dizer nada, saía da cama com as calças do pijama de flanela que acabei identificando como sendo de Leo, me levantava do chão, me segurava pelos ombros e me levava para minha cama, exatamente como eu fazia quando ele era pequeno e sonâmbulo. Jamais comentou nada na manhã seguinte. O que aquilo deve ter representado para ele? A vergonha. O que eu devia ter dito? "Obrigada por me arrastar para a cama na noite passada, querido!" Isso só aumentaria a humilhação dele. Como se não bastasse, Tian, em meio a lágrimas e beijos dourados, finalmente terminou sua estada em Sheboygan LaFollette e voltou para casa. Estava triste por se separar de Gabe, mas obviamente ansiosa por encontrar a família e obviamente preparada para pescar peixes maiores do que Sheboygan oferecia. Assim, Gabe ficava dando voltas com o carro cheio de Luke e seus amigos (embora tivesse o carro só alguns dias por mês e apenas para ir à escola) para recuperar um pouco do status que tinha perdido quando Tian foi embora.

Gabe estava desanimado.

Eu sabia como era.

Eu também não tinha ânimo para responder à pilha de mensagens e aos rolos de fitas gravadas na secretária eletrônica com recados de Hannah e Gabe Avô.

— Julie — pedia, urgente, a secretária eletrônica. — Julie. Julie! Por favor, ligue para nós!

Finalmente — e tinha de ser exatamente dois dias depois da minha última injeção? — meus sogros apareceram sem avisar, vindos da Flórida, explicando que haviam planejado voltar antes porque tinham se cansado "daquele sol todo e daquela velharada". Cansaram. Sheboygan estava debaixo de meio metro de neve, principalmente na minha calçada, porque Liesel e Klaus estavam fazendo uma longa viagem e tirar neve era ainda menos detectável no radar de Gabe do que lavar roupa.

Na manhã de Natal, Gabe parecia uma criança quando gritou no corredor:

— Mãe! O vovô e a vovó chegaram! — Era como se os Fuzileiros Navais tivessem desembarcado.

— Preferimos ficar aqui, rodeados de vida real — ouvi meu sogro dizer, enquanto os dois puxavam as malas de rodinhas pelo corredor.

Tentei sentar na beira da cama. Minhas pernas não aceitavam nem mexer. A última vez que fui ao banheiro acabei derramando um copo de água fria na coxa, de propósito. Foi para comprovar que minha pele não estava pegando fogo nem infeccionada, apesar de minha cabeça gritar que eu tinha dormido seis horas sob um sol tropical. Ficou parecendo que eu tinha urinado na cama.

Ouvi Hannah "pisando pesado" no corredor e chamando, enquanto eu a imaginava passando o dedo no suave manto de poeira nas estantes de livros que cobriam as paredes até em cima das portas naquele lado.

— Julie, Julie, sempre pensando nos livros... Julie, querida, quando foi que aquela menina da limpeza esteve aqui a última vez? Como ela se chamava? Sayonara? — Ela se chamava Leonora e era uma estudante filipina que fazia a "limpeza pesada" toda semana. Não pude mais chamá-la depois que comecei a tomar as injeções, pois, como elas não eram um tratamento comprovado para esclerose múltipla, o sistema público de saúde não cobria, e nem o desgraçado do plano de saúde.

Pode-se imaginar como estava a casa. E com que cheiro.

— Julie? — Hannah pôs a cara na escuridão do meu quarto. Havia dias eu deixava as cortinas fechadas porque a luz machucava minha vista. Embora meus olhos estivessem muito bem, mesmo naquela fase ruim, principalmente o olho direito. Já com o esquerdo, eu via as coisas com um halo, como se houvesse uma mancha de óleo em volta. Eu ainda pensava em vidros de remédio quando Hannah repetiu: — *Julie?*

Eu... tinha esquecido que ela estava lá.

— Julie, puxa vida! — gritou ela, abrindo as cortinas, subindo as persianas e assim pondo à mostra um exército de coisas usadas: os copos de papel vazios de macarrão instantâneo caídos de lado; o emaranhado de camisetas e pijamas enfiados num canto ao lado da TV; e eu, num velho moletom de Leo por baixo de uma camiseta comprida de balé com um pingo de mostarda no peito. Vi a pilha de jornais que, para deleite de Aury, tinha chegado quase na altura da cômoda até ela, sem querer, derrubá-los. — O que aconteceu aqui? — perguntou Hannah.

Parecia um dormitório de acampamento.

Não.

Parecia uma cela de prisão.

— Gabe, venha cá! — chamou minha sogra, e eu comecei a gritar.

Lá pela tarde seguinte, Hannah tinha lavado coisas que não eram tocadas por mãos humanas desde o tempo em que nós ocupávamos a casa toda. Hannah subiu em escadas e lavou a parte de cima da cornija. Fez arroz com lentilhas, arroz com frango e brócolis, arroz e sopa de lentilha, arroz-doce. Fez bolinhos *matzoh*. Engomou e passou as blusas que estavam dependuradas no meu closet como um bando de malvestidos

Quasímodos. Esvaziou a mochila de Gabe no chão da sala e examinou papel por papel.

Como era domingo, Gabe passou seis horas fazendo dever de casa, inclusive alguns que disse serem "guias de estudo" que não contavam para nota.

— Então, estude esses deveres fazendo-os, depois pode queimá-los — disse Hannah. Gabe olhou para mim, ao mesmo tempo desamparado e apavorado. Não tinha a menor noção de matemática.

— Peça para Luke ajudar — sugeri.

— Ele é pior do que eu — resmungou Gabe.

— Então chame outro colega — eu disse, baixinho.

— Ninguém fala comigo na turma, fora ele — replicou ele. — Não sei se meus outros colegas se chamam Dick ou Dave.

— Peça ao Klaus — disse Gabe Avô, que desde a chegada estava meio ocupado com o telefone. Eu sabia o que estava fazendo: tentava achar Leo ligando para os amigos e colegas dele.

— Klaus e Liesel estão viajando — disse Caro, animada, tentando sem sucesso enfiar com o pé a mochila no armário do corredor. — Vão demorar séculos para voltar.

— Já voltaram. A não ser que o sujeito que está tirando neve da calçada seja idêntico ao Klaus — disse meu sogro, sem levantar os olhos do que fazia. — Acho que os séculos se passaram. Klaus é cientista, deve saber matemática. Vá chamá-lo, Caroline, senão eu vou.

Desanimados, meus filhos foram falar com Klaus, que desistiu de limpar a calçada para ajudá-los. Meus inquilinos não eram exatamente amigos nossos e nunca foram invasivos. Mas acho que perceberam alguma coisa e começaram a fazer gentilezas, mesmo que não fossem particularmente úteis, como trazer para Aury um fóssil de cocô de dinossauro, que deixaram na nossa caixa de correio com um cartãozinho engraçado. Klaus também se ofereceu (num bilhete escrito em maiúsculas) para levar as crianças de carro a qualquer lugar, se eu precisasse de ajuda "por algum motivo". Gabe depois me contou que Liesel fez chá para eles e que o casal parecia feliz por fazer os deveres de matemática com as crianças, embora ainda estivesse com as malas da viagem fechadas no corredor. Tinham chegado de Santa Lúcia, Santo Domingo ou algum lugar assim, no mesmo avião em que os pais de Leo vieram da Flórida. As crianças sumiram por, no mínimo, uma hora. Nesse tempo, Hannah, com enorme delicadeza, esfregou a banheira e a encheu de água morna e perfumada para mim. Colocou do meu lado Aury, nuazinha, lisa e esguia como um golfinho, com o recado mudo de que o apoio físico de minha robusta filha de 2 anos seria mais importante para mim do que a minha capacidade de lavar os negros cachos dela. Hannah esperou do outro lado da cortina da banheira até Aury estar, pelo menos, mais limpa. Depois que Aury foi vestir sua camiseta Scooby Doo, Hannah achou uma das minhas esponjas de banho caras e, sem perguntar nada, lavou minhas costas e meus cabelos, sem me olhar. Solucei e, contra tudo o que jamais demonstrei, segurei a mão espalmada de Hannah com sua aliança de ouro apertada. Ela perguntou, carinhosa:

— Isso é depressão, Julieanne? Será que meu filho fez isso com a esposa?

— Não. Na verdade... eu não queria contar para vocês — respondi.

— Contar o quê?

— Estou com esclerose múltipla, Hannah. — Ela respirou mais depressa. — Não estou morrendo. Não fico assim o tempo todo. É apenas uma reação às injeções que tenho de tomar para os sintomas não piorarem.

— Que sintomas?

— Ah, problemas nas pernas. A visão. O equilíbrio. Vêm e voltam. — Hannah abaixou os olhos. Continuei: — Eu... não culpo Leo. Mas preciso dele. Preciso que volte para casa.

Ficamos conversando até tarde. Meu sogro falou em um pedido de *habeas corpus* baseado em incompetência mental ou algo assim: desde que ganhou um laptop de Leo, ele ficou rápido na internet, e de Sarasota se correspondia com o meu Gabe e com os companheiros de golfe de Door County. Meu filho jamais deixou escapar uma palavra sobre isso. Quando meu sogro sugeriu outra vez uma ação legal, suspirei e disse:

— Não posso fazer isso, papai. Antes de Leo ir, nós assinamos uma procuração. Temos uma procuração recíproca. Ele pode vender coisas sem a minha assinatura. Pode sacar dinheiro de nossas contas. Poderia fazer isso mesmo sem procuração. Pode sacar quando quiser. Ainda somos legalmente casados.

O velho franziu o cenho.

— A vida inteira, desde que conheço meu filho, imaginei que ele fosse fazer coisas que eu desaprovasse, mas nunca que me envergonhassem. Quando foi que isso começou? Essa história de *hippie* era uma coisa... Julie.

— Já tem um ano. Você sabia. A viagem foi um grande choque para mim. Mas a doença é que atrapalhou tudo — eu disse. — Não quero dizer que haja desculpa para o que Leo fez. Mas eu poderia ter dado um jeito, se não fosse a doença.

— Julie, por que não contou para nós como ele estava agindo errado? — indagou Hannah.

— Achei que ele estivesse com alguma coisa de meia-idade... como se chama?

— Uma crise — sugeriu meu sogro, com a testa mostrando uma eloqüente surpresa pela minha incapacidade de dizer a palavra.

— E que quando a crise acabasse, acabaria — continuei. — Jamais esperei que ele não tivesse voltado até agora. Nem que eu fosse ficar tão constrangida de contar a alguém há quanto tempo ele tinha ido embora. E como eu fiquei mal... No Natal, ele mandou velas e geléia para as crianças. De uma caixa postal em New Hampshire. Sem endereço.

— Horrível — disparou Hannah. — Como se você quisesse ficar doente. Você contou tudo isso para Cathy... Por que não contou para nós?

— Contei só porque ela estava aqui. Compreenda. Achei que ia ficar tudo... bem. — Eu estava tão fraca que não conseguia pronunciar as palavras. Minhas pálpebras flutuavam. — No começo, achei que eu estava só... doente de tristeza. Depois, que era um resfriado. E quando eu soube, foi... foi demais para contar a vocês. Ainda tenho um pouco de amor-próprio.

— Não é para isso que serve amor-próprio, Julieanne. Você criou um ótimo lar para nosso filho. Deu a ele lindos filhos... e não quis ficar doente para ele ter pena de você — reclamou Hannah.

— Olhe só! Tudo isso você fez! E continuou trabalhando — apressou-se a dizer Gabe Avô. — Julie, a primeira coisa que você deve fazer é fechar todas as contas bancárias. Limpe tudo. Mude de banco.

— Vou fazer isso, papai — eu disse. — Quanto ao trabalho, não fui tão heróica, pelo menos no começo. Hoje, posso fazer a coluna. Mas, no começo, Cathy e Gabe escreveram o meu volume, quer dizer, a minha coluna! E, olhe, eles foram... maiores, quer dizer, melhores do que eu. Depois, consegui um contrato para a coluna ser publicada em vários jornais ao mesmo tempo. Por causa de Cathy e Gabe. Eles são o máximo, Cathy e Gabe. — Depois, falei: — Desculpe... Gabe, papai... Sei que não devíamos ter dado seu nome a ele porque você está vivo e judeus não fazem isso.

Ele fez um gesto com a mão, perplexo com a minha atrapalhação e a falta de seqüência no assunto. Disse ele:

— Meu pai morreu quando eu tinha 7 anos. Sempre achei que você deu o nome por causa do *meu* avô, que também era Gabriel. Todo mundo nessa casa se chama Gabe. E por que você tem de falar nisso agora? Temos de achar uma forma de declarar Leo incompetente, Julie. Hannah, cuide disso. Temos de encontrar um curador antes que Leo deixe a família toda na miséria...

— Comentei isso porque vocês têm sido tão bons para mim — expliquei, apoiando a cabeça nos braços sobre a mesa. — Foi por isso que falei no nome. E se eu tivesse sido, sei lá, mais compreensiva, talvez Leo não tivesse ido embora.

— Não seja boba — disse Hannah. — Escute, Julie. Sempre achamos você uma moça muito moderna. Uma pessoa bem auto-suficiente. Mas há coisas precisando ser feitas aqui nessa casa. Caroline queria sair, e são 21h30! Disse que a mãe a deixa sair a essa hora.

— Não, é que... não consigo impedir. Pelo menos até eu melhorar. Talvez amanhã eu consiga. — Eu me encolhi por dentro ao admitir minha impotência como mãe.

— Eu então disse a Caroline: mocinha, você está aproveitando que sua mãe está doente, mas isso vai mudar... — continuou Hannah.

— Ela só fica deitada aí como um zumbi — disse Caroline, aparecendo de repente, mãos na cintura, na porta da cozinha. — Nem tenta se levantar da cama. É como se dissesse hum-hum, estou dormindo. A semana inteira!

— Não é verdade, Caro! Que vergonha você dizer isso! — disse eu.

— É verdade, sim! Se Cathy não aparecesse, a gente ia ficar comendo sucrilhos. Quando vou para a casa de Mallory, lá pelo menos posso comer um hambúrguer...

— E alguma vez na vida sua mãe foi assim, Caroline, antes desses últimos meses? Alguma vez? Ela não estava sempre arrumada como uma modelo? — Caro bufou, mas Hannah foi em frente: — Ela não foi sempre como uma dama da sociedade, antes disso acontecer? Você acha que sua mãe gosta de ficar assim?

— Acho que ela podia se esforçar um pouco — disse Caroline, entrando na sala. Parecia com uma daquelas garotas que andavam pela Broadway, das quais minhas amigas e eu costumávamos rir, sentadas no banco de trás do carro de meu pai. Sombra de olhos dourada brilhante. Quilômetros de pernas sob uma saia tão curta que poderia servir em Aury. E raiva. Uma raiva que parecia estar em todos os músculos a partir dos ombros. — Acho que ela devia tomar os remédios que Cathy disse que os médicos mandaram ela tomar. Acho que devia ligar um pouco...

— Cale a boca, Caroline — disse o pai de Leo, seco. — Vá tirar essa porcaria do rosto e se deitar. — Caroline tratou de obedecer, surpresa porque aquele avô, o parente mais gentil que tinha, sempre a tratara com uma delicadeza incrível. — E Caroline! Ponha acolchoados no chão do quarto de hóspedes para você e Aury dormirem... Sua avó e eu precisamos de colchão duro — disse ele.

A reclamação, em voz alta, veio do corredor:

— *Eu?* Eu vou dormir no chão?

— Perdão, coração — disse o avô, com uma espécie de dar de ombros e de riso afetado. — Vamos precisar das camas. Temos de ficar aqui até sua mãe ficar boa.

Acordei de repente e vi que tinha dormido na mesa.

— E você agora vai para a cama — disse Hannah para mim, me levantando com firmeza pelos ombros. — Vamos falar de tratamento, condomínios, dinheiro e... Gabe, como é que você os chama?

— Descobridores de paradeiro — disse Gabe Avô.

— Eles encontram pessoas desaparecidas — explicou Hannah.

— Não tenho dinheiro para isso — expliquei, devagar, enquanto escovava os dentes.

— Você não precisa ter todo o dinheiro do mundo — disse Hannah. — Outras pessoas têm dinheiro.

— Não posso... assumir nada — afirmei, ao me deitar em abençoados lençóis limpos.

Hannah sentou-se na beira da cama, com as costas eretas, talvez transpirando dez litros de suor, arrumada em sua calça cáqui e seu moletom do Universidade do Wisconsin, os cabelos ainda pretos, curtos e penteados para trás como os de um menino.

— Julie, conhece a história de Ruth, na Bíblia? — Concordei com a cabeça. — Ruth se recusou a deixar Noemi, que estava em perigo. Ruth não quis abandoná-la. Disse o que todo mundo sabe dessa história, que, claro, você conhece: "Aonde quer que fores, eu irei. Aonde quer que ficares, ficarei"... Muitos pensam que Noemi era a mãe de Ruth.

— É — concordei.

— Mas era a sogra.

— Noemi queria que ela fosse — disse eu.

— Mas Ruth era muito fiel para ir. E deu tudo certo — disse Hannah, puxando meu cabelo para trás com a mão que tinha cheiro de amaciante de roupa.

QUINZE

Diário de Gabe

Embora tenha passado o segundo semestre do primeiro ano secundário com notas baixas em todas as matérias — e eram notas lamentáveis, por cuidar da minha mãe doente, por causa da ausência de meu pai e da trabalheira com as coitadas das minhas irmãs menores —, passei também a ser colunista de vários jornais antes dos 16 anos. Eu, Gabe Steiner, conhecido bobão e que mais tarde largaria o colégio, estava sendo lido por milhares de admiradores nos Estados Unidos inteiro.

Certo, talvez fossem centenas.

Cathy e eu fazíamos uma boa dupla. Ela aparecia muito em nossa casa, mas também tentava se manter distante o máximo, senão minha mãe ia se considerar uma ameba inútil. Cathy telefonava todos os dias e, quando minha mãe concordava, dormia na nossa casa com Abby Sun.

Depois que Tian foi embora, foi uma boa distração ter de ocupar às vezes o cargo da minha mãe; não fosse isso, eu teria ficado perdido. Se sobrava um tempo, eu jogava alguma coisa como Roller Coaster Magnate, ligava meu som, não lavava a louça ou me divertia pensando em me afogar para ficarem com pena de mim. Eu sabia que, se ficasse meio apalermado, minha mãe se chateava. Mas ela estava usando as horas em que se sentia bem para ir a uma psicanalista e também para fazer aquelas palestras, as quais eu desconfiava que ajudavam a nos sustentar. Ela tentava também, inutilmente, fazer com que a droga da Caroline fizesse alguma coisa depois de passar a noite fora, fumando (cigarros) com as Maravilhosas Mallory e Justine, além do divino Ryan, o novo amor de Caro e o hominídeo bípede respirador de oxigênio mais idiota que já existiu depois de Mallory. Ele parecia ter uns 30 anos e era mais peludo do que um *setter* irlandês (não só na cabeça). Conseguir tirar o ouvido de Caro do telefone era tão difícil quanto eu ser indicado intelectual de Rhodes.

Um dia, a vó Steiner perguntou se podia "conversar" com Caroline. Em particular. Eles não estavam mais morando conosco (ficaram só uns dias), mas apareciam quase todo dia. Eu imaginava o tipo de conversa que a vó queria ter com Caro, já que ouvira na mesma semana um curto mas incisivo sermão por causa de dois pratos de mozarela enfiados embaixo da minha cama.

Dez minutos depois, Caro entrou no meu quarto e parecia até mais magra de tanta raiva que sentia. Ela não estava acostumada a grandes emoções. Era uma pessoa tipo "deixa para lá".

— Eu agora tenho uma *lista* de afazeres domésticos — gritou ela. — Mas que diabo é isso aqui? Pequeno *bangalô no campo*?

— Não — respondi. — Deve ser *Pequeno asilo no campo*.

— Pois quero que se dane, Gabe. Não vou lavar roupa e... arrumar as roupas "do bebê". Tenho a minha vida.

— Deve ser a única pessoa que tem — disse eu.

— Olhe, para o resto das pessoas, a vida não acabou depois que a Srta. Saigon foi embora.

A essa altura, eu não batia na minha irmã desde os 7 anos. Mas dei-lhe um soco bem no bíceps, com o máximo de força que se poderia bater numa garota. Ela revidou com um tapa na minha cara.

— Você é a pessoa mais egoísta que já vi — berrei. — Por que faz o papel de Srta. Popular, enquanto o resto das pessoas cuida da mamãe? Fico quase o tempo todo fazendo o trabalho dela.

— Ah, bom, ah, bom — disse Caroline, balançando a mão. — Você é um menino tão bonzinho, Gabe.

— Você podia ler histórias para Aury uma noite — zombei. — Podia acordar sozinha e não me obrigar a acordá-la como se eu fosse o seu paizinho.

— Você está longe de ser meu pai.

— Agradeço a gentileza.

— Gabe, você está sendo justo com papai? Quer dizer, você há de concordar que mamãe estava completamente... ausente antes dessas coisas acontecerem. Ela só se interessava pelas aulas de balé e em ser a Sra. Boa Demais para Todos.

Nunca vi minha mãe com esses olhos, mas compreendia que alguém visse. Ela não era como a mãe de Luke, que conversava com todos os vizinhos e levava tortas para eles. É verdade, mamãe girava numa outra órbita... Mas eu não ia concordar com Caro. Em parte, porque muito do que ocupava minha mãe antes de ela ficar doente era eu.

Apesar de eu quase sempre tê-la odiado por isso, mamãe exerceu a engenharia de me puxar, empurrar e arrastar para ir à escola. Por isso, eu tinha pelo menos de defendê-la.

E foi o que fiz.

— Mesmo que mamãe fosse assim, ela é sua mãe, Caro. Até *Mallory* ajudaria, se a mãe dela estivesse com esclerose múltipla e o pai sumisse no mundo. Quer dizer, mamãe abandonou você a vida toda, não é? Quando você queria assistir a um show, ela não costurava o vestido ou até ensinava todo mundo a dançar? Toda vez que você vomitava, ou fazia xixi na cama, ou precisava de uma fantasia de Halloween de um dia para o outro porque descobriu que uma garota ia de Cinderela...

Caro então começou a chorar — lágrimas furiosas, quentes.

— Não sou de pedra nem tampouco uma merda, Gabe! Eu apenas não quero ser sugada, certo? Olha, tenho menos de 15 anos! Entende? Não tenho 30! Não consigo segurar o sumiço de papai e a doença de mamãe.

— Certo, Caro, eu compreendo. Pois esse problema é só seu.

— Vá para o inferno, Gabe — disse ela. — Não espere que ajude você outra vez. Os garotos dizem que você só fica zanzando pela escola e parece um morador de rua empurrando um carrinho de supermercado com um *chihuahua* dentro.

— Você é uma puta.

— Prefiro ser puta a ser retardada.

Era tudo bem americano e funcional.

Ela tinha razão sobre a escola. Eu ficava zanzando. O secundário me enchia. Passava a metade do tempo pensando até mesmo por que eu tinha ido até lá. Eu tinha uma série de responsabilidades e porcarias ligadas à vida real e toda hora tinha de ficar sentado na cadeira de burro, com a Sra. Kimball zangada porque eu só tinha feito a metade do laboratório de biologia. Minha *mãe* era um laboratório de biologia. Se Kimball tivesse uma colher de chá de compaixão, a coisa seria outra. Mas a Sra. Kimball, especializada em crianças com dificuldade de aprendizado e sádica profissional, achava que eu fazia tudo de propósito. De fato, eu costumava fazer mesmo, mas cuidar de uma bendita família em segredo fazia aquela merda ficar 90% mais irritante. Três quartos do tempo minha mãe estava coerente, e o que eu tinha de fazer era explicar por que esqueci como fazer um problema de matemática entre o final da nona hora de aula e a caminhada de meia hora até em casa. Klaus ajudava, mas não se pode perguntar demais a um vizinho. A Sra. Kimball escreveu gentilmente uma carta para minha mãe, que jamais viu tal carta, na qual dizia que meu comportamento era passivo-agressivo e que eu deveria ser "avaliado" também pelo especialista em distúrbios emocionais. Podia-se tentar explicar isso para ela, mas Kimball apenas daria um pequeno sorriso fechado.

O lado ruim era que eu mesmo não compreendia isso e ninguém jamais pensou em perguntar por quê. Só anos depois eu soube que tinha uma desordem de processamento verbal, além do meu outro problema. Eu entendia muito bem o que um professor estava dizendo enquanto ele dizia, mas quando tentava lembrar, era como se a fita tivesse gravado palavras sem sentido. Como se ele dissesse: "Se o número que falta é X, então Y deve ser a variável à direita da Lua, pouco abaixo de um dos anéis de Saturno..."

Seja como for, eu não tinha um comportamento passivo-agressivo em relação à Sra. Kimball.

Era mesmo agressivo.

Não xingava nem fazia nada como os meninos que usavam tatuagens.

Só ficava lá, tentando fazer alguma besteira para irritá-la bastante, como grudar uma tampa de esferográfica na ponta da língua. Eu tinha tanta raiva dela que irritá-la era mais importante do que fazer o possível para terminar uma boa quantidade de trabalho.

Kimball parecia uma professora de história em quadrinhos que estava próxima da virada dos 60 anos. Vai ver que tinha alguma cicatriz horrível nos braços e no pescoço, por isso andava com roupas que iam do pescoço aos joelhos e que devia ter encomendado direto dos velhos filmes de Sally Fields. Não importa que dia fosse na sala de Dificuldade de Aprendizado, ela estava sempre de gola alta com pequenas iniciais bordadas e uma saia *kilt* ou calças retas. Todo dia, assim que eu chegava em casa, a primeira coisa que fazia era ligar o laptop de minha mãe e deletar o boletim diário da Sra. Kimball, que geralmente dizia o seguinte: "O Sr. Molinari não soube dizer se hoje na aula Gabe estava acordado ou dormindo, mas, como ele terminou o parágrafo uns cinco segundos antes do sino tocar..." Ou o meu boletim preferido: "Alguns calouros vão fazer os testes na primavera, mas tais testes são para alunos do secundário. Ele precisa da avaliação de um psiquiatra para ter direito a mais tempo para realizar a prova; precisa também de cópia escrita do resultado de todas as provas e de Planos de Educação Individualizada até a escola secundária...."

Parecia que a Sra. Kimball achava que minha mãe não sabia o que era teste de admissão ao secundário ou então, o que era mais provável, estava só querendo encher o saco. "Gabe passou raspando em educação física..." Quando se tratava da minha pessoa, ela conseguia fazer até que uma coisa boa virasse uma droga.

Já observei que pessoas que detestam crianças costumam dar aulas na Educação Especial. Ou porque não têm qualquer paixão por história ou redação ou porque acham que seu sadismo fodido não pode causar nenhum dano suplementar aos alunos, já que tais alunos já são uma escória da sociedade. Tinha aluno que detestava a Sra. Kimball e a Srta. Nick, sua colega mais jovem e vagamente mais gentil, mas tão dura quanto ela. Juro por Deus que aquela garota com dano cerebral que se diplomou aos 22 anos veio visitar a sala de alunos com Dificuldade de Aprendizado com seu acompanhante. Ela alimentava cachorros na Sociedade Humana. Esse foi o prêmio que a Sra. Kimball dera para ela com sua droga de diploma. Levei cinco anos para me recuperar da porcaria da Sra. Kimball. Só o perfume-de-gaveta-de-velha que ela usava me dava vontade de vomitar. O diretor da escola gostaria da Sra. Kimball mesmo se ela fosse Saddam Hussein. As Sras. Kimball do mundo tirariam os alunos de Educação Especial das classes comuns onde haviam cometido delitos horrendos, tais como rabiscar a beirada das folhas, o que, claro, faria o universo inteiro desmoronar. Os guardas de Dificuldade de Aprendizado então ficavam ao lado dos seis ou oito alunos da nossa cela e perguntavam coisas como: "Gabe, como você acha que vai passar de ano, se nem se lembra de virar a página?" Eles nunca sabiam por que a pessoa não conseguia se lembrar de tal porcaria, embora uma vez eu tenha dito à magra psicóloga maluca, que ia de uma escola a outra em sua Vespa, que eu achava que minha vida era como um daqueles filmes que tem uma máquina fotográfica na frente do carrinho da montanha russa. Ela disse: "Isso é... interessante, Gabe", e quando minha mãe foi à próxima reunião, tinha um papel preso por um clipe na minha pasta com a seguinte observação: *"Avaliar aluno, provável psicose?"*

Olhe, não sou Einstein, mas cresci numa família em que as pessoas se comunicavam com algo mais do que estalos de língua ou grunhidos. Eu sabia descrever as coisas. Eu sabia o que significava *ad hoc ergo proper hoc*. Só não conseguia escrever. *Agora* consigo. Para isso Deus inventou os corretores de texto. Sei escrever. Mas eles não se incomodavam com o que você pensava, só com como você escrevia. Uma vez, uma genial professora de inglês resolveu me dar uma lista de palavras programadas só para eu escrever. *Gato. Livro. Leite.*

Aquilo foi realmente uma droga de ajuda.

Mas eu não devia ter contado para minha mãe.

Ela ficou muito irritada. Sem me dizer nada, entrou de repente na sala do diretor mostrando um exemplar da *Odisséia* e dizendo:

— Não ousem jamais, jamais, dar para meu filho uma lista de palavras para escrever com *vaca* e *uva*. Nunca. Meu filho já leu Homero. O senhor leu? Deve achar que Homero é apenas o nome do seu primo...

— Na época, eu podia ter matado ela por isso, mas quando penso agora, ela foi, digamos, uma pequena guerreira. Nem sempre o que ela fazia tinha sentido, mas ela possuía tutano.

Está bem claro, de forma extremamente triste, que até a habilidade dela para me humilhar com sua superproteção é uma das melhores lembranças que tenho da época anterior à doença.

Teve uma noite em que levantei com fome, lá pela uma da manhã. E ela estava à mesa, com a perna esticada sobre duas cadeiras fazendo um projeto que eu tinha de entregar no dia seguinte. Nunca me perguntei por que ela estava com a perna para cima. Mas aposto que doía. Já devia estar com a doença. O cabelo dela estava cheio daquele açúcar que andara usando para fazer iglus, e naquele momento estava tentando ver se podia transformar o forro de uma velha luvinha de Aury numa pele de urso polar e que ela pudesse dependurar onde os povos esquimós põem as coisas para secar. Quando me viu, sorriu.

— Vá dormir, querido — disse.

— Mamãe, já chega. Você já fez um iglu e umas pessoas...

— Quando você estiver na faculdade, vai ser ótimo, Gabe — disse ela, como se estivesse falando consigo mesma e não comigo. — Isso não vai ter importância. Vai ter uma pessoa para tomar notas para crianças como você, Gabe. Você tem direitos. Direitos legais. Direitos *legais!* Você é uma pessoa muito inteligente, Gabe. O problema é que aqueles perdedores ultrapassados que costumam chamar de conselheiros escolares não entendem... — Ela parecia pequena, branca e... derretendo como um toco de vela no pires. Eu estava na sétima série. Tinha vontade de chorar ou algo assim. Tinha certeza de que Deus havia encontrado na minha jaqueta o papel onde escrevi três semanas antes sobre o projeto e que estava junto de umas cerejas empoeiradas com cobertura de chocolate. Dizia que eu tinha de entregar o projeto e fazer prova no dia seguinte, então minha mãe pegou uma assadeira de cookies e começou a construir o modelo de uma cultura americana isolada para eu pelo menos ler os capítulos e dormir. Peguei um pedaço de pão no armário. Ela então perguntou: — Mas, Gabe, como faço com as focas?

Achei que ela estava falando em como colar as focas e sugeri:

— Por que não usa a cola Elmer?

— Perguntei o que dou para as focas e as baleias comerem...

— Acho que não precisa, ah, de focas. Acho que são caçadas por causa da pele. Mãe, não precisa fazer isso.

— Acha que posso usar sardinhas? — perguntou ela, de olhos avermelhados. Usou sardinhas. Cozinhou-as, depois passou esmalte natural de unhas para não ficarem com cheiro, e as pessoas riam para mim quando passavam pelo meu projeto. Ela era tão obsessivo-compulsiva. Mas se preocupava. Sempre.

O caso é que Aury nunca vai saber como nossa mãe era Antes. Só eu lembro isso a ela. Aury não pode se lembrar, e "Cat" não se lembraria.

Aury tem sua própria... versão de mamãe. Uma boa versão. Mas acho que não é verdadeira.

Claro que, quando as coisas ficaram muito difíceis, parei de brigar com mamãe por qualquer coisa, do dever de casa a estudar piano (desde o Natal ninguém via a professora de piano). Tenho uma tese: quando você pode se safar de uma coisa, não consegue.

A menos que você seja a bundona da minha irmã Caroline.

Ela continuou tentando fugir de casa para encontrar Ryan, o Cabeludo, no carro dele, que era feito quase só de massa de retoques. E ela ficava muito irritada quando vovô (que tinha ouvidos de morcego) a descobria na porta de casa, tentando fugir de meias, segurando seus sapatos de salto plataformas de 10 centímetros. Acho que foi isso que entornou o caldo; vovô querer controlar a princesa Caroline a fez pensar que a aventura de procura-e-acha-pai era realmente um grande plano.

Um dia, eu estava olhando as pastas de mamãe, procurando coisas sobre sexualidade adolescente e tal, quando achei aquela pasta vermelha. Peguei porque estava escrito em cima BESTEIRA.

Dentro, havia poesias. Li só uma, mas copiei-a. Como mais tarde li as poesias que ela fez, acho que essa era uma espécie de preliminar, uma primeira tentativa da poeta Julieanne Gillis.

Pela poesia, vi como ela estava machucada, não apenas fisicamente. E o quanto sabia. A gente sempre gosta de achar que a pessoa não sabe que está muito doente, assim você não precisa dizer isso a ela.

Espelho, espelho

Desistir da menina
É como dar à luz
Desistir da menina dói muito
Quando a menina vai substituir a titular, a mulher que será
E, em vez disso, foi *la femme très jolie*.

Desistir da menina é como esticar a pele depois da queimadura,
Porque ela era para ser alguém em ascensão
E se tornou o cume, a ponta de diamante do alfinete.
Desistir da menina é como ouvir osso sendo cortado, o seu osso,
Que deixa cicatrizes que só eu vejo.
Porque a mulher não chegou a ser
Tudo o que prometeu ser quando crescesse.
Pelo contrário, foi uma maçã
que caiu muito longe da árvore.
Dói ser a mulher
Que era a menina
Que eu fui.

Há três fotos de mamãe no Balé de Houston, no verão em que ela estava no segundo ano da Universidade do Colorado. São fotos feitas por um profissional, provavelmente um cara que queria dormir com ela, pois ela era só do Corpo de Baile, mas meu pai mandou emoldurar as fotos e dependurou na parede como uma espécie de tríptico.

Quando a vovó Steiner chegou, tirou as fotos e pendurou uma em cada quarto dos filhos.

Não se pode dizer que minha avó fosse sutil.

Hoje, na foto que está no quarto de Aury, minha mãe parece uma bonequinha curvada, até os dedos estão esticados como se fossem pequenas *ballerinas* na ponta dos pés, numa pose que se chama *attitude,* acho. Na foto do meu quarto, que está desfocada de propósito, mamãe faz piruetas. Não lembro como era a foto de Caro. Quando ela foi embora, levou a foto. Ela é sentimental.

DEZESSEIS

Diário de Gabe

Quando Caro me acordou, lá pelas duas da manhã, achei que mamãe estava passando mal ou que a vó tinha mesmo *tido* um ataque do coração (estava sempre com uma coisa no coração por algum novo aborrecimento, como Caro ter roubado dez paus da bolsa dela). Mas Caro disse:

— Gabe, chega de briga. Desculpe eu ter gritado com você. Estou falando sério. Tem dinheiro?

Eu tinha cheques que ganhei de aniversário, da bolsa de estudo e tal, que somavam uns duzentos paus.

— Não vou emprestar nada, pede para o Ryan — respondi. — Manda ele vender o possante.

— Não, o dinheiro é para... tive uma idéia. Vamos combinar. — Ela puxou uma mecha de cabelos louros para trás das orelhas, como fazia sempre que falava sério. Pensei nas fotos de mamãe no corredor. Quando Caro dançava, quase parecia mamãe.

— Você ainda tem aula de balé? — perguntei.

— Não — respondeu ela.

— Por quê?

— Parei um semestre — ela disse.

— Por causa das provas?

— Não, porque achei que ela não podia pagar a mensalidade. Por isso temos de combinar uma coisa. Temos de achar o papai — disse ela, sincera.

— Achar o papai? Como naquela cena do Doutor Livingstone, eu presumo? — perguntei, dando um soco no travesseiro e me preparando para enfiar a cabeça nele outra vez. — Saia do meu quarto. Vá uivar com Justine ou com Mallory lá no Taco Bell.

— Você só fala isso — continuou ela, me sacudindo até eu levantar. — Escute. Podemos conseguir que papai volte para casa. Eu posso. Se a gente o encontrar. Certo? Alguém deve ter contado para ele sobre o estado da mamãe, algum amigo antigo. E ele está morrendo de medo. Quando a pessoa tem uma crise de meia-idade, só quer voltar a ser criança. Quer menos responsabilidades. Ouvi isso na aula de dinâmica familiar. Então, não vai querer uma mulher com doença crônica, um filho com dificuldade de aprendizado e... uma adolescente problemática, que, no caso, seria eu — disse ela. — Mas, se ele vier para cá, pois deve estar sentindo falta, verá que ela não está tão mal, e você sabe como é o papai: vai querer arrumar tudo. E voltará tudo ao normal.

Balancei a cabeça.

— A gente já ligou tanto para ele...

Ela olhou bem para mim.

— Eu também.

— Então, se ele ouviu algum recado, sabe o que está acontecendo aqui.

— Se ele recebeu algum e-mail meu — disse minha irmã.

Caro parecia uma criancinha assustada. Mordeu um lado da boca.

— Poxa, desculpe. — Bem sem jeito, eu a abracei.

— Por isso temos de achá-lo, Gabe! — disse, baixinho, sentando-se na cama e, de repente, abraçando as pernas dobradas. — Ele não sabe como é grave. Os avós vão fazer uma acusação contra ele, uma coisa assim. De abandono do lar. Congelar os bens dele...

— Eu gostaria de congelar os bens dele — afirmei, repetindo o que o vô disse.

— Eles vão vender a casa — disse minha irmã.

Sentei-me melhor, peguei meu moletom e passei a mão na cara.

— Como assim?

— Vão vender a casa para Klaus e Liesel. Vão vender... eu ouvi tudo. Nós vamos alugar deles e Klaus vai instalar uma grande estufa ou laboratório de insetos no nosso quintal. No *nosso* quintal...

— Quando você ouviu isso?

— Uns dias atrás, ouvi a mamãe contar para Cathy e vovó. Elas vieram quando nós estávamos na escola e mamãe contou tudo. Por isso temos de agir rápido.

— Não podemos impedir que ela venda a casa — disse eu. — O vô falou que, se o papai pode sacar o dinheiro dele e da mamãe e tudo, a mamãe também pode vender a casa sem o pai.

— É, mas se acharmos logo o pai e ele entender a situação, Gabe, você sabe que posso dizer qualquer coisa para ele...

Então, ouvi o que ela tinha a dizer.

Acaba que não era uma idéia que ela teve de repente. Estava tudo anotado na pasta que tinha a nossa programação de feriado de primavera colada em cima. Uma pasta! Minha irmã! Embora não houvesse nada de errado naquilo, pelo menos no que diz respeito à lógica, eu não achava que minha irmã fosse capaz de fazer um plano que estivesse além de decidir na quinta que ia ao shopping no sábado. Na verdade, ela é muito inteligente. E tem o gene de Leo para saber exatamente o que precisa.

206

A pasta que ela me mostrou estava cheia de e-mails. Todos de papai, e eram bem interessantes de ler.

Antes de papai ir embora, Caro tinha baixado todas as mensagens no computador da mamãe, salvando como "Diário de Caroline" para garantir que mamãe jamais leria, pois era patológica em matéria de não invadir a nossa privacidade. Depois que Caro ganhou um laptop, passou tudo do micro de mamãe para o dela.

Os e-mails começavam há alguns anos, com um homem chamado Aimen e a mulher, Mary Carol, que tinham inaugurado o que chamavam de "comunidade intencional" em New Hampshire. Primeiro, eles se instalaram num supermercado Kmart abandonado, onde as pessoas dividiram seus "espaços de morar", mas depois todos se mudaram para casas perto umas das outras, já que viver muito perto era muito bom. Pelo que entendi, eles tinham a mesma ética, como seguro de saúde universal, tirar as crianças de escolas públicas, comprar dos plantadores comida orgânica em grande quantidade e dividir pelas famílias. As famílias, pelo que percebi, agora moravam nos mesmos quarteirões de uma cidade de New Hampshire, cada uma na sua casa. Economizavam muito dinheiro porque o grupo todo — Caroline disse que concluiu pelos e-mails que eram umas oito ou nove famílias — usava apenas duas caminhonetes, um caminhão, um limpador de neve e uma TV, onde só assistiam a filmes e coisas de grande significado, como as Olimpíadas ou o ataque de 11 de setembro. Faziam uma reunião por semana, "que pode ser bem barulhenta", como escreveu Aimen, que tinha sido fuzileiro naval e cuja mulher, Mary Carol, era campeã estadual de tiro em New Hampshire. Caroline me perguntou que importância isso tinha. Eu não fazia idéia, mas me lembrei do revólver no armário de papai.

Aimen escreveu: "Tomamos decisões em grupo, como o planejamento do currículo escolar, e já que há pessoas que querem que os filhos só leiam romances com temas sociais modernos, enquanto outras querem que decorem Shakespeare, e todos os maiores de 15 anos têm direito a voto, temos de fazer um acordo realmente diplomático. Mas formamos uma mistura ótima." Em outro e-mail, ele disse: "Os rituais são uma forma de mantermos a comunidade. O ritual dos 13 anos é importante. Não tem nada de religião. Não. Não *praticamos* religião; quem tem uma crença pratica como quiser. Mas achamos que, como na maioria das culturas indígenas, chegar à maturidade é um grande marco, e fazemos uma festa com presentes e entrega de um caderno com a inscrição Livro da Vida, onde o jovem pode escrever suas memórias..."

Parecia que era bem o clima de Leo, principalmente levando em conta os nomes citados — alguns eram normais, mas no caso de outros estava óbvio que foram escolhidos por pais que queriam mesmo se enfiar na terra e fazer parte dela. Tinha criança chamada Salgueiro, Muir e Diego. Eu esperava que fossem crianças, claro.

Havia muitos outros e-mails, alguns de fanáticos doidos e agressivos com os quais papai logo parou de se corresponder. A safra seguinte de mensagens vinha de dois lugares. Um, tínhamos certeza de que ficava no norte do estado de Nova York, porque citava o rio Hudson; o outro, era em Vermont.

Os e-mails de Vermont eram enviados por crystalgrove@popper.net, que era outra comunidade como a anterior, só que mais radical. Todo mundo que vivia ali tinha, digamos, três mudas de roupa, e ponto. Moravam no que chamavam de "pequenas casas" (um arquivo anexo mostrava a foto de uma delas), que eram como um brinquedo com o qual Aury brincaria, mas com cômodos de verdade, só que em dimensões mínimas e tudo preso nas paredes. A cama dobrava e prendia na parede. A escrivaninha dobrava. A bendita mesa da cozinha dobrava. Isso, supostamente, para incentivar a pessoa a ficar mais tempo fora de casa e na Reunião (que me soava como um arrepiante filme de terror sobre pessoas que chegaram ao paraíso e foram transformadas em clones).

A Reunião consistia num galpão grande, com uma mesa maior que a da Última Ceia, e uma porção de mesas menores (devia ser para as crianças), onde todos faziam as refeições preparadas com produtos do local, até a carne. As crianças iam para a escola comum, mas tinham de trabalhar ali todos os sábados como forma de "dízimo". (Fui procurar o sentido e descobri que era um décimo, uma porcentagem ou algo assim.) Os adultos tinham empregos normais, mas (fiquei pasmo) juntavam todo o dinheiro que ganhavam! Quer dizer, um trabalhava numa oficina, outro era ortodentista, e assim por diante, e punham os cheques de pagamento numa grande tigela e pagavam tudo com o dinheiro que ficava lá. Estavam conectados para sempre! Algumas pessoas só trabalhavam para o lugar, plantando, arando, fazendo conservas e tal. Mas, os e-mails tinham fotos, e o lugar era lindo. Como um lugar mágico, com uma cascata onde as crianças estavam brincando. A cascata devia ser ligada a uma piscina com uma fonte de água quente. Eu nunca ouvi falar em fonte de água quente em Vermont, mas por que não? Tem no Alasca. Tinha foto de um grupo de estudantes, as escolas que freqüentavam e uns alunos do secundário que fizeram um acampamento de alpinismo, inclusive uma garota muito bonita chamada Jessica Godin (o grupo tinha na frente uma faixa enorme com os dizeres CORPOS FORTES E ALTIVOS). A senhora (ela disse que era uma senhora idosa) que escrevia para o nosso pai parecia muito legal. Chamava-se India. Disse que era seu nome verdadeiro, pois os pais eram professores e ela foi criada em Nova Délhi.

"Nossa vida não é para todo mundo, Leo", escreveu ela num dos primeiros e-mails. "Por isso, sugiro que converse muito com sua mulher e nos visite durante um mês ou até dois, antes de resolver. Tivemos poucas pessoas que desistiram, mas essas poucas famílias que nos deixaram (principalmente porque o casamento acabou ou por terem parentes idosos que precisavam deles) tiveram muita dificuldade em se adaptar ao mundo lá fora..." Papai tinha escrito que era exatamente do mundo lá fora que ele e a mulher estavam loucos para sair. Escreveu também um bocado de coisas desnecessárias... tipo que tinha participado de meias maratonas e coisas do gênero. Não sei por que disse isso, talvez quisesse parecer com aqueles machões de filme, todos musculosos de dar machadadas na madeira, construir casinhas, matar bois e coisas assim. A correspondência com India continuou até ela interromper, dizendo gentilmente que Leo tinha de ver a Caverna de Cristal porque já tinham falado bastante e ela precisava fazer sua "pesquisa" e os deveres da comunidade.

No e-mail do último lugar, aquele no norte do estado de Nova York, ele parecia falar com uma pessoa chamada "J.". O endereço dela era Jdevlin@devlingood-jams.com.

"J." era uma pessoa muito solidária. Concordava que Julie e as "três crianças" eram bem egoístas, que queriam mandar meu pai cedo para o túmulo para assim comerem mais em lanchonete e comprarem mais porcarias eletrônicas. "O mundo está assim, Leon", escreveu ela (quem era Leon, merda?), "e a maioria das pessoas não tem coragem de admitir. Como diz minha mãe, a maioria das pessoas vive num silencioso desespero."

A mãe dela e Henri David Thoreau.

Eu não acreditei. Produtos eletrônicos? Nós só tivemos televisão e DVD quando eu estava no secundário. Nossos pais tinham laptops. Não deram para *nós* nem um usado, até que, por culpa, presentearam Caro com um. Nada mais. Eu não tinha nem um Gameboy, apesar de usar o de Luke. Não só ele tinha, como todos os irmãos. Até Caroline teve de economizar um ano para comprar um discman e fones de ouvido. Só comprávamos CDs com nossa mesada ou com os cheques que ganhávamos de aniversário. "J." escreveu: "Quando minha mãe nos trouxe para cá, Leon [Leon?], meu pai estava nos corrompendo com essas coisas. Além do mais, traía minha mãe com uma garçonete de bar. Imagine, ela pegando as cinco filhas e mudando-se para uma cidadezinha remota no vale do Hudson. Foi uma espécie de pioneira. Como Sojourner Truth. ["J."

não parecia ser das mais espertas. O engraçado era que minha mãe assinava as colunas com essa inicial.] Toda a nossa comunidade no Amanhecer começou a ajudar mamãe. Ela amava meu pai, mas teve de deixá-lo porque ele não conseguia se livrar desse mundo..." Era igual a Julie, escreveu meu pai. Não tinha vida interior. Só uma casca.

Aquele filho-da-puta desalmado, pensei. Casca? Casca era o que Leo devia ter no lugar do coração.

A certa altura, Caro saiu do quarto e voltou para a cama dela, mas continuei lendo aquela imensa série de e-mails para "J.", e eles ficaram... meio nojentos. Meu pai se imaginava apertando o corpo de "J." e se sentindo seguro e limpo pela primeira vez na vida. Uma parte de mim que também era nojenta queria continuar lendo, mas era algo que você não quer saber sobre seu pai. Eu estava nauseado. Seguro e limpo? O que éramos nós; uma clínica de drogados? Como ele podia ser tão idiota a ponto de chamar Julie de "alpinista social" com amigos "idiotas" e filhos "autocentrados" e "materialistas"? Eu tinha a mesma mochila desde o quinto ano.

Na manhã seguinte, no carro, Caro perguntou:

— Gostou do trecho que papai fala nas nossas porcarias eletrônicas?

— Não entendi por que ele disse aquilo!

— Porque queria impressioná-la, como você faz com uma garota. — Caro estava muito tranqüila em relação a isso. — Ele queria se passar por uma pobre vítima.

— Ele é casado, Caro!

— Já falei para você, nós aprendemos isso nas aulas de saúde: tem muito cara que faz isso! Traem pela internet. Mas não é lá que papai está. Está no Lugar de Cristal. Algo me diz. Era com aquela India que ele estava conversando antes de ir embora. Portanto, é lá que temos de procurar primeiro.

— E quando a mamãe perceber que o carro não está na garagem...?

— Não vamos pegar o *carro*, burro. Vamos de ônibus. A viagem toda. E quando...

— ...a mamãe perceber, já teremos ido...

— Já preparei tudo. Falei para os avós que estamos muito cansados e tia Jane nos convidou para irmos à casa de verão no feriado da primavera. Eles não saberiam como localizar Jane nem se ela estivesse num incêndio; além de tudo, vão amanhã para a Flórida. Escrevi para Jane e disse que estamos muito cansados; ela mandou seiscentos paus para comprarmos passagens de avião para vermos os avós na Flórida e disse para não contarmos para mamãe para não preocupá-la. Só dizer que os avós nos convidaram. Assim, acho que temos uns cem paus sobrando e...

— Vamos achar o papai, viajando de ônibus, nos hospedando em hotéis...

— Não, Gabe, em qualquer cidade do mundo tem aqueles albergues onde jovens podem ficar se fogem de casa, onde recebem dinheiro para ligar para casa e passagem para voltar...

— Mas eles chamam a polícia, se você é menor.

— Não somos menores. — Ela pegou a mochila e tirou duas lindas carteiras de motorista dizendo que ela era Elaine Drogan, de 18 anos, e eu, Kevin Drogan, de 19.

— Eu não passo por 19 anos de jeito nenhum! — afirmei.

— Pode passar... é tão alto. Veja Cathy. Ela parece ter 25 e tem quase 35!

— Como você arrumou essas carteiras?

— Com Ryan.

— Quem é Elaine Drogan? — perguntei.

— Morreu — respondeu Caro, outra vez com aquela indiferença absoluta. Ela examinava com atenção, séria, no espelho lateral do carro, o traço de delineador nos olhos. — Foi um bebê que morreu. Kevin também. É assim que se faz. Arruma-se uma certidão de nascimento de alguém que morreu e escreve-se tudo com o nome dele. Os dois bebês morreram num incêndio.

— Isso é ilegal?

— Deve ser. Mas não vamos roubar bancos com carteiras de motorista falsas. Queremos só achar o nosso pai para nossa mãe doente. — Ela apertou as mãos sob o queixo como uma cantora de coral e fechou os olhos.

Vi como Deus criou Leo.

DEZESSETE

Diário de Gabe

Decerto porque faltavam dois dias para irmos embora, adoeci dois dias antes. Fiquei de cama na véspera de começar o feriado da primavera, tremendo de febre, e minha mãe fez sopa de macarrão com frango com o macarrão dela, e tive vontade de vomitar e contar a história toda.

Caroline ficou aparecendo o tempo todo e avisando:

— Não conta. Vai estragar tudo...

Mas eu sabia que tínhamos de contar para um adulto.

Tínhamos.

O que faríamos se fôssemos presos ou sofrêssemos um acidente? Ficaríamos inconscientes ou mortos e seríamos os falecidos irmãos Drogan, que já estavam mortos, então quem ia se incomodar? Íamos acabar numa cova sem nome na droga de New Hampshire, e minha mãe acabaria descobrindo quando os animais descobrissem nossos molares e cometeria suicídio.

Assim, depois que fiz a mochila, enfiando amendoim, passas e porcarias, liguei para Cathy e perguntei se podia ir falar com ela. Ela se prontificou na hora. Eu estava na segunda frase de explicação quando ela começou a balançar a cabeça. Na qualidade de adulta, na mesma hora ela foi contra tudo; aquilo era coisa de malucos irresponsáveis.

— Então você vai procurá-lo, Cathy — disse eu, sincero. — Você é a melhor amiga dela. Alguém tem de achar meu pai. Vovô contratou um detetive particular e pagou mil mangos, o homem pesquisou duas semanas a conta bancária dele porque foi proibido de perguntar qualquer coisa à mamãe que possa enervá-la...

— Não posso ficar longe agora, Gabe. Você sabe como ela fica mal com as injeções. Por outro lado, seus avós podiam vir para cá e eu ir procurar seu pai de avião...

— Mas procurar onde, Cathy? Teria de percorrer todo o litoral leste...

— Não posso me comprometer muito, Gabe! Já deixei de fazer tanta coisa por causa... — ela parou.

— Por causa da minha mãe — completei. — Foi isso que eu quis dizer. Mas não podemos mandar meus avós.

— Por quê? Deviam poder. Em tese, pelo menos.

Trocamos um olhar de total compreensão. Nós sabíamos por quê. Porque o que eles descobririam poderia não os matar, mas quase. Então, eu disse algo mais neutro.

— Bom, tem um motivo prático. Meus avós foram para a Flórida buscar as coisas deles. Já venderam a parte deles no condomínio. E tem... meu pai não ouviria os dois. Nós pelo menos temos uma possibilidade. Eu adiantei umas colunas — entreguei-as para Cathy, em seguida. Eu ia ser mesmo um verdadeiro repórter. "Adiantei as colunas" era como minha mãe dizia.

— Quais os assuntos que você abordou na coluna? — perguntou.

— Uma mulher pergunta se ter um filho ajudaria a criar uma área em comum entre ela e o marido...

— E você disse o quê?

— Que iria *definitivamente* criar uma área maior entre eles, um continente, de forma que, a menos que ela quisesse um filho por motivos totalmente desvinculados do casamento...

— Você vai ser terapeuta, Gabe.

— Eu não. Já me sinto como o comedor de pecados toda vez que leio aquelas cartas.

— Se sente o quê...?

— Aquela história que você me contou. Que arrumavam uma pessoa esfomeada...

— Talvez seja o que eu faço e o que sua mãe faz.

— Acho que você faz mais. Quer dizer, as pessoas saem do seu consultório se sentindo melhor...

— É o que espero — insistiu Cathy.

— Mas você não se sente esvaziada?

— A gente cria um espaço escondido, mas talvez...

— É assim que fico em relação à coluna. Não quero saber dos problemas deles. E são sempre os mesmos. As pessoas não cometem o mesmo erro só uma vez.

— Era o que sua mãe costumava dizer.

— Ouvi isso dela — confessei.

— Por que adiantou mais de uma coluna?

— Para caso ela piore, ou seja muito difícil convencer meu pai a voltar.

— Talvez — disse Cathy, pensativa, tocando meu rosto. — Talvez você se sinta assim porque... é filho dela. Quer dizer, é mais filho dela. Talvez eu não achasse que outra criança poderia fazer isso. E não acho que você deveria fazer. Mas você pode. — Ela passou os dedos compridos nos longos cabelos de Abby Sun. — Bom, você precisa de um celular. Vou comprar um hoje, no meu nome. — Ela levantou a mão. — Espere, dou o meu e arrumo outro para mim. Você já sabe o meu número. E eu também. Acho que minha mãe devia ter um celular. Seja sensato e aceite. Você tem de me ligar todos os dias. Na mesma hora, ou seja, no horário da Costa Leste. Preciso dar dinheiro para você comprar passagens de avião se alguma coisa... repito... *qualquer coisa*... der errado. Você pode me reembolsar depois. Não passou pela sua cabeça que a sua mãe ia querer falar com vocês, enquanto estivessem na casa de Jane...?

— Íamos dizer que ficamos com preguiça de ligar para ela e tal.

— Isso não convence, Gabe — disse Cathy. — Vou fazer o seguinte: deixo você falar com ela umas vezes. Você diz: "Oi mãe. Legal, mãe. Tá, tá, conheci uma menina aqui." Ela vai estar meio fora do ar, principalmente no começo, então acho que não vai se lembrar de muita coisa...

— Você acha que meu pai vai voltar para casa quando nós o acharmos, Cath?

— Acho que sim, Gabe — disse ela, segurando minha mãozona nas mãozinhas dela, gesto que eu consideraria bobo se viesse de qualquer pessoa que não fosse ela. — Mas não acho que vá ficar — completou.

— Tinha uma carta que era sobre isso. O cara teve um caso e a mulher queria saber o que fazer para consertar o casamento por causa dos filhos...

Cathy se inclinou e tentou segurar Abby no colo, mas a pequena tinha outros planos e correu para pegar o tamborim do peixe dourado.

— Você disse para a mulher tentar um aconselhamento psicológico, tentar de qualquer jeito, mas...

— Mas não vai adiantar. Em geral, não adianta.

— É verdade. Mas dá mais tempo para os filhos. — Cathy suspirou.

— Bom, eu não devia deixar você fazer isso. Mas Leo tem de voltar. Tem de enfrentar a situação. Pelo menos, garantir que vocês estejam bem. Que ela esteja bem. Deve isso a ela, ao menos.

— Bom, não importa o que aconteça, ela vai achar que foi rebaixada no mundo. Passou a inquilina. Não tem nada.

Deixamos aquela frase ficar entre nós um instante.

— Bom, *ela* podia ter uma inquilina — disse Cathy.

— Ela vai aceitar inquilinos? Isso é um pouco... demais.

— Estive pensando na minha situação, Gabe. Uma vez, sua mãe disse que agora que tenho uma filha estou muito velha para continuar morando com minha mãe. E Connie acha que a casa está ficando grande demais para ela. Gostaria de fazer um pequeno condomínio. Julie e eu conversamos sobre isso. Uma podia ajudar a outra.

— Entendo que você poderia ajudá-la, mas como ela poderia ajudar você?

— Não se trata apenas de dinheiro, mas de companhia. Ela me ajuda apenas por estar ali ouvindo. — Cathy deu um tapinha no meu braço. — Anime-se, seria a nossa pequena comunidade. Você pode ficar com o sagrado escritório de Leo, que ninguém está usando.

— Era isso que meu pai queria! — disse eu. — Você precisava ver o lugar onde ele mora. Caro entrou no e-mail dele. Lê tudo o que ele manda.

— Caro descobriu a senha de seu pai?

— Sim.

— É o nome de algum de vocês?

— É, agora a senha é "Aurora".

— Hum. Quanto a esses lugares, as pessoas que moram neles não são idiotas, Gabe. Estão ficando mais normais. Não são como a... Família Mason. São apenas gente que quer mais tempo para viver do que dinheiro. Hoje, não é mais tão grave casais dividirem um mesmo trabalho, ou morarem numa casa menor para...

— Eu *detestaria*. Uma casa onde não existe privacidade... Aquelas casinhas só com uma cama e uma cadeira para ler, em que o quarto dos pais é o único com parede...

— Já ouvi falar. Uma vez Saren e eu até pensamos em...

— Meu Deus, Cathy. Achava que você *não* era doida.

— Foi em Big Sur, Gabe. Não em Nebraska. Calma, não sou tão maluca. Mas há outros pontos a considerar... como menos prestações para pagar e ter a mesma opinião das pessoas com as quais se relaciona.

— Sem dúvida, você devia ir — disse eu, contrariado. — Podia se juntar a Leo.

— Mas, Gabe, você não se irrita na escola com a quantidade de bundões por metro quadrado? E se entrasse para uma escola onde as pessoas não fossem exatamente iguais a você, mas que o aceitassem como é... Achamos que seria bom para Abby. Não quero dizer *a* Abby, pois na época ela não existia, era uma idéia em tese. Mas pensei que Saren e eu fôssemos ficar juntas, talvez ter um filho ou adotar um. E não iríamos abandonar ninguém para fazer isso.

— Ainda bem que você não fez.

— Também acho. Por vários motivos.

Ela mexeu na bolsa, pegou o celular e o carregador.

— Olhe aqui. O aparelho cobre o país todo, por causa das conferências a que assisto. A cada século. Vou arrumar outro logo. Mas me ligue de casa. — Ela parou. — Você está com uma aparência horrível, Gabe.

— Acho que estou gripado ou algo assim.

— Então espere uns dias até melhorar.

— Gostaria, mas temos de ir enquanto a viagem ainda faz sentido. Tenho de implorar a ela e dizer que estou melhor... senão, ela não vai comprar as passagens e os avós vão ficar fora só umas semanas. Se tanto. Viajam amanhã. Estão falando em vender o chalé em Door County também.

— Que triste. Mas esses avós são duas daquelas 37 grandes pessoas...

— Do que você está falando?

— Você é que é judeu. É um provérbio judeu. Dizem que há sempre 37 pessoas justas sobre a Terra. Hannah e Gabe são duas, sem dúvida.

Fui para casa e enfiei minhas três mudas de roupa de qualquer jeito na mochila: jeans, calça cáqui, calça de chuva, um poncho de chuva, camisetas, uma camisa de seda que me fazia suar e tinha um dragão estampado, uns seis pares de meias de lã, tênis de corrida, um calção, caso tivesse de tomar banho na frente dos outros em algum lugar de maluco, um aparelho de barbear (cor-de-rosa, o único que Caro tinha sobrando) e um sabonete que servia para lavar a cabeça também. Duas escovas de dente (sou obcecado em matéria de dentes). Peguei o *White Album* dos Beatles e a trilha sonora de *Hell Hath No Fury,* saí do quarto e vi que Caro e eu íamos brigar por causa do discman dela.

Liguei para Luke.

— Olá, cara — disse eu.

— Cara — respondeu.

— Vou para o leste. Encontrar minha tia Jane.

— Ver Jane correr — disse ele.

— Ver Jane jogar golfe — repliquei.

— Por que, diabos, vai fazer isso, se tem carteira de motorista? — perguntou Luke. — Estamos no feriado da primavera. Podíamos ir... ao lago Genebra!

— Por que você fica quatro meses sem lembrar de ninguém, exceto da droga da sua tribo de animais cabeludos, e depois espera que eu vá ser seu motorista? Fui obrigado a terminar de escrever o musical sozinho. Tive de pagar para Kelly Patricia cantar as músicas, é, quinze paus...

— Você terminou? Você...

— Fiz uma capa e tudo. E entreguei.

— Você é meu herói, cara. Devo-lhe a vida.

— Vou trazer para você um chaveiro da maldita Nantucket ou de onde for. A última vez que estive na casa da minha tia, eu tinha 12 anos.

— Está doente? — perguntou ele, distraído. Eu não achava que parecesse doente.

— Não.

— Você está com alguma coisa ruim.

Estava com o revólver na mão. Deixei o celular e o carregador do lado de fora da porta do quarto de Caro. A arma estava no fundo da mochila, numa das sacolas de sapato que minha mãe usava para guardar bolsas. Procurei informações sobre a arma na internet e descobri que era antiga, um revólver da polícia calibre 38mm, do ano 1937. Não tinha balas, nem eu saberia como colocá-las, se tivesse. Também não sabia se eles revistavam mochilas antes de entrar nos ônibus. Sabia que teria de jogar no lixo, se fosse viajar de avião. Não tinha idéia de para que meu pai guardava aquilo. Tinha a mulher campeã de tiro. Talvez ele estivesse aprendendo a usar armas como uma forma de arte. Talvez fosse para se proteger. Talvez pensasse em nos matar enquanto dormíamos. Talvez para ele a gente tivesse ficado parecido com ovelhas.

Eu também não tinha idéia de por que estava levando a arma comigo. O pior que eu podia fazer a alguém era jogá-la na pessoa. O peso dela na minha mão era traiçoeiro e morto.

— Estou ótimo — garanti a Luke. — *Hasta la bye-bye.*

— Cara — chamou Luke.

— Sim.

— Minha mãe disse que Julieanne está bem doente. Droga.

— Obrigado — disse eu.

— Julieanne é uma pessoa bem legal.

— É.

— Até meu pai acha que a porcaria do Leo devia voltar.

— Leo não sabe. Está na floresta...

— Foda-se. Não está certo, porra.

— É, bom. Cathy está aqui.

— Eu... hum... enquanto você estiver fora, eu aparo a grama ou algo assim. Devo isso por causa do projeto de inglês.

— Estamos em abril. A neve acabou de derreter, não tem grama para cortar.

— Certo, vou pegar o lixo e enfiar nos sacos de coleta. Levo Aury junto comigo para o fliperama, aonde vou com uns amigos. Peço para minha mãe levar a gente de carro. Já que você está indo embora e é o único do primeiro ano que pode usar carro.

— Ótimo — respondi, com uma dor no peito por estar doente ou por alguma coisa que eu desconhecia. Desliguei o telefone e escrevi um bilhete para ele. *Luke, se eu não voltar, escreva para Tian e mande os brincos que comprei para ela de aniversário. É em julho. Estão na minha mesa-de-cabeceira, numa caixa dourada. Você pode ficar com minhas camisas havaianas e o meu aparelho de som. Só está meio batido. Cara.* Soava um pouco bobo, mas não queria que Luke pensasse que eu gostava demais dele, mesmo se por acaso eu morresse. Mesmo assim, escrevi *Você foi um bom companheiro. Seu, Gabe.* Deixei a nota colada embaixo da folha de maio, achando que ele a veria quando abril terminasse. Levei uns dias para perceber que, se nós morrêssemos mesmo, ninguém ia se incomodar de virar o calendário do meu quarto.

Acaba que só fui virar o calendário em junho.

DEZOITO

Provérbios, 24

EXCESSO DE BAGAGEM
J. A. Gillis
The Sheboygan News-Clarion

Cara J.,

Nos últimos meses, apagou-se a chama de nosso casamento. Começo a achar que meu marido se cansou de mim. Ele me critica, compara os pratos que preparo com os da mãe dele, sai com os amigos nas noites de sexta-feira. Acho que precisamos de um bebê para sermos uma família mais completa. Um bebê nos traria uma área em comum e me ajudaria a me sentir mais adulta. Nós dois temos 19 anos.

Solitária, de LaBurton

Cara Solitária,

Ter um bebê agora iria mesmo trazer uma área em comum entre você e seu marido... uma área extensa como um continente. Um sujeito que não gosta de ficar em casa à noite está lhe dizendo, com grandes letras em néon: OLÁ! NÃO QUERO SABER DE RESPONSABILIDADE! E você quer dar a ele mais um ser humano. A menos que sempre tenha tido o desejo secreto de ser mãe solteira, procure uma atividade de lazer em vez de um filho. Participe de maratonas. Pinte nus artísticos. É triste, mas é verdade: as pessoas prestam mais atenção em quem não está dando muita atenção ao fato de não prestarem atenção. A pergunta é: tem certeza de que quer mesmo ter a atenção do seu marido?

J.

Cara J.,

Tenho 14 anos e o meu grande amor tem 19. Você pode achar que a diferença de idade é grande, mas é como se tivéssemos exatamente a mesma idade. Quando estamos juntos, somos como duas crianças brincando na praia. Gostamos das mesmas coisas, de pôr-do-sol a azeitonas com anchovas! O problema é que ele quer sexo e eu também, mas tenho pavor de uma coisa. Se meus pais descobrirem, ficarei de castigo pelo resto da vida e nunca mais voltarei a vê-lo. Ajude-me, J. Esta relação é absolutamente perfeita e o meu amado diz que só uma coisa faria com que fosse mais perfeita ainda.

Sonhadora, de Delavan

Cara Sonhadora,

Se a sua maior preocupação em relação a ter idade para fazer sexo ou não é o castigo que seus pais lhe dariam, então não tem idade nem para perguntar se tem idade. Não interessa quem é você: a menos que o seu namorado seja muito lento (e tomara que seja), um rapaz que saiu do secundário não tem condição de "gostar das mesmas coisas" de alguém no oitavo ano. Sexo é a única coisa que pode fazer essa ilusão se transformar num desastre. E o amor da sua vida deveria ser o primeiro a lhe dizer isso. Daqui a dez anos, a diferença de idade não será muito importante. Mas pode ter certeza de que a relação também não será.

J.

— A que horas você costuma trancar a casa? — perguntou Cathy, algumas semanas depois. Eu tinha acabado de tomar a dose de Interferon, mas os tremores e o enjôo eram menos intensos a cada aplicação. Aprendi a dar injeção, praticando numa laranja, e tinha uma competência desajeitada. Se era para fazer, eu fazia. As aplicações me deixavam prostrada, mas, ficava como um daqueles bonecos joão-bobo que tínhamos quando criança: caía e levantava. Queria comentar o meu progresso, mas Cathy estava agitada e ocupada, o que não era comum; passava de um assunto para outro enquanto fazia chá gelado, sem olhar para mim. Cath era uma pessoa muito olho-no-olho, mas eu estava tonta demais para desconfiar.

— O que acha que as crianças vão fazer com Janey durante oito dias? — perguntei. — Minha irmã não saberia o que fazer com uma criança por oito horas.

— Bom, decerto ela comprou entrada para todos os musicais da Broadway e vai comprar um guarda-roupa completo de verão para eles, o que vai ser, ah, bom... — falou Cathy vagamente. Não foi uma análise incisiva.

— Espero que eles não se aborreçam demais — disse eu.

— Acho que esse intervalo vai ser bom para eles e para você — disse Cathy. Nesse momento, ela estava arrumando o meu armário, separando as camisas *pela cor.* — Você pode passar bastante tempo com Aury. Vamos levá-la ao, ah, zoológico e tal. Sabe, Jules, falando nisso, preciso ir. Tem certeza de que você está bem? Ligo mais tarde.

— Claro — respondi, confusa. Cathy costumava ficar por lá nos primeiros dias após a injeção, que eram os piores.

Cathy não sabia mentir.

Naquela noite, quando desceu o inevitável nevoeiro da hora de dormir e comer biscoitos, as crianças foram ótimas. Incrivelmente ótimas. Trouxeram uma água tônica para mim. Ficaram no meu quarto enquanto eu permanecia deitada, fraca demais para segurar um livro, coberta com camadas de cobertores. Gabe deu banho em Aury e leu para ela.

— O que você quer fazer, mamãe? Quer ver televisão? Quer que a gente pegue um filme? — perguntou Caro.

— Não dá para eu acompanhar um filme — respondi. — Só... qualquer coisa. Vocês já fizeram tudo o que eu esperava. Podem visitar os amigos, se quiserem.

— Não, a gente não quer deixar você assim tão mal — disse Caro, e naquele momento eu realmente acreditei nela. — Vamos... ah, jogar.

Fiquei tão surpresa que quase sentei na cama. Dei licença para saírem de casa, e, além de não demonstrar qualquer aborrecimento por não sair, Caro preferia... jogar?

— Como aquele que jogávamos, de dizer marcas de carros — continuou Caro. — Quando íamos para a cabana em Door County.

— Está booooom — falei baixinho, pensando quais os fios que estariam ligados ao detonador. Gabe voltou e informou que Aury já estava roncando.

— Gabe, você começa o jogo. Vou deixar você exausta e aí você dorme, mamãe — disse Caroline, e deitou-se na cama grande ao meu lado.

Olhando para trás, realmente acho que naquela noite ela estava triste. Realmente acho que ela tinha percebido a enormidade do que tinham planejado e queria a proteção da mãe. Queria ser uma criança comum outra vez, só por aquelas poucas horas. Talvez eu esteja enganada. Mas Caro se encolheu ao meu lado e o *glitter* nos olhos dela fez um risco no meu braço.

— Vamos começar. Qual o maior jogador de futebol americano? — perguntou Gabe.

— Não vale — protestei, tentando falar. — Não entro no jogo.

— A pergunta é qual o maior jogador vivo, na ativa, ou de todos os tempos? — perguntou Caroline, e Gabe brincou dizendo que não podia responder Brett Favre porque era o único jogador de futebol americano que ela conhecia. Nesse instante, lembrei.

— Johnny Unitas — respondi. Sempre achei que aquele parecia nome de um super-herói de quadrinhos. Não achava que fosse nome de uma pessoa.

— Deixa para lá. Agora é sua vez — disse Gabe.

— Quais os presidentes que governaram por mais de um mandato? — murmurei, achando que eles não conseguiriam se lembrar de nenhum.

— Jefferson, Clinton, Johnson e Reagan — disse Caroline. Ficamos num silêncio pasmo.

Até que me lembrei.

— E Roosevelt?

— Você pediu dois mandatos, não quatro — disse Caro.

— Três — corrigi.

— Não, quatro. Ele morreu durante o quarto mandato — disse Caro, calma.

— Você escolhe — disse a ela.

— Qual o maior vencedor da Coroa Tripla? — perguntou Caro. — Isto é, o cavalo que ganhou o Kentucky Derby, o Preakness...

— Eu sei o que é Coroa Tripla — disse Gabe, irritado.

Eu estava com os olhos entreabertos, mas reparei que ele calculava como escapulir até a mesa da cozinha, onde estava o meu computador, e fazer uma pesquisa rápida na internet.

— Foi o cavalo Secretariat — disse Caro, rápido.

— Ele foi o mais rápido. Eu sei. Ainda é, acho. Mas não diria que é o maior — falei.

— O cavalo War Admiral — disse Gabe.

— O Man O' War — disse Caro.

— Certo, agora você — disse eu.

— A mais famosa peça de teatro.

— Hoje ou de todos os tempos? — perguntei.

— De todos os tempos — respondeu ela.

Pensei tanto que achei que tinha dormido e sonhado com os nomes que desfilaram pela minha cabeça: *De repente, no último verão*; *Sonho de uma noite de verão*; *O sol voltará a brilhar,* mas acho que respondi foi *O sol é para todos*.

Gabe disse *Ter ou não ter*.

— Isso é um filme — reclamei.

Caro nos deixou para trás, com *Um Bonde Chamado Desejo*.

— Melhor canção vencedora do Oscar? — perguntou Caro e votou em "Under the Sea". Aquela ainda era a constelação de estrelas dela: *A pequena sereia!* Ela ainda achava que *A bela adormecida* era um grande romance. Em pânico, pensei: *Não posso fazer isso. Ela ainda é muito criança. Não posso posso introduzir esse veneno no corpo e deixá-la sozinha dias seguidos. Eu quase acreditara no seu comportamento adulto. Mas era uma encenação. Leo,* pensei. *Leo, a sua filhinha querida precisa do pai.* Mas estávamos jogando. Eu só conseguia pensar na minha mãe, que aproveitava todas as oportunidades para dizer que, quando ela era garota, *O homem que foi embora* devia ter ganhado o Oscar, em vez de *A fonte dos desejos*.

— "Maria" é a melhor canção do Oscar — disse Gabe.

Levantei a mão e concordei com o dedo indicador.

Eles olharam para mim. No fim, os dois devem ter pensado: mamãe caiu num abençoado sono. Pensei no que eles fariam. Caro puxou o lençol até cobrir meus ombros e beijou meu rosto. Escorreu uma lágrima dos meus olhos, mas ela não percebeu, distraída em arrumar a cordinha da lâmpada do abajur. Minhas costas e meu pescoço queriam um analgésico, mas ouvi os dois saindo do quarto.

— Como você sabe isso tudo? — perguntou Gabe

— Sabendo isso tudo, Gabe, nada mais — respondeu Caro.

— Não esperava que soubesse quais os presidentes de dois mandatos — disse Gabe.

— É, você acha que sou uma boba que tem merda na cabeça — disse Caro, sem se perturbar. — Mas não sou. Isso faz com que eu fique mais perigosa ainda.

Esqueci de recomendar para levarem o creme contra acne e os cartões de agradecimento para os presentes de aniversário. Não dei um beijo de boa-noite, nem imaginei que fosse um beijo de despedida, de despedida mesmo. Não perguntei o que pretendiam fazer com Janey. Nem os lembrei de colocar na mala alguma roupa que não fosse só jeans. Mas qualquer coisa que fizessem tinha de ser melhor do que isto, por mais cinzento e revolto que estivesse o mar na casa de verão, por mais pegajoso que estivesse o ar em Manhattan. Eles *precisavam* de uma folga. Tive a impressão de que veio uma onda, subiu uma grande geleira cinzenta, entrei nela e dormi. Quando acordei, eles tinham ido embora, e só os vi outra vez quando Leo os trouxe por aquela mesma porta.

DEZENOVE

Diário de Gabe

Passei praticamente os dois primeiros dias da viagem de ônibus dormindo. Quando acordei, entrávamos na cidade de Pitt, em Vermont. Eu tinha entrado aos tropeções no ônibus, segurando um saco plástico para o caso de eu vomitar, pois continuava enjoado como um cão.

Quando Cathy foi nos buscar em casa às seis da manhã, Caro a enganou, dizendo que "de manhã, Gabe está sempre com essa cara". Mas depois de ficar sentada ao meu lado durante trinta horas, tendo a impressão de que estava ao lado de uma torradeira, até Caro começar a achar que devíamos parar numa cidade grande, como Manchester, por exemplo, para eu ir a um hospital.

Mas acordei perfeitamente curado do enjôo. Limpo por dentro. Louco para comer, e na mesma hora comi tudo o que tinha nas nossas mochilas. O motorista fez uma parada e me lavei do jeito que deu com toalhas de papel e sabão líquido no saguão de algum Holiday Inn. Depois, comprei seis caixas de suco de laranja e três *bagels* na máquina automática, sem recheio e plastificados, sem ouvir dentro de mim a vó Steiner falando da aparência gordurosa dos *bagels* "Argh!". Descobri que eu tinha dormido tanto que obriguei minha irmã a acabar de ler *Andersonville*.

— *Odeio* literatura! — disse ela com desdém. Pegou dois *bagels* e um suco. — Estamos quase chegando. Só faltou você comer as nossas meias! — reclamou. — Já pensou o que vai dizer para as pessoas lá? Sobre nós?

— Acho — respondi, calmo — que se nosso pai estiver lá, ele vai nos encontrar e nos levar para a cabaninha dele, e aí vamos ver; portanto, não vai ter problema.

— Já pensou como vamos chegar ao Bosque ou Caverna de Cristal, ou seja lá que nome for, a partir de Marshfield? — Ela consultou o guia de termos geográficos (além do celular, essa foi outra coisa que Cathy nos obrigou a levar).

— Sim, vamos pedir carona — respondi.

— É suicídio. Vamos acabar violentados numa sarjeta.

— Isso só acontece na Califórnia. Em Vermont é proibido violentar um carona. É lei estadual. — Pensei na arma, enrolada no meu moletom. Eu podia ao menos empunhá-la. Ninguém ia nos amarrar e largar numa sarjeta.

Dali a pouco constatamos também que ninguém ia nos dar carona.

Sentamos em silêncio por umas duas horas, enquanto passavam minivans com os motoristas fazendo o que se faz ao ver alguém que parece deficiente e você resolveu fazer de conta que não viu. Tive uma noção mais concreta do quanto eu tinha suado e secado nos tormentos causados pelo meu vírus ou sei lá o quê. Estava louco para tomar um banho morno e vestir roupas limpas, apertei mais o capuz da jaqueta de náilon de pára-quedas. Devia estar com cara de retardado, de perigoso, ou das duas coisas. Tentei ler um livro de Michael Crichton que eu tinha afanado junto com um outro título da caixa de doações de minha mãe antes de irmos embora, mas não consegui me concentrar. Não sabia direito o que papai acharia de irmos lá, nem o que diríamos a ele. Não que seja preciso pensar no que dizer ao próprio pai, mas era uma situação estranha para uma visita de surpresa. Tentei pensar em frases que causassem um enorme impacto, como ele fazia nas defesas no tribunal. *Como se pede para o próprio pai voltar para casa e cuidar de você? Essa é obrigação dele. Ele é que devia estar brincando de esconde-esconde para pegar a gente.* Aquilo tudo me dava ânsia de vômito, dessa vez por causa dos nervos e não da gripe. Não sabia como ia me sentir ao falar com Leo de novo, depois de tanto tempo, mas sabia que não ia ser bom. Lembrei da minha mãe deitada lá, mal conseguindo mexer os lábios quando disse *O sol... é... para todos.* Eu esperava em Deus que as benditas injeções do remédio contra câncer dessem resultado com a doença dela.

Após um tempo, começamos a andar.

Em Marshfield tinha uma loja parecida com aquelas dos antigos seriados de TV. Com uma prateleira de cereal, digamos, de dois tipos: farelo com uva-passa e sem uva-passa. Farinha de aveia em barra. Seis caixas de detergentes.

Caroline pediu pão árabe. Tive vontade de matá-la.

— Por favor, sabe como se chega à Caverna de Cristal? — perguntei.

— Que caverna? — perguntou o velho da loja.

— É uma... não sei, uma onde todos moram no mesmo lugar numas casinhas de brinquedo.

— Ah, você está falando da área dos hippies. Gente boa, no geral. Ahn. Só que agora estão cuidando de ex-detentos. Procuram ensinar a eles um comportamento melhor. Não sei se todo mundo merece uma segunda oportunidade, mas é engraçado isso, pois eles já têm tanta criança lá e ainda vão assumir um risco assim. São gente vinda de Nova York, Chicago. Não são daqui. Parece incrível que se adaptem... — Caro começou a bater os pés no chão, impaciente.

— Temos de ir lá. Urgente — disse ela.

— Bom, são uns doze quilômetros até a entrada, Condado C. Depois, peguem a esquerda na bifurcação e sigam mais uns doze quilômetros. Tem uma placa do tamanho das minhas duas mãos juntas, mas vocês vão ver as macieiras...

— Podemos conseguir um táxi? — perguntou Caro.

— Táxi?

— Podemos arrumar uma... carona? Acho que não conseguiríamos andar até lá. Meu irmão está doente e acabamos de chegar de ônibus do Wisconsin.

— Aqui não tem táxi.

— Sei — disse Caro. Fez-se um silêncio de cinco minutos.

— Ned Godin deve estar chegando. Mora lá, é carpinteiro. Fez a minha varanda aqui. Ótima varanda. Um bom profissional.

— E então? — perguntei. Eu queria perguntar era "e daí?".

— Ele pode levar vocês lá, depois que comprar os pregos e tal — disse o velho. — Prego é uma coisa que eles não podem ficar sem. Ninguém pode. — *Ahnn, pensei.* As pessoas ali eram mais lentas do que em Sheboygan.

— E ele chega quando...? — perguntei.

— *Xamevê...* agora são dez horas. O mais tardar, meio-dia. Ele telefonou. Lá tem só um telefone. Por aí, dá para ver como é o lugar. Não entendo por que eles são assim. A pessoa precisa de um pouco de privacidade quando fala no...

— Daniel! — chamou alguém no fundo da loja, onde vimos que tinha uma cortininha. — Não fique enchendo o ouvido dessas crianças. — Uma velha alta apareceu. Tinha a melhor postura que eu já tinha visto, depois da minha mãe. — Vocês podem esperar aqui. Tem duas cadeiras ao lado da janela; bem ali, onde está o tabuleiro de damas...

Achamos que tínhamos de comprar alguma coisa para ficarmos sentados lá tanto tempo, e então compramos uns bolinhos, e acho que nunca joguei tanto damas na minha vida. Finalmente, a campainha da porta tilintou e entrou um gordão de barba (ele, literalmente, adentrou o salão, como Paul Bunyan) carregando uma caixa grande de madeira quadrada em cada ombro.

— Daniel, você acha que vai nevar de novo? — perguntou ele.

— Pode ser. Neve fina como açúcar. Não vai grudar.

— Quero sete quilos de peso de chumbo de 16 centavos, Daniel.

O velho fez outra vez aquele som engraçado, que soava falso, como se estivesse num filme sobre um sujeito que tinha uma loja de artigos em geral.

— Ahn.

— E um saco de 15 quilos de farinha, duas sacas de batata — continuou o homem. A coisa parecia um filme sobre como se comportar numa cidade pequena... num século passado. O cara ia precisar de um carrinho de mão para carregar tudo aquilo. Achei que eu ia ter um troço enquanto esperava e eles falavam sobre melado, folhas e coisas assim. O grandalhão tinha trazido uns trinta quilos de coisas no carro; o velho Daniel rabiscava num bloco de papel, e ninguém falou em nós. Caroline ficou chutando a minha canela.

Até que levantei e falei:

— Vou ajudar o senhor a levar isso para fora.

— Ei, Ned, esses dois jovens precisam de uma carona até a sua área. Tem lugar?

— O que vão fazer na Caverna de Cristal? — perguntou o grandalhão para mim, como se ele fosse da CIA ou algo assim.

— Achamos que nosso pai está lá, ou pelo menos sabemos que esteve — disse Caroline. — Ele se chama Leo Steiner.

— Não conheço nenhum Leo Steiner.

— Bom, ele escreveu muitas cartas para India Holloway. Sabemos que eram amigos.

— Sei. Tentaram achá-lo mandando cartas ou telefonando?

— Claro que sim. Por isso estamos aqui. Ele não respondeu.

— Certo — disse Ned Godin. — Subam no caminhão. Vocês estão com cara de quem precisa de um sono e de um bom prato de comida.

Em geral, as pessoas conversam numa viagem de carro, mas Ned Godin não disse uma palavra nos vinte minutos inteiros que rodamos da cidade até a placa (realmente, grande como duas mãos) numa enorme caixa de correio de madeira, onde estava escrito CAVERNA DE CRISTAL. Tinha também um aviso *PROIBIDO CAÇAR* e *ENTRADA EXPRESSAMENTE PROIBI-DA*, que acho mais duro do que dizer *ENTRADA PROIBIDA*.

Finalmente, ele falou:

— Fiquem no carro enquanto procuro a India. Ela vem falar com vocês.

Ficamos lá sentados e vimos o pára-brisas encher de neve por umas dez horas.

Finalmente, a porta do passageiro se abriu e apareceu uma velhinha de olhos brilhantes, toda de roxo — até as botas de camurça tipo *sherpa* eram roxas —, que disse:

— Corram para o casarão. Vocês estão uma coisa.

Resumindo a história, ela não queria ouvir nada do que queríamos falar antes que tomássemos banho, mudássemos de roupa e comêssemos. Recebemos casacos, botas, suéteres e jeans daquela outra senhora de cabelos brancos, mas de rosto rosado e jovem, de cabelo trançado e preso na nuca. Perguntou se tínhamos roupa para lavar e respondi:

— Não se preocupe com isso, senhora.

— Eu vou lavar roupa mesmo — disse ela. — Não faz diferença quantas meias sejam.

Disse que a chamássemos de Janet. Essa mesma Janet foi quem nos deu grandes pratos de sopa de lentilhas, do tipo que Caroline teria reclamado se minha mãe servisse, mas que achou bem bom depois de passar dois dias comendo só dois *bagels*. Comemos tudo, mais uma geléia de maçã feita em casa, e aí Janet disse:

— Procurem India no ateliê dela, no alto da escada.

A *escada* era da altura da fachada da nossa casa e dava num balcão ou galeria de mais ou menos 30 metros de comprimento, tudo construído com enormes toras de madeira; pareciam grandes árvores inteiras, sustentando um teto em ponta onde alguns pássaros voavam. Perto do balcão, algumas crianças de verdade estavam numa sala de aula, depois tinha uma série de portas fechadas e finalmente enormes portas duplas abertas, com uma coruja de ferro segurando cada porta. Vimos India na mesa dela, que também era grande, maior do que a nossa varanda. Eu tinha visto escritórios esquisitos na universidade, mas o de India era, sem dúvida, o mais esquisito de todos. Para começar, onde as pessoas comuns colocariam um jarro ou uma estátua, ela pôs ninhos de passarinhos. Uns trinta. Tinha uma coruja empalhada tão grande que fiquei morrendo de medo, embora soubesse que estava morta. Ela logo nos disse que não matara a coruja, o bicho tinha morrido de morte natural e um dos filhos dela, Pryor, o encontrara no bosque quando era pequeno. Havia pedras segurando pilhas de papel e jarrinhos com água colorida na janela, uma bétula comum num vaso e — o mais estranho de tudo — um esqueleto humano (que eu desconfiava que não era um modelo pendurado num prego), com o chapéu de lã roxo de India na cabeça sarapintada.

Ela apontou para o esqueleto com a caneta e disse:

— Esse era meu marido, o Dr. Hamilton Holloway. Sabe, ele queria ficar aqui, e pensei: para que espalhar as cinzas, se é muito melhor ensinar o nome dos ossos às crianças e aos adultos num esqueleto de verdade? — Não respondi e esperava em Deus que ela não fosse explicar como Hamilton Holloway passou de morto a esqueleto. — Ele morreu há seis anos, aos 85, e acho que sua estrutura óssea mostra que teve uma vida ativa, não? — Concordamos. Eu não sabia o que dizer. Acho que nenhum esqueleto parece particularmente maravilhoso. Caroline cutucou minhas costas. — Além do mais, me sinto segura com ele aqui do lado — completou India.

O Sr. Holloway não era o único esqueleto da sala. Havia algumas cabeças de cervo, acho, e um bicho pequeno, um esquilo, e a sala tinha cheiro de casca de noz por dentro.

— Vieram aqui por causa do pai de vocês — disse India, indicando cadeiras bem comuns para sentarmos. Ela estava sentada numa grande bola azul de ginástica, enquanto escrevia no computador. — Seu pai passou um mês aqui, há vários meses. Gostou muito do local, era uma pessoa realmente ótima, mas tivemos de pedir que saísse.

— É mesmo? — perguntou Caroline com uma voz que parecia um guincho.

— É, mas ele não fez nada errado. Embora tenhamos um sistema conhecido para lidar com delitos, Leo teve de sair porque nosso conselho achou que os motivos para ele estar aqui não se encaixavam com nossa filosofia. Vejam, meu marido começou essa comunidade intencional só com nós dois, nossa filha e filhos e mais uma família, os Godin. Eles ainda estão aqui, além de umas vinte outras famílias, algumas pessoas solteiras e alguns convidados de meu filho Pryor. Se vocês ficaram um pouco na loja de Daniel Bart, tenho certeza de que ele comentou sobre os detentos perigosos. Bom, não são. São jovens que cometeram uma série de erros graves na vida, envolvidos com drogas ou roubalheira. — Eu nunca tinha ouvido alguém dizer a palavra *roubalheira,* mas ela continuou. — E Pryor acredita que trabalhar e morar aqui pode anular o que a vida anterior e a prisão fizeram a eles. Eu diria que é um desafio.

— E o nosso pai? — perguntou Caroline.

— Ah, claro — desculpou-se India. — Eu continuo a obra de meu marido, um estudo da evolução desse tipo de comunidade fechada, os ideais, a adaptação de novos membros, os inevitáveis conflitos de tentar viver fora do chamado mundo normal, os estresses pessoais e as vantagens. Leo ficou muito interessado, até se prontificou a me ajudar a criar um estatuto...

— Desculpe interromper — disse Caroline. — Mas é muito urgente. Nossa mãe está muito doente e temos de achar nosso pai. Por que ele teve de sair daqui?

— Bom, isso mesmo — disse India, enquanto a senhora chamada Janet entrava em silêncio com um bule de chá e uns biscoitinhos para todos nós. — Não aceitamos pessoas que estão fugindo de alguma coisa, só aceitamos quem está tentando encontrar um novo caminho *em relação a* alguma coisa. Leo estava deixando uma família, e logo percebemos pelas nossas conversas que não era uma separação amistosa ou de comum acordo. Nós aceitamos pessoas divorciadas. Mas achamos que os motivos de Leo para deixar a família não eram válidos, que ele não tinha explorado todas as possibilidades antes de se separar para sempre.

— Separar para sempre — repeti.

— Sim, ele queria ficar aqui — contou-nos India. — Disse que tinha trazido tudo de que precisava e pretendia se inscrever, acho que com um grande amigo de Nova York que jamais conhecemos, após os três meses obrigatórios de experiência. Ele fez uma grande doação em dinheiro. Não tinha ninguém aqui, sinceramente, que não gostasse dele... exceto meu filho Pryor, que é meio analfabeto e acho que se sentiu ameaçado com os conhecimentos de Leo. Não queríamos deixá-lo em compasso de espera sabendo que não íamos aceitá-lo, por isso ele saiu depois de um mês, mais ou menos, e acho que quando escreveu, na semana passada, disse...

— Escreveu na *semana passada*? — perguntou Caroline, ansiosa. — Estamos tentando achá-lo há meses. Tem sido um inferno. Realmente. Não estou agüentando. Nossa mãe está doente, tivemos de vender nossa casa...

— Era esse o problema — disse India. — Nós achamos que Leo não era responsável ao lidar com o passado.

238

O passado dele, pensei. Lá estávamos nós, cinqüenta por cento do passado de Leo e zero por cento do futuro.

— Obrigado. Acho que temos... de voltar... — disse eu.

— Está nevando — India sorriu. — Vocês devem ter percebido. Eu seria irresponsável se deixasse os dois saírem daqui nesse tempo, depois de levarem um choque...

— O que ele disse na carta? — perguntou Caro.

— Acho que disse que estava bem, que tinha encontrado o lugar para ele, que se lembrava de nós com carinho... Tenho dois netos, Muir e Paul, que são da idade de vocês, e Jessica Godin, Salgueiro Sweeny, Maggie e Evan Menzies, os meninos Calder e a menina da família Ramirez, Liliana. Todos com uma diferença de um ano mais ou menos de vocês. Passem uns dias aqui, recuperem as forças. Depois levamos vocês no ônibus. Precisam de dinheiro? Podemos dar a passagem para o vale do Hudson.

— Nós temos dinheiro — disse Caro, baixinho.

— Então vou pedir para Janet mostrar as casinhas de hóspedes, a menos que prefiram ficar aqui na casa da Reunião. Espero que não se importem de dividir a casa com outros. Tem um quarto particular...

— Não, está ótimo. Não queremos fazer exigências — disse eu.

Na casinha, Caro e eu nos sentamos a uma mesa de dobrar, um de frente para o outro, sem saber como começar a falar, ou se valia a pena dizer alguma coisa. Ela finalmente balançou a cabeça e disse:

— O que ela sabe, na verdade? Vai ver que papai quis dizer que achou o lugar para o resto do tempo que está fora de casa, mas não para sempre. Pelo menos, agora sabemos onde ele está...

— Acho que a gente devia voltar para casa.

— Bom, agora não, Gabe... chegamos tão longe.

— Então, vou pensar.

Abri uma cama e ouvi Caro, como se fosse em sonho, falar no celular com Cathy. Ouvi também ela sair e voltar, depois de tentar me acordar para jantar. Quando o quarto estava escuro, senti outra mão no meu ombro e sabia que não era da minha irmã. Dei um pulo e com isso quase arranquei a cama da parede.

— Não se assuste! — riu a garota. Mal dava para vê-la no escuro, mas era a garota bonita da foto do e-mail, Jessica, com os longos cabelos ruivos. — Vim aqui porque sua irmã está vendo um filme com os outros e achei que você gostaria de ver a cascata na neve. É o máximo.

Se ela não fosse tão bonita, eu certamente teria puxado os lençóis para cima e voltado a dormir. Mas enquanto Jessica esperava por mim do lado de fora em seu casaco, eu me vesti e fui atrás dela pela trilha estreita e sinuosa que ela disse ser de cervo, até que ouvimos o som da água correndo.

— Devagar — avisou ela, pondo a pequena mão no meu peito.

Tinha um cervo e duas corças na cascata, bebendo naquela água turbulenta. Para eles, porém, era como se fosse um bebedouro automático. Era tudo bem surrealista. Eu estava na neve, vendo um cervo a uns três metros de distância, no meio do Nada.

— Veja, eles não bebem da represa. Preferem a água da cascata. — Ela foi para a clareira. — Olá, seus cervos — cumprimentou, e o cervo olhou sério com seus escuros olhos dourados. — Melhor vocês saírem daí porque nós vamos nadar. — Sem pressa, o cervo foi subindo a colina atrás da cascata.

Ótimo, pensei. Eles estavam tão acostumados que não sentiam mais frio.

— Venha — disse Jessica, tirando o casaco, o chapéu e o suéter. Usava por baixo uma daquelas roupas apertadas. Meu pau ficou tão duro que achei que fosse furar meus intestinos.

— Ah, acho que eu... não vá pensar que sou idiota... mas não gosto de água gelada.

— Nem eu — disse Jessica, que pulou na água só com aquela roupa de baixo. Um jato de espuma aplaudiu sua entrada. — Ande. Você vai ter uma surpresa.

Senti o cheiro de enxofre e vi que devia ser uma piscina de água quente. A cascata vinha de uma fonte lá em cima nas colinas. Então, tirei toda a roupa, menos o short de corrida, e entrei. A água era mais quente que uma banheira. Senti meus músculos derreterem.

— Viu, você estava com medo. Pensei que os caras do Wisconsin fossem durões — brincou Jessica.

Não havia mais o que fazer. Dei um beijo nela. Fiquei meio culpado, mas nenhuma garota pula à noite meio nua numa piscina com um cara, se não quer que ele a beije. E, embora eu pensasse em Tian e na minha promessa de nunca beijar outra garota, Jessica era tão linda, e estava evidente que eu não era o primeiro com quem ela fazia aquilo. Passei a mão pelas costas dela, ela meio que encolheu a barriga para eu poder enfiar a mão embaixo do sutiã esportivo. Depois, ela soltou a barriga de novo e gentilmente tirou a minha mão.

— Gosto de você. Mas não estou preparada para mais nada. Meus pais e eu combinamos — disse ela.

— Eles sabem que você está aqui comigo?

— Claro.

Pensei no tamanho do pai dela comparado com o meu e me senti um palito de picolé. De repente, a idéia de fidelidade a Tian e a cama pregada na parede ficaram muito atraentes.

— Tenho de voltar — avisei.

— Certo, mas aqui não é um lugar legal? — perguntou ela, simpática.

— É, mas como você agüenta as mesmas pessoas o tempo todo?

— Bom, você encontra pessoas diferentes todos os dias?

— Não, mas... bom, é, tem razão. De todo jeito, a gente acaba com as mesmas pessoas.

— Tá vendo? — Ela foi saindo da represa. — Fique de costas. Não posso me vestir com a roupa de baixo molhada. — Pensar que ela ia tirar a roupa de baixo nas minhas costas foi desesperador. Quando virei de volta, ela estava de capuz, botas e casaco, e pedi que ela também virasse de costas. Era realmente uma garota ótima. Gostaria que morasse em Sheboygan. A "casinha" dela ficava lá dentro do bosque; então me mostrou o caminho de volta para a casa de hóspedes, fui andando e vi que tinha esquecido a luz acesa.

Ao me aproximar da casa, ouvi vozes abafadas — dava para ver que estavam zangadas — no lugar onde a trilha da cascata virava para a esquerda. Por curiosidade, dei uma olhada. Tinha uma pequena clareira, não estava mais nevando e vi um largo círculo de grama pisoteada em volta de um grande e velho carvalho. Havia duas pessoas... bom, brincando ou lutando. A pessoa que estava no chão era bem menor. Foi então que ouvi.

— Deixe-me levantar, seu filho-da-puta! Deixe, senão eu grito!

— Pode gritar. Ninguém vai ouvir — disse a voz mais grossa.

A primeira voz era de Caroline. E ela gritou mesmo. O grito foi interrompido, como se alguém tivesse enfiado alguma coisa na sua boca. Ouvi um pano ser rasgado. Meu primeiro impulso foi entrar lá e tirar o sujeito de cima dela. Mas ele tinha uns dois metros de altura, e eu não tinha nada nas mãos, exceto meu short de ginástica molhado. Corri o mais rápido que pude, entrei na casinha, mexi na mochila e peguei a arma. Rezei para não haver alguma maneira óbvia de uma pessoa normal perceber, no escuro e de longe, que a arma estava descarregada. Meu peito vibrava com baques surdos. Parei na beira da clareira e disse em voz baixa:

— Largue ela. — O grande filho-da-puta rolou de lado, Caro começou a chutar e socar, mas só com o braço o cara conseguiu segurá-la facilmente.

— Quem é você, porra? Vá embora — mandou ele.

Dei um passo adiante, tentando lembrar dos filmes de Mel Gibson, e tomei o que esperava fosse uma distância de fuzilaria militar.

— Largue ela ou estouro o seu saco.

— Dessa distância, não — disse ele, à vontade.

— Quer apostar? — Eu estava ofegante. — Afinal, você nem me enxerga direito, mas vejo você na luz. Essa é minha irmã, seu filho da puta. E tem 14 anos.

— Você disse que tinha 18 — zombou o sujeito, sem soltá-la.

— Gabe, ele rasgou a minha blusa. Eu cortei o lábio!

— Grande sujeito! — falei. Que merda estávamos fazendo lá? Mergulhando na cascata e lutando com um grande e louco estuprador no pacífico paraíso de Vermont? — Você é muito grande para cortar o lábio de uma menina! Levante — mandei, balançando a arma de maneira que a luz da Lua a fizesse brilhar.

— Certo, fique calmo, cara — disse o sujeito, que primeiro se ajoelhou e depois se levantou. Tropeçando, sem um dos sapatos, Caro correu para mim. — Guarde a arma — disse ele.

— Você deve ser bem idiota. Sou do mundo real, burro. Assisti a muito mais reprises de *Lei e Ordem* do que você. Esse é um 38mm. Se chegar mais perto, abro um buraco tão grande em você que vai caber uma bola de *softball*. Quero que vá na nossa frente até chegar ao... abrigo ou garagem onde ficam os caminhões.

Ele veio na minha direção, mas Caroline deu-lhe uma rasteira e ele caiu feio em cima de um toco.

— Droga, sabe que meu pai é o dono de tudo aqui? Sou Muir Holloway! — gritou.

— Não me interessa se você é Muhammad Ali! Eu estou armado! — falei.

Resmungando, ele foi mancando na nossa frente até chegarmos ao comprido abrigo de alumínio.

— A chave está no caminhão vermelho — disse ele, tremendo.

— Pare! — Meus joelhos estavam duros. — Caro, vá ver se é verdade. — Caroline correu, pulando num pé só.

— As chaves estão lá! — avisou.

— Entre!

— Gabe, todas as nossas coisas estão na casinha. Meu sapato está na clareira.

— Você está com seu tênis...

— O nosso dinheiro e o celular de Cathy...

— Corra e pegue nossas mochilas. Só, rápido... Então é isso que a pacífica vida da comunidade faz, seu perdedor — disse eu para o cara, de costas para mim. Vi seus músculos tensos e estufados sob a camisa. O cara não devia precisar de casaco, pois tinha o corpo coberto de pêlos. — Sabe, você tem o nome de um dos grandes naturalistas do mundo, mas você...

Claro que ele se virou e chutou o meu traseiro. Levantei, ainda segurando a arma descarregada, ele pegou uma enxada e foi recuando.

Nem antes nem depois daquela noite eu jamais tive a intenção de machucar alguém. Mas virei a arma na mão, segurando-a pelo cano, e bati no maxilar dele e, quando ele passou a mão ali, eu o atingi na nuca. Ele caiu em cima da palha. Ajoelhei-me ao lado dele e senti o pulso — estava forte e normal.

— Meu Deus, Gabe! Você deu um tiro nele? — gritou Caroline, jogando com as duas mãos nossas coisas na traseira do caminhão. — E onde arrumou essa arma?

— Entre no caminhão, sua espertinha — mandei, pois Muir começava a resmungar e se mexer.

Engrenamos o caminhão em quarta, descemos pelo bosque, tomamos o rumo sul e meia hora depois nenhum dos dois ainda tinha dito uma palavra.

— O que você estava fazendo com ele? — perguntei.

— Ele disse que ia me mostrar a piscina de água quente — contou Caro. Devia ser o programa da noite.

— Não percebeu que ele era uma besta? — perguntei, pensando todo o tempo que aquela era a garota que achava que Ryan, o homem-modelo de Sheboygan, um cara que chamava Vietnã de Nã, era um herói.

— Onde achou a arma?

— Ele conseguiu? Ele violentou você? — insisti.

— Não, lutei sem parar. Onde você arrumou a arma?

— Em casa. Numa gaveta do armário de papai — respondi.

— *Papai* tinha uma arma? — perguntou ela, baixinho.

— Caroline, nós mal conhecemos papai — respondi, e ela chorou tanto que acabou dormindo.

Você passa a saber muito mais e mais depressa quando desliga a força centrífuga que mantém a rotina de fazer, pensar e acreditar nas mesmas coisas. No nosso caso, foi mais rápido do que queríamos saber, e ainda não sabíamos nada. Liguei para Cathy e disse que eu estava no ônibus rumo ao estado de Nova York. Ela me deixou dizer "olá" para mamãe e informou que ela dormia havia praticamente dois dias. Gostei de saber. Assim, jamais ficaria sabendo daquilo.

Continuei dirigindo, tão ligado que não seria capaz de dormir nunca, como se meu sangue estivesse cheio de pequenos fios elétricos, sem parar de ouvir o som da coronha no queixo do cara. Como foi horrível e como foi bom. Queria estar em casa, mas sabia que a casa tinha mudado para sempre, se casa é algo que fica dentro de você como uma lembrança ou uma idéia.

Dirigi até de manhã, até a luz do dia doer na minha vista. Então, parei num lugar de descanso de motoristas perto de uma cidade chamada West Springfield, no Massachusetts, tranquei todas as portas e caí no sono.

Acordamos com um policial do estado batendo no pára-brisas.

VINTE

Diário de Gabe

O único motivo para não estarmos *até hoje* morando com uma família-substituta no Massachusetts é que, se existisse uma Olimpíada da mentira, Caro ganharia a medalha em cada droga de modalidade.

Estou exagerando um pouco.

Mas a situação ficou tensa por um tempo.

A primeira coisa que o policial pediu foi, claro, os documentos do caminhão. Na verdade, o caminhão não tinha documentos no porta-luvas nem em lugar nenhum. Tinha, porém, um revólver bem à vista, no banco de trás. O cara pediu minha carteira de motorista, eu dei, depois pediu que eu saísse do caminhão e abrisse a meia porta de trás.

— Não pode fazer isso — disse eu, educado e calmo, com as mãos abaixadas ao lado do caminhão e acrescentando "senhor".

— E por que não? — Era de manhã cedo, não devia ser nem 7h, e o cara estava com uma aparência horrível, no final de um plantão difícil ou no começo de outro. Tinha os olhos injetados e um hálito horrível; queria pegar alguém.

— É que, hum, não quero faltar com o respeito ao senhor, mas é ilegal pedir isso. O senhor não tem motivo para fazer busca no nosso carro; aí dentro só tem nossas roupas, e isso é contra os meus direitos civis. Além do mais, sou maior de idade. Esta é minha irmã, vamos para a casa do meu pai, que mora na estrada, a umas duas cidades daqui. Mas só podemos tomar um ônibus depois que vier...

— Por que precisam de ônibus, se têm um caminhão? E se eu multar você por resistência à prisão?

— Teria de me prender primeiro e... olhe, não queria dizer, mas meu pai é advogado... — respondi, desconsolado.

Caro saltou do caminhão com o celular na mão.

— O caminhão não tem documentos porque temos de deixá-lo aqui para ser pego pela Sra. India Holloway, de Pitt, em Vermont. Ela nos emprestou para virmos até aqui e combinamos do neto dela, Muir, buscar. Pode ligar para ela. Ela vai confirmar. — Fiquei pensando como conseguiu aquela mentirada. Caro, que já devia ter feito mais coisas do que a maioria das pessoas, estava usando seu charme. Tinha funcionado antes. Sorriu, sedutora, e coçou os olhos. Até eu acharia que ela era uma fofa.

— Tenho telefone, senhorita — disse o policial, mas não tentou abrir as portas do caminhão.

Estávamos no Massachusetts, onde começou toda aquela história de direitos individuais. O policial voltou para a viatura dele, vi que falou no rádio e depois no telefone do carro. A seguir, abaixou o quepe sobre os olhos e pareceu dormir enquanto eu ficava lá, sem me mexer e mal conseguindo respirar, acometido de uma profunda e psicótica vontade de urinar. Acho que a polícia é treinada para fazer isso: provocar o máximo de frustração para a pessoa ficar louca e confessar até o que não fez. Eu tinha de ficar à disposição dele, e ele sabia disso. Meu pai um dia disse que os policiais estaduais não precisam usar luvas de couro preto. Eles compram as luvas porque gostam Eu sabia que, se me mexesse, ele me mataria. O revólver dele *tinha* bala.

247

Finalmente, ele pareceu despertar, perceber que estávamos ali e voltou ao nosso caminhão.

— Falei com o neto da Sra. Holloway e vocês hoje estão com sorte, pois a história coincidiu. Mas não podem deixar um veículo abandonado numa área de descanso de motoristas porque eles só vão pegar o caminhão amanhã, então vocês me acompanham até a cidade e deixamos num estacionamento da estação rodoviária.

— Por favor — pedi —, será que antes posso usar o banheiro?

— Não — respondeu o policial.

Assim, fomos até a cidade, cerca de dez minutos dali, com minha bexiga prestes a estourar dentro de mim, e o policial ficou olhando quando tiramos nossas coisas do banco traseiro e enfiamos nas mochilas. Por acaso, a arma tinha caído atrás do banco, mas vi a ponta do cabo com o canto do olho enquanto enfiava na mochila minhas meias, livros e o short já seco. Fiquei pensando se devia pegar o revólver, rápido. Minhas entranhas disseram que deixasse lá. Só ia causar mais problema para Muir, o que era muito bom. O policial então nos levou de carro para um restaurante e esperou enquanto comprávamos sanduíches de presunto; depois nos levou ao terminal rodoviário, onde compramos passagens de ida para Peekskill, Nova York, o único nome de cidade no estado, afora Manhattan, que conseguimos lembrar.

A primeira coisa que perguntei a Caroline foi:

— Eles emprestaram o caminhão para a gente?

— Olhe, não pensei que ele fosse *comprar* a minha idéia! — disse ela, com a boca cheia. — Achei que Muir ia contar para eles essa droga de você bater nele e de roubarmos o caminhão. Mas aproveitei que a avó dele não parecia boba. Quando saímos naquela noite, ela disse para ele tomar cuidado e levar uma lanterna. Ela ia insistir até ele contar o que realmente houve ou quase tudo o que houve...

— Era bem provável, Caroline!

— Não falei que era provável! Mas era uma chance. Não cheguei a tanto! Tinha de fazer alguma coisa. Você estava falando em busca ilegal.

Você teve mais colhão do que jamais demonstrou... — Ela levantou a mão, ao ver que eu ia protestar. — Exceto lá no bosque. Agradeço o que fez por mim, claro. Nossa, nem preciso dizer o quanto agradeço. E a arma? Bom, em princípio, ela é uma peça de colecionador, se não tem balas... não tem, não é? — perguntou.

— Não. Mas tenho certeza de que eles não veriam por esse lado.

— Bom, como você disse, papai é advogado. Não dramatize muito. Tivemos sorte. É só.

Eu estava com uma dor de cabeça do tamanho de um dirigível da Goodyear.

— Seja lá o que for que você ache, fique quieta um pouco para eu dormir — pedi.

Chegamos a Peekskill, achamos uma pousada e desperdiçamos 125 dólares em dois quartos. Dormi 12 horas, durante as quais Caroline tomou dois cafés da manhã; mas a gerente era ótima e guardou um pouco de comida para mim.

O problema era que estávamos no vale do Hudson, só que ele é grande à beça e não sabíamos em que parte estava Leo. Naquela noite, quando ligamos para Cathy, ela comentou que estávamos com a voz bem cansada. Minha mãe, que tinha melhorado, estava sentada tomando sopa de missô e com a mente normal, disse:

— Não parece que estão se divertindo muito. Deixe-me falar com Jane.

— Ela está fazendo compras — inventei. — Vai dar um grande jantar hoje para pessoas que têm filhos da nossa idade. — Dali a pouco, eu estaria mais talentoso do que Caroline. Continuei: — Nós quase só dormimos aqui.

— Que bom — disse mamãe. — Vocês são crianças. Passaram por muita coisa... Estou contente. Digam a Janey que mandei um beijo.

— Vamos voltar... logo — minha voz começou a falhar, como se eu tivesse 12 anos. — Nós, ah, te amamos.

Na manhã seguinte, tivemos de perguntar à mulher da pousada onde era a estação rodoviária. Ela disse que ficava a cerca de 12 quarteirões e se ofereceu para nos levar de carro.

— Espero que vocês não me achem uma chata, mas sei que não têm 19 anos — disse ela. — E também sei que devem estar com muitos problemas para virem sozinhos de tão longe, sendo tão jovens.

— Nós temos 19 anos — disse Caroline, firme, o lábio tremendo. — Só que sou pequena para a idade. Tenho... anorexia.

— Sei que não tem. Eu falei que não vou fazer nada — disse a mulher. Caroline começou a chorar.

— Você não imagina como a gente veio de longe.

A mulher não se mexeu, não tentou dar um abraço nela nem nada, o que deve ter feito Caro respeitá-la mais.

— Imagino. Aonde vão? — perguntou a mulher. Caroline continuou chorando. O cabelo caiu no rosto, despenteado, dando-lhe um ar desamparado.

— Temos de encontrar uma pessoa. Não sabemos onde ele está — disse eu. — Na verdade, não tenho a menor idéia. Sei que está num lugar perto do rio porque escreveu isso nos e-mails, e nós temos todos. Estamos realmente desesperados porque temos de encontrá-lo. Ele falou num lugar chamado Alvorada... Colina? Estrada? Encruzilhada?

— Os tecelões, é isso, os que vendem geléia — disse ela.

— Ele não deu esse sobrenome: Tecelões.

— Não é sobrenome, eles tecem. Vendem na feira de artesanato echarpes finas, casacos de lã grossa e coisas assim. E geléia. São famosos pela geléia. Deixe-me ver: Alvorada, Vale do Amanhecer, será que é isso?

— Obrigado, senhora, é isso mesmo — disse eu.

— Como chegamos lá? — perguntou Caro.

— De ônibus. Vocês pegam um para Irvington, depois... Mas não podem fazer isso. Deixe-me pegar minha carteira de dinheiro e essas... — disse ela.

250

— A quantas horas fica daqui?

— Duas boas horas.

— Podemos pagar a senhora — disse Caro. — Nós pagamos... quanto custa? A gasolina até lá? Eu... não sei dirigir. Tenho 14 anos.

— Treze, 14, mais um pouco eu teria adivinhado — disse a mulher.
— Nem mais um ano que isso. Eu me chamo Virginia. Não vou fazer nenhum mal a vocês. Mas, se fosse vocês, eu não confiaria em ninguém.

— Olhe, isso quase não tem importância — disse eu.

— Bom, não preciso tanto do dinheiro. Digamos que é um brinde incluído no pacote de café da manhã. — Ela embrulhou grossas fatias de pão com manteiga de amendoim e geléia e chamou o marido no andar de cima. — Warren, vou para lá de Irvington. Quer alguma coisa?

— Temos hóspedes chegando às 14h para o Quarto Rosa. Acho que eles também precisam de atenção — respondeu uma voz séria.

— Então cuide deles, querido — recomendou Virginia. Saímos pela porta dos fundos e entramos no Dodge Durango dela.

Passamos por um campo que era o mais lindo que já vi na vida. As bétulas à margem do rio tinham folhinhas em forma de língua e havia cachos de pequenas flores roxas nos lugares banhados pelo sol, mesmo que o outro lado estivesse coberto por neve. Passamos por campos de bordo, e algumas pessoas acenaram para Virginia daquelas casinhas que nunca parecem existir na vida real, brancas, com pequenas gelosias e telhados em forma de conchas de madeira pintada, de um branco brilhante, com as entradas de carro também de conchas de madeira. Podia-se imaginar como era viver naquelas casas; até os suéteres deviam ter cheiro de limpo. Dava para imaginar que alguém fosse querer se esconder lá. Pensei na nossa casa, que eu achava que tinha um eterno cheiro de urina.

Em Irvington, Virginia parou o carro no Central Park para um café e comprou uma xícara de chocolate com creme de leite para Caro e outra para mim.

251

— Você tem cara de gostar de caramelo — disse ela.

— Sim, senhora. Obrigado, senhora. — Quando me viu de olho nas fatias de bolo de limão, comprou duas também.

Subimos algumas colinas com aqueles campos de cavalos e seus filhotes de pernas curtas e descemos num comprido vale entre duas colinas que seguiam um riacho.

Finalmente, demos uma volta numa grande placa amarela e quadrada onde estava escrito Fim de Linha.

— O que é isso? — perguntei para Virginia.

— Bom, isso... não sei como chamam lá onde vocês moram, mas é onde se larga o carro quando ele está com defeito...

— Acostamento — eu disse.

— Acostamento. Nunca estive lá no oeste. Essa palavra soa romântica — disse ela.

Caroline, que estava no banco traseiro, inclinou-se para a frente.

— Acha que ele vai querer ver a gente, Gabe?

— Claro — garanti.

— Acha que devíamos ligar para Cathy agora?

— Não.

— Gabe! — gritou Caro, e não sei o que ela esperava que eu fizesse. Dei para ela meu boné de futebol, que enfiou na cabeça, prendendo todos os cachos louros na beirada. Depois, recostou-se no assento e passou a comer as cutículas.

Bem embaixo da placa onde estava escrito Fim de Linha tinha um daqueles postes cheios de indicações em todas as direções, como se fosse uma árvore de Natal sem folhas. Uma das placas indicava uma estrada de cascalho à esquerda dizendo VALE DO AMANHECER, LINDAS PEÇAS EM LÃ E PALESTRAS SAGRADAS.

— Ela dá aulas. De dança ou alguma coisa assim. E faz geléia, que compro em caixa para o café da manhã da pousada. É muito boa. O nome dela... será Jane? Jean? Não sei direito, mas é quem faz a geléia. Conheço um pouco a mãe, a tal de Sra. Devlin, Claire Devlin. Comprei vários lenços e colchas dela. Para presentear minhas filhas que moram em Boston. Ela tem cinco filhas, todas casadas e com filhos, e há outras famílias morando no mesmo terreno. Dividem as despesas, essas coisas. Construíram uma casa para exercício que chamam de "kiva", como os índios diziam. É um galpão com piso de madeira e paredes arredondadas. Vem gente de toda parte... não tem nada de sagrado, se querem saber.

A sombra dos bordos aumentava, alguns ainda estavam com os galhos pesados com a neve fresca. Virginia parou o carro ao lado de uma caixa de correio, saiu do carro e, antes mesmo de dar um passo, uma mulher mais ou menos da idade dela, porém bem mais magra e mais bonita, apareceu e a abraçou.

— Virginia Lawrence! O que a fez vir tão longe?

— Estou com dois amigos que precisam encontrar um homem que acham... que mora aqui — disse ela, devagar.

— Bom, crianças? — disse a outra mulher, olhando para nós, eu no banco da frente e Caro atrás.

Saí do carro e estiquei as pernas. Não era tão alto quanto ficaria mais tarde, mas tinha quase 1,80m. Vi a mulher me medindo. Lancei a ela um olhar que esperava não dizer nada, só que vínhamos em paz, como se fôssemos seres alienígenas. Caroline e eu éramos como essas criaturas que vivem no escuro o tempo todo e tínhamos chegado ao fim do caminho. Chegar lá era uma coisa. Estar lá, outra. Olhei para Caro e pensei em quantos anos tínhamos passado juntos, os xingamentos que atiramos um no outro como quem joga bolinhas de papel, as portas que batemos na cara um do outro. Parecia tudo besteira de criança. E não éramos mais crianças. Fui até o carro, tirei Caro dali e abracei o pescoço dela, tentando brincar um pouco.

— Não tem nenhum Leo Steiner por aqui — disse Virginia, seca, quando voltou para o carro. — Mas lá naquela casa, onde mora Joyous Devlin, tem um homem chamado Leon Stern.

Leon.

Fui andando, com Caro ao lado pisando nas folhas úmidas. Virginia também foi.

— Você não precisa ir, Virginia. Não esperamos que faça mais nada por nós. Para dizer a verdade, fez mais por nós do que a maioria das pessoas da nossa família — disse eu.

— Não tem por que parar o que comecei — disse Virginia. — E se ele não for o homem, o seu pai?

— Não dissemos que era nosso pai — murmurou Caro.

Virginia abriu um sorriso.

— Acertei por acaso.

A garota que abriu a porta era mais velha que Caroline, devia ter uns 20 anos. Chamou outra, que seria um pouco mais velha, talvez... é impossível adivinhar a idade das mulheres. Talvez 25.

— Olá... posso ajudar? — perguntou.

— Bom, eles querem ver Leon Stern. Ele está? — perguntou Virginia, calma.

Alguém respondeu do fundo da casa:

— É Jim? Diga que ainda não terminei. Roma não se fez num dia.

Ele saiu de uma espécie de varanda, num daqueles ridículos chinelos de borracha que sempre usava de manhã e uma camisa xadrez de lã por cima de uma camiseta branca. Estava mais magro e de barba. Era o meu pai. Carregava no colo um bebê igual a Aury quando era praticamente recém-nascida. Caroline gritou:

— Papai! — e foi entrando na casa, mas a menina mais velha ficou no caminho.

— Espere aí, espere... um instante. Esta casa é minha. O meu filhinho está ali. O que está havendo? Leon? Quem são essas pessoas?

— Olá, Leon — falei.

254

VINTE E UM

Segundo Livro de Samuel

EXCESSO DE BAGAGEM
J. A. Gillis
Distribuído por Panorama Comunicações

Cara J.,

Quase morri. Sério. Estávamos num almoço ao ar livre e, de repente, minha melhor amiga disse aquela coisa horrível e constrangedora que fizemos quando tínhamos uns 12 anos. Ela riu, histérica, mas todo mundo ficou calado e olhando para mim! Agora, em todo lugar aonde vou, alguém parece ter sabido da história, e tenho certeza de que soube mesmo. O almoço tinha cinqüenta convidados. Essa amiga era a pessoa que eu mais confiava no mundo. Além do mais, ela também fez. Não sei o que meus filhos pequenos vão pensar, se souberem. Mas não quero perder a amizade dela! Porque era para sempre. Minha melhor amiga e eu temos 37 anos.

Ofendida, do Oregon

Cara Ofendida,

Você está, como se diz nos filmes policiais, com uma boa briga pela frente. Tem todo o direito de ficar com raiva, magoada e de se comportar como uma aluna do nono ano — o que, aliás, está fazendo. Você merece, pelo menos, saber por que, depois de tantos anos calada, sua amiga precisou demonstrar abertamente a agressividade e, não se engane, foi isso mesmo. Talvez ela tenha guardado rancor. Talvez vocês possam conversar sobre isso. Mas se ela disser que foi só uma brincadeira, delete essa amizade. Mesmo se ela se desculpar, o que eu não esperaria, lembre-se de que está aceitando um "desculpe" de uma cobra que a mordeu. Tem gente que não consegue outra oportunidade.

J.

Cara J.,

Minha mãe invade completamente a minha privacidade, lê meus e-mails, me obriga a deixar o telefone dos lugares aonde vou, quer que eu ligue de onde for e está, no geral, acabando com a minha vida. Estou pensando em fugir de casa.

Sacaneado, de Plankinton

Caro Sacaneado,

Peça a sua mãe que respeite a sua privacidade em determinadas coisas, como escritos e telefonemas. Diga que, se ela quer saber coisas (e todos os pais que se importam com o filho querem), procure perguntar sem parecer julgar. Em troca, você promete ser sincero. Tem de ser uma via com duas pistas, ida e volta. Mas se você quer mesmo castigá-la, por favor, fuja de casa. Claro, você também vai arruinar a sua vida, passar os próximos vinte anos tentando recuperar o que perdeu e aprender como é ninguém se interessar em saber se vai deixar o telefone ou não. Mas sua mãe vai ficar realmente péssima.

J.

No sábado, véspera do Domingo de Páscoa, acordei me sentindo muito estranha, como se alguém tivesse sublocado o meu corpo durante a noite. Procurei saber o que estava diferente.

Era isso. Eu não estava tonta.

Levantei. Não estava tonta.

Andei pelo quarto. Não estava tonta.

Fiz um passo de balé e olhei na estante meu pote chinês para pó-de-arroz. Dei uma cambalhota, achando que fosse levar um tombo. Não levei. Dei outra. Corri pelo corredor para acordar Cathy, tão egoísta na minha exultação que não me ocorreu que ela havia cuidado sozinha de uma criança em idade pré-escolar, um bebê e uma inválida durante quase uma semana e merecia dormir até depois das sete. Eu me sentia bem, não apenas melhor ou sem reação aos remédios, mas realmente bem. *Bem.* Como eu mesma. Cathy ia cair de susto. Mas ela já estava acordada. Aury estava na cama dela, brincando com o cabelo de Cathy.

— Cath — murmurei. — Olhe.

Dei outra cambalhota no corredor.

— Julie! — gritou ela, com a devida surpresa e alegria.

— Ah, Cathy, por favor, podemos ir à aula? Por favor? Podemos deixar as meninas com Connie só por uma hora? A coisa está funcionando, você acredita? Estou me sentindo como... como uma pessoa. Como eu!

Ela sorriu, bocejou e disse:

— Está mesmo. Que ótimo. Jules, estou contente.

Tomei um banho, encantada com o brilho dos grãos de aveia no sabonete, com minha capacidade de levantar uma perna e ensaboar os dedos, cortar minhas unhas no vaso sanitário sem ir atrás delas, vestir minha malha de balé e dar o laço nos sapatos. Eu própria! Muito bem, mamãe! Corri para a cozinha e levantei Aury. Tive a impressão de que ela pesava 35 quilos (talvez pesasse mesmo), mas consegui carregá-la sem machucar minha filhinha. Compramos para as meninas algumas variedades de barras de cereais na Culver's. Depois, fomos para a casa de Connie.

— Quero levá-las lá dentro — avisei a Cathy. — Olhe, Cath, está nevando. Tem um narciso no jardim, Connie! Olhe o que eu vou fazer — anunciei, e fiz uma pirueta na entrada da garagem.

— O que houve com você, Julie? — perguntou Connie.

— Não sei. Acho que era isso que eles esperavam que acontecesse!

— Não exagere, você sabe que pode piorar — reclamou Connie, pegando as meninas.

— Mas estou com vontade de exagerar! Antes isso não era exagerar, Connie. Era fazer.

— Eu sei, mas você agora está doente — disse ela.

— Agora, não. Neste exato momento, não.

Com exceção de Leah, a professora de balé, que me cumprimentou quando chegamos — "Olá, Julieanne" —, as outras presentes na sala fizeram como se um fantasma tivesse entrado. Puseram-se na barra, abrindo mais espaço para mim.

Foi infernal. Eu não me exercitava desde que Caroline e eu fôramos à aula de balé, meses antes. Meus braços pareciam amarrados em sacos de areia, minhas pernas doíam e os músculos reclamavam e se recusavam a obedecer. Em 15 minutos, eu estava coberta de suor. Em meia hora, tive de me sentar nas almofadas de Pilates e engolir uma garrafa inteira de água.

Chegou a hora dos exercícios no centro da sala, e Leah, por motivos inescrutáveis, mandou fazer uma série de *glissades*, terminando com uma *ballotte*.

— Julieanne, por favor, mostre como é — disse ela, e olhei-a, apavorada.

Eu não conseguia me levantar da pilha de almofadas.

Mandei meus braços se levantarem, e eles continuaram duros, a mão apertando a garrafa de água. As mulheres me olhavam, uma adolescente bateu o pé, impaciente. Finalmente, Cathy me levantou do chão como se eu fosse um brinquedo no qual deram corda, fui até o canto mais distante da sala e fiz os movimentos. A professora mandou:

— Agora, um *grand jeté*.

E eu fiz... três, a sensação de vôo naquele momento era como puxar um enorme animal da lama onde estava enfiado.

— Agora, vamos ao alongamento — disse ela. Seguimos para nossos lugares, e então aquela ruivinha que reconheci apenas porque morava perto da minha casa e parecia ter uma dúzia de filhos ruivos que ela sempre empurrava ou carregava nas costas enquanto fazia cooper, começou, discreta e timidamente, a bater palmas. Cathy aplaudiu também, entusiasmada, e dali a pouco todas as alunas aplaudiam. A professora pegou no meu ombro e cumprimentou:

— *Brava,* Julieanne — disse.

Ninguém disse mais nada. Fizemos o alongamento.

Meu segundo banho do dia foi sentada num banco de borracha na banheira.

Eu não estava fraca de doença. Estava cansada. Um cansaço bom. Tinha me mexido naquela manhã mais do que me mexera em séculos. Mas estava contente por me sentir assim. Ainda era capaz de sentir isso. Cathy foi almoçar na casa da mãe e disse que depois ia aproveitar o dia bonito e levar as meninas ao parque.

Assim, dormi cinco horas, embora temesse não ouvir quando as crianças telefonassem. De qualquer modo, os dois chegariam da casa de minha irmã no dia seguinte, e o acerto da venda da casa seria na segunda-feira. Dormir à tarde dá uma sensação estranha (você se lembra da infância). Você acorda num mundo diferente daquele em que dormiu. As sombras se rearrumaram. Há uma sensação de doçura triste, como se alguma coisa tivesse sido deixada de lado. Eu costumava sentir isso ao sair da matinê do cinema, antes da hora do jantar. Ficava pensando como os atores da Broadway lidavam com aquela sensação agridoce de tempo passando. Quando acordei, a primeira coisa que vi foram as sombras das pás do ventilador de teto girando sobre minha cabeça, eu deitada num quarto escuro devido à proximidade do entardecer.

Pensei que estava sonhando, pois ouvi algo. Um choro. Não de Abby ou Aury. Um chorinho de bebê.

VINTE E DOIS

Diário de Gabe

Meu pai deve ser inabalável, senão teria saído pela primeira janela assim que nos viu. Ele se recuperou logo do susto, mas vi que engoliu em seco, como se tivesse uma bola de miolo de pão entalada na garganta. Foi comovente ver como ficou alegre de nos ver, seus filhos queridos e sujos, depois de seis meses fodidos.

Olhou para nós como se trouxéssemos uma intimação judicial.

— Hum, Joy — disse ele, após uma pausa tão longa que foi mais expressiva do que qualquer palavra. — Quero apresentar meus filhos. Meus *outros* filhos. Esta é Caroline e este é Gabe. — De certa miserável forma, deu vontade de rir. Lá estávamos nós, como as pessoas de que Cathy falava tanto. Transformados em *outros*.

A garota mais velha nos cumprimentou. Tinha mãos compridas e sardentas, com um cheiro doce de pêssego.

— Eu sou Joy e, com certeza, vocês já adivinharam que este é Amos.

Nós, com certeza, não tínhamos adivinhado que aquele era Amos, nem quem era Amos. Mas isso foi logo esclarecido.

— Amos é meu filho com Joy — disse meu pai, não apenas o novo Leo, mas o recém-nascido Leon.

— Cara, acende um charuto para comemorar — disse eu. Teria caído sentado numa cadeira, se houvesse uma.

— Como... conseguiram chegar aqui? — perguntou meu pai.

— Puxa, nós também estamos contentes de ver você — repliquei. Virginia continuava na porta, um sólido pilar de defesa ianque.

— Eu os trouxe aqui de carro, senhor. E saiba que os dois vieram de ônibus lá do Wisconsin.

— Tínhamos de encontrar você — desculpou-se Caroline, esgueirando-se embaixo do braço livre de papai. Ele entregou o bebê para Joy. Era um lindo bebê. Ainda é. Mas Aury tinha sido um lindo bebê. Ainda é.

— Certamente, meu pai gostaria que você conhecesse a outra filha dele, Aurora Borealis Steiner — falei. — Tem 2 anos; é muito pequena para atravessar o país de ônibus.

Joy, que usava calça preta e um suéter comprido, pareceu confusa. Depois aprendi que ela tinha sempre aquela cara.

— Bom, agradeço — disse meu pai para Virginia. — Agradeço por você garantir que eles chegassem aqui em segurança.

— Garanti que passassem as últimas duas horas em segurança — disse Virginia. E recomendou a Caro e a mim: — Boa sorte. Se precisarem de carona na volta, por favor, me liguem. — Agradecemos. E ela foi embora, balançando, irritada, as chaves.

— Até logo, Sra. Lawrence — disse Joy. — Imagine, com tanta gente no mundo, vocês foram achar logo a Sra. Lawrence. Eu diria que é um milagre, embora minha mãe seja bem conhecida...

— Bom, assim não tivemos de viajar duas horas de ônibus e andar mais duas horas — disse eu.

Então todo mundo ficou lá parado.

— Acho que eu devo explicar — disse Leo, finalmente, com um suspiro. Olhei de propósito de Joy para... Amos (ele decerto recebeu esse nome por causa de Tori Amos, a julgar pelo jeito do lugar.) Para saber se uma casa é normal, basta um rápido exame nos livros. A estante de Joy tinha uns oito livros, sendo três romances água-com-açúcar. As demais estantes pareciam com o escritório de India Holloway: tinham ovos de passarinho e folhas secas enfiadas em cestos de palha. India tinha pelo menos três metros de livros, todos sérios. Mas estou fugindo do assunto.

— Esta é a irmã de Joy; chama-se Easter — acrescentou meu pai.

— Pode me chamar de Terry — disse a menina mais jovem, ou a mulher mais jovem, vá você saber. Era também muito bonita e curvilínea; se eu não estivesse com vontade de arrancar os pulmões de Leo, olharia mais para ela. Easter deu uma desculpa jovial, dizendo que precisava fazer algo "com mamãe", e sumiu.

Finalmente, me encostei na porta da frente e disse:

— Ora, pai. Acalme-se. Nós não temos de ir embora já. Não precisa ficar tão confuso.

— Querem comer alguma coisa? — perguntou Joy. — Não estávamos esperando visita, mas aceitam chá gelado? Faço um chá verde muito gostoso, com especiarias dentro do gelo. Não é, amor?

Meu pai piscou.

— A situação parece bem diferente do que é, Gabe — disse ele. — Na verdade, sua mãe e eu fizemos um acordo tácito...

— Ela agora está tácita o tempo todo, pai — disse eu. — Está com esclerose múltipla.

Uma legião de emoções passou pela cara dele: pena, alívio e uma espécie de revirar de olhos tipo "o que virá a seguir?". Finalmente, deu um tapa na própria testa.

— O que você disse? O que disse? Tem certeza? — perguntou, antes de suspirar.

— Eu percorri, hum, cerca de 750 quilômetros para falar com você, e esse era um dos assuntos mais importantes a tratar — respondi.

— Arrumamos carteiras falsas de motorista — começou Caro.

— Acho que *alguém aqui* precisa comer — anunciou Joy, balançando o bebê que fazia manha. Ela foi para o jardim-de-inverno e Deus pelo menos nos concedeu essa pequena graça de ela não tirar o peito lá na nossa frente. — Tem folhas de hortelã num prato na janela, se vocês quiserem com o chá. — Tive de tomar o chá feito pelas mãos dela porque minha língua estava tão seca que grudava no céu da boca. Caroline ficou andando pela sala, pegando e examinando coisas. Segurou uma pequena estátua de madeira de um sujeitinho com peito em forma de barril e um pau enorme.

— Parece com Muir — disse ela para mim.

— Conheceram Muir? — perguntou meu pai. Ainda não tinha nos convidado para sentar.

— Tenho uma pergunta melhor. É uma pergunta de "por que". Por que existe Amos?

— Vamos dar uma caminhada — disse Leo.

— Bom, não, Leon — disse eu. — Minhas botas estão muito molhadas e os tênis de Caroline são do ano passado. Tivemos de apertar o cinto e cortar despesas em tudo quanto fosse acessório eletrônico e coisas do tipo. Como roupas, por exemplo. Então, se a gente pudesse apenas sentar aqui na sua casa um pouco...

— Vocês sabem, amo muito vocês dois — disse ele.

— Nós sabemos, nós sabemos! — disse eu, parodiando a vovó Steiner. — Para tanto amor, eu achava preferível o ódio.

— Olhe, vamos sentar no meu estúdio. Tem uma vista linda dos bosques...

Foi aí que perdi as estribeiras.

— Escute, seu idiota bundão, com todo respeito, pois se trata de uma descrição e não de um xingamento. A *sua* filha, essa que está aqui, quase foi estuprada no caminho para cá. Eu quase fui preso. Tenho 15 merda de anos, pai, já roubei um carro e ameacei um sujeito com um revólver. Estou fazendo uma parte do trabalho da mamãe, que passa a metade do tempo dizendo "banana" quando quer dizer "semana". Achamos uma arma na gaveta do seu quarto! Será que isso chega para você? Não quero saber da vista dessa merda de bosque! Não me interessa como você está em paz! Você precisa responder para a gente, pai! *Leon!* Precisa dizer com que direito se livrou de nós e não retornou nossas ligações, por isso tivemos de seguir sua pista como se você fosse um fugitivo...

— Gabe, eu sou um fugitivo — disse ele, calmo. — Ou era. Até encontrar o lar. Um dia você vai entender. O lar não é um lugar. É um espaço dentro de você...

— Escute! — gritei.

Da outra sala, ouvi Joy fazer *"Psiu"* e fechar a porta sem fazer barulho. Então começou a cantar uma canção de ninar.

Deve ser "Boa noite, lua", pensei. Eu estava lá falando com um estranho que um dia me segurou no colo e brincou de me jogar para cima; que me ensinou a ler soletrando os títulos da *Rolling Stone;* que me deu a metade do seu material genético e que obviamente era tão ligado a mim como seria a um vírus. Até o momento em que dei o primeiro passo naquela casa, eu, no fundo, esperava que Leo ainda gostasse de nós, que ainda fosse o nosso pai. Eu ainda achava que a maioria dos adultos é boa. Ou, pelo menos, a maioria dos adultos que eu conhecia. Mas ele estava ali sentado como um palerma. Como se fosse cansativo o fato de nós chegarmos e empatarmos o dia dele.

— Você está totalmente feliz. Parabéns para você. Mas a sua felicidade significa que nossa mãe, a sua mulher pela *lei*, está completamente mal, para não falar com dor mesmo. E tem nós, e você tem mais uma filhinha, lembra dela? Deve ter adivinhado que se trata de Aurora Borealis Steiner. A mãe está usando a sua procuração não sei do quê para vender a casa...

Isso chamou a atenção dele. Dez segundos depois, estávamos no estúdio. Tinha mesmo uma linda vista de um cume com árvores no topo.

— Gabe — começou Leo —, você não tem idade para entender isso. Mas vou falar de homem para homem.

— Fale de homem para homem com Caro também — sugeri. — Foi ela que planejou achar você.

— Essa é a minha garota — elogiou nosso pai, sorrindo. — Você tem uma boa cabeça sobre esses ombros, Caroline. Um dia vai ser advogada.

— Sei lá — disse Caroline, mexendo numa tapeçaria na cadeira dela.

— Bom, é uma questão de paixão — disse ele. — Toda a paixão tinha sumido da minha vida. Julieanne é uma pessoa incrível. É uma mãe maravilhosa...

— Pode pular esse pedaço — cortei, percebendo pela primeira vez como eu o enfrentava.

— Mas ela vivia para *você,* Gabe. Para você, Caro e Aurora. E para as aparências. Para o que era certo fazer. Era o que Romberg chama de um casamento de "aparência", não uma relação de duas almas que se completam. Nós parecíamos felizes. *Parecíamos* ter realizado o Sonho Americano. Mas, Gabe, eu estava péssimo desde antes de Aurora nascer. Me sentia numa prisão. Não havia mais desafio no meu trabalho, e a minha vida pessoal, a minha vida como homem, estava totalmente eclipsada. Eu lhe disse, aquilo estava me transformando num psicótico. A vontade de sair do departamento de direito. Muita gente deve achar que eu deveria ter sido mais honesto, mas não teria sido apenas...

— Tem um bocado de gente que acha isso. Inclusive seus pais — disse eu.

— Bom, eu esperava que você ficasse zangado comigo. Respeito isso.

— Quer falar como gente, por favor? — pedi.

— Quando soube que Joy estava grávida, eu... — começou ele.

— Grávida devido a... — interrompi.

— Ao nosso último encontro, naquele mês, no ano passado — disse ele. — Tive de fazer uma escolha. Ela é uma pessoa muito honrada, Gabe. Viva, agitada, sempre à procura. Feliz por natureza. Quer resolver os problemas do mundo, Gabe. Sabe que é impossível, mas tem esperança. E eu não ia romper nenhum laço com sua mãe antes de garantir que o laço estivesse definitivamente rompido... por isso, esperamos — explicou.

— Você esperou? — perguntei, irônico, apontando para onde Joy tinha ido com Amos. — Por que não esperou até garantir à mamãe que o laço estava definitivamente rompido?

— Ela devia saber! — irrompeu Leo, levantando-se para dar seus passos de advogado de acusação. — Tentei dizer várias vezes; ela não aceitava. Tentei não ser cruel. Não queria dizer: "Não estou mais a fim, Julie." Mas ela continuou dançando pela vida...

— Não se preocupe. Ela não desperdiça mais dinheiro em aulas de balé — disse eu.

A sala parecia uma estufa, talvez por estar atulhada de tudo quanto era planta em vaso ou dependurada. Tirei o casaco.

— De você, só quero o seguinte: primeiro, que nos leve para casa e, segundo, que diga isso para mamãe pessoalmente. Não vamos lavar sua roupa suja, papai.

— Eu sei. Eu pretendia ir lá. Só que parecia mais gentil, para não manter uma pretensa...

— Gentil em que sentido?

— Em relação a Julie.

— Até parece que você se incomoda. Eu disse que ela está com esclerose múltipla e você agiu como se eu só quisesse estragar o seu dia.

Caroline então perguntou:

— E nós? Vamos continuar cuidando da mamãe, se você vai ficar aqui? Você vai nos sustentar?

— Vocês têm a reserva financeira para a faculdade, que posso usar devido à incapacitação da mãe de vocês. Ela ainda pode trabalhar? — perguntou.

— Ainda. Aliás, a coluna dela passou a ser publicada em vários jornais ao mesmo tempo — disse Caro, empinando o queixo.

— Pois então. E com a reserva...

— Você sabe que só podemos usar essa reserva quando fizermos 25 anos, e mamãe não vai deixar você usar esse dinheiro por causa da doença dela — falei.

— É um pouco irracional, Gabe. É para isso que servem as reservas financeiras.

— Sim, mas ela tem aquele problema de cabeça, papai.

— O que você quer dizer com isso?

— Ela é uma pessoa decente.

— Acho que não vou convencer vocês de nada — disse Leo, fazendo uma súmula do processo. — Nem eu esperava. Mas quero que fiquem aqui o quanto quiserem...

— Temos aula daqui a três dias — informou Caroline.

— Bom, então tenho de levar vocês, embora seja complicado, porque Joy e eu estamos exatamente na fase de aprovação do projeto...

— Vai construir uma casa? — perguntei. Inacreditável, o cara era foda.

— Bom, Joy está... grávida de novo — anunciou nosso pai. — Achávamos que não era possível, pois Amos tem apenas quatro meses e ela está amamentando. Mas como ela disse...

Terminei a frase para ele:

— Milagres acontecem.

— Gostaria que passassem um tempo aqui comigo, você, Aury e Caro. Precisamos de uma casa com pelo menos quatro quartos. Jamais quis vocês fora da minha vida. Vejam. — Ele abriu uma pasta com cartas para Caroline e para mim. Mostrou nossas fotos nas estantes. — Tentei explicar, mas sabia que tinha de voltar lá para isso e estava procurando um bom momento; aí, soubemos da gravidez...

— Você realmente arrumou um prato cheio, papai.

— É verdade, mas há uma grande diferença. A diferença é que ninguém espera que eu faça nada. Joy fica totalmente grata por qualquer ajuda que eu dê a ela e é totalmente auto-suficiente. Ela me disse várias vezes que pode cuidar de nossos filhos na comunidade, sem que tenhamos um casamento formal. Não quer me enterrar. Posso fazer o que quiser, estudar o que quiser, trabalhar quando quiser.

— Ora, bom para você, papai. Não sei se Caroline também acha — disse eu, cansado. — Mas prefiro dormir numa grelha de churrasqueira do que passar uma noite nesta casa. Portanto, se me indicar alguma pousada, já vou embora.

— Quero dormir aqui. Estou cansada demais para ir a qualquer outro lugar — disse Caroline, com a voz fraca.

— Gabe, seja lá o que for que sinta por mim agora, sou seu pai.

— Não ponha a culpa em mim — falei, me levantando.

— Levo você de carro à pousada de Amory. Ela aluga quartos. Só recebemos turistas a partir de maio. Mas gostaria que você ficasse aqui.

— Não estou pedindo nada — disse eu. — Eu arrumo uma carona. Caroline, me dê o celular. — Ela deu. — Só uma pergunta, pai: por que você tinha um revólver? Aquele no seu armário?

— Não é meu. Achei-o no forro quando reformamos o banheiro. Parecia uma antigüidade, por isso o guardei. Nem sei se funciona.

— Conhecemos a sua amiga India Holloway — contei. — Você sabe quem é, a avó do excelente quase-estuprador da minha irmã.

— India é uma mulher especial — disse Leo.

— Você ouviu a porra do que acabei de dizer? — sibilei para ele.

— Deixe isso para lá, Gabe — disse Caroline.

— Olhe, admiro a autoconfiança de vocês, meninos, mas isso não foi muito sensato.

— Você precisava saber o que está acontecendo lá em casa. Podemos ir embora? — perguntei.

E, finalmente, fomos. Na vidraça da janela, o rosto de Caro parecia um pequeno disco branco.

Naquela noite, liguei para casa dez vezes, e dez vezes não apertei a tecla SEND. O que ia dizer? O que dizer para mamãe? Será que ela precisava ser prevenida para ouvir o que seria um enorme choque? (Mas, puxa, não podia ser tão desligada a ponto de não perceber que papai não ia voltar, já que nós sabíamos, pelo menos no inconsciente.) Era eu que tinha de avisar?

Era eu que tinha de fazer tudo?

Não gostava da idéia de assumir a guarda permanente de minha irmã menor. Não gostava da idéia de... largar a escola e trabalhar na Sociedade Bíblica Americana ou em qualquer lugar para ajudar mamãe a pagar as contas. Era uma espécie de velho filme de James Cagney meio interessante, além de apavorante. Dava vontade de sacudir minha mãe. Desde que aquela coisa toda começou, não tinha tido um pensamento ruim em relação a ela, talvez porque Caro tivesse tantos. Mas naquele instante invejei o velho Leon, com a alma voando pela porta aberta da gaiola. Pagando aluguel ou não, Cathy era apenas amiga de minha mãe. Eu não podia esperar que ela fosse assumir o papel de ajudante em tempo integral se minha mãe tivesse ataques ou regressões, ou o que fosse. Embora eu nunca tivesse comentado, sabia que minha mãe jamais aceitaria usar a reserva de dinheiro que meu avô Gillis tinha feito para nós; preferiria morrer.

Então, resolvi sair da escola. Não sabia exatamente quando, mas daria um basta na escola.

Na verdade, a infância estava acabada. Havia algum tempo.

Era como alguma canção pop idiota. Se você largar a escola, arrume um trabalho manual e um carro veloz. Resolvi sair quando fizesse 16 anos, pegar o diploma do secundário e voltar a estudar mais tarde, quando nossa reserva financeira pudesse ser resgatada. Ou talvez existissem bolsas de estudo especiais para idiotas que conseguem escrever colunas de conselhos em jornais. Não haveria outra escolha, se Leo continuasse com aquela vida. A idéia de nunca mais ver os bundões de cavanhaque de Sheboygan LaFollete me consolou bastante. Só de pensar em dali a alguns meses não ver mais a Sra. Kimball quase tive uma ereção. Deitei no colchão macio e ótimo da Sra. Amory e tentei em vão dormir. Vi os números vermelhos do relógio passarem de uma para uma e meia, duas horas da manhã. Eu queria ligar para Tian ou pelo menos para Luke e dizer: *Escute só essa.*

Mas não tinha para quem ligar. Quase desejei voltar ao Buraco do Amanhecer para ficar com Caro. Pelo menos lá eu teria alguém com quem comparar opiniões. Pensei no que eles deviam estar falando naquela hora, Joy, *Leon* e minha irmã, num jantar de alface e água.

Levantei às seis e dei uma caminhada com meus sapatos que encolheram um número depois de terem ficado ao lado do forno a lenha. Achei uma lanchonete. A garota bonita de cabelos ruivos, irmã de Joy, era garçonete lá. Não a reconheci logo porque estava de cabelo preso.

— Olá — disse ela, quando me sentei. — Você é filho de Leon.

— O nome dele é Leo — disse eu. — Leo Steiner, e ele é um merda que largou minha mãe e se envolveu com a sua irmã, que eu tenho certeza que é uma boa pessoa, sem nos dizer nada.

— Eu notei — disse ela. — Quer café? — Cobri minha xícara com a mão. — Comida?

— Sim, quero todo o lado esquerdo do cardápio — respondi. Ela trouxe ovos, torrada e *waffles,* que eu não tinha pedido, e sentou-se à mesa um instante.

— Sabe, Joy *é* realmente uma pessoa ótima — disse ela. Lembrei como se chamava: era Terry, abreviação de Easter. Eu estava na Terra de Oz. — Mas é um pouco ingênua. Leon é bem mais velho do que ela. Ela tem 28 anos, é a filha mais velha e nunca se envolveu com ninguém antes.

— Quanto anos você tem? — perguntei.

— Vinte e um. Gosto das minhas irmãs e da minha mãe. Tenho mais três irmãs: Uma, de 18 anos, Liat, nome tirado de um musical...

— *Pacífico Sul* — falei. — Personagem de uma garota nascida em Tonkin. — Lembrei de Tian.

— Você é bom em história!

— Não considero teatro musical história.

— E tem Kieron e Grace, mais velhas que eu, cada uma com três filhos. Todos nós moramos no submarino amarelo. Eu não, pois pretendo sair logo do vale.

— Por quê?

— Porque me incomoda. Todo mundo está sempre em cima de você, e eu quero ter a minha vida, morar numa rua de Nova York como qualquer garota solteira, ir à escola e parar de fiar como a filha do moleiro naquele conto de fadas...

— E se não deixarem você sair? Se sua mãe estiver muito doente? — perguntei.

— Eu acharia alguém para tomar conta dela ou para morar com ela em troca de um salário. Mas cuidaria dela quando pudesse. — Ela me olhou firme. — Não ia abrir mão da minha vida.

— E se ela tivesse aberto mão da vida dela... por você, por exemplo?

— Como? Você era um doente terminal e sua mãe doou a medula para você?

Pensei. Ora, merda, nunca mais vou ver essa pessoa outra vez, então respondi:

— É.

— Então você deve mais a ela. Você deve a ela *ter* mais vida para você. Vê minha mãe? É uma pessoa legal, mas tem certeza de que o sol surge nesse vale porque ela veio para cá. E Joy entra nessa. Nosso pai deu esse nome para ela por causa da mãe dele, Joyce. Ela mudou para Joyous. Joyous Devlin. E eu recebi o nome de Easter. — Mostrou o crachá com o nome: — Minha mãe fez isso quando eu tinha oito anos. Acabou essa história de me chamar Easter. No dia que eu sair daqui, voltarei a ser Terry.

— Acho melhor assim.

— Bom.

— Bom, vou embora amanhã de manhã, se não for hoje — disse eu.

— Boa sorte, e escute uma coisa: ele não queria o segundo filho, nem o primeiro.

— Quem?

— Leon. Leo. O seu pai perdedor. Ouvi os dois conversarem. Eu costumava ficar lá e ouvir. Ele disse algo parecido com "já fiz isso e não me saí bem".

— Disso ele pode estar certo.

— Pois então se considere com sorte, garoto. Você tem um dos pais saudável. Quer esteja doente ou não.

— O seu pai está onde?

— Morreu.... depois que minha mãe o largou. — Ela olhou para o teto. Eu não quis perguntar mais detalhes. — Nem me lembro de meu pai. Só que tirava bacon do prato dele para me dar quando chegava do trabalho, de manhã. Ele trabalhava no cemitério.

— Onde?

— No cemitério. Não estou brincando. Era vigia do cemitério — disse ela.

— Como se consegue *esse* trabalho?

— Bom, ele não era mau. Não lembro. Mas sei disso. Não é por não querer viver em árvores que você é ruim. — Coloquei o dinheiro da conta na mesa e engoli em seco quando Terry pegou a nota e enfiou no sutiã. — Qualquer ajudazinha serve. Da próxima vez que você me encontrar, terei ido embora.

Com isso, peguei a estrada para a esquerda, seguindo a placa Fim de Linha. Caro continuava à janela. Parecia o cachorro de alguém. Quando me viu chegar, abriu a porta da frente.

— Ele vai levar a gente hoje. Tem de levar Amos também; disse que Joy está muito doente. Engraçado, né? Ele não ficou tão preocupado com a doença de mamãe.

— Bom, Joyous está doente — disse eu.

— Achei que ela tivesse de amamentar o jovem príncipe vinte vezes por dia.

— Ele não contou?

— Contou o quê?

— Por que Joyous está doente?

— Olhe, eu não ligaria se ela estivesse com a doença de Lou Gehrig — disse Caro.

— Ela não é má pessoa.

— É, dá para ver pelo jeito dela.

— Não foi idéia dela. E o que diz do nosso excelente pai?

— Mas por que tem de levar o bebê? Acho que é uma agressão. E a mãe dela e a dúzia de irmãs-clone não podem ajudar?

Dei de ombros. Não estava a fim de explicar. Meu pai saiu do escritório e levei um susto. Ele não parecia normal com uma blusa de gola alta e paletó esporte. Estava com sua velha sacola de lona num ombro e, no outro, uma sacola de fraldas do tamanho da nossa bagagem. O bebê estava enrolado, dormindo. Parecia uma bomba prestes a explodir.

— Vamos — disse ele, tocando no queixo de Caro. Olhou para mim. — Onde está sua bagagem? Ainda na pousada? Podemos pegar no caminho.

Joy não ia sair da cama.

— Está cansada, os primeiros meses de gravidez são difíceis — explicou Leo.

Por causa de Caro, fingi que ele quis dizer os primeiros meses depois que um bebê nasce. Ou porque eu não queria mais ouvi-lo falar numa coisa desprezível e inexplicável. Mas Caro suspirou. Resolvi dar um toque em meu pai.

— Pensei que a maravilha da Joyous Devlin... pois é, sei que é esse o nome dela... não deixasse você fazer nada. E que era totalmente capaz de cuidar desse filho e do seguinte na comunidade, sem assumir um compromisso formal.

— Entre no carro, Gabe — mandou Leo.

VINTE E TRÊS

Amos

EXCESSO DE BAGAGEM
J. A. Gillis
Distribuído por Panorama Comunicações

Cara J.,

Há seis meses minha irmã me pediu emprestados 10 mil dólares. Certo, era porque o marido estava desempregado e ela não tinha dinheiro para comprar um carro no qual coubessem os dois meninos e o bebê, nem para comprar os presentes de Natal. Não contei para o meu marido. Tirei das minhas economias, que juntei para entrar na faculdade. Agora, ela diz que o marido comprou um casaco de pele para ela porque ficou muito mal ao ser demitido no Natal e que ele não tem como pagar. Assim, me pede mais 10 mil até que "consigam se equilibrar". Eu recusei, ela chorou e se irritou, disse que sou dura e vingativa, e que se sentia aviltada por ter aceitado meu dinheiro emprestado. Eu lhe disse que devolvesse o dinheiro para tudo ficar certo outra vez. Ela então atirou um pote de Tupperware que havia me emprestado e quase me acertou. O que faço? Ela é minha única parente.

Sem Dinheiro, de Boston

Cara Sem Dinheiro,

Às vezes, não sei por que me pagam para fazer esse trabalho. Você sabe a resposta para sua pergunta. Uma das pessoas na sua carta é uma aproveitadora. A outra, uma otária. Uma pode mudar fechando a bolsa e desligando o telefone. A outra pode não conseguir mudar. Adivinhe quem é quem.

J.

Sentei-me ao ouvir o choro do bebê.

E, antes mesmo de conseguir enfiar meus chinelos, Leo apareceu. Leo, na minha porta.

— Lee, é você? De verdade?

— O próprio — respondeu ele, e suspirou. — Não faz tanto tempo, Julie.

— Parece muito. O tempo tem sido meio fugaz. Fiquei doente...

— Eu soube.

— Como soube? Você sumiu.

— Tenho minhas fontes.

— *Acabou* de saber?

— Soube ontem.

— E veio na hora — respirei, a gratidão adoçando minha garganta como mel.

Passei a mão em seu rosto, sem me incomodar com o recuo dele, como um pulo na linha de uma caneta detectora de mentira.

— Estou memorizando seu rosto.

— Esqueceu tão depressa! — brincou ele.

Ele se inclinou e me beijou, meu marido, pôs a mão na minha barriga, abriu a boca só o suficiente para nossos lábios se tocarem. Não, não era paixão que eu sentia, mas redenção, uma hóstia na minha língua. Ele tinha cheiro de Leo, grãos de café, óleo de gualtéria, sabonete Ivory. Os braços vigorosos não eram grossos, mas fortes, me enlaçavam, me levantavam como se eu fosse uma criança.

— Estava num lugar sem telefone? Aconteceu alguma... o que aconteceu?

— Não sabe?

— Não sei? Você se machucou? Foi para um hospital? Porque eu...

— As crianças me acharam, Julie. Caroline e Gabe.

— Querido, as crianças estavam na casa da minha irmã. Passaram o feriado de primavera lá. Não me diga que você estava com os *Hamptons*.

— As crianças jamais estiveram com sua irmã.

— Espere aí. — Sentei-me na cama.

— Elas, ahn, disseram que iam para a casa de Janey e disseram a Janey que iam para a casa dos meus pais. Foram de ônibus para a Nova Inglaterra...

— Ônibus? Sozinhas?

Leo riu.

— Foram bem ousadas.

— Ousadas? Nem consigo pensar. Você sabia e não fez nada para impedir?

— Eu não sabia. Acho que só Cathy sabia.

— Cathy. *Cathy!*

E, então, o bebê chorou outra vez. Não tinha sido sonho. E todas as espadas que pendiam em cima da minha cabeça caíram ao mesmo tempo.

— Quem é? — perguntei.

— Bom, Julie, é Amos.

— Amos?

— Meu filho. Eu tive um filho, Julie, com uma mulher que mora no norte do estado de Nova York e de quem gosto muito. Talvez não seja um amor como nós tivemos um dia, não do jeito que a gente ama a primeira vez, mas nem todo amor tem de ser...

— Você teve um filho! Um filho! Trouxe seu filho para a minha casa!

— Bom, ele precisa do pai, Julie. Você seria a primeira a dizer isso. Joy não está se sentindo muito bem no momento...

Tentei engolir a ironia daquilo. Depois, tomei distância e cuspi no peito dele.

— Nossa! — gritou ele, saltando como se eu tivesse lhe jogado água fervendo.

As crianças se aproximaram em silêncio, Caroline com o bebê de cabelos negros e olhos enormes como os de uma criança num quadro barato. Gabe olhou fixo pela janela o balanço lá fora, onde todos eles tinham brincado.

— Pode dar comida para ele, Caro — disse Leo. — Ponha um pouco... tem água filtrada...?

— *E* suco — disse Gabe, gentil — *e* ar fresco. E janelas que abrem e fecham.

— Basta amornar um pouco. Joy gosta que ele tome na temperatura ambiente.

— Gabe, me dê o telefone — pedi, levantando-me satisfeita por não ter tropeçado nem tremido. — Preciso de uma testemunha. Acho que isso deve ser algo sem precedentes. — Comecei a discar para Cathy, achando que, se não fizesse isso, poderia sair de meu corpo e matá-lo. Poderia pegar o fone e bater na cara ou no meio-sorriso dele. Depois vi que estava discando para Connie. Cathy tinha perdido o celular. — Gabe, vocês estavam na casa da minha irmã. — Ele balançou a cabeça, triste, detestando até ter desobedecido. — Vocês não estavam na casa da minha irmã. Mentiram para mim e foram embora por causa do remédio que tomei. Sabiam que eu não poderia ir atrás de vocês. Vocês foram para... ele. — Eu os estou colocando entre Leo e mim, repreendi-me, transformando-os em um prêmio ou uma carcaça. — E fizeram Cathy ser cúmplice nessa história.

— Fomos *buscá-lo* — disse Gabe.

— E conseguiram. E agora?

Ele bufou, exasperado.

— Não era o que você queria, mãe? Uma chance de falar com ele? Não era o que ficava lamentando quando estava fora de si?

— Não sei. Não imaginei isso! Eu não queria... a cria dele.

— Sempre se pode pegar e largar.

— Não brinque — disse eu, com a cabeça latejando. — Quero resolver algumas coisas antes de Cathy chegar com Aury. Não quero que Aury presencie uma cena. Quanto ao que vocês fizeram, foi bobo e teimoso. Podiam ter sido mortos ou se machucado...

— Ligamos para Cathy todas as noites. Ela sabia.

— Então foi bobagem de Cathy. — Fui para a cozinha e peguei um vidro de aspirina no armário. Mas não consegui abrir o vidro. Leo teve de abri-lo para mim, e a água da torneira escorria entre meus dedos enquanto eu tentava juntá-la para engolir as pílulas que pareciam de giz. Eu estava só com uma camisa de flanela, por isso pedi que todos saíssem e fui para o quarto me vestir, com cuidado e enorme lentidão.

Vesti a calça comprida e dei duas voltas no cinto que um dia foi de uma volta só. Pensei no fato de Leo só ter vindo para casa depois de alguém arrancá-lo da toca. Atingiu a culpa dele. Enfiei a blusa, dobrei a gola e passei um blush no rosto para tirar os olhos da calça comprida, enquanto pensava no fato de ele ter outro filho e outro casamento. Não um casamento, mas algo melhor do que *casamento*. Uma união por amor. Não ousei pensar o que sentia em relação àquilo. Providência prática. Só ia pensar no que fazer por mim quanto à transgressão de Leo. Penteei o cabelo e passei gel.

O Wisconsin era um estado que não admitia divórcio.

Claro que podiam abrir uma exceção. Se aquilo não era um erro, eu não sabia o que era.

Não.

Bem.

Pensei em como usar contra ele o que quer que tivesse sobrado dele. Mas achava que não tinha sobrado muita coisa. Ele parecia tão seguro, tão impaciente com a nossa estupidez, a nossa confusão. Decerto antecipara tudo. E eu ainda amava... *o homem ensopado de chuva...*

Não. Um sujeito que podia beijar sua mulher, respirar e depois explicar o quanto estava apaixonado por outra...

Não.

Tem gente que não merece uma segunda chance.

Mas ele não quer uma segunda chance, e a idéia me atormentava. Ao menos se Leo precisasse de alguma coisa que eu pudesse recusar.

Os pais dele estariam em casa à noite.

Dei uma última olhada no espelho e fui para a sala, desejando estar com uma postura ótima. Caroline dava mamadeira para o bebê na cadeira de balanço.

— Por acaso você teria um berço que eu pudesse usar? — perguntou Leo.

— Não — respondi. Atravessei a sala e escolhi uma das bengalas que meu pai usava com afetação. Naquele dia, eu não estava precisando dela, mas, perversa, queria que Leo me visse de bengala.

— Precisa de bengala? — perguntou ele.

— Sim, para algumas coisas — respondi. Prestei atenção na cara dele, o mutante caleidoscópio de traços de meus filhos que surgia e sumia nas expressões dele. — Poderia usar para arrebentar a sua cara, mas não quero ser presa. Gostaria que *você* fosse preso. O que você fez não é contra nenhuma lei, exceto as da moral pessoal. Leis do tipo bíblicas. Seus pais vão querer ver você, antes que vá embora...

— Estava pensando em ficar alguns dias.

— Onde pensa se hospedar?

— Em um hotel. De um amigo.

— Leo, você não tem amigos — disse eu, suave, percebendo que aquilo era verdade.

— Tenho amigos no Vale do Amanhecer.

— Será possível que você more num lugar chamado Vale do Amanhecer? — comecei a rir, apesar da minha vergonha.

— Será possível que você more num lugar chamado Sheboygan? Na rua Tecumseh? Julianne Gillis, do West Side? — Leo fungou.

— Meninos, subam.

— Mãe, nós não temos, ahn, andar de cima. Temos um fundo do corredor — disse Caro.

— Você sabe o que eu quis dizer, querida. — Apesar de Amos estar dormindo no ombro dela, dei um beijo em minha filha. — Senti falta de você. Foi muito corajosa. Mas teve sorte também.

Caro deu um sorriso triste.

— Cuidado com a cabeça dele, e precisa fazê-lo arrotar mais de uma vez, senão regurgita... — recomendou Leo, enquanto Caroline saía da sala.

— Leo mudou de nome — informou Gabe, olhando para trás.

— Lá, eu me chamo Leon — explicou Leo, quando Gabe sumiu.

— Eu chamo você de Além da Imaginação. Em qualquer lugar — eu disse.

— Julieanne, não espero que compreenda ou perdoe. Houve época na vida em que eu não seria capaz. Mas reconsiderei isso. Os relacionamentos têm um tempo de vida útil. Entre os adultos, quer dizer. Nosso relacionamento teve um tempo. Não quer dizer que não tenha existido.

— Então essa coisa com... não entendi o nome dela.

— Joyous?

— Joyous? Ela se chama Joyous? — Minhas entranhas se reviravam, mas, ao mesmo tempo, eu gostava um pouco. — Sua... amiguinha se chama *Joyous*?

— Bom, é Joy. Ela mesma escolheu.

— Como Leon. Aposto que ela.... não me diga que...

— Ela faz geléia.

— Ah, Deus o proteja, Leo. — Sentei na beirada da janela. — Você é uma caricatura. E espera que esse encontro de almas dure? Para sempre?

— Ela também dá aulas de Pilates.

— Ah, então está explicado. Ela fez você se lembrar de mim.

— Para responder à sua pergunta, informo que nós dois vivemos um dia de cada vez. Era a única forma que Joy aceitaria. Vamos levar isso pelo tempo que for bom para nós dois...

— Você é um idiota completo? Tem um bebê no outro quarto. *Isso é viver um dia de cada vez?* Você deletou uma família; vai deletar outra?

— Não, de certa forma, é uma situação diferente.

— Lee, parece diferente porque *ela* é diferente. Como, os peitos dela. Ela faz com que você se sinta com 25 anos também. Acha que isso vai durar? E por que diabos eu me incomodo? Deve ser porque você continua sendo o pai dos *meus* filhos.

— A questão nunca foi sobre filhos.

— Mas você disse que era, Leo. Disse que era muito de muito. Você nunca foi ao Colorado para fotografar...

— Fui, mas ela me acompanhou. Queria saber se eu estava completamente livre de...

— De quê? Da família que desprezou?

— Eu não *resolvi* ter outro filho — sussurrou Leo. — Não *resolvi* sequer... largar você. A coisa aconteceu. Foi uma virada nos acontecimentos que eu, sinceramente, não esperava. Mas quando aconteceu, achei que, se as coisas ocorrem, têm um motivo...

— Não necessariamente bom, como diria Gabe.

— Aceitei e vi que poderia ser a última chance...

— Para uma garota? Para uma garota gostar de um quarentão?

— Para ter uma vida de paixão. Para uma vida minha.

Apontei o corredor com a bengala.

— Boa sorte na sua vida. Agora você tem quatro filhos, Leo. Mas três moram comigo. E acho que depois do nosso divórcio vai dar pensão para eles de vinte e tantos por cento do seu salário, não é isso?

— Jules, não devo faturar a metade do que você ganha hoje. Faço muito trabalho voluntário na comunidade onde vivo.

— Bom, continua podendo me dar vinte por cento do que ganha. Não para mim, para as crianças.

— Por isso precisamos conversar, para eu ser justo com todas — disse Leo. — Amo meus filhos, Julie. Se você não puder cuidar deles, cuido com muito prazer. De todos. Acho que o melhor a fazer é deixar para você o dinheiro que seu pai separou para a educação das crianças. Está na hora de você usar essa poupança. Deixe que eu aplico. Ou deixe alguém fazer isso, se não confiar em mim.

— Vou pensar.

— Vai mesmo?

Por que ele achava isso? Achava que eu não ia me cuidar, agora que eu sabia que as ações estavam *para sempre* em baixa? O momento presente estava na minha cabeça, como comprar Interferon e não a Ivy League.

— Bom, gosto de ver que você está sendo racional, considerando a sua situação e instabilidade. Antes de vir para cá com as crianças, pesquisei esclerose múltipla na internet. Pode causar mesmo alguns altos e baixos. Eu sei.

— Hoje, mais cedo, dei umas cambalhotas e fiz um *balloté*, antes da aula de balé.

— Ainda consegue ir à aula?

— Sim, às vezes.

— Gabe me deu a impressão de que você não saía da cama. — Olhou para minha bengala.

— Ficar de cama também acontece.

Ficamos como dois pugilistas, um atento à respiração do outro.

— Sabe a que horas meus pais chegam? — perguntou Leo finalmente.

— Às seis, mais ou menos. Vão para o apartamento deles. Depois, devem vir aqui. O avião chega às quatro. Eles venderam a casa no condomínio na Flórida. A parte deles.

— Por quê? Eu prometi...

— Nem pense nisso, Leo! Seus pais jamais deixarão Joy entrar na casa deles.

— Você não imagina o que um bebê é capaz de fazer.

— Pensei que essa fase da sua vida tivesse terminado, Lee. Depois da nossa filha. Nossa filha *de 2 anos*.

— Você dá a impressão de que cometi um crime.

— Um crime? É um pecado, Leo. E, cara, você falou em se aposentar e viver *o aqui e agora*. O pequeno Amos vai fazer uns furos nessa bolha.

Leo suspirou.

— Bom, você já deve saber. De qualquer forma, vai saber: Joy está grávida de novo.

— Bom, Lee, isso quase fecha o círculo — disse eu, surpresa com meu controle e com a minha fala fácil, apesar da pedra na garganta. — Você não é apenas um homem de má sorte e má avaliação. Você é um escracho de classe internacional. Vai ter *cinco* filhos para sustentar. Você me dá vontade de tomar um banho frio. E, supostamente, foi *Aurora* quem o empurrou para o abismo. Você me culpou e culpou a pequena Aurora, e eu aceitei.

— Onde ela... está? Em alguma creche?

— Deve estar chegando.

— Espero que a tenha matriculado num lugar bom.

— É, Leo. Mando-a para a casa de Connie. Duas manhãs por semana. Nos outros dias, eu sou a creche dela. Como você sempre quis.

— Deixe para lá, Julie. Cadê minha filha?

— Está com Cathy e Abby, que agora moram aqui. Alugam um quarto. Preciso do dinheiro, da companhia e, às vezes, da ajuda. Deve saber que vendi a casa para Liesel e Klaus...

— Ouvi dizer, por Gabe.

— Bom, ninguém conseguia achar onde você estava. Ninguém da sua família.

— *Foi* errado de minha parte não manter contato. Vejo o que causou nas crianças. Mas eu estava desesperado, Julie. Estava tão doente quanto você, à minha maneira.

— Você é um bunda-mole — disse eu. — Pensei em você de *muitas* maneiras, Leo. Víbora foi uma delas. Mas nunca como idiota. Não há comparação entre a minha doença e o que você chama de desespero. Não há *chance* de que você estivesse tão mal antes de ir quanto eu estou agora.

Ele sorriu de leve.

— Não espero que entenda. Você sabe o que é pesquisa de amostragem. Se perguntar a cem mulheres quantas ficariam *furiosas* porque o marido as largou com três filhos, saúde fraca e dinheiro sumindo misteriosamente na conta bancária, marido que não teve sequer a gentileza, para não dizer o colhão, de explicar o que estava fazendo, imagino quantas delas ficariam... *furiosas*.

A porta da frente se abriu e ouvi Cathy entrar meio rindo, gritando para as pequenas:

— Esperem, esperem! Quero que tirem as botas.

— Aqui, estamos aqui — avisei.

— Papai! — gritou Aury, como se tivesse visto um animal exótico. O rosto de Leo se enrugou numa saudade e tristeza sinceras.

— Querida! Você cresceu uns dois centímetros!

Abriu os braços e beijou a cabeça de Aury, balançou a cabeça e me implorou com os olhos. Ele foi sincero, mas meu coração não se comoveu. Aury gentilmente se desvencilhou dele e ficou parada, tímida.

— O bundão pródigo — disse Cathy, tirando a echarpe do pescoço. Ficou na porta. Seu casaco amarelo e chapéu de tricô mostravam saúde e praticidade.

— Olá, Cathy — disse Leo, recuperando-se. — Connie nunca ensinou a você que, se não tiver nada agradável a dizer, é melhor não dizer nada?

— Não vejo nada agradável nesta sala, exceto Julieanne. — Aury passou por ela, subiu ao meu lado na soleira da janela, enfiou o dedo na boca e tentou se encolher atrás de mim. — E agora, a sua filha.

— Pelo tom da sua voz, Aury sente que você me detesta. Por isso correu para lá.

— Vai ver que ela tem bom gosto.

— Parem, isso é... doentio — pedi.

O bebê resmungou e Leo levou um susto.

— *Não!* O que é isso? — perguntou Cathy.

— É Amos. Amos Stern. Leo usa outro nome quando tem suas aventuras no paraíso. Amos é uma delas — disse eu. — Espere até saber mais. Amos não é o único membro do novo clã. Leo está iniciando uma dinastia com seu novo amor.

— Você está brincando — disse Cathy. — Leo, você não seria capaz de ser tão escroto.

Caroline gritou:

— Não tenho mais leite para o bebê. — Cathy arregalou os olhos.

— Ela quer dizer leite em pó. O bebê não é de Caroline — expliquei, rápido. — Não é tão grave. A nova amiga de Leo, de Nova York, *teve esse bebê e vai ter outro.*

— Você faz a coisa parecer pior... — começou Leo.

Cathy sentou-se pesadamente no banco do corredor.

— Não, Leo. É pior mesmo do que soa.

— Um bebê? — gritou Aury. — Papai trouxe um bebê para mim? De verdade?

Acabou ficando engraçado. Até no mau sentido.

— Aury, escute — disse eu, pegando-a no colo. Caro entrou desajeitada na sala, com Amos agitado no colo, depois de vomitar no suéter rebordado dela.

— Papai, ajude! — gritou ela, e Leo levantou-se num impulso.

— Papai, ajude! — repetimos Cathy e eu, mas as lágrimas pularam dos meus olhos, eu me levantei e segurei a mão de Aury.

— Papai, podemos ficar com o bebê? — perguntou Aury, indecisa.

— Meu Deus, Leo! Vá lá ajudar, por favor. Vou tentar explicar para Aury... — disse eu.

— Quero vê-la, quero ver minha filhinha, Julie! — disse Leo para mim.

— Ah, você devia ter pensando nisso há uns 16 meses! — zombou Cathy.

— Não... faça isso na frente deles — pedi a Cathy. — Deixe para lá. Sei que você tenta ajudar, mas vai piorar a situação.

— Julie, você deixa Aury ir comigo para o hotel? Depois que meus amigos chegarem? De modo que possamos nadar na piscina e nos reencontrarmos?

— Quer ir para o hotel com o papai, Aury? — Virei-a de frente para mim, segurando de leve os ombros dela, ombros de passarinho.

— *Não* — respondeu ela — *não*.

— Ela não quer ir, Leo. Faz muito tempo que não se vêem... e ela é tímida... Não se ofenda. Eu deixaria, deixaria mesmo.

Caroline se manifestou.

— Aury, não se preocupe. O vovô e a vovó vão lá — disse ela, suave. — Eles vão, vai ser ótimo, você vai poder brincar com o bebê. — Gabe e eu olhamos para Caroline, olhares que poderiam tê-la transformado num monte de sal. — Bom, ela ia gostar. Os vôs *vão* lá.

Acaba que os vôs não foram. Não dessa vez.

Eles vieram primeiro à minha casa.

Discreta, Cathy resolveu visitar a mãe. Prometi ligar se houvesse alguma coisa que eu não conseguisse controlar. Caroline devolveu o celular de Cathy e ouvi, da cozinha, um relato adequadamente sombrio do quase-sumiço deles. Só então Cathy ficou sabendo de tudo.

Depois, meus sogros chegaram. Tentei explicar, amaciando as arestas, o que tinha ocorrido com as crianças enquanto viajavam. Hannah manteve o peito apertado com as duas mãos. Gabe Avô ficou na varanda dos fundos, sem chapéu e sem casaco, olhando a escuridão.

Leo então chegou, dando Amos para a mãe como um sacerdote guerreiro daria o filho em oferenda ao Sol. Leo murchou quando a mãe disse:

— Seu filho é lindo, Leo. Que Deus te perdoe. O que você fez?

— Papai? — Leo virou-se para o pai. Gabe Avô balançou a cabeça e enfiou o rosto nas mãos. Sentou-se, pesado, no sofá. — Olhe, pai, não sou a primeira pessoa no mundo que quis terminar um casamento! Não sou o primeiro homem que quis viver a última parte de sua vida! Você não imagina a alegria que sinto simplesmente por ser...

— Se você não se respeita, Leo, respeite suas filhas e seus filhos. Não diga mais nada. — Gabe Avô se levantou. — Tenho imaginação, Leo. Mas não é preciso imaginação para ver o que houve aqui. Você desapontou sua esposa. Você se desapontou. E não se envergonha.

— Não, pai e mãe — disse Leo. — Não me envergonho de ter coração e necessidade de sentir! Amo todas essas crianças igualmente! Assumo toda a responsabilidade por elas.

— Mas você ignorou três delas. Não assumiu responsabilidade alguma. A ponto de colocar duas em perigo.

Olhei de soslaio para Leo para ver se a crítica da mãe fez efeito. Não. Ele disse:

— Eles é que quiseram ir lá. E têm mãe. Eu... não sabia que Julie estava doente. Bom, tão doente quanto ela *diz* que está. Nunca pensei em deixá-los por muito tempo. Primeiro, o bebê nasceu — começou Leo.

— Você fala como se bebês caíssem da árvore — disse Hannah.

— Por isso ele não merece ser amado? Pelos próprios avós? Porque ele não fazia parte desse lindo plano?

— Ninguém disse isso — continuou Hannah.

— É como vocês estão se comportando!

— Você é que está se comportando como uma criança — disse Gabe Avô. — Hannah e eu vamos voltar para o hotel, Julieanne.

— Está bem, papai — concordei.

— Dá a impressão de que vocês só vêem o lado dela! Não querem ficar comigo? Com Amos? Pelo menos, venham ao hotel.

— Leo, nós vamos. Primeiro temos de... nos instalar — disse o pai, gentil. — Nós gostamos de você, é nosso filho. E nos orgulhamos de você muitas vezes na vida. Mas nos últimos meses pensamos que Julieanne fosse morrer, e você parecia não se incomodar e nem querer ser incomodado.

— Ela agora não parece tão mal — disse Leo.

— Não, parece ótima — disse Hannah a ele. — Parece mesmo, Julie. Não digo para lhe agradar. — Ela se virou para mim e acrescentou: — Você está arrumada e animada. Como era.

— Não foi difícil, tive um bom dia. Apesar de...

— Está bem, querida — disse Hannah. — Vamos levar Aury para o hotel, depois ela pode ficar com os avós, não? Aury pode ajudar a vovó a achar umas surpresas nas caixas! — Aury correu para sua mochilinha.

— Julie, Art e Patty disseram para você usar o condomínio na Flórida sempre que eles não estiverem lá! Não é ótimo? Pode levar as crianças.

— Não posso. Eu... pioro com o calor. O que eu tenho.

— Então, nós vamos.

— Obrigada, Hannah — disse eu.

— Por que não pega suas coisas e... as de Amos e vamos conversar no hotel? — perguntou Gabe Avô. — Deixemos Julieanne descansar um pouco.

— Não sei se agora estou disposto — disse Leo, e sua arrogância agrediu até a mim.

— Também não sei — disse Gabe Avô. — Mas se essa confusão não se ajeitar, alguém vai ter de falar com alguém. Tenho um mediador, amigo de um amigo, que é advogado.

— Não vim aqui rastejando para fazer negociações — disse Leo, gesticulando para que Caro lhe desse o paletó e o ajudasse a colocar as várias alças de sacolas nos ombros.

— Rastejando. Não. Rastejar é o que você está fazendo agora. Essa vergonha você não sente. Nós sentimos, filho. Sentimos, sim — disse Gabe Avô.

VINTE E QUATRO

Diário de Gabe

Tinha aquele poema de John Ciardi que li no primeiro ano do secundário, pouco depois de ir para Nova York. Fiquei com ele. *Serpente, me arraste para a frente / lesma, fique comigo. / Estou mal.* Era o trecho que eu lembrava.

Talvez você ache que nós já tínhamos dado a volta por cima, que o mau pedaço tinha passado.

Não tinha.

Pode pensar que não dava para afundar mais, depois de achar o pai como se fosse uma coisa sob uma pedra, após seis meses desaparecido, com seu filho ilegítimo.

Urbano demais para Sheboygan.

Mas, como diz a analista de minha mãe (a quem consultei duas vezes), é bobagem pensar que as coisas não podem piorar.

O telefone tocou o fim de semana inteiro. Leo queria se encontrar com Aury. Meus avós queriam que Leo falasse com um advogado e fizesse um acordo. Queriam que minha mãe conversasse com ele sobre isso. Mamãe queria saber se Leo viria para o acerto da venda da casa, e ele veio, em outro horário, porém. Ele concordou em ir à imobiliária antes de Klaus e Liesel assinarem os papéis. Acho que não queria encontrar os proprietários. Se estivesse no lugar dele, eu também não ia querer. Klaus depois ajudou a gente a levar algumas de nossas coisas para a garagem para a venda de usados que íamos fazer. Minha mãe deu para meu pai todas as roupas boas dele. Ele despachou uma caixa endereçada a *Joyous* e disse para minha mãe vender o resto. Ela perguntou se eu queria algum paletó esporte de papai. Não percebeu que eu já estava quase dez centímetros mais alto do que ele. Recusei.

Klaus e Liesel trouxeram macarrão *kugel*, e comi a panela inteira de uma vez só, depois de servir o pouco que mamãe e Aury pediram e nem comeram tudo. Eles ficaram à mesa com minha mãe os dez minutos de lamentação obrigatórios, até que Liesel disse:

— Chegamos à conclusão de que a vida é muito curta para conversinhas, Julieanne. Esta é a nossa casa e vamos gostar de ampliá-la, fazer um escritório para Klaus em cima da garagem e um pequeno laboratório. Ao mesmo tempo, achamos que a casa é sua também pelo tempo que você precisar, e o aluguel será sempre o que puder pagar. — Minha mãe ia discordar, mas Liesel disse: — Queremos assim. Nós economizamos a vida toda, e a casa já está quase quitada. Não precisamos de um dinheiro que você agora precisa mais do que nunca. Pense num valor que seja justo, mas pequeno, e nós assinamos um papel concordando. — E os dois voltaram para o apartamento deles.

Caro e suas gritantes e saltitantes amigas reagiram com fingido horror às Águas Quentes de Vermont e ao Retiro do Estupro. ("Ele era bonito?", perguntou Justine. Não vou agüentar isso.) No domingo à noite, recebi uma longa carta de Jessica Godin, dizendo que esperava que tivéssemos encontrado nosso pai bem e, quem sabe, a gente podia se corresponder. Ela já sabia do que tinha acontecido com Muir e contou que apareceram mais problemas dele com as ovelhas desgarradas do pai.

Respondi durante um tempo que me pareceu muitas horas. Pensei que meus pulsos fossem inchar. Falei sobre minha mãe e que a metade de mim queria deixar o réptil do meu pai usar a nossa poupança para educação, pois assim eu ia correndo me emancipar (eu queria); e que o egoísmo dele me dava vontade de obrigá-lo a voltar ao trabalho, usar terno todo dia lá no Mundo da Natureza e ir à luta para nos sustentar. Depois, como não conseguia dormir, escrevi também para Tian, mas esperava levar dias para saber notícias dela, pois o e-mail daqui para a Tailândia é sempre meio devagar. Enquanto isso, Cathy tirava suas velharias guardadas em caixas e, assim que tirava, Aury e Abby pegavam tudo de que gostavam, fosse uma echarpe ou um virador de panqueca, até que lá pelas tantas tinha porcaria espalhada pela casa toda, de mamãe e de Cath. Depois que as duas pequenas pegaram todos os produtos de maquiagem no quarto de mamãe e que Aury cortou para Abby Sun uma linda luvinha sem dedos, Connie chegou para cuidar delas. Ninguém mais tinha forças para isso.

Luke Witt passou lá em casa duas vezes naquele fim de semana, só para dar uma olhada nos destroços.

Na primeira vez, ao entrar no meu quarto, onde eu fingia estudar inglês, ele disse:

— Cara, o inferno está em festa.

— É, meu pai voltou para a cidade.

— Eu soube. Todo mundo sabe, parece o filme *A justiça está chegando: sem lei e sem alma.* Ouvi dizer que houve... problema.

— Bom, quando você pensa que a namorada dele tem idade para ser minha irmã e que os dois têm um filho, então é problema mesmo. Mas não é muito complicado.

— Sei.

— Quer dizer, não estou muito dividido em relação às minhas fidelidades, cara.

— Minha mãe está grávida, eles agora querem uma menina — contou Luke.

— O que isso tem a ver com o que acabei de dizer? Sou eu que não devo fazer sentido.

— Bom, era sobre o tema geral de até as corujas mais velhas uivarem e piarem na Lua cheia.

— Seus pais são casados. Um com o outro.

— Mesmo assim, é constrangedor minha mãe engravidar. Meu irmão caçula tem 9 anos, acho.

— Questão de ordem, Luke. Você não imagina o constrangimento que é a minha mãe. Aliás, não imagina a droga que é, para dizer a verdade. Não leve a mal.

— Não levei.

— Porque não sei que merda vai ser de nós. Vamos acabar morando em casas contíguas antes que ele termine essa história.

— Não vai acontecer. As coisas vão funcionar. Varri as folhas molhadas do chão e coloquei em sacas.

— Legal — concordei.

— Você foi de ônibus o tempo todo?

— Quem contou?

— Caroline.

— Acho que ela está orgulhosa. Podia ter se fodido com um ecosselvagem se eu não o tivesse ameaçado com uma pistola. — Luke gargalhou, jogou os pés tamanho 44 para cima e cruzou os braços na cabeceira da minha cama.

— Você acertou o cara com uma pistola, foi? — Ele riu de novo.

Dei uma olhada rápida em Luke, sem saber se eu queria falar ou o que queria. Luke continuava sendo meu melhor amigo. Mais ou menos. Nos dias bons. Ele também falava demais. Por outro lado, a história da pistola podia não fazer mal à minha reputação entre os normais e os idiotas.

— A arma estava descarregada — contei.

— Com certeza. — Luke sorriu.

— Era um Colt especial da polícia, ano 1937.

Luke sentou-se.

— Como assim? Você *realmente* ameaçou um sujeito com uma pistola?

— Foi.

— Cadê a arma?

— Está embaixo do banco de um carro em Nova York. Ou não.

— Porra. Achei que você estava me gozando. Onde arrumou a arma?

— Achei. É uma longa história.

— Cara! Essa aventura foi cabeluda — disse Luke.

— Teve também o nosso maravilhoso encontro com a polícia de Massachusetts e nossas carteiras de motorista falsas...

— Nunca pensei que você fosse capaz, cara. Não leve a mal — disse Luke.

— Por quê? Porque não fico subindo e descendo as colinas com idiotas fazendo cross-country? Você acha que quem não é machão é veado?

— Não é isso — disse Luke, sincero. — Pare com isso, Gabe. Não pensei isso. É que você não parece... Gabe. Não parece do tipo que ameaça com uma pistola. Mas é legal. Gostei.

Bom, finalmente consegui. Sair do mundo dos palermas.

E não teve importância.

Eu via minha mãe — melhor fisicamente do que há meses — não parar de fazer coisas. Fazia compras. Fazia listas. No sábado à noite, fez um assado com bolinhos e levou Aury para um daqueles lugares onde crianças pequenas saltam de trampolins em piscinas de espuma. Só foram as duas. Como se ela quisesse mostrar que fazia parte do mundo dos vivos. Acho que foi na piscina de espuma que ela explicou que, embora papai gostasse muito de Aury, tinha de cuidar do bebê Amos. Mamãe cuidaria de Aury, que poderia visitar papai quando fosse maiorzinha. Acho que foi essa a conversa. Nós nem escondemos ovos de Páscoa para Aury procurar. Esquecemos da Páscoa; até Cathy, que é católica, esqueceu. No domingo de manhã, vovô foi correndo à loja Dollar Bonanza e comprou para as meninas cestas de Páscoa do tamanho das Torres Trump e as escondeu nas moitas na frente de casa para elas acharem. Nós meio que deixamos pistas pela casa toda, em linguagem desenhada. Elas foram bem espertas na busca. Cathy foi com Aury e Abby Sun à corrida do ovo na Taberna Laurel, que não é o que parece. É um lugar de comer peixe frito, onde todo ano fazem nos fundos uma grande brincadeira de ovos para as crianças pequenas e onde tem um pequeno parque.

Continuei calculando quando papai ia tentar o "meu filho, precisamos ter uma conversa", e foi na segunda-feira, quando mamãe estava fechando a coluna do jornal.

Ele chegou com Amos, desajeitado como um boneco dependurado. Vi quando veio pela calçada, falando no celular, gesticulando como se a pessoa do outro lado da linha pudesse vê-lo. Imagino que fosse a tal Joyous. Ao entrar em casa, ele pediu:

— Gabe, pelo amor de Deus, fique com ele um minuto e o ponha deitado. Tenho de ir ao banheiro e lavar o vômito da minha mão. — Fiquei sem saber o que fazer, e ele disse: — Olhe, ele é seu irmão. — Era mesmo, o pequeno filho da puta. Enfiei-o de comprido entre as almofadas do sofá, como vi fazerem com Aury quando era pequena, e ouvi o pequeno ressonar quando pegou no seu sono de bebê. — Quer dizer que você me odeia até as entranhas — disse Leo, quando voltou.

— Mais ou menos isso.

— Não condeno você por estar com raiva...

— Bondade sua.

— Mas ódio é uma palavra pesada, Gabe. Não sei se pesa mais para mim ou para você, sabe? — Ele tinha algo a declarar sobre o tema. Minhas

297

entranhas se enroscaram. Eu precisava ficar perto do banheiro. Ficar com Leo era como estar com aquele resfriado que segue você de um cômodo a outro. Ele sentou na ponta da minha cama. — Lembre-se, Gabe. Tivemos bons tempos. Lembra-se de quando fomos ao Derby de Pinewood? E... (Eu gemi.) Como vai a escola?

Fingi uma risada amarga, embora parecesse um velho de smoking num filme em preto-e-branco.

— Dependendo do dia, a escola não existe ou é uma porcaria — respondi.

— Você precisa insistir, Gabe. A faculdade vai ser mais fácil. Há um programa na Universidade de Wisconsin-Baraboo para crianças inteligentes com dificuldade de aprendizado...

— Eu não sou uma criança com dificuldade de aprendizado. Eu tenho dificuldade.

— Você sabe o que estou dizendo.

— Eu sei. Ouço isso todos os dias.

— Você podia conseguir ajuda com o problema da fala. E isso ajudaria na escrita. Você toma remédio para seu déficit de atenção?

— Não.

— Devia.

— Ah, é.

— Sua mãe me disse que existem programas.

— Eles custam uns 140 dólares a hora. Você está se oferecendo para pagar?

— Sabe que não tenho condição de fazer isso, Gabe — disse ele. — Mas posso ajudar sua mãe a usar a poupança educacional para você ter a ajuda de que precisa...

— De forma que as crianças recebam o dinheiro do *avô*, em vez de incomodarem o *pai*.

— Deve ter algum tipo de ajuda para isso.

— Cristo, pai, você acha que mamãe aceitaria uma, digamos, ajuda? Ela consegue os remédios grátis com laboratórios porque não pode ter seguro, mas não é do tipo que pede ajuda.

— Essas coisas existem para ajudar.

— Achei que você não podia mais me surpreender, meu caro pai. Mas me enganei. Você prefere que Caro e eu recebamos ajuda do Estado a você precisar trabalhar em tempo integral?

Ele olhou para longe.

— Lembra quando construímos aquele forte na árvore? E você achava que faltavam umas tábuas em cima da árvore, como o colarinho numa camiseta?

— Pule a passagem pela terra da lembrança. — Olhei para o relógio. — Tenho de procurar emprego.

— Gabe, um dia você vai entender por que fiz isso. Não sei se vai me perdoar, mas um dia vai desejar tanto uma coisa só para você, só para viver, que vai aceitar arriscar tudo.

— Não entendi direito. Você arriscou exatamente o quê?

— Para começar, o respeito do meu filho.

— Certo. Anotado.

— E eu venho visitar vocês. Quando o bebê... bom, quando os bebês estiverem um pouco maiores... e você vai me visitar. Se você conhecesse melhor a Joy...

— É, conte com isso. Na verdade, é tão provável quanto eu ir agora dar um mergulho no lago Michigan. Dizem que perto das margens a água fica a uns 11 graus. — Levantei. — Você está doido? Pai, não queria dizer isso, mas você me obriga. Por que eu iria visitar você? Por que iria querer visitar você e conhecer melhor a *Joy*? Acho que a visita de duas horas que fiz a Joy deu para eu conhecê-la. Até a irmã dela não vê a hora de sair daquela porcaria.

— Você vai mudar de idéia.

— Não aposte dinheiro nisso. Assim que eu encontrar... uma forma, não devia dizer isso, de garantir que mamãe tenha... ajuda e que esteja bem com Cathy, vou dar o fora. Sabe, fale de mim em Sheboygan, mas não conte para eles onde estou.

— Não condeno você por se sentir assim.

— Papai, você corta o meu coração.

— Como você se sentiria... — começou ele, e tive de segurar um braço como se estivesse quebrado numa tipóia para não ir para cima dele — ...se você fosse meu pai e eu, seu filho? Se os seus pais achassem que você era algo que eles gostariam de raspar dos sapatos?

— Eu me sentiria um merda, Leon — respondi. — Sinceramente, um merda. Opa, eu me sentiria exatamente como estou me sentindo agora.

— Querem um lanche? — perguntou Cathy da cozinha.

— Quero rosbife, peru e... — respondi.

— Molho russo, sei como é — disse Cathy.

— Tenho de admitir que ela me detesta, mas tem sido uma boa amiga para vocês — disse Leo.

— Ela é uma espécie de pai que nunca tive, Leon. E, olhe, não que eu não esteja gostando do papo, mas realmente tenho coisas a fazer...

Ele foi embora. Dei um soco que fez um buraco na cabeceira da minha cama (era uma cabeceira meio mole) e chorei como um completo idiota até dormir.

VINTE E CINCO

Diário de Gabe

Aos sábados, minha mãe fazia terapia corporal. Se agüentasse, depois de levantar as pernas com pesos e o terapeuta rodar os tornozelos dela, fazia balé também. Às vezes, Caro ia com ela. Em geral, ela conseguia fazer os exercícios e todos nós passávamos o resto do dia com a respiração suspensa. Mas estava melhorando, e não piorando.

Meu pai ia voltar (sem Amos) para acertar o divórcio. Eu esperava começar a me sentir estranho, triste, vazio e meio nostálgico a respeito de Leo, da infância e tal. Mas só o que sentia era insensibilidade ao tato, como a cicatriz arqueada no meu joelho, de quando cortei até o osso no guidão quebrado de uma bicicleta.

A sensibilidade nunca mais voltou.

Até hoje.

O divórcio parecia um fato normal agora. Não era uma ocasião que precisasse nem trocar tênis por mocassins. E, um ano antes, eu achava o divórcio uma coisa tão improvável quanto uma instalação marciana na estufa de Klaus. Os últimos seis meses haviam sido os mais longos cinco anos da minha vida.

Eu só queria que minha mãe estivesse bem-disposta no tribunal. Não queria que estivesse mancando ou magra demais, embora provavelmente isso ajudasse a defesa com o juiz. Já sabíamos que meu pai teria de pagar uma pensão por mês porque ela não podia trabalhar em tempo integral. A menos que ela se casasse, o que era óbvio que não ia acontecer.

Ela se comportava mais ou menos como se não desse a mínima para Leo, Amos nem nada. Pelo menos, na nossa frente. E eu achava que sabia mais ou menos por quê. Às vezes, à noite, eu ouvia pela parede do quarto ela cantando alguma coisa e, cada vez com mais freqüência, falando ao telefone. Era meio confortador, mesmo quando ela chorava ao falar. Isso me lembrava de quando éramos pequenos e ouvíamos nossos pais, bem, trepando, acho eu, e minha mãe fazia uns ruídos choramiguentos e meu pai repetia o nome dela, ofegante: "Julie, Julie." Eu ficava pensando com quem ela falava ao telefone. Não era com Cathy, que agora morava conosco, mas na época estava participando de uma conferência e depois ia visitar o irmão em Denver. Não era com Stella, porque as duas só falavam ao telefone para dizer "Mais tarde" e combinar um café. Sobrava minha tia Jane. Mas ninguém que fosse saudável falaria mais de cinco minutos com minha tia Jane. Por último, tinha a vovó, que estava sempre por perto e ia dormir às oito e meia, mais ou menos. Depois que Leo foi embora, todos os amigos de minha mãe da faculdade e as mulheres dos professores a deixaram de lado, como se ela nunca tivesse existido.

Uma noite, mamãe levou Aury a uma peça infantil, então me sentei à escrivaninha dela para descobrir quem era o misterioso interlocutor. Não me passou pela cabeça que estava violando sua privacidade ao mexer nas coisas dela. Eu não pensava nela como uma pessoa com limites e uma vida própria. Ela era nossa mãe. Pertencia a nós.

De todo jeito, naquela noite, descobri duas coisas de enorme interesse. Uma, foi uma revistinha chamada *Pen, Inc*. Mamãe não lia revistas e sempre insistia para lermos livros que não se conseguia segurar numa só das mãos, como *Anna Karenina*, então resolvi folhear a revista. E lá estava a poesia dela. Não aquela que eu tinha visto antes de irmos para o Fim de Linha. Era outra. Não sei se era melhor. Não entendo nada de poesia, só os poemas de Robert Frost que ela nos fez decorar quando pequenos; sei também que se pode cantar todas as poesias de Emily Dickinson com a música de "The Yellow Rose of Texas". Mas essa poesia devia ser meio boa, pois publicaram naquela revista.

Era assim:

Remissão

Terei de pagar por essa remissão,
Pagarei com amanheceres em que
   ficarei babando e manhãs em que ficarei num estupor,
Sentindo tremores, implorando ajuda,
   a língua dando estalos ou xingando.
Pagarei com raiva, medo, remorso e luto
Um novo hematoma na bacia, um lábio inchado,
   vertigem, enjôo, todos os sinais
De que existe um preço
   por essas férias da saúde,
Para mim agora, não há bem-estar.
Eu danço e canto, mas dentro de um armário, escondida,
Como se para ninguém perceber, antecipo o julgamento da comissão
No fim de tudo, eu vou me redimir,
Isso não é uma alegria. É um intervalo.

Achei a poesia amarga à beça. Não combinava com aquela voz animada de Julie ao telefone que eu ouvia à noite pela parede. "Ele fez isso?

E o que você fez? Bom, pode não ser emergência, mas continua sendo uma grande responsabilidade. E acidentes são emergências. Bom, não precisa ser *mortal*." Parecia uma versão menos idiota de Caroline falando com Mallory.

Mas a coisa realmente interessante foi aquele papel cinzento dobrado que caiu de dentro da revista. Era o bilhete de um sujeito.

Sou Matthew McDougall. Sei que não se lembra de mim, Julieanne, mas eu me lembro de você. Sentava atrás de você na aula de Arte na PS 17 e fui muito apaixonado. Você dançou comigo exatamente três vezes a música "God Only Knows". Você disse que era sua música preferida. Também era a preferida de Paul McCartney, que costumava deixar os filhos doidos quando punha para tocar essa música no carro. Na verdade, tenho uma filha de 18 anos e a deixo maluca quando a ponho para tocar. Às vezes, leio sua coluna no Herald *e quando vi sua poesia na* Pen, Inc.*, resolvi escrever. Não sei se vai receber esta carta, mas, se receber, me ligue e nos veremos. Com carinho, Matt.*

O número do telefone dele estava no alto do papel timbrado e o nome era seguido das iniciais M.D., de *Medicinae Doctor.* Um médico. Decerto do tipo intelectual. Tive de pensar como seria se minha mãe algum dia tivesse um... encontro com ele ou algo assim.

Vai ver, era com ele que falava ao telefone.

Mas se ele tinha lido aquela poesia, sabia que ela estava com esclerose múltipla.

Portanto, por que estava flertando com ela?

Eu já tinha lido bastantes folhetos sobre esclerose múltipla para saber que as pessoas fogem das mulheres com essa doença, mesmo que antes a amassem. Somem porque as mulheres podem ficar tropeçando, falando sem parar e sendo inconvenientes, embora não tenham culpa, e só atender às necessidades físicas elementares de quem está muito mal pode praticamente matar a pessoa que cuida do doente. Até então, o caso da minha mãe parecia bem brando, mas nunca se sabe. Coloquei o papel cinzento dentro da revista, com cuidado para manter na mesma página; depois, abri as contas da casa com a faca para papel. Eu conhecia bem a assinatura da minha mãe, sabia como ela respondia uma carta de cobrador, como ela planejava uma palestra. As contas faziam parte da minha rotina. Eu apenas as imprimia e assinava, junto com autorizações, respostas de cartas, advertências de Caro na escola e tudo o mais que chegasse.

No dia seguinte ao que espionei minha mãe, ela começou uma fase ruim.

Foi curta e foi a última desde então. Mas foi horrível.

Nunca desejei tanto que Cathy estivesse em casa como naquela semana.

Começou com mais um pequeno problema na vista. Ela apertava o olho bom *contra* a tela do computador enquanto escrevia, mexendo os dedos. Isso me fazia lembrar de Anne Sullivan e Helen Keller. Senti calafrios, para ser sincero. Eu tinha de levá-la de carro para todo canto, e era uma fase de palestras, quando os hospitais e coisas do gênero promoviam seus almoços de fim de ano.

A semana anterior à que meu pai voltaria era a semana do tratamento com Interferon. Mamãe se aplicou a injeção. Era rotina. Mas, dessa vez, eu a ouvi dizer no banheiro:

— Droga!

Perguntei se precisava de ajuda.

— Não, saiu uma gota de sangue. Atingi uma veia. Saia. — Aquilo era... um pouco não-Julieanne. Terminada a aplicação, ela saiu do banheiro, foi para a cozinha e misturou um picadinho para Aury e eu comermos, já que Caro tinha saído para seus agitos noturnos.

— Detesto ovo frito — lamuriou-se Aury, olhando para a tremeluzente gema em cima do picadinho. Eu a entendia. Pois sou capaz de comer ovo cozido ou mexido, mas ovo frito me dá arrepios. Me lembra que aquilo é uma célula.

— Ótimo — disse minha mãe, que apertou o pedal da lata e jogou no lixo a porção de Aury. — Não coma.

Aury começou a chorar.

— Gay, faz um pão com manteiga de amendoim e geléia para mim — pediu ela.

— Não ouse, Gabe — disse mamãe. — Não agüento mais essa manha dela para comer. A carne com batatas estava ótima, Aury.

— Mas o ovo estava encostando — reclamou Aury, iniciando aquele veemente ataque de raiva e tristeza que fazia o nariz dela escorrer e sair fumaça das orelhas de qualquer adulto nas redondezas.

— Pois então, levante-se — disse minha mãe, segurando o braço de Aury e levando-a até a porta do quarto. — Saia da mesa e não volte. — Virou-se para mim: — Também não está gostando? — perguntou ela. — Posso jogar fora a sua comida também.

— Eu só estava meio ocupado, apreciando o show — respondi, levantando as mãos para o alto como quem se rende.

Minha mãe girou o braço e quase deu um tapa na minha cara. Eu não conseguia acreditar.

— Que merda é essa? — gritei, me levantando. — Primeiro, você descarrega tudo numa criança pequena...

— Não fiz isso! Forcei-a a ir para o quarto, o que até o Dr. Spock aprovaria. Dei a ela comida perfeitamente normal, até comum, e ela nem tocou. Está *sempre* reclamando. Não *pára*. — Coloquei meu prato no escorredor. Minha mãe pegou o prato e, com satisfação, quebrou-o ao meio em cima da pia. — Pode fazer a sua maldita comida — disse ela.

— Você gostaria que eu fizesse? Quer se sentir mais mártir do que já é? — perguntei.

— Gostaria que você calasse a boca e fosse para o seu quarto.

— Com prazer.

Fiquei lá no meu quarto deitado, sofrendo, esperando a meia hora de praxe até ela entrar e dizer *Gabe, estou cansada. Gabe, desculpe. Gabe, continuo sentindo muita falta do seu pai e da nossa vida de antes.*

Mas ela não foi ao meu quarto.

Eu sabia que ela estava morrendo de medo de como iria ficar no dia seguinte — a náusea, os arrepios de frio, o estado vegetativo. Durava pouco, só dois dias, mas ela ficava apavorada. Mesmo assim, não dei a mínima. Ela estava se comportando como uma completa idiota. E, em vez de se desculpar, ficou uma hora tropeçando pela casa, batendo portas, recolhendo todos os brinquedos espalhados de Aury e jogando-os num lata de porcarias que ia carregando, gritando para Aury que, se ela não queria os brinquedos, bom, a mãe dela não queria ficar passando por cima, por isso ia doá-los para uma criança que fosse capaz de pegá-los do chão. Entrei no quarto de Aury, peguei-a no colo e a coloquei para dormir na minha cama. Ela havia chorado tanto que acabara vomitando, por isso troquei a roupa de cama dela também. Você, sua putinha ingrata, pensei. E ela *continuou chorando.*

— Olhe só o protetor de Aury — zombou mamãe. — Também acha que sou uma mãe relapsa, como ele diz? Acha que perdi a cabeça?

— No momento, sim — respondi, sincero. — Mas não para sempre.

— Ora, foda-se ele e foda-se você — disse... a minha mãe! Minha mãe, que jamais xingou na nossa frente e para quem "droga" era aceitável apenas num acidente de trânsito ou num aviso de aproximação de furacão. — Amanhã, a essa hora, você poderá comer e fazer o que quiser, porque estarei de cama, tremendo e hirta. Divirta-se!

— Mamãe, você precisa se deitar — falei.

— Não preciso nunca mais me deitar! — gritou ela. — Fiquei deitada quase os últimos seis meses inteiros. Meu marido acidentalmente me largou por uma fabricante de geléia, meu filho se recusa até a fingir que faz o dever de casa e minha filha deve ser a puta da cidade.

— Esqueceu de Aury.

— Ah, a flor da idade do seu pai. Espere, será que ele arrumou um novo pistilo ou seja lá como eles chamam aquilo? Aury, que foi a menina dos olhos do seu pai. Não fique aí parado, olhando para mim. Saia! Saia como todos os ratos fedidos...

— Ou é um rato fedido ou é um rato abandonando o navio que naufraga, mãe. Não pode ser as duas coisas.

— Cale a boca! — gritou ela, vindo para cima de mim. Segurei seus pulsos e abaixei os braços dela. — Detesto você — disse ela, entre soluços.

— Também detesto você agora — repliquei.

— Detesto isso que vivo e que dizem que é vida.

— Quer que eu ligue para um serviço de atendimento a suicidas?

— Para eles me dizerem que o suicídio é uma solução permanente para um problema passageiro? Bom, o que dizer de um problema permanente? Um que brinca com você como um gato com um rato. Um dia, a perna. Na semana seguinte, um olho. Na terça, a mão esquerda. Na quarta, a mão direita. O pescoço está tão duro que não dá para virar a cabeça. Que tal? E o que acha da pessoa que você se torna? — Ela juntou os pulsos. — Gabe! Gostaria de dizer que deixo por sua conta. Não sei como você se sente, mas imagino. Como se eu fosse a filha e você, o pai. Gostaria de poder dizer que, se eu melhorar ou conseguir um pouco de dinheiro, vou comprar a sua infância de volta, mas você só tem uma. E eu a usei. Mas, Gabe, não sabe como me sinto com todas essas pequenas chateações em mim e na minha vida...

— É um saco — disse eu, e era mesmo. Ela tinha o direito de ficar muito irritada. Mas não tinha o direito de nos tratar como merda, porque éramos as únicas pessoas no mundo das quais ela podia depender. Por outro lado, eu via como aquilo era detestável: depender das pessoas que deveriam depender dela. Dava vontade de tratar tais pessoas como merda.

A essa altura, ela já tinha parado de quebrar pratos e jogar fora os brinquedos de Aury (claro, eu os peguei do lixo) e foi se deitar. Fiquei me perguntando se acabaria odiando os dois, ela *e* Leo.

Eu tinha guardado a carta mais recente de Tian. E achei que era hora de lê-la, quando eu mais precisava.

Quase todo o verso do envelope tinha selos e a carta era lastimavelmente curta. Sim, inglês não era a língua materna de Tian, mas ela tinha um jeito de ser delicada e ao mesmo tempo distante que era insuportável. Ela ficou com "tanta tristeza" por causa dos meus pais.

Não tenho palavras para dizer. Eles foram tão bons para mim. Minha família é estável e é difícil imaginar meu pai se descrevendo daquele jeito. Talvez seu pai esteja com uma doença mental e vá melhorar agora. Assim, Gabe, você tem de ser muito corajoso, pois vai valer a pena. Já estou no primeiro ano da escola por causa da pressa. Freqüentei a escola as férias inteiras. Assim, no ano que vem posso me candidatar a Yale. E vou no ano seguinte. Gostaria de ver os Estados Unidos outra vez e tomar sorvete. Lembro do tempo que passei lá como um sonho que as meninas têm numa lenda. Será que Yale fica longe de Sheboygan? (Tão longe quanto a Lua, pensei.) *Espero que você venha me visitar. Sua amiga, Tian.*

Aquele "sua amiga" não ajudou.

Não que eu não tivesse tentado esquecê-la. Durante um tempo fiquei, no sentido preguiçoso da palavra, com uma garota chamada Rebecca, que não era aluna da Educação Especial. Era bonita, com os mesmos traços de Easter, irmã de Joyous, de pernas compridas e cabelo ruivo, quase da minha altura. Mas aí recebi cartas de Tian. E a letra dela, até o cheiro picante do papel que ela usou, me deixou doente, como se estivesse com uma gripe. Nauseado. Transpirando à noite. Durante dois fins de semana seguidos, fingi que tinha de trabalhar ou cuidar da minha mãe para não ver Rebecca antes de terminar com ela. Achei que, se eu não fosse judeu, poderia virar padre, porque era óbvio que nunca teria Tian, que se casaria com algum médico de Yale (como disse Luke) uns cinco minutos depois de começar a residência médica. Depois de um tempo, Rebecca me disse gentilmente que queria ver outras pessoas. Inventei uma pequena discussão para a coisa parecer direita. Mas senti um certo alívio. Quer dizer, comprovei o que achava. Tinha saído com uma garota comum na porcaria de LaFollette. E não tinha vontade de fazer mais nada.

Naquela noite, depois que minha mãe desabou na cama, liguei para Tian. Deve ter custado uns 80 dólares, e lá na Tailândia devia ser, claro, umas quatro da manhã. O pai teve um ataque ao lado do telefone até ela explicar que era Gabe de Sheboygan, Estados Unidos, e aí ele ficou todo simpático.

— Por que foi? — perguntou Tian.

— Por que foi o quê, que eu liguei? — respondi. — Eu... sinto saudade de você. Embora você não sinta de mim.

— Espere — disse Tian. — Sinto, sim. Não tenho namorado. Mas sou prática. Se sinto saudade de você o tempo todo, fico deprimida e não posso trabalhar, nem ser legal com meus amigos.

— Minha mãe está bem doente.

— Eu sei. É horrível pensar na linda Julie doente e fraca.

— E meu pai é um filho da puta.

— Não fale assim, Gabe. Dizer isso é pior para você do que para ele.

— É o que minha mãe diz. Diz que tenho de pensar no meu carma.

— Tem razão. Pois se ele for um filho da puta, odiá-lo vai fazer de você outro filho da puta.

— Então, o que há de novo na sua vida? — Bom, da parte dela, tinha muita novidade. Muitas festas e muitos bailes, além de deveres da escola bem difíceis, não como em Sheboygan, e tinha também uma viagem à Itália com o coral do qual fazia parte e... tanta coisa boa na vida dela que dava vontade de contar um bocado de coisas ruins.

— Gabe, sei que você está triste — disse-me ela, afinal. — Gostaria de dar um beijo na sua boca.

— Não tem nada que eu queira mais nesse mundo — disse eu.

— Vou chegar logo. Daqui a dois anos. E vamos tomar um café — disse ela.

— Ah, Tee — suspirei. — Você sabe que não vamos. Você sabe... você não sabe de mim. Não sabe que não sou um ótimo aluno de Medicina como você. Na verdade, estou fazendo mais um semestre só porque minha mãe quer; depois vou largar a escola.

— Largar? Gabe, você nunca deve fazer isso.

— A escola não leva a nada. Posso fazer esse teste que prova que você aprendeu tudo o que precisava aprender no secundário, qualquer idiota consegue ser aprovado, e mais tarde faço a faculdade. Minha mãe está com Cathy aqui e ela está melhor quase o tempo todo, não precisa muito de mim.

— Eu sei que você tem aula especial de leitura. Isso não é falta de inteligência. Gabe, você mesmo me disse.

— E você acreditou. — Olhei minha cara no espelho. Minha pele estava ruim, decerto por causa do cansaço e das porcarias que eu comia, e entendi por que se comparam pessoas com acne a pizza com salsichas. — Bom, você não vai pensar assim daqui a dois anos.

— Veremos, Gabe. Depois do café, combinado? — Ela era tão prática e animada. Eu tinha viajado até o norte do estado de Nova York, por que não poderia ir a Bangcoc? Nós poderíamos fugir e fingir ser o Sr. e Sra. Kevin Mortes. Mas, se eu aparecesse lá, o pai de Tian me daria comida, chá, decerto uma camisa feita à mão pelo alfaiate particular dele e me botaria direto num avião de volta.

Eu não podia escapar.

Peguei meu casaco e me sentei na varanda.

Mesmo se largasse a escola e entrasse numa faculdade com o teste de classificação, continuaria sendo um cara de 16 (ou 17) anos que teria de pedir ajuda a alguém, embora na época em que meu avô veio para os Estados Unidos os garotos da minha idade se casassem e fossem trabalhar. E será que eu queria isso? Queria ir trabalhar fritando hambúrgueres ao lado de garotas de cabelo arrumadinho?

Estava com tanta pena de mim mesmo que só ouvi o grito quando voltei para dentro de casa e fui ligar a TV. Minha mãe estava rouca, não sei quantas vezes tinha me chamado. No escuro, não a enxerguei na cama, então acendi a luz.

— Não acenda, Gabe — pediu ela. — Não acenda a luz. Vá chamar a vovó, já.

— O que houve, mãe? Bateu com a cabeça ou alguma coisa?

— Chame... a vovó. Espere. Antes de sair, deixe eu dizer uma coisa.

— O quê?

— Que eu sou uma porcaria. Estar doente não é desculpa para ser insuportável. Sou insuportável, Gabe. Talvez por estar apavorada, acho que sendo insuportável vou fazer você ficar bem e se comportar direito porque eu não posso.

— Não é assim.

— Eu sei. Agora mesmo mereço que você me deteste pelo resto da vida. Mas, por favor, não faça isso, Gabe. Você é um ótimo garoto. Gabe, você é mais humano agora do que a maioria dos homens que conheço jamais será. Continue assim. Seja uma pessoa melhor do que fui esta noite. Que Deus me perdoe, Gabe. Pois eu jamais me perdoarei.

A vó chegou uns 15 minutos depois. Mas acabou que eu tive de tirar mamãe da cama porque a vó era pequena demais. Senti o cheiro ácido de urina. A vó a levou para o hospital de carro e o médico resolveu colocar o que chamam de sonda de Foley por um dia, o que era o melhor para minha mãe manter a energia para a formalidade de perder meu pai.

Vovó dormiu num colchão inflável no quarto de minha mãe. Toda vez que eu despejava o líquido daquele saco de borracha fazia de conta que não era eu e, quando voltava para o quarto, mamãe enfiava a cara no travesseiro e fingia que estava dormindo até que a vó colocava de novo o cateter. Eu ficava no corredor.

Eu sabia que ela não estava dormindo.

Naquele tempo todo, eu queria dizer para ela que a perdoei por quase me estapear e por assustar Aury. Queria dizer que eu conhecia casas naquela mesma rua onde essas porcarias aconteciam o tempo todo e ninguém tirava as crianças da pessoa por causa disso. Queria dizer que ela não era um monstro, que teve apenas uma atitude ruim numa fase realmente ruim.

Mas não consegui. Ela estava com muita vergonha, num novo território. Ela estava lá sozinha, e nós não podíamos ir até ela.

VINTE E SEIS

Diário de Gabe

Vô Steiner me contou a história oficial do fim do casamento de meus pais. Minha mãe não quis voltar do tribunal direto para casa, então acho que Cathy foi dar uma volta com ela.

Mas os avós voltaram, para ter certeza de que nós estávamos bem. Os dois estavam com os olhos vermelhos, mas no começo o avô até parecia estar comemorando alguma coisa.

— O juiz deu uma nele, Gabe! Disse para seu pai que a vontade de trabalhar menos e viver mais era incompatível com a vontade de procriar; que ele tinha quatro filhos menores para sustentar, não apenas um, e uma esposa incapacitada, e que a *capacidade* dele de ganhar dinheiro era muito maior que a de Julieanne, não importa o estado atual de saúde dela. Disse que ou ele dava a metade da venda da casa lá no cafundó para Julieanne ou abria mão da parte dele na venda desta casa; que teria de sustentar você e todos os filhos até completarem 18 anos, no total de uns trinta por cento ou algo assim do que ele costumava receber na universidade, a menos que Julieanne se casasse outra vez, o que sabemos, que Deus a ajude, ela jamais fará, além de pagar a faculdade dos filhos. Mas Julie disse que a faculdade estava coberta, graças à herança do pai dela. Leo ficou todo ruborizado, estava muito irritado. Deu para ver por que todos os advogados que chamei não quiseram mediar o caso. Ele sabia muito mais direito do que Julie, então a coisa toda seria uma piada. Mas no final, o juiz disse: Escute, Sr. Steiner, respeito sua competência como funcionário da justiça, do contrário não sugeriria que usasse de toda a sua capacidade para dar sustento às crianças que o senhor preferiu abandonar, seja como preferir descrever tal abandono. O senhor está no auge da sua força produtiva, Sr. Steiner... — Então, o avô chorou. Pegou o lenço e assoou o nariz com tanta força que dava para ouvir em Milwaukee, como os velhos fazem. E ficou lá sentado.

— Vovô? — chamei, finalmente.

— Estou aqui. Pensando na derrota do meu filho. E no comportamento idiota dele. Estou aqui torcendo contra meu próprio filho — disse ele, abaixando a cabeça.

— É bem difícil ser *a favor*, vovô — repliquei, e me sentei ao lado dele. — Mas, olhe, o papai pode mudar. Pode acordar. Acho... que jamais voltará para cá; mesmo assim, ele pode ter um bom relacionamento com, digamos, Caroline, mesmo que seja só no verão e nas férias, porque ela é tão superficial que vai acabar muito amiga de Joy e Amos. Aury é apenas um bebê. A mamãe diz que vamos passar a chamá-la de Rory, porque é mais normal, e ela vai gostar do pequeno Amos, e quando tiverem o novo bebê...

— O novo bebê? — berrou vovô.

— Que bebê, Gabe? — perguntou vovó.

— Ela está grávida — contei. — Joy, a namorada de papai. — Fiquei com raiva de mim pela tristeza que vi enrugar o rosto velho deles.

— *Gotten Himmler* — disse ele, embora eu não entendesse o que tinha a ver com a história. — E você, Gabe? O que diz da relação com seu pai? Se ele acordar, como você diz, você o perdoará?

— Claro — respondi.

315

— Está mentindo — afirmou o avô.

— É, estou — confessei.

— Mas ele é seu pai, Gabe. Você nunca terá outro. E ele tem qualidades. As pessoas erram. Ele não matou ninguém. Ele está errado. Mas
fez tanta coisa boa para mim, para você. Você sabe.

— Eu sei. Mas acho que jamais concordarei com ele.

— Talvez quando você crescer e gostar de alguém — disse a avó.

— Já gostei de uma pessoa — disse eu.

— Amor de criança. Amor dente-de-leite — disse ela.

— Não, vó, foi amor de verdade. Não digo que seja pelo resto da
vida. Não tenho tanta sorte para ficar com ela. Mas sei como é. Depois
eu olho para Aury... ou Rory, e acho que não a magoaria mesmo que fosse por esse motivo, pelo que senti. E ela não é minha filha, é minha irmã.

— Também estou mudando de nome — anunciou Caroline, saindo do quarto dela, ainda meio tonta de sono, de pijama e meias, os fones
de ouvido pendurados no pescoço.

— Vai mudar para o quê? Idiota Chefe? Agora é uma e meia da tarde — informei.

— Vou mudar para Cat. Eu gosto. Cat Steiner. Parece uma artista
gráfica. Ou cantora.

— Quando resolveu? — perguntou minha avó, abraçando Caro e
fazendo um carinho no cabelo dela. — Vou arrumar uma torrada ou um
bagel para você, antes de sua mãe chegar.

— Resolvi quando estava lá com papai — respondeu Caroline, orgulhosa, indo se sentar na amurada da janela. — Gostei do jeito que eles
escolhem os nomes. Tinham toda a liberdade, sabe? Faziam exatamente
o que queriam...

— Ele não vai mais ficar assim, Caroline — disse o vô.

— Mas vai continuar feliz. Vai continuar extraindo melado dos bordos e tal. E fazendo gaiolas de passarinho e estantes. Pode ser até que

comece a fazer violões. Vai continuar curtindo a própria mudança, continuar acordando todo dia e ouvindo Joy cantar. Ela realmente canta muito bem. Quando dormi lá, ela cantou "Once Upon a Dream" para o bebê...

— Mamãe costumava cantar isso quando Aury era bebê — lembrei, arrasador.

— É mesmo! Mas Joy tem uma voz melhor. Gosto de meios-sopranos. Eu sou meio-soprano.

— Você é uma desmiolada.

— Ele não pode me xingar, vovô! — disse Caro, e me chutou no peito com sua pantufa de cara de monstro.

— Não pode xingá-la, Gabe.

— Desculpe... Cat.

— Está bem — disse ela. — Ainda não chegaram?

— Iam comprar café e pegar Aury, quer dizer Rory — respondi.

— Eu perguntei se o papai não chegou.

— Ele não vem para cá.

Ela se sentou. A vovó tinha ido esquentar um *bagel*. Caro enrolou uma mecha de cabelo no dedo e examinou se tinha pontas quebradas. Eu sabia que era seu jeito de parecer boba enquanto pensava em alguma coisa, e realmente ela acabou dizendo:

— Pois papai vem aqui, Gabe. Vem me pegar.

— Não vou jantar com ele — avisei.

— Eu também não vou — disse Caro, atual Cat. — Eu vou com ele. Vou voltar com ele. As aulas estão quase no fim, posso terminar os deveres de casa lá e dois professores já aceitaram antecipar minhas provas finais... Papai vai esperar até o final da semana que vem...

— Você vai ficar quanto tempo lá? Espero que não seja o verão inteiro. Não posso fazer tudo sozinho o verão todo. Não é justo com Cathy — disse eu.

— Eu também achava isso — resmungou Caroline. — Mas depois pensei, e vou ficar lá. Seria menos uma boca para alimentar, menos uma pessoa para ocupar espaço aqui, papai disse que na nova casa tem muito lugar para mim e Joy falou que vai ser como se ela tivesse duas irmãs menores e que vai precisar de ajuda com os dois bebês...

— Você perdeu a porra da cabeça? — perguntei, sem ligar para o "Psssiu" que a vovó fez quando pulei do sofá. Ela ficou entre mim e minha irmã, segurando, como se fosse uma oferenda, o prato azul com o *bagel* e queijo cremoso levemente espalhado na beira de cada metade. — Você deixaria a mamãe? Ficaria lá para morar com aquela puta e os filhos dela? Deixaria Aury?

— Ela está passando por uma fase terrível, Gabe. É uma pirralhinha. Vive pegando as minhas coisas...

— Ela é quase um bebê! — segurei no braço de Caroline. — Você a acusa de usar o seu brilho de lábios? Você não vai ajudar sua própria mãe a se arrastar para o banheiro depois da injeção? Acha que é "nojento"? Você se irrita com sua irmã pequena, mas quer ajudar *Joyous* com os filhos *dela*? Por acaso já *comentou* isso com a mamãe? Porque se falar para ela, juro por Deus...

— Não preciso contar para a mamãe! Tenho quase 15 anos e posso fazer o que quiser! O papai acha...

— Quer saber o que o papai acha, *Cat*? Acha que assim ele não vai precisar pagar pensão para a mamãe sustentar você. Pergunte ao vovô! O papai pode dar dois brotos de alfafa por dia para você, ter uma babá de graça e não precisar trabalhar muito, o que agradaria muito a ele! Não se sentiria tão preso, nem acharia as pessoas parecidas com texugos e ouriços! Você acha que é por que ele gosta muito de você? *Você viu a cara dele quando a puta abriu aquela porta e ele viu que estávamos lá?* Aquilo não era amor, Caroline. Aquilo era "Ai, que merda".

— Gabe, pare com isso — pediu a vó.

318

— Ele *ama* a gente, Gabe — disse Caroline. — E gostaria de levar Aurora também, se a mamãe deixasse. Mas ela não vai deixar. Diz que Aurora é muito pequena para ficar longe da mãe! Mas aqui não tem nada para eu fazer e, de todo jeito, estou cheia da escola. Joy vai me dar aula em casa, me ensinar a fazer geléia e tecer, me apresentar a todos aqueles garotos e garotas que freqüentam as reuniões dos quacres.

— Quacres? — berrou meu avô, incrédulo.

— Bom, papai e Joy não são quacres, mas andam com eles, que são pessoas ótimas. Eles não acreditam em guerra e tem uns quinze jovens da minha idade no mesmo vale. Eles às vezes vão lá. Parece ótimo. Você não precisa rezar e nem sequer prestar atenção. Basta pensar.

— Mas você pode levar os seus fones de ouvido? E espere! Vai deixar *Mallory e Justine*? Vai deixar *Ryan*? — Eu começava a sentir enjôo, começava a achar que ela estava falando sério, que tinha tanta profundidade quanto a sola dos próprios sapatos, que minha mãe podia perder o marido e a filha, que aquilo não era problema meu, mas também que era nesse atoleiro que eu ia me enfiar pelo resto da vida.

— Terminei com Ryan, Gabe — disse ela. — E posso vir aqui visitar. Não é que nunca mais vá ver você.

— Mas eu nunca mais vou falar com você.

— Ótimo — disse Caroline, e vi seu lado puma se preparando para atacar por baixo da parte superior do pijama amarelo. — Nunca mais fale comigo. Passe o resto da sua vida trocando as fraldas da sua mãe, seu anormal!

— Caroline, que Deus tenha piedade de você! — disse minha avó, acompanhando a frase com o gesto obrigatório de mãos agarradas ao coração. — Gabriel não troca fraldas da mãe. Sua mãe não usa fraldas.

— Bom, você troca fralda, ou tira o penico dela ou sei lá o quê! Eu vi na semana passada. Eu não podia trazer ninguém nessa casa. Iam pensar que ela estava com... câncer ou Alzheimer.

— E se estivesse? Você ia ignorá-la? — perguntou meu avô.

— Vovô, eu gosto da minha mãe. Gostava da mãe que eu *tinha*! Mas não é só o fato de ela estar doente, é que ela faz umas coisas... ela é mesquinha com Aurora, está sempre deprimida, ou ocupada com uma palestra, ou implicando para eu fazer alguma coisa: Caroline, *faça alguma coisa!* Se eu quisesse ser enfermeira, seria. Não quero viver com minha mãe e a amiga dela, a lésbica. Quero morar numa casa normal...

— Ah, então vá mesmo morar com Joyous e Easter ou seja lá como se chamam as irmãs dela, Perereca e Girassol. Elas são mesmo bem normais.

— É melhor do que aqui! Qualquer coisa é melhor do que aqui!

Nenhum de nós viu mamãe aparecer na porta, segurando Rory pela mão. Ela tentou um sorriso que estremeceu e se desmanchou numa poça.

— Cathy foi visitar a mãe — disse mamãe. — Não é justo tirá-la da própria casa porque eu estou com *ma petite crise*, não? E tenho crises com tanta freqüência. Mas... acho que essa é a última. Hein? É... tão engraçado. Não é? Fazem com que a pessoa se junte e depois se separe. Fazem você ir ao tribunal e sentar ao lado do outro... tem gente que depois almoça junto... enquanto você corta o seu casamento em fatias. Você fica com essa fatia. Eu fico com essa. Uma fatia aqui. Uma fatia lá. Corta-se a vida. Assinam-se os mesmos papéis, como no dia do casamento. Eu, Julieanne, desisto de você, Leo, para sempre. Na presença das seguintes testemunhas. — Ela enrugou o rosto igual à Rory antes de chorar e de repente deu vazão a uma catarata de lágrimas escuras, que pioraram quando ela esfregou os olhos. — Tive de desistir de Leo, e ele ainda perguntou: "Por que está tão triste, Julieanne? Você conseguiu o que queria." Respondi: "Não, Lee, consegui o que *você* queria." Ele me abraçou e me deu um tapinha nas costas! Papai, Hannah, como ele pode me deixar?

Caroline se levantou rápido e tentou desviar-se de nossa mãe a caminho do quarto. Mas mamãe a segurou.

320

— Não brigue com ele, Caro. Minha querida. Meu lindo girassol. Ele ama tanto você. Ele ama Gabe. Sei que ama. — Minha mãe apertou Caro, agarrou Caro, inclinando-se para encostar a cabeça no rosto dela. — Não vai ser sempre assim, querida. Prometo. Ouvi o que você disse. Essa é a pior fase da doença. Mamãe vai melhorar. Vamos nos divertir de novo, Caro...

— Tenho de me arrumar, mãe. Não chore — disse Caroline.

— Está certo — disse minha mãe e virou-se para nós, enfiados no sofá como os três macaquinhos, cada um com as mãos numa parte da cabeça.

Caroline ficou no corredor.

— Mamãe, escute. A gente podia também...

— Cale a boca! — gritei. Acho que a vizinhança inteira ouviu. — Cale essa boca idiota!

— Podia o quê? — perguntou minha mãe. — Qual é o problema? Está doente, Caroline? — A linda blusa de cetim branco de mamãe estava manchada de lágrimas. O nariz dela escorria.

Não quero lembrar o resto daquela noite. Minha mãe ficou entrando no quarto de Caroline, que arrumava a mala, decidida, também chorando, mas colocando cada um de seus jeans bordados e de seus minúsculos suéteres na enorme sacola de lona da Land's End, aquela do acampamento, marcada com as iniciais H.C.S. Ouvíamos mamãe pedir:

— Caroline, não faça isso não. Querida, espere. Por favor, pense melhor... fique até o verão, o que acha, Caro? Só até o verão? Hein?

Por mim, não via a hora de ela sair pela porta.

Mentira.

Eu... gostava da minha irmã. Gostava mais ou menos.

Ainda penso nela. Tudo faz parte daquela época, pois supõe-se que seu futuro será ao lado dos seus parentes. É uma garantia. Como a garantia de que seu pai vai cuidar de você.

Mas eu também já tinha ouvido o bastante para saber que aquilo que Caro estava fazendo podia fazer minha mãe ter uma recaída. O estresse é complicado para qualquer pessoa, principalmente para alguém com esclerose múltipla. Deve ter sido muito difícil para minha mãe implorar daquele jeito. Mas não tinha nada que ela não fizesse por nós, qualquer um de nós, não por não querer que ficássemos com Leo (nunca foi isso), mas por querer que ficássemos com ela. Ela achava que sempre foi função dela cuidar de nós, ser a melhor das mães, sem o apoio de outras pessoas. Não era como Caroline acabou dizendo na manhã seguinte... como se mamãe fosse a vovó Gillis com aquele aparelho de jantar que faltava a molheira. Nós éramos, literalmente, só o que tinha sobrado para ela.

Tentei apertar o travesseiro nas orelhas, colocando-o em volta da cabeça como se fosse um colete salva-vidas, para não ouvir as duas chorando aquela longa noite inteira. Caroline finalmente foi dormir, mas lá pelas quatro da manhã ouvi a cafeteira ligada e a mãe e a vó conversando.

— ...volta depois que ela tiver um pouco...

— ...imagine se ele vai ser capaz de...

— ...tão boba por causa da idade. Ela fica assustada com isso.

A certa altura, mamãe meio que gritou:

— Eu também fico assustada, Hannah! Só porque sou adulta não significa que não sei que, quando as crianças crescerem, vou ficar sozinha ou com alguma acompanhante gentil, a quem pagarei para me dar de comer. Quero o que sobrou enquanto ainda tenho, Hannah...

— Fale baixo, Julie, vai acordar as crianças — disse vovó. Fiquei pensando por que ela ainda estava lá. Nós éramos uma espécie de Holiday Inn dos fodidos. Você podia aparecer a qualquer hora. Levantei-me e me encostei na abertura da porta do quarto. — Você tem Cathy...

— Você sabe que quero que Cathy um dia goste de alguém e tenha a família dela. Hannah, sei como você se sente... por Cathy ser como é, mas ela é minha amiga mais querida...

— Não vou falar sobre isso. Mas realmente me preocupo com a influência dela sobre as crianças.

— Fique quieta, ela vai ouvir. Ouvi ela entrando.

— Mas a porta do quarto dela está fechada.

— Ela é a amiga mais fiel que já tive.

— Eu sei.

— Mas vai querer ter a vida dela e talvez mais um filho. Tem só 35 anos, Hannah. Gabe vai crescer e vai para a faculdade...

— Todos nós temos medo de ficar sozinhos, Julie — disse a vó, e ouvi a colher dela tinir quando serviu mais açúcar.

— Uma coisa é ficar só quando se pode viajar, assistir a palestras ou fazer qualquer coisa. É diferente ficar sozinha se você quando cai no chão tem de ficar ao lado das próprias fezes até a hora de o carteiro aparecer.

— Espero que nunca seja preciso, mas, se for, arrumaremos um alarme e um bipe, Julie. Pode ser que você nunca mais tenha uma fase ruim.

— Mas posso ter. Tive uma crise bem forte, Hannah. Preciso encarar o fato de que daqui a alguns anos posso estar numa cadeira de rodas.

— Julie! Vamos queimar essa ponte quando a atravessarmos.

— Tenho mais a dizer ainda, Hannah. Não sou uma santa, mas acho que agora vocês deviam ficar com seu filho. Não quero me colocar entre vocês e Leo. Nem quero que pensem que ser fiel às crianças e a mim significa tirar Leo da vida...

— Não vamos fazer isso, Julie. Depois as coisas se acalmam. Gabe agora está numa fase bem difícil por causa do que Leo fez com os filhos e com você. Lembre-se, Julie. Você foi casada muitos anos com nosso filho. Vocês eram tão jovens, os dois, na sinagoga. Conheci você toda a sua vida adulta. Para mim, você não é uma nora, mas minha própria...

— Eu sei, mas isso atrapalhou tudo o que nós queríamos para vocês. Os seus amigos, as suas viagens. Tudo.

A certa altura, devo ter dormido. Sonhei com Tian na cozinha de Connie, como naquele dia, dizendo que se sentia como uma princesa dos Estados Unidos. Mas estava mais alta (bom, alta para alguém da Tailândia), de cabelos curtos virados para baixo e com uma jaqueta da minha mãe. *Gabe, disse ela, pegando minha mão e dando um tapinha no meu braço, que bom ver você. Em que ano da escola você está?* E eu tinha a mesma idade, continuava com 15 anos. No sonho, eu tentei ficar mais alto; queria ser mais alto e mais imponente para ela me considerar um homem, mas ela foi embora, dizendo como foi ótimo ter me visto de novo, que eu devia ser bom aluno na escola. Que ela viria me ver... mas essa parte não era sonho. Era Caroline, abaixada ao lado da minha cama.

— Acorde, Gabe. Quero ir embora enquanto mamãe e Aurora estão dormindo. Papai está lá fora.

Saí da cama, passei por ela para ir ao banheiro e demorei escovando os dentes. Sabia que o silêncio ia deixá-la louca, mas não confiava no que eu podia dizer.

— Gabe, venha cá — disse ela baixinho, do quarto. — Quero dar o número da casa deles e da Quality Inn para você ligar, se mamãe precisar de mim. Vou voltar aqui para me despedir dela, mas agora ela está muito nervosa. Não quero que fique mais nervosa ainda.

Abri a porta do banheiro e Caroline quase caiu. Passei por ela como se minha irmã fosse invisível.

— Droga! — disse ela. — Você não precisa ser tão estúpido.

Entrei no quarto, cuja porta não trancava, e me deitei na cama. Por mais aborrecido que eu parecesse, minha cabeça estava como uma máquina a toda. Será que eu devia tentar botar um pouco de juízo nela? Pedir? Xingar? O que seria melhor para nós, todos nós: ela ficar lá, com muita raiva de mamãe, engravidar, fumar maconha, ou sei lá o quê? Ou será que ela ia se acalmar depois que papai fosse embora e parasse de encher a cabeça dela com imagens das maravilhas do Vale Feliz na primavera? Dava para imaginar que, com um metro de neve, o Vale Feliz devia ser bem triste e isolado. Tinha também as imagens que rodavam na minha cabeça: ela e eu abraçados na estação rodoviária de West Springfield, em Massachusetts, pensando se sairíamos da cidade antes que eles achassem a arma, nós dois sentados bem juntos como se uma tempestade caísse em nossas cabeças. Só ela e eu. Minha irmã. Gêmeos irlandeses, como eles nos chamavam, nascidos no mesmo ano. Uma parte de mim queria lembrar Caroline que ela não estava largando só mamãe, que seria sempre mais fiel a ela do que Leo, mas estava me largando também. Eu. Eu, que a salvei e que a acompanhei o caminho todo até a estrada depois da placa do Fim da Linha. Caroline, eu queria dizer a ela, você é boba, mas é uma parte de... Apertei com mais força o travesseiro em volta da cabeça.

— Gabe. Gabe? Você não vai se despedir de mim? — ouvi. Eu não queria falar. — Gabe, você é meu irmão — disse ela e, pela voz falha, eu sabia que estava chorando. — Nem todo mundo é igual. Certo, vai ver que você é uma pessoa melhor e mais forte do que eu. Mas não sou ruim, Gabe. Não sou mesquinha. Não quero magoar ninguém. Acho que vou magoar a mamãe. Os sentimentos dela. Em parte, é por isso que estou indo embora. Não é só por mim, Gabe. — Digamos que uns 16 avos do meu cérebro sabiam que ela estava falando a verdade. Finalmente, depois de parecer dois séculos, senti a mãozinha dela na minha cabeça. — Escrevo para você, Gabe. Vou ligar do hotel. Você vai ser sempre o meu irmão, Gabe. Desculpe ter chamado você de retardado. Você é a pessoa mais inteligente que conheço.

Ai, merda, pensei, isso não pode estar acontecendo. Era como uma, digamos, droga de piada surrealista. Eu imaginava o que os garotos iam achar. Não queria ir lá. Os Steiner merecem o prêmio de família comum que mais se transformou, entre as moradoras dos 48 estados da parte inferior dos Estados Unidos. Dois minutos depois, consegui que minha boca parasse de tremer e levantei a cabeça. Não sabia o que ia dizer a ela.

Mas ela já tinha ido embora.

VINTE E SETE

Salmo 78

EXCESSO DE BAGAGEM
J. A. Gillis
Distribuído por Panorama Comunicações

Cara J.,

Quem diabos é você para dar conselhos que podem mudar a vida das pessoas? Você diz que o casamento delas não vai dar certo, quando é bem provável que, se elas orassem e deixassem o orgulho de lado, pudessem acabar sendo bem felizes. Foi o que aconteceu com meu marido e eu, depois que ele pulou a cerca. Fomos até o lugar mais baixo de nossa residência (no caso, a sala de guardados do porão), nos ajoelhamos e pedimos ao Senhor para dar um jeito no nosso casamento. E ele deu. Acho que você é doida, por isso não quer que ninguém seja feliz. Você é psicóloga? Pastora de alguma igreja? Ou apenas uma metida de boca bem grande?

Curiosa, de Clayvourne

Cara Curiosa,

É mais provável que eu seja a última resposta.

Não tenho qualificações. Não fui à escola para tentar ajudar as pessoas a viver. E minha vida nunca foi o que se considera um grande sucesso, principalmente em certas áreas. Mas faço o melhor que posso. E escuto. Não é só o que todos nós podemos fazer?

J.

Quando Leo foi embora pela primeira vez, Caroline não foi muito presente em nossas vidas. Ela fez questão de ser assim. Mas quando ela foi embora, fez falta. Eu tinha certeza (quase esperava) que ia ter problemas (um pouco de confusão mental de vez em quando não faz mal a ninguém), mas não tive. Fiquei ótima. Na verdade, nunca mais me senti como na época do divórcio, o que não deve ser coincidência.

Minha mente continuou brutalmente lúcida. Eu via o lábio superior de duende de minha Caroline enquanto juntava as porcarias que ela largou em sua tempestuosa saída: presilhas com fios de cabelos louros; anotações enfiadas naquelas pirâmides de papel de oito lados que só se consegue fazer na adolescência; meio frasco de Eau Leonie (que era minha). Eu a via, com os cabelos enrolados e presos, usando as coisas que deixou no armário: o vestido preto comprido, de ocasiões formais; a capa de chuva; os sapatos fechados por uma tirinha que faziam os pés dela ficarem tão delicados e finos que ela, claro, detestava. Coloquei tudo numa caixa, primeiro apertando cada coisa contra o meu rosto, como fiz com os casacos de minha mãe após o enterro. Depois, vi que não tinha para onde mandar aquilo. Então, entreguei a Hannah; não queria saber o número da caixa postal de Leo.

A noção de minha inutilidade era imensurável. Não sei se é possível alguém se colocar no lugar de uma mulher que ficou sem o marido, a filha e quase sem saúde. Talvez o que mexesse os fios da marionete fosse ser Julie-mulher-mãe-e-escritora. E, de repente, só não foi cortado um fio. A mão se mexia, aos trancos, para cima e para baixo no meu teclado do computador. Gabe estava lá... e Aury (agora, Rory). Mas eu não podia me dedicar a eles, ou só podia de vez em quando, num acesso de afeto, em vez de num nível seguro de firmeza maternal. Eu olhava para eles e via o nariz franzido de Caro passar pela cara da irmãzinha. Ouvia um tom da risada de Gabe que era de Caro e tinha vontade de ficar longe dele. E assim eu agia... mal. Uma noite Rory exigia que eu lesse uma pilha de Livros de Ouro e depois era difícil eu sair do quarto dela e dormir. Durante uma semana, todas as noites eu esvaziava a sacola de livros com Gabe e acompanhava a agenda dele. Na semana seguinte, eu não percebia se ele tinha voltado para casa. Jennet disse que, em parte, isso se devia às lesões que estavam ou não criando crateras em meu tecido cerebral, esmigalhando meus nervos como se fossem torrada queimada.

Gabe era uma rocha. Aliás, uma pedra. Não demonstrava quase nenhuma emoção ou movimento. Movimentava-se como um escafandrista atravessando o fundo do oceano.

Mas sempre cuidou para que a irmã caçula voltasse para casa.

Sempre cuidou de alimentá-la e de colocá-la para dormir, quer Cath ficasse trabalhando até tarde ou não. Eu contava muito com ele. Ele sabia disso.

Em relação a Cathy, eu tinha sempre uma sensação de vergonha, de um certo fracasso. Uma impressão de que Abby Sun jamais a deixaria como Caroline me deixara. Ela me cumprimentava todas as manhãs com um aperto forte no ombro que eu me obrigava a retribuir com um tapinha. Não era a melhor hora do meu dia. Aquelas não eram as minhas melhores seiscentas horas. Eu ficava louca de raiva com a eterna e estúpida dor, os ataques intermitentes de calor nas pernas, os tremores nas mãos e na cabeça, que me obrigavam a P.A.R.A.R e P.E.N.S.A.R antes de digitar no computador. Não conseguir lembrar palavras que eu conhecia tão bem quanto meu nome (e, em várias ocasiões, quando eu ligava para uma pessoa e ela atendia, tive de pensar antes de dizer meu nome) tinha o mesmo efeito. Eu sabia que precisava deitar todas as tardes, e quando "exagerava" nos meus ataques de energia ou criatividade, pagava depois caindo de sono durante uma conversa ou falando como uma bêbada. Tomava Valium para interromper as inquietações e a enorme ansiedade; às vezes, tinha certeza de ver Caroline morta na lama de Vermont, derrubada da bicicleta por um motorista bêbado, enquanto Leo e Joyous brindavam com uvas amassadas pelos pés deles mesmos e ela parabenizava Leo pela excelente quantidade de seu esperma. Tomava antidepressivos para me arrancarem da cama de manhã, senão passava dias deitada sem lavar a cara, pouco me incomodando como estava a minha aparência ou o meu cheiro. As crianças pareciam jamais notar e, embora Cathy desse indiretas sobre a importância de me levantar e me cuidar todos os dias ("Se você tomar um banho e se vestir, Jules, tudo o que houver depois pode ser considerado uma soneca..."), parecia muito mais fácil apenas escovar os dentes e levar o computador para a cama. De vez em quando, Cathy ou Hannah lavavam os lençóis.

Será que eu achava que essa espécie de preguiça era por ser uma pobre senhora que tinha esclerose múltipla e fora largada pelo marido?

Hum. Sim.

Mostrei para Cathy meu poema *Sopa no inverno,* no qual trabalhei durante dois meses, contando as sílabas dum-da-dum-da. Tinha um certo orgulho dele.

Sopa no inverno

Uma cebola, como símbolo de amor segmentado
Pele translúcida tornando visível o rejeitado,

E as camadas,

os aros que guardam a memória da árvore, metades divididas,
É fácil demais.

Mesmo assim, fazemos.

Um exercício, uma extirpação verbal

de um pequeno lugar podre e escuro,

A afiada pungência, misturada, facilmente esquecida

Sobre pequenas chamas, um impulso para

sabores mais delicados, perdidos pela mente.

Até cortarmos outra vez, esquecemos

como são agudas as exigências do amor.

E como nossos olhos enchem e escorrem,

o cheiro resistente em nossas mãos.

Com que facilidade uma cebola se parte em pedaços,

Como é adequada à desconexão.

Como se em sua concepção

Estivesse inerente a sua insurreição.

Cathy me olhou e disse:

— É, está bem escrito. Mas, hum, a mensagem é que o amor fede, não?

Eu não tinha pensado nisso.

Mas tive de concordar. Maldita!

— Nem sempre é assim, Julie. Não está escrito que você nunca mais vai se apaixonar. Você é jovem...

— *Ah, por favor!* — Eu fui agressiva com ela, minha amiga mais querida. — Mulheres da minha idade só encontram alguém se forem milionárias. E se forem falidas, com filhos neuróticos e uma doença degenerativa e enfraquecedora? Acho que isso descreve o encontro dos sonhos do milênio.

A seguir, soquei a mesa até minhas mãos doerem e pedi muitas desculpas.

— Acho que isso está atingindo a minha cabeça, literalmente. Nunca tive tanta tendência a altos e baixos — disse eu, esperando que Cathy se apressasse em negar. Como minha amiga não fez nada, acendeu-se uma luz fria e negra dentro de mim.

Era bastante provável que eu estivesse tendo o que eles chamam de falhas "cognitivas" ou, em outras palavras, um dano cerebral.

Concluí com Jennet que, de certa maneira, eu culpava Leo por ter prejudicado a minha saúde ao me largar. De certa forma, eu achava que, se ele voltasse, eu ficaria como uma fita que se enrolava ao contrário: todos os fios se ligariam outra vez se ele me amasse. Mesmo assim, por mais que o amasse, minhas fantasias sobre ele não eram sexuais, mas assassinas. Eu o imaginava chegando numa nevasca, com frio e sangrando, e eu batendo a porta na cara dele. Eu sonhava com isso; portanto, não era culpa minha. Jennet dizia que as imagens de Leo como frio e ameaçador não eram estranhas, mas comuns. Eu também pegava as cartas que ele me escreveu, o nosso caderno com fotos e lembranças da lua-de-mel, olhava a cara daqueles jovens contentes, esguios e tão sensuais, e pensava: qual é a pista? Onde está a semente que germinou dentro do holístico Leo? Seu toque de arrogância? Seu toque de impaciência? Mesmo naquela época, eu era dez vezes mais arrogante e impaciente do que ele, em qualquer dia da semana. Mas nunca, jamais, largaria meu casamento e sumiria. Por mais que Jennet me perguntasse, tentando sondar o ponto frágil, o lugar que admitia uma certa imunodeficência no meu casamento, eu, sinceramente, não via onde era tal lugar. Eu dizia que zilhões de pessoas passam por maluquices da meia-idade e voltam para casa abanando o rabo. Não, diria Jennet. Não era verdade. Aqueles que voam para longe estão treinando o divórcio, como um suicida que treina com pequenos cortes. Mas ele tinha sido um pai tão maravilhoso, eu ponderava. E Jennet rebatia dizendo que muitos espancadores de esposas também eram. Muitos jamais encostaram um dedo nos filhos.

— Certo! — gritei com ela um dia. — Eu sabia que estava sendo fraca, deixando-o tirar férias para fotografar! Sabia que ele estava fazendo malabarismo com tochas e que ia deixar uma cair em cima de mim! Mas se eu tivesse proibido isso, ele teria me largado antes, certo? Teria apenas apressado essa coisa toda e ido embora.

— E teria sido o pior fato que já houve na sua vida? — perguntou ela em voz baixa.

— Eu o amava! — gritei. — Estava acostumada com ele! A gente formava uma dupla. Você está sugerindo que um rompimento claro e definido mais cedo entre as crianças e o pai teria sido melhor do que tudo de bom que vivemos... sim, ainda tivemos bons momentos... até ele fazer a última viagem?

— Sim, estou — respondeu Jennet.

— *Por quê?*

— Porque da forma como aconteceu, foi um episódio sórdido e doloroso, que criou feridas em Gabe e Caroline que continuarão abertas durante anos. Detesto ser a pessoa que diz isso.

— E você acha que sou culpada?

— Espere. — Jennet levantou a mão. — Eu não disse isso. Não culpo você por fechar os olhos para o que me parece óbvio, pois você não sou eu e eu não estava casada com ele. Um comportamento que começa devagar, como você conta que foi com Leo, passa a habitual, e todo hábito é preferível a algo horrível e desconhecido. Como viver sozinho. Como perder sua filha, também. Mas fazer um pastiche de Leo e de sua saúde é irreal, Julieanne. Há coincidências que são coincidências. Não quero ofender qualquer crença religiosa sua, mas acredito que a maioria das coincidências são... coincidências. Em outras palavras, se não tivessem ocorrido... por exemplo: se um dia você pedisse para Deus provar Sua existência e uma águia *não voasse* em cima da sua cabeça, bom, seria apenas um dia do qual você se esqueceria.

— Então, como eu fico?

— Com muita raiva para resolver.

— Ah, isso soa tão psico-coisa. Trabalhar a raiva.

— Bom, pode ser. Mas você tem de admitir para seus filhos que está furiosa com o pai deles. Pare de dizer que "respeitem" o pai, que vão "amá-lo" um dia. Isso é com eles. E exatamente agora, enquanto você os ajuda a honrar suas lembranças, o pai deles pediu o boné. E você precisa parar de se achar uma vítima. E parar de ficar com aparência de vítima, usando calças largas e moletom. Vá viver, Julieanne.

Bom, para ela era fácil falar.

Conversar com Matthew tinha sido assim. O pequeno Matthew MacDougall, minha paixão secreta da sétima série, atual grande cirurgião em Boston. Fiquei orgulhosa por ele ter lido meus poemas e mais ainda por ter gostado.

Mas não foi tão engraçado depois de Leo ir embora e do meu divórcio. Falar sobre minhas desgraças com alguém que era inteligente, engraçado e viúvo (tragicamente, mas eu não conhecera sua esposa) fazia com que eu me sentisse como se formasse uma dupla com Leo. Matthew perdera a mulher num desastre de carro em que a filha deles, felizmente, sobrevivera. Melhor ainda, ele estava obviamente encantado com as lembranças que tinha de mim de um quarto de século atrás. Tinha sido uma espécie de vingança. Uma vingança inofensiva. Você arrumou uma professora de Pilates que faz geléia? Eu arrumei um *cirurgião plástico*, um médico de verdade, não um dentista! Ele reconstrói mandíbulas em vez de colher morangos. Ele reconstitui rostos de bebês em vez de fazer exercícios alternativos.

Mas eu não "tive" Matthew de verdade. Nem o quis.

Lembrava-me de Matt MacDougall como um rapaz incrivelmente baixo, quase um duende (eu era alta para a idade e dançar com ele era como conversar com um tufo de cabelo), que me adorava com tristes olhos de água-marinha e me deixava copiar suas anotações de matemática. Com o passar dos anos, quando aparecia um convite para um dos nossos encontros de ex-colegas do secundário, eu lia sobre ele vagamente — ele não tinha sido uma paixão. A mulher, Susan, que morreu quando a filha deles era bebê, foi a primeira pessoa da nossa turma a falecer, exceto os que morreram no Vietnã. Mandei um bilhete para ele no meu papel timbrado J.S.G. (que eu agora usava para lista de compras na mercearia). Apesar de ter sido uma emoção ver meu poema publicado na *Pen, Inc.* e receber um enorme cheque (cinqüenta dólares) de pagamento, fiquei pensando por que um médico leria uma pequena (era pequena mesmo) revista de poesia.

Na verdade, fiquei pensando por que ele me escreveu, pediu que eu ligasse e por que liguei.

Eu estava sozinha.

Queria alguém que não pudesse me ver para me desejar. Queria alguém que não soubesse que eu tropeçava e cambaleava, engolia palavras e gaguejava, para me desejar.

— O que você fez esta noite?

— Ah, foi ótimo — respondia ele. — Lavei o carro e fui comprar o novo romance de Elmore Leonard. Tomei um café a caminho de casa, embora saiba que estou muito velho e vou ficar ligado...

— Isso é mais do que eu fiz a semana toda.

— Ah, calma lá — disse Matt. — Meus amigos dizem que eu sou o cara mais chato que eles conhecem. Faço ginástica, compro comida pronta e vou dormir depois de dar uma olhada no noticiário. No mês passado, tentei fazer topiaria em duas moitas grandes que tenho no jardim. Achei que seria interessante transformá-las em golfinhos. Peguei um livro na biblioteca. Bom, sou cirurgião, não é? Será que ia ser difícil aparar uma moita? Pois vou lhe contar. Dava a impressão que crianças tinham entrado no jardim e destruído tudo. Não, que a Klu-Klux-Klan tinha destruído a casa.

O que ele falava da poda das moitas, da lareira, do amigo Shawn e do amigo Louis, que morava em Nova York mas nasceu na Nigéria, fazia com que eu me sentisse ligada num mundo normal, de pessoas fazendo coisas simples por prazer. Ele e seus dois amigos resolveram caçar faisão. O pai de Shawn emprestou as armas. No outono passado, eles foram de carro à reserva de faisões, mas chegaram exatamente no dia em que os caçadores estavam descarregando as aves do estoque do ano. Os faisões pulavam do caminhão e ficavam olhando para Matt e os amigos dele, sem tentar voar nem deixar que se aproximassem. Os três se entreolharam e, sem uma palavra, guardaram as armas de novo nas caixas.

— Essa foi minha fase de caça — contou Matt. — Daqui a duas semanas, entro na fase de pesca, quando saio de férias. Tenho certeza de que nenhuma truta correrá perigo. A seguir, acho que terei uma fase violão.

Ele me fazia rir.

Mas depois que Caroline foi embora e começou o longo e lânguido verão, fiquei caída demais para falar com Matthew, ou até com Cathy ou Gabe. Por eventual obrigação, minha filha "Cat" mandava notícias de suas aventuras no paraíso quacre, contando que aprendera a pescar e que Amos começara a engatinhar. Mas até eu, depois de um tempo, comecei a achar que ela estava esfregando na minha cara a nova vida do pai. Continuei ligando para o celular dela toda semana e deixando recados quando ela não respondia. Ela raramente ligava de volta. Quando ligava, estava misteriosamente alegre:

— Mãe. Oi. Ótimo. É. Beijo. — Nada que eu fizesse a interessava. O cartão de aniversário que mandou para Gabe (que ele jogou fora e eu peguei no lixo) estava assinado Cat Steiner.

O seguro de saúde de Leo, que cobria todos nós nos primeiros anos após ele sair da universidade, acabou. E, embora o divórcio garantisse que ele desse um seguro para os três filhos (assim Gabe *finalmente* trataria seu problema de linguagem), comecei a precisar comprar remédios, meus pequenos sentinelas contra o escuro, que ninguém garantia que surtiriam efeito, mas que todos afirmavam que era arriscado demais parar de tomar. *Nenhuma* seguradora paga remédios para esclerose múltipla porque todos os tratamentos para uma doença "incurável" são experimentais. Consegui que minha terapia corporal fosse paga por um programa estadual, graças a um "jeitinho" que Cathy deu. Vendi a última jóia antiga de minha mãe e o pequeno esboço de Renoir. Dei mais uma olhada crítica no meu armário e resolvi que só precisava mesmo de três bons vestidos de inverno e três boas roupas de calor. Uma amável senhora me pagou 1.100 dólares por dois carregamentos de casacos e vestidos (alguns, de minha mãe; outros, meus). Hannah me deu uma caixa com suas muitas echarpes que combinavam com luvas e acabei parecendo (de propósito) uma figura de época.

Com 17 mil dólares no banco, depois da venda de coisas na garagem e de todas as outras vendas, me senti rica, mas, após pagar a terapia corporal, a comida... vi que era uma ilusão. Sabia que tinha de fazer um seguro de saúde. O que significava que precisava de um emprego de tempo integral. Mas que maravilhosa empresa de comunicação contrataria uma repórter que precisava ficar duas horas deitada em alguns dias? E tivesse uma estranha doença preexistente. Talvez uma empresa que quisesse ganhar pontos por empregar deficientes físicos.

Até então, eu tinha de achar um jeito de conseguir mais por menos, de fazer um dólar esticar mais. Fazia pequenas economias. Embora Cathy pagasse quase toda a comida, comecei a experimentar várias maneiras de fazer arroz e lentilhas ficarem mais interessantes. Comprávamos numa cooperativa de legumes e eu fazia sopa sopa com macarrão, macarrão com sopa e mais lentilhas.

Leo teria adorado.

Portanto, essa era para ser a minha vida. Palestras, quando eu conseguia alguma, eram em locais cada vez mais distantes, já que a coluna era publicada em jornais de cidades que ficavam a muitas horas de avião. E o preço da passagem aérea costumava consumir meus honorários, que ousei aumentar para dois mil dólares. Eu cuidava de Abby quando Cath precisava sair da cidade (a menos que coincidisse com a semana da injeção, quando Hannah ou Connie cuidavam de nós todos), assim ela gostava de cuidar da minha menina quando eu viajava. Às vezes, eu tinha a impressão de que Aurora pensava que Cathy era a mãe dela, mas quando minha cabeça seguia por esses caminhos, eu tentava pensar que era uma sorte ela ter outra mãe tão boa. Se eu precisasse ir a Atlanta ou ao norte do Wisconsin em dias quentes de verão, o calor era enervante, mas, até então, não era problema. Se eu cochilava um pouco (aprendi a dormir na hora, em qualquer transporte, do banco traseiro de um carro a uma poltrona de avião), ficava ótima. Passei a usar cada vez com mais freqüência uma das bengalas de meu pai. As pessoas achavam que era um acessório elegante, principalmente aquela com o faisão de prata, que ele ganhara de algum lorde ou lerdo.

Se eu tinha um tempo livre, o que era raro, me metia com poesias, tentando formas diferentes, tentando produzir quando estava zangada ou com o coração despedaçado. Ganhei lentes de contato de Cath no meu aniversário e cortei e costurei uma roupa de morcego para Aurora. Passei dois meses costurando todas as tardes.

Até que duas coisas aconteceram ao mesmo tempo e desastrosamente.

Uma sexta-feira à noite, na escuridão do calor de agosto, quando o calafrio ameaçou vir, Gabe entrou no meu quarto, onde eu, deitada na cama, contava quantas voltas por minuto o ventilador do teto dava. Rory, que se adaptara logo ao seu novo nome, subiu ao meu lado na cama, se aninhou no meu pescoço e enfiou o polegar no canto da boca.

— Qual foi o livro mais proibido na história das escolas públicas? — desafiou Gabe.

— Bom, espere — pedi. — Hum, aquele livro de Judy Blume.

— Sobre Deus, Margaret e ficar menstruada, mas não é esse — ele disse.

— Bom. Me dê outra chance de adivinhar.

— Não damos segunda chance. O livro é *O senhor das moscas*.

— Como posso provar, deitada aqui? Isso me lembra a primeira comunidade de seu pai. — Segundo Jennet, eu não devia ignorar a existência de Leo: devia citar o nome dele.

— É verdade.

— Mais do que aquele livro sobre luta livre?

— Sim. Certo — disse ele, deitando-se aos pés da cama. — Qual o maior *jingle* do século XX?

— Tem de ser de Barry Manilow — falei. — "Eu gostaria de ser uma salsicha marca Oscar Mayer." Não, espere, poderia ser "Winston, tão bom quanto um cigarro deve ser".

— Mãe, não existem *jingles* de cigarros.

— Nessa época, existiam.

— Acho que sua, hum, cabeça está enganando você, mãe.

— *Não*, Gabe. Tinha comercial de cigarros na televisão, com grandes estrelas cantando música de cigarros. Tinha o Homem de Marlboro, que era o símbolo do machão. Morreu de câncer do pulmão. Antes de morrer, fez um comercial em que dizia: "Olhe o que aconteceu comigo. Quando você assistir a esse anúncio, estarei enterrado."

— Você quer dizer "morto".

— Isso mesmo.

— *Não* acredito que existissem anúncios de cigarro.

— Procure na internet, sabidão. Mas acho que esse foi o mais importante.

— Errou de novo, mãe. O melhor foi "Você hoje merece uma pausa" — disse Gabe.

— Pois é isso — disse eu, baixinho, percebendo que Rory tinha dormido. — Eu não como bobagem. Então, como poderia saber? Mas eu estava meio certa. Esse é de Barry Manilow.

— Você é uma ótima perdedora.

— Agora é a minha vez. Que ator de tevê dizia "Nano, nano"? — perguntei.

— Mãe, não vale porcaria dos anos 70. Tem que ser, como diz o vô, depois que o dilúvio secou.

— Certo. Puxa. Diga o nome das treze colônias norte-americanas. — Eu me rendi.

— Ela então vai e volta a um assunto de dois séculos atrás.

— E daí? Você tem de saber isso ao entrar na universidade.

— Certo. Nova York, Nova Jersey, New Hampshire, Carolina do Norte, Carolina do Sul — disse ele.

— Bom, são todas as Novas e as do Norte e do Sul, mas contei só seis.

— Não tem problema. Não vou ficar na universidade por muito tempo.

— Ah, é? Vai pular de ano?

— Não, vou largar mesmo.

— Leve Rory para a cama dela — pedi, porque meu corpo emitia uma espécie de alteração elétrica que já havia perturbado Rory e ela estava resmungando. — Por favor, leve-a antes ao banheiro.

— Vamos, coisinha — disse Gabe, carregando a pequena adormecida no colo. — Tem problema se ela ficar com essa roupa? Eu troco a roupa dela de manhã.

— Ahn, ahn — murmurei, pensando: *Cathy, Cathy vai convencê-lo*. É só uma reação de raiva. Uma forma de ódio. Ele não consegue nem pensar em enfrentar a Sra. Kimball outra vez, mas que culpa tem? Vou mudar a assistente social dele. Vou dar um jeito de pagar para ele estudar em casa assim que os cheques começarem a chegar; o que é bom para

Caro é bom para Gabe também. Quando ele voltou ao quarto, todos os meus argumentos estavam prontos. Em vez de falar, chorei e segurei a mão dele. — Não me dê mais um problema, por favor. Não quero fazer você se sentir culpado, Gabe, mas eu peço. Não me deixe fracassar mais uma vez. Por favor.

— Não quero que você encare assim — disse ele, calmo. — Quero estudar. Vou continuar lendo. Mas deteste aquele lugar...

— Podemos procurar outra escola...

— É. Como fez a escrava Sojourner Truth? Mãe, não quero ir para uma escola onde os garotos desenham nos braços fazendo furos com grampos de cabelo. Não quero ir para uma escola com garotos que podem ser gente muito boa, mas que no inverno usam roupa de couro preto sem nada por baixo e têm o cabelo roxo. Não sou esse tipo de esquisito. Sou apenas um esquisito comum. — Ele suspirou. — Acho que isso realmente enche, depois de tudo o que você já passou. Mas tenho 16 anos e não sou um garoto de 16 comum, seja isso bom ou ruim. Sei que você ainda não recebeu os cheques de Leo. Posso arrumar um emprego...

— *Não*, Gabe — pedi. — Não, eu sei que você detesta essa escola. Vou pensar num outro jeito. Mas depois que você larga a escola, nunca mais volta.

— Alguns figurões voltaram. Doutores. Como o famoso empresário Steve Jobs, por exemplo.

— Mas ele largou a *faculdade*, Gabe. Foi por causa de uma infração.

— Infração de quê?

— Uma... idéia. Uma... fábrica. Uma visão! É isso que quero dizer. E ele era meio gênio.

— Bom, sei que não sou gênio, mas não quero acabar cavando buraco. Vou para a faculdade, mas vou freqüentar a escola LaFollette só mais um semestre. Quando muito. Vou terminar em janeiro porque gosto de fazer as coisas bem-feitas. Mas é só.

Até lá, alguma coisa vai mudar, pensei. Alguma coisa tem de mudar. Não há justificativa para essa, essa perseguição sem fim. Depois, pensei, por que levo para o lado pessoal, achando que tudo acontece com a pobrezinha de mim? O menino perdeu o pai, que já não almoçava em casa havia uns dois anos; perdeu a irmã mais próxima e perdeu virtualmente a melhor amiga, a única coisa que fazia a escola ser interessante para ele. Luke estava ainda mais distante este ano... ele teria de ser um amigo de verão, e Gabe não conseguia aceitar mais isso. Gabe perdeu a namorada também. Tian. Eu ainda pensava nessa confusão como o mais lendário naufrágio da história, o naufrágio do bom navio *Julieanne.* Ele *estava* pegando fogo, mas a proa estava sob controle; tinha gente com problemas piores. Pensar nas cartas que não respondi pelo jornal. Aquelas que precisei consultar profissionais e garantir que eles entrariam em contato com os remetentes. As cartas de adolescentes cujos pais entravam no quarto delas à noite e cujas mães lhes calavam a boca quando tentavam pedir ajuda. As mulheres que "esbarravam no armário da cozinha" ou "tropeçavam" e iam trabalhar com o braço na tipóia. Os padres cujos superiores não podiam ouvir os pecados que eles precisavam confessar. As mães que perderam a guarda dos filhos e nunca mais os viram por causa do que fizeram com eles, ou do que os namorados delas fizeram com eles. As mulheres com câncer de mama que voltara depois de oito anos. As pessoas com... esclerose múltipla, que não podiam mais andar; que tinham despertadores para lembrá-las de parar de falar quando participavam de reuniões no escritório que, de algum jeito ainda, comandavam; as mulheres cujos maridos tinham de fazer lavagens nelas e alimentá-las com mingau na colher.

— Gabe — chamei, pegando na mão dele. — Você não tem culpa. Não quero isso, mas você não tem culpa.

— Escute, mãe, por favor. Não foi fácil, mas deu para encarar a escola quando você podia me ajudar. Agora, não posso mais. Sei que não podemos contratar professores particulares. Mas eu simplesmente não posso. Aqui tem muita coisa para fazer. Não podemos passar a vida inteira comendo comida vegetariana apimentada, comedidos no hambúrguer de soja.

— Os cheques vão chegar logo. Antes do Natal deve estar tudo resolvido, a casa, tudo. — Ele ficou lá sentado, paciente. Eu sabia que ele não ia mudar de idéia. Sabia muito bem que mais da metade dos alunos que largam a escola nunca voltam e os que largam ganham a metade do salário dos que têm diploma, pelo resto da vida. Mas ele era meu filho. Pressioná-lo seria selar essa sentença.

— Rory também precisa de mim — disse ele. — Você às vezes sai e, mesmo quando fica em casa, tem aqueles dias em que você fica "fora do ar".

— Estou melhorando. A cada mês, melhoro um pouco.

— Mãe! Passo três horas em casa fazendo o que meus colegas fazem *durante a aula.* Seria diferente se eu tivesse um *laptop.* Mas não podemos comprar um para mim e, se tentar usar um na escola, tem três psicólogos jogando Samurai Viking, que me matariam se eu perguntasse se podia usar o computador. Depois, eu seria suspenso. Tem de haver um lugar aonde eu possa ir, onde eu mostre o que sei, sem ter de escrever nessa estúpida escrita que parece com os rabiscos que Rory faz. Tem de haver um lugar aonde possa levar um computador sem que algum louco o jogue no telhado.

O que fazer quando a verdade é maior do que você consegue agüentar? O que fazer quando a escolha errada é tão clara que você mal consegue argumentar contra ela? E quando você já tentou tudo para mudar? Tinha de haver um lugar, e eu ia encontrá-lo. Eu ia achar uma escola para Gabe e garantir que tivesse orientadores para os exames de seleção. Talvez ele pudesse começar aos 17 anos. O Q.I. dele não era lá no teto, mas ele nunca tinha feito um teste confiável. Devia ter um Q.I. pelo menos igual ao meu.

Sonhos que você acredita sejam seus podem vir a parecer o seu destino.

Finalmente, eu disse:

— Espero que você mude de idéia; mesmo assim, ainda acho que vai fazer a faculdade. Se não, você pode assumir a minha coluna, viver com pouco dinheiro e me sustentar. — Eu estava meio brincando. Achava que ele talvez pudesse escrever alguma coisa para adolescentes. Tinha talento para palavras, pelo menos para falar. Nós dois rimos, e dei-lhe um abraço um pouco mais demorado do que ele gostaria. Nosso riso diminuiu, desanimou um pouco e adormeci quando ele saiu pelo corredor.

O telefone tocou e atendi em meio a uma barulhada de vidros de remédio batendo e copos d'água usados. Tinha certeza de que era meia-noite e Hannah ligava de um hospital para dizer que Gabe Avô tinha finalmente tido seu ataque cardíaco e que aquilo também era culpa minha. Quando descobri que não era isso, fiquei furiosa.

— Julieanne — disse uma voz masculina, macia, próxima, muito afetuosa. — Você está dormindo?

— Cale a boca, seu doido! — agredi. — Vá ligar para a sua mãe!

— É Julieanne Gillis? — repetiu a voz, de repente reservada, cheia de uma discrição surpresa.

Era Matthew.

— Ah, meu Deus! — sentei-me na cama. — Ah, meu Deus, Matthew. Meu Deus, achei que você era algum maluco que viu minha foto na coluna e resolveu me matar. Que horas são? Que *horas* são?

— São... nove e meia em Boston. Devem ser oito e meia aí.

— Oito. E meia? Só oito e meia. Achei que estava no meio da noite.

— Seu dia foi longo?

— Foi. Não acredito que dormi. É, Matt, foi uma longa noite e um longo dia.

— Está parecendo. — A voz dele estava intrigada, constrangida.

— Desculpe. Faz tempo que não nos falamos, Matt. Contei que me separei de Leo? Pois é — respirei fundo —, estamos divorciados. E ele tem um filho pequeno. E a namorada espera outro. E...

— Nossa, Julie...

— E minha filha Caro foi morar com meu marido e a namorada, que é aquele tipo de instrutora de malhação que usa artesanato de pele de alpaca, tem uns 25 anos e mora no estado de Nova York. E meu filho de 15 anos, que é brilhante e carinhoso, mas tem dificuldade de aprendizado, acaba de me dizer que vai largar a escola quando fizer 16. Um melodrama e tanto...

— Puxa, eu...

— Horrível demais? Não era o que você achava que ia ser da metida filhinha de Ambrose Gillis, hein?

— Não é só isso. — Ele não tinha idéia, pensei. Continuou: — Coitada de você. Não acredito que continue conseguindo andar. — Ele não imaginava o quanto tinha chegado perto da verdade. — Pensei que nunca fosse me recuperar do que passei com Susan, que nunca mais teria um dia na vida que não fosse de sofrimento. Mas não é hora de sermão. Você consegue. Espere 18 meses, Julie. E garanto que um dia você vai se surpreender rindo de alguma coisa. Não digo que não vá se sentir culpada por rir, mas vai rir.

— Comigo não é assim, Matt. Daqui a 18 meses continuará havendo um grande problema. — E eu ia contar para ele. Por que não? Ele tinha uma voz tão doce. Eu tinha começado a trocar e-mails com pessoas portadoras de esclerose múltipla. Talvez ele conhecesse alguém com quem eu pudesse me corresponder. Eu estava pronta para revelar a doença para todo mundo.

Mas ele disse:

— Estou ligando, Julieanne, porque, ahn, vou a uma reunião em Milwaukee e pensei em ver você. Será só em novembro...

— Ah, puxa, eu adoraria, mas não, olhe, é impossível — disse eu, lembrando-me daquela sensação fugaz e envolvente de se sentir admirada. — Gostaria muito de ver você outra vez.

— Muito cedo, então, e sempre existe a possibilidade, claro, de você e Leo resolverem a situação. Afinal, foram casados por muito tempo.

— Acabou. Acabou mesmo. Não é isso — disse eu, insípida.

— Mas você não está preparada para...

— Você está falando em encontro, Matt?

— Bom, é contra a lei? Perguntar? Fui viúvo durante 16 anos. Depois, tive um relacionamento que durou quatro anos, mas nunca chegou ao ponto de assumir um compromisso, embora ela fosse ótima, ótima mesmo. Uma pessoa feliz, muito ativa.

— Se era tão maravilhosa, tente outra vez — repliquei, com ciúme e irritada porque a voz dele ficou com aquele tom de o-jeito-que-nós-éramos. Por que diabos eu estava falando com aquele sujeito? — Se eu fosse você e encontrasse uma pessoa tão maravilhosa, ficaria com ela já. — Ele começou a explicar: o primeiro problema era o ego delicado da namorada, a quase obsessão que tinha pelo próprio corpo, a ponto de virar anoréxica. Olhei desanimada para o meu corpo inchado pelos esteróides. Sabia que não era gorda, mas sempre achei que podia passar por uma Katharine Hepburn mais jovem. Bom, o clone do corpo da jovem Katharine Hepburn, esguio como o de um menino. Ah, então é isso, pensei. Ele gosta de loucas e magras.

— Assim — disse ele —, que tal não pensarmos nisso como um encontro, mas apenas como uma visita? Posso levar hambúrgueres, se você quiser. — Pensei: ele deve continuar com 1,62m e agora deve estar careca. Deve usar cinto com fivelão de prata em forma de baleia porque disse que velejava em Cape Cod. Deve ser um sujeitinho mal-ajambrado que lê revistinhas mal-ajambradas. Mas por que não posso ter um novo amigo? Eu podia ver o fato como o começo da minha nova vida de solteira.

— Combinado — disse eu. — Mas você precisa saber, Matt, que há uma grande possibilidade de eu esquecer o que você diz enquanto você ainda está dizendo. Ou de eu ter de sair de bengala para comprar um sanduíche. Tenho esclerose múltipla, Matt.

— Ah, eu sei — disse ele.

— Você sabe? *Ninguém* sabe.

— O seu sogro sabe. Ele me disse como você foi maravilhosa, como lutou como uma leoa...

— Quando falou com meu sogro?

— Liguei num sábado, você estava na aula de balé, e nós conversamos. Ele é um sujeito ótimo. Gosta muito de você. Não acredito que você ainda faça balé! Eu acabaria com as minhas costas se jogasse futebol americano. Lembro-me de ver você dançando no show de variedades. Você poderia ter se profissionalizado, Julie. — Minha cabeça continuava fraca. Fiquei pensando em desde quando ele sabia da doença. E se ele tinha alguma coisa errada, além da calvície e do cinto (a essa altura, na minha cabeça, era uma grande fivela com uma turquesa engastada em prata de lei). Alguma coisa o atraía para mulheres doentes.

Matt MacDougall, um pervertido.

Mas ele havia sido um cara tão engraçado, carinhoso.

— Por isso não posso... ter um relacionamento. Agora você entende.

— Não entendo — disse ele.

— Não entende o quê?

— A relação entre ter uma doença crônica e ter um relacionamento, não necessariamente comigo, mas, bom, digamos que você tivesse diabetes. Ia dizer: bom, nunca mais vou sair com um homem?

— Não é a mesma coisa, Matt. Você é médico. Sabe que há problemas na esclerose múltipla que impedem relacionamentos, a não ser para mártires que já eram casados há vinte anos quando a doença apareceu.

346

— Conheço uma mulher com esclerose múltipla. Ela foi paciente minha porque estava com um problema dentário... bom, não era relacionado com a doença. Mas essa mulher só tem 26 anos, anda numa cadeira motorizada e tem um namorado que adora.

— Ele é que é louco — repliquei. — Ninguém, Matt, e não quero derrubar a sua paciente, mas ninguém entra nessa, Matt.

— Por que acha que pode julgar isso? — perguntou ele.

VINTE E OITO

Diário de Gabe

Naquele trimestre, pela primeira vez em todos os meus horrendos anos de escola, entrei para a galeria de honra. Tirei um dez e quatro noves. O dez foi em inglês. Mandaram minhas notas para ela por e-mail, e, antes que eu pudesse deletá-las, fizeram minha mãe chorar. Depois que entrara em remissão, ela tinha ficado mais difícil de controlar. Estava mais dona de tudo. Então descobriu as notas e, naturalmente, pediu que eu reconsiderasse minha decisão.

Aquelas notas tiveram um alto custo. Foram uma missão. Para Kimball, foram a prova de que eu não era retardado. Eu, simples e absolutamente, não fiz mais nada. Eu me obrigava a anotar cada droga de palavra que cada droga de professor escrevia no quadro negro. Eu enchia cada droga de folha copiando as respostas de cada droga de pergunta de cada droga de livro. Eu sonhava com o escândalo Teapot Dome. Deitava na cama com Rory e lia para ela *O sol voltará a brilhar* inteiro para lembrar cada palavra, e, como minha mãe, fiquei bem chocado quando o cara saiu do tribunal. No final, Rory perguntou: "O que aconteceu com o passarinho da história?"

Pintei o apartamento dos meus avós inteiro e, com o dinheiro que recebi, paguei uma linda caloura para fazer meu dever de casa de geometria. As provas lembravam minha vida, na qual penso como uma boa evidência dos números negativos. No dia seguinte à entrega do boletim, levei para minha mãe o papel de autorização para sair da escola.

Aquilo meio que me matou. Mas fiz.

Ela tremia e chorava demais. No dia seguinte, procurei todos os meus professores, nenhum dos quais era, no fundo, má pessoa, só eram sem graça, e me despedi. Deixei a Sra. Kimball por último.

Ela abaixou os óculos de leitura. Tinha de ter óculos de leitura que eram cortados ao meio como se fossem mutilados?

— Bom, Gabe — disse ela.

— Bom, Sra. Kimball — disse eu.

— Quais são seus planos? — perguntou ela.

— A senhora tem interesse em saber? — perguntei.

— Acho que você não fez uma escolha sensata.

— Eu também acho. Mas sou um garoto. Não sou sensato. Não estou aprendendo a ser sensato aqui. Estou aprendendo a ser vítima. E aprendendo a detestar o que gosto.

— Do que você gosta?

— Hum. De ler, acho. Escrever.

— Se tivesse escrito a metade do que pedimos que você escrevesse, teria sido um aluno ótimo, Gabe. Pretende ter o diploma equivalente ao secundário? Vai entrar para as Forças Armadas?

— Vou, Sra. Kimball. Para as Forças Armadas. — Brincadeira, eu estava ironizando. Será que alguém acha mesmo que um cara ia gostar de ficar de costas para mim num combate? Eu sou meio distraído.

— Bom, boa sorte.

— Deseja mesmo?

— O quê?

— Boa sorte.

— Quero dizer que você vai precisar de boa sorte.

— Boa sorte para a senhora também, Sra. Kimball. Agora que não sou mais oficialmente seu aluno... — Ela olhou da esquerda para a direita, para se certificar de que a saída estava livre. — Não se preocupe, Sra. Kimball. Não tenho um rifle embaixo da jaqueta. Só queria pedir um favor.

— Qual? — Ela começou a bater a caneta esferográfica com o polegar; se fosse eu a fazer isso, ela interromperia o estudo dirigido e diria: "Sr. Steiner, pare com isso..."

— Não faça isso com outro garoto, Sra. Kimball. Não faça ele se sentir mais por baixo do que barriga de cobra. Não ria do que ele não pode fazer. Incentive-o. Procure achar alguma coisa boa nele. Juro por Deus, essa é uma maneira ótima...

— O fato de você não... melhorar aqui não tem nada a ver comigo, Gabe. Você sabe disso. Foi escolha sua.

— Mas você podia ter me ajudado a escolher melhor — disse eu. Eu tinha pensado muito naquilo. Tinha anotado. — Tem tudo a ver com a senhora. A senhora não pode, digamos, pegar uma criança pela mão, mas pode dizer que ela é legal e ajudar no que precisa, se tiver interesse.

— Só se o aluno tiver interesse.

— Mas como poderia saber se ele tinha interesse?

— Tenho um grupo que está me esperando agora. Preciso que você saia, Gabe. Saia.

O que eu realmente queria que Kimball dissesse?

O que eu esperava que ela fizesse? Que dissesse que eu não era lixo? Que lastimava que tivesse dado errado? Que se importava? Que ela ia pegar a doença de Lou Gehrig e morrer lentamente? Que lastimava o que tinha acontecido na minha família? Que até *sabia* da minha família? Ela me entregou uma pasta com os papéis para obter o diploma equivalente ao secundário. Resolvi jogá-la na lixeira na porta de saída. A coisa não tinha saído do jeito que eu tinha ensaiado. Será que eu esperava mesmo que saísse conforme o ensaiado? Sendo a Sra. Kimball quem era, sendo eu quem sou?

Por fim, será que eu esperava receber alguma orientação da orientadora, esperava que o diretor fosse um príncipe e um amigo?

O que achei que minha saída fosse provocar aquilo que minha presença lá jamais provocara?

Saí pela última vez da escola Sheboygan LaFollette pela porta de ginástica. Vi Mallory, a amiga de minha irmã, mudando de sala.

— Gabe! — gritou ela. — Estou louca para Cat chegar para o fim de semana prolongado do Dia das Bruxas. Você não está ansioso?

— Completamente — respondi. Eu nem sabia que ela viria. Não tinha a menor idéia de onde ela ia ficar ou com quem.

— Você está bem?

— Ótimo. Se cuide, Mallory. Larguei a escola hoje — anunciei.

— Isso é tão legal. Mas se eu largasse, meus pais me matariam — disse ela.

— Os meus também.

— E então?

— Então, bom, dê um alô para minha irmã e diga que estou ótimo. Simplesmente ótimo.

— Ela não vai ficar com vocês?

— Você sabe que não. Vai ver que você não pensou antes de falar. Aposto que vai ficar com meus avós. Ela não fala com minha mãe. Acha que minha mãe a detesta por se mudar daqui. Mas não detesta. Escute, Mallory, por que você não fala isso para Cat?

— O namorado dela é bem legal. Tem uns 18 anos. Leo e Joy deixam os dois ficarem...

— Não quero saber disso. — Sabia que não devia ter parado para falar com Mallory. Foi um fato sem precedentes.

— É a coisa mais natural do mundo, Gabe. Eles não querem que ela tenha suas primeiras experiências sexuais num carro ou com algum cafajeste. Garantiram que ela estava protegida, tiveram uma grande conversa antes com os pais dele...

— Não *quero* mesmo saber. E, por favor, minha mãe também não quer. *Tchau*, Mallory.

— Bom, *tchau*, Gabe. Sua mãe está doente ou alguma coisa assim?

— Mais para alguma coisa assim.

— Você vai entrar para o Exército?

— Fuzileiros Navais, Forças Especiais — respondi.

— Legal — disse ela.

Abri a porta; Luke e um bando de seus amigos atletas saíram aos trambolhões da ginástica. Falavam de quem foi "arrasado" no fim de semana anterior, quem fez "hora" e que Burke foi um bundão na aula de álgebra II. Olhei para Luke. Ele me encarou bem. Depois, fingiu ver alguma coisa no chão, me cumprimentou o mais rápido possível e foi embora.

Fui também. Aí ele chamou:

— Cara.

Respondi:

— Cara.

Luke perguntou, bem baixo:

— Quer sair no domingo?

Respondi:

— Talvez.

352

VINTE E NOVE

Daniel

EXCESSO DE BAGAGEM
J. A. Gillis
Distribuído por Panorama Comunicações

Cara J.,

Na primavera passada, conheci um homem que era tudo o que eu queria.
Combinamos na hora. Inteligente, engraçado, muito carinhoso e interessado.
Fazia tudo para mim. Mandava bilhetes, flores, arrumava encontros-surpresa;
arrumou até uma aula de dança! Após uma longa, longa fase sem nada, achei
que eu tinha morrido e estava no céu! À medida que o outono chegava, porém,
ele foi ficando mais preocupado e distante. Eu sabia que ele estava fazendo a
dissertação de doutorado, então dei um tempo. De vez em quando, ele aparecia
para jantar e passar a noite, mas estava distraído. Por fim, disse que ia terminar
a dissertação na semana seguinte, defender a tese e depois estaria pronto para
procurar um lugar no país para ser feliz. Naturalmente, achei que ele estava
falando em nós dois e comecei a relaxar no trabalho. Dois dias depois de ele
defender a tese, eu sabia que ele estaria em casa e pus um lindo vestido novo de
verão, enchi o carro de vinho, bolo e flores. Fui para a casa dele. Estava vazia.

Tinha uma placa de ALUGA-SE no jardim. Não tinha nem um bilhete. O telefone estava desligado. J., na mesma hora vim para casa escrever esta carta. Nós nos amávamos! O que devo pensar?

Histérica, de Hoboken

Cara Histérica,

Você ainda tem o bolo e o vinho? Pois então, sente-se. Coma o bolo inteiro. Beba o máximo de vinho que puder sem que lhe cause algum dano permanente. Durma. Depois, ajoelhe-se a agradeça a qualquer divindade na qual acredite por não ter largado o emprego nem mudado nada na sua vida por causa de alguém que, na melhor das hipóteses, é um fiasco e, na pior, é bem mais traiçoeiro. As pesquisas mostram que mais da metade das pessoas com as quais você "combina" na hora são sociopatas. Sabem o que você quer e dão — mas só pelo tempo que elas querem. E jamais olham para trás. Claro que você é uma pessoa decente; então também não olhe para trás.

J.

Cara J.,

Namoro um rapaz há dois anos e na semana passada ele me disse que tinha de terminar o relacionamento. Naturalmente, perguntei por quê. Ele disse que a resposta mais sincera que podia dar era que ele não se sentia sério como devia. Sem dúvida, se sentiu sério há um ano — tipo duas vezes por noite! Mas então, quando eu planejava passarmos o fim de semana com amigos, ele começava a ficar de mau humor. Adorou o suéter que fiz para ele, mas jamais o usou! O trabalho dele ficou mais complexo e foi tomando mais tempo, e eu sei que isso influencia. Mas acabo de saber que ele anda com uma amiga nossa, conhecida na cidade como a maior transa-de-uma-noite-só!

Boazinha, de Nantucket

Cara Boazinha,

Não quero ser a primeira a lhe dizer. Sua mãe devia ter dito. As garotas boazinhas ficam por último. É um detalhe triste da natureza masculina: o caçador não come a caça atrás da qual não correu, digamos assim. Na próxima vez que você se apaixonar (e isso vai acontecer), siga uma lei: sempre que ficar morrendo de vontade de retornar uma ligação dele, espere 24 horas. O novo caso é a garota que tem mais aulas, mais atividades, mais encontros, mais amigas, aquela que está sempre saindo de casa. É muito bobo mesmo. Mas tem sido a receita garantida da felicidade (ou, pelo menos, de conseguir o que você acha que quer) desde que as mães escreviam "Não telefone para ele" na parede das cavernas.

J.

Ouvi a porta abrir e sabia que era Gabe. Empertiguei-me, sentada à escrivaninha de meu pai e me concentrei no computador. Na verdade, parodiava uma mulher imersa em profunda concentração. Não sabia se ele ia ao meu quarto, mas, se fosse, queria dar a certeza de que estava tão absorta que não percebi sua entrada. Ele entrou. Dava para *sentir* a expressão facial dele. Largou a sacola de livros no chão e disse:

— Acho que vou lavar essa sacola. Devolvi todos os livros, mãe.

Eu sabia que ele tinha devolvido.

Respirei fundo, de uma forma que esperava que não fosse audível. Mantinha a esperança de que ele provaria a si mesmo que poderia dar certo e assim ficaria estimulado a cumprir os meros vinte meses que faltavam para terminar o curso. Para uma pessoa da idade e do temperamento de Gabe, porém, vinte meses eram uma eternidade. Para *qualquer* pessoa, eram uma eternidade, se fosse para passá-los no purgatório.

Por outro lado, eu precisava dar um limite à minha tolerância. Ele pode ter se apoderado de uma parte do meu papel, mas eu ainda tinha influência. Sabia que ele se importava com a minha opinião.

— Se você quer que eu aprove o que fez, não tem problema, Gabe, só vai precisar de outra mãe — disse eu. — Tenho uma coisa para você. — Entreguei-lhe uma pilha de formulários de pedido de emprego que eu tinha juntado nas minhas voltinhas pela cidade: no banco, no médico, no terapeuta corporal. — Está na hora de ser adulto, companheiro. Arrumar emprego.

Na cama, Gabe pareceu afundar mais ainda no meu colchão. Suspirou alto.

— Bom, você tem encarado a situação com muita esportiva. Tem sido muito solidária — disse ele.

— É o que se chama de serviço social dos pais por terem esportiva — repliquei, ríspida. — Quer um maço de cigarro? Quer tomar uma cerveja, mas só em casa? Esta não sou eu, Gabe. Com saúde ou doente, sozinha ou casada, sou a mesma mãe de antes. E, puxa, passei dez bons anos tentando fazer com que você agüentasse, concordo, a burrice e a intolerância da escola pública...

— É, isso me ajudou. Mas não mudou nada.

— Desculpe eu não poder mudar o mundo, Gabe. Na próxima semana vou ver se consigo.

— Pensei que eu fosse ter um tempo para me situar — disse Gabe, como se quisesse mudar de assunto. — Não que eu não tenha trabalhado. Lembro, ahn, que escrevi umas coisas para uma coluna. De graça.

— Eu podia descontar isso da casa e comida que você recebe — sugeri, parecendo azeda como um limão até para mim. — A obrigação dos pais é de sustentar os filhos menores, mas se freqüentarem a escola. Percebeu que isso significa que seu pai não terá mais de pagar seu sustento?

— Nós precisamos contar para ele?

— Você acha que precisaríamos? Sua irmã Caro tem informantes, Gabe. — Eu nem sabia se tinha mesmo. Mas ele merecia ouvir aquilo. — Bom, se você aceitar algum tipo de aula em casa, além de trabalhar, a história pode ser diferente.

— Nunca pensei que isso fosse lhe dar despesa — disse ele, tirando o sapato com um chute. — Volto para a escola, se é assim.

Como não queria que ele escapasse do anzol, eu disse:

— Ótimo. Des-largar a escola. Ou vá para uma escola diferente, Gabe. Você sabe dirigir. Não precisa ser como a escrava Sojourner Truth. — Dei uma olhada nele. Continuava da mesma espessura do edredom. Será que tinha emagrecido? Ele não podia se dar a esse luxo. — Esqueça — eu disse, por fim. — Mas *não* pense que vai ser o começo de uma longa e deliciosa soneca, Gabe. Que tipo de pessoa isso me faria?

— Você é que tem de dizer — resmungou ele.

— Hum, não tenho escolha, mas você pode recuar.

— Eu recuo e você fica numa boa situação, no alto do seu pedestal, pois não precisa de ninguém para tirá-la da cama.

— Você preferia... que eu continuasse como estava? — Levantei a mão, que mexeu, obediente. — Não estou exatamente pronta para ser uma atleta, Gabe.

— Não, mas eu também estou cansado, mãe. Para mim essa temporada também não foi das melhores. Estou cheio de ser pai-substituto de uma criança, por exemplo.

Apesar de tudo, senti orgulho por ele usar a palavra *pai-substituto* corretamente.

— Então, o que podemos fazer? Deixar a tia Jane cuidar dela? Mandá-la para o Buraco Feliz para ficar com os outros pequenos Stern ou Steiner?

Gabe suspirou ainda mais alto e disse:

— Gosto muito dela, não me entenda errado. Mas estou... não quero ser o pai de Rory. E é assim que ela me considera.

— O que quer fazer? Sério. Não era esse o plano...

— Por exemplo: ela pode passar mais tempo na casa dos avós. Eles não trabalham, ligam sempre para perguntar se ela pode ir lá e se Abby também pode ir. Deixe-a ir, de vez em quando. Assim, não tenho de levá-la de carro a todos os lugares, examinar a mochila dela, preencher os papéis da escola e coisas assim.

O que eu senti por ele foi desgosto. E solidariedade. Pensei em lhe dizer como era ter um cateter no corpo.

— Posso criar minha filha, Gabe — disse eu. Mas ele não se calou! Devíamos ter parado a conversa naquela hora.

— Sabe, mãe, a questão não é se você é a orgulhosa-embora-desafiada Julieanne Gillis. Vai chegar uma hora em que terá de admitir que nós, bem, baixamos de nível na vida. Não temos mais amigos aparecendo para comer umas salsichinhas e tomar vinho antes do jogo. Não damos mais festa de Natal aberta a todo mundo. Estamos morando de aluguel. Eu, você e essa pobre criancinha que papai nem queria. Estamos meio que alugando a nossa própria vida mês a mês. Ninguém ligou mais me convidando para nada e, desde que papai foi fazer a viagenzinha dele, você só saiu para jantar com Cathy e Stella. Sabe o que dizem do cheiro que tem um vencedor? Existe o inverso também.

— Está dizendo que somos... perdedores? — Abri os arquivos permanentes e tirei um dos exemplares da *Pen, Inc.* — Quero que saiba que agora sou uma poeta publicada, Gabe. Não é fácil conseguir isso. Certo, pagaram pouco, mas tento fazer coisas diferentes de antes.

— Bom, mas um poeminha numa revistinha impressa por um sujeito na garagem da casa dele não significa que nada, nada mesmo, vai ser como antes.

— Obrigada pelo voto de confiança, Gabe.

— Foi o que Jennet disse. Temos de ser otimistas, mas não viver fora da realidade.

— Se eu não fosse um pouco otimista, me enforcaria — afirmei.

— Bom, entendo seu ponto de vista. Além do mais, é muito chato mesmo. Penso em Caroline lá passeando nos bosques, fazendo o que lhe der na telha, enquanto o velho Gabe está aqui, guardando a fortaleza...

Fiz um grande esforço para ver as coisas com os olhos de Gabe. Não foi muito difícil. Ele tinha agüentado diversas responsabilidades. Talvez precisasse de uma pausa, de poder dormir até tarde e ficar assistindo a bobagens na TV, como faz a maioria dos adolescentes. Talvez precisasse de um emprego qualquer de meio período, como o de ensacador de compras na cooperativa. Talvez precisasse vagabundar. Era a minha humilhação que o estava empurrando pela nuca. A minha última esperança de um final admirável, pelo menos até Rory — que parecia exageradamente confusa e tímida — crescer, tinha, como diria minha mãe, chegado ao fim. Fui eu quem quis que Gabe conseguisse trinta pontos nos testes-padrão para o secundário para castigar Leo. Era eu que queria vê-lo jogar para o alto o chapéu da beca como prêmio para mim, por todo o meu esforço.

— O que você quer, Gabe? — perguntei, enfim, deixando as mãos caírem no colo.

— Um descanso — respondeu ele. — Duas semanas para pensar no que vou fazer.

— Certo.

— E eu vou pensar no que vou fazer. — Achei que parecia que ele ia separar os jeans das toalhas. Mas concordei, e ele foi se arrastando para o quarto. A sacola de livros continuou no chão.

Rory não podia largar a pré-escola. Eu achava que, se a tirasse de lá, Gabe não precisaria mais levá-la e trazê-la de carro, mas isso seria decisivo. Todas as pessoas da minha vida, ferradas por Leo, administravam o golpe de misericórdia dado pela esclerose múltipla e por mim.

Eu não ia permitir que isso ocorresse.

Mas, no dia seguinte, recortei um anúncio do jornal. Quatro dias depois, tinha vendido meu solitário de brilhante, que foi o anel de casamento da minha mãe, para um simpático e jovem casal de Milwaukee. Com o dinheiro, comprei para Gabe um velho Toyota Corolla sem ferrugem nem arranhões e com air bags (Gabe Avô conferiu isso e teve uma participação comprando pneus novos). Liguei para um daqueles lugares em Minnesota que levam rapazes para marchar em volta do Lago Superior ou no meio do Parque Nacional de Everglades com uma mochila com fósforos e uma colher. Gabe iria se encontrar ou, pelo menos, amadurecer.

O programa que eu podia pagar tinha um site na internet com citações com as quais eu concordava um pouco e destinava-se a garotos que não eram criminosos perigosos. Fiz o depósito para três semanas de permanência, com início em abril. Ele participaria de um grupo no feriado da primavera, depois ficaria mais duas semanas "sozinho" com um orientador que eu esperava que não fosse estuprador.

Apresentei tudo como fato consumado.

Quando ele viu o carro, ficou com lágrimas nos olhos.

— Não mereço. Acabei de falar um monte de besteiras e largar a escola.

— Merece, sim. Você tem de ir a lugares. Além de levar Rory na casa da vovó. E as besteiras que você falou, bom, eu meio que pedi para ouvir.

Ele sorriu.

— E tenho de ir para o trabalho de carro.

— É. Meio expediente.

— Mãe, você não tem dinheiro para arcar com isso.

— Deixe que eu me preocupo com esse detalhe, certo?

Concordamos que ele ia encontrar um trabalho, depois procuraríamos um professor particular que o preparasse para as provas da faculdade, mostrasse o básico do que precisava saber de biologia, geometria e assim por diante. O máximo que eu podia pagar eram alguns professores da universidade por dez dólares a hora para ele conseguir um diploma de secundário, eu garantindo que ele tinha cursado o equivalente a quatro anos de ciências e quatro anos de inglês (a lei permitia), ou o diploma equivalente ao do secundário.

— Que tal quatro horas de estudo por dia?

— Que tal duas?

— Gabe, o que vai aprender em duas horas por dia?

— No fundo, é o que se faz na escola — garantiu ele. — O resto do tempo é para brigar com a turma, ouvir avisos idiotas, ir a assembléias e porcarias assim.

— Certo, então duas horas de aula e depois você faz outras coisas.

Concordamos. Ele então me abraçou forte, como fazia quando era pequeno.

— Adorei o carro, mãe. É legal. O que você teve de fazer para comprar?

— Ah, vendi um romance com um adiantamento de... uns cem mil dólares.

— Que maravilha, então vamos comprar uma casa no lago também — sugeriu.

— Vendi o anel da vovó Gillis.

A cara que Gabe fez deu a impressão de que o carro tinha se transformado numa coisa repugnante. Ele deixou as chaves do carro na mesa da cozinha.

— Olhe, tenho o anel que seu pai me deu para deixar para Caroline. E espero que Rory se case com um homem rico. E você, bom, vai ter de dar um para sua mulher...

— Um anel da máquina da loja de doces, daqueles que vêm dentro de um ovo de plástico — riu Gabe.

— Você nunca vai conseguir uma garota mesmo — disse eu.

— Eu sei.

— Vamos, palerma. Você tem de aprender a dançar.

— Nã-nã.

— Amanhã vou tomar minha injeção, depois vou ficar mal pelo menos um dia, então hoje à noite ensino você a dançar.

— Não... nem pensar, mãe. Já sei dançar o bastante.

— Sabe dançar suingue? Estão dançando outra vez. Vi na TV.

— Deus, por favor, não permita que eu faça isso.

— Dança! — gritou Rory, aumentando o som do CD para uns 500 decibéis. Gabe foi até ela e a segurou. Fui atrás deles e procurei até achar nos meus CDs um que comprei numa loja de café. Tive de abrir a caixa na beira afiada da bancada da cozinha.

— Cuidado! — gritou Gabe. — Não somos mais os donos da casa!

Pusemos o disco para tocar e Gabe ficou indefeso e constrangido, enquanto nos abraçamos como polvos até ficarmos em posição de dança.

— Agora, escute, o básico é o seguinte: vá para o lado uma vez, outra vez, para trás, para a frente. É só. Faça isso. — Claro, ele não conseguiu. — Ande, Gabe. Até um chimpanzé consegue. Vá para o lado, o lado, trás, frente. — Rory já estava no ritmo, balançando para cima e para baixo em seu pijama de pezinho. Não lembro qual era a música, algum suingue da década de 1940, mas acho que eu devia lembrar, considerando tudo o que houve. Gabe finalmente conseguiu, e passamos alguns minutos fazendo os passos básicos. — Muito bem, a seguir, você vai me rodar, *não muito depressa*, aí nós esticamos os braços, depois dançamos juntos para o lado uma vez, outra, trás e frente de novo. Certo?

— Certo — respondeu ele, meio rindo. Aumentei o volume do som outra vez e vi que Rory tinha aberto a porta e estava na saleta da frente com um homem alto, de cabelos pretos e casaco verde-oliva.

— O quê? Rory! Mamãe já falou para nunca abrir a porta!

— Mas ele bateu, você não ouviu! — disse Rory, triste. Correu para mim, enfiou o dedo na boca e se escondeu atrás das pernas largas da minha calça. Tirei meus cabelos da testa suada.

— O que deseja? — perguntei.

— Essa é uma das coisas mais encantadoras que já vi — disse o homem alto, que tinha muitas rugas em volta dos grandes olhos verdes e cabelos fartos e pretos. Atravessei a sala, contente por Gabe estar ao meu lado. O homem era mais alto que Gabe. Gabe tinha 1,90m.

— Olhe, não sei o que o senhor está vendendo...

— Julieanne, eu sou Matthew. Sou Matt MacDougall — disse ele.

— Mas... você cresceu! — disse eu, como uma idiota.

— Bom, passaram-se trinta anos! — Ele se inclinou e me deu um abraço leve.

— Bom, você não disse... não disse que vinha — observei.

— Deixei três recados na sua secretária.

— Mãe, quem é? — perguntou Gabe.

— Ah, Gabe, esse é um velho amigo de Nova York. Meu namorado no oitavo ano. Ou no sétimo?

— Talvez um pouco dos dois. Talvez nenhum dos dois.

— É Matt. Matt, este é meu filho Gabriel Steiner e minha filha, Aurora Steiner.

— Gabe Gillis — corrigiu Gabe, cumprimentando Matt. Abri a boca para reclamar, mas fechei.

— Bom, não preparei nada para você comer, nem planejei nada. Não lavei nem o cabelo. Não pode voltar amanhã?

— Claro, por que não? — disse ele.

— Mas você veio de carro lá da sua conferência?

— Posso dirigir de volta.

— Bom, aceita um café?

— Trouxe uma garrafa de champanhe. — Ele trouxe uma Cristal! Fiquei doida para beber.

— Tenho autorização médica para tomar, digamos, meia taça. Como uma menina no Natal. O que acha de um café? — perguntei.

— Mãe, podemos abaixar o som? — perguntou Gabe, apressado.

363

— Puxa, claro, claro. — Pensei com que cara eu devia estar, o cabelo, que já era espetado, devia estar mais espetado ainda, e o rímel escorrendo por causa do suor e das risadas. Usava uma velha camisa de Leo por cima de uma calça cáqui larga e estava sem sapatos. Bom, não que ele tivesse vindo com intenção de me fazer a corte. Veio... por curiosidade. Então, eu o reconheci. Tinha uma covinha no lado direito do rosto. Ele sabia desenhar cavalos. Desenhava o tempo todo.

— Você tem cavalos? — perguntei.

— Tenho dois. Por quê?

— Porque você desenhava cavalos nas aulas de arte.

— Ah, você lembra.

— Acho que vou levar Rory ao Culver's Custard e passar na casa da vovó — interrompeu Gabe. Por um instante, pensei que ele estava querendo me deixar a sós com Matthew. Mas depois lembrei: ele ainda não tinha dirigido o carro novo.

— Bom, Rory amanhã não tem aula. Nem você. Então, pode ir, mas não demore. E ponha o casaco comprido nela... — recomendei, dando de ombros.

— Eu sei, mãe — disse Gabe, já enfiando a capa de Rory pela cabeça dela.

— E não se esqueça da cadeirinha dela!

— Mãe!

Expliquei para Matthew:

— Gabe ganhou um carro de presente de aniversário. Dezesseis anos.

— Não existe nada melhor. — Ele sorriu, e as rugas ficaram mais fundas. Parecia mais velho do que eu, mas não de uma forma decadente. Era como se ele tivesse passado bem mais tempo do que eu no sol. Mas aquilo não parecia ter muita importância para ele.

Gabe me deu um beijo.

— Vou respeitar todos os sinais de trânsito. Parar mesmo. Rory vai no banco de trás.

— Pode ir — disse eu para meu filho e virei-me para o estranho sobre o tapete da entrada. — Quer tirar o casaco? Está nevando ou alguma coisa assim? Você se incomoda se eu for lavar o rosto?

— Não me importo — disse ele, com sotaque de Boston, tirando o casaco com cuidado e dobrando-o no braço. — Posso dependurar meu casaco e não tenho nenhum outro lugar para ir.

No estado em que meu rosto se encontrava, qualquer coisa que eu fizesse exigiria meia hora de retoque e reparo. Então, passei um blush hidratante, molhei mais os cabelos e passei neles um pouco do creme de Gabe. Tirei o rímel com creme e passei um novo. Enrolei as mangas da camisa. Isso tudo pareceu levar horas, já que eu não queria lambuzar a cara com a maquiagem. Alguns minutos depois, ele disse:

— Sei fazer café, tenho até a mesma máquina. Só me diga onde guarda o pó.

— Na geladeira, e o moedor fica no armário de cima — respondi.

A última coisa que fiz foi passar um pano com água fria entre os seios e me obriguei a respirar fundo. Olhei no espelho. Parecia uma afogueada Cyndi Lauper com as maçãs do rosto injetadas de esteróide. Diabos, pensei. Ouvi Matthew cantarolar enquanto mexia nos CDs. Quando voltei para a sala, ele tinha acabado de apertar o botão para fechar a tampa do som e escolhera, claro, "God Only Knows".

— Escute, vamos dançar? — perguntou, mais ruborizado do que eu, se fosse possível.

— Bom, você agora está mais alto do que eu — observei.

— É, e sei conduzir a dama — disse ele.

Depois, sentamos à mesa da cozinha e conversamos sobre velhos conhecidos e que fim tinham levado. A irmã de Matthew tinha sido da turma da minha irmã Jane, assim como Suzie, a mulher dele. Ele só se traiu por um longo olhar de lado, ao falar no único momento que considerava horrível da vida dele, quando aguardava no necrotério do hospital que uma cortina fosse aberta para ele identificar o lado do rosto de sua jovem mulher que não tinha se chocado na direção do carro, enquanto, no andar de cima, os cirurgiões cuidavam do pulmão atingido e do maxilar quebrado da filhinha dele.

— Por um instante, você enlouquece e pensa que talvez não seja ela, talvez seja uma amiga dela que foi levar Kelly a algum lugar; que talvez tudo aquilo seja uma confusão. E então eles abrem a cortina. Nunca vou esquecer o som daquela cortina, tão decidido. E lá estava ela, coberta até o peito por um lençol. Puxaram o cabelo dela para trás e lavaram seu rosto. O jovem policial ao meu lado segurou meu braço para eu não cair. Chamei "Suze?", como se ela fosse responder. Ela era aluna do quarto ano de Enfermagem e eu era um médico-residente. Todos os casais que conhecíamos eram iguais: ela, enfermeira; ele, residente. Fazia dermatologia. Queria mais filhos, queria uma vida convencional. Mas, na semana seguinte ao acidente, mudei para cirurgia e me especializei na reconstrução de faces, depois de ver como foi demorado refazer o maxilar e o palato de Kelly, que se alimentava por um canudo, chorava e perguntava por que a mamãe deixava as pessoas machucarem ela.

— Ela está bem? Ficou alguma...? — perguntei.

— Cicatriz? Não. Na época, ela estava com 2 anos. Não lembra. Tem uma idéia da batida, mas não sabe direito se é lembrança ou sonho. Um de nossos cavalos é saltador. Essa é a paixão dela. Insiste para eu deixar que interrompa um semestre da escola porque acha que tem condições de integrar a equipe americana e, pelo que me disseram, tem mesmo. Mas estou atento. Acho que a escola tem de vir em primeiro lugar. Ela sabe. — Tirar um semestre para participar da equipe olímpica de equitação. Pensei o que Matthew acharia de Gabe, aos dezesseis anos, exaluno do décimo ano.

— Mal comparando, sua situação foi como quando eu aguardei para saber o que estava errado... comigo — falei.

— E Leo. Dá a impressão de que foi duro e tão estranho que as pessoas provavelmente se perdem na parte estranha e esquecem que você, na verdade, é uma pessoa cujo casamento está acabando e que está sofrendo, como qualquer pessoa sofreria. Até eu sofri a ausência de Suzie e queria que terminasse aquele sofrimento. Mas quando você encontra uma coisa que foi dela, ou ouve uma música de que ela gostava...

— É isso mesmo. Mas tenho a raiva para me aquecer — lembrei.

— Você acha que algum dia supera isso, se foi feliz?

— Olhe, Matthew, você deve saber melhor do que eu.

— Acho que consegui superar.

— Acho que vou conseguir.

— Falando em aquecer, vou dar uma olhada lá fora. — Matt abriu a porta e deu uma espécie de rosnado. Era um homem capaz de rir sem cinismo. — Espero que tenha um Holiday Inn por perto. Olhe. — Tinha 20 centímetros de neve. — Julieanne, hoje ainda é dia dois de novembro. Vocês que vivem aqui são doidos de escolher um lugar tão frio?

— Ora, eu nunca fiz um vôo normal para Boston. Lá está sempre nublado. Essa neve é só por causa do lago — expliquei, passando por ele para pegar um pouco de neve no chão. Era tão volátil quanto algodão. — De manhã já vai ter se desmanchado. Espere um momento — disse eu, pegando o telefone e olhando para o relógio. Eram nove e meia. — Hannah — respirei satisfeita quando ela atendeu. — Gabe está aí com Rory, não está? Eles podem passar a noite? Não quero que ele dirija com esse tempo.

— Claro, estão aqui — disse Hannah, rápido, e percebi alguma coisa no tom de voz dela.

— O que houve, Hannah? — quem sabe Gabe tinha dito alguma coisa sobre Matthew e ela estava reagindo por estarmos os dois sozinhos.

— Hannah, daqui a pouco Cathy chega do ensaio. Abby vai dormir na casa da avó.

— Não é isso, Julie. É que... estão todos aqui, Caroline também. Ela... quer falar com você. — Prendi a respiração e percebi que o ar continuava querendo ficar preso. Finalmente, consegui respirar e disse:

— Agora, não. Não posso falar agora.

— Ela está aqui com aquele rapaz.

— Sei.

— Leo deixa o rapaz dormir com ela.

— Não quer dizer que você também tenha de deixar — disse eu, com a cabeça rodando. Caroline, 15 anos, dormindo com o namorado. Minha filhinha, pequena em todos os sentidos, pés pequenos, seios pequenos, cintura que quase dava para rodear com as mãos. — Desde quando ela está aí? — perguntei.

— Dois dias. Ele dorme no sofá. É um bom rapaz. Quer dizer, diz por favor e obrigado. Mas, Julieanne, eu não agüento, nem Gabe...

— Claro. O Gabe a que você se refere é... o meu Gabe, não?

— Os dois Gabes estão assistindo à TV na salinha. Não trocaram nem duas palavras.

— Então talvez seja melhor ele trazer Rory.

— Rory não pára, está toda alegre.

— Bom, posso resolver isso de manhã. Se conseguir tirar o carro da garagem.

— Certo — disse Hannah, indecisa. Ela estava com 78 anos. Aquilo era ainda mais estranho para ela do que para mim.

— Está certo, vou amanhã bem cedo — disse eu.

Desliguei e virei-me para Matt.

— Tem uma Quality Inn a poucos quarteirões daqui, mas você pode dormir aqui. Vou trocar os lençóis da cama de Gabe.

— Vou tirar um pouco de neve com a pá. Assim você consegue sair com o carro amanhã. Onde guarda a pá?

Eu disse onde estava. Ouvi que ele ria lá fora, enquanto eu recolhia as meias de Gabe e abria um pouco a janela para tirar o cheiro de cachorro molhado que tem um menino adolescente. Olhei para fora e a neve caía, leve como pluma.

— A neve não pesa nada — disse ele, quando fechei a janela. — Há anos não tiro neve com pá. É gostoso. Parece que estou num filme de Frank Capra.

— Em Boston você tem neve — afirmei, entregando-lhe uma toalha quando ele entrou em casa.

— O meu jardim da frente é grande. Tem um rapaz que tira a neve. Preciso sair cedo para as cirurgias. — A umidade tinha cacheado o cabelo dele. Ele era tão... convencionalmente bonito. Apenas um grande e caloroso sujeito da Nova Inglaterra. Fazia tanto tempo... Eu tinha esquecido o oxigênio que um homem consome na casa.

— Você se importa se eu tomar um banho?

— Não. Você se importa se eu tomar?

Dei toalhas para ele e um dos roupões limpos de Gabe.

— Acho que não tenho pijama para lhe oferecer. Os de Leo seriam muito menores e acho que nem existem mais.

— Não uso pijama — disse Matt, e senti outra coisa estranha, um arranhar na barriga.

Meia hora depois, nós dois aparecemos. Vaidosa como sempre, eu tinha passado um pouco mais de rímel depois de secar o cabelo.

— Ah, eis que surge a mesma garota que conheci — disse Matt.

— Pouco provável, mas que bom — disse eu.

Ele não podia fazer outra coisa senão me dar um beijo. Correspondi, sabendo que ia ser só aquilo, e talvez só aquilo por um longo tempo, talvez para sempre. Como se fosse natural, ele num só gesto desatou o cinto do meu roupão.

— Não, não — pedi.

— Não se preocupe — disse Matthew. Deixou a mão escorregar do meu rosto para o pescoço e ao redor dos meus seios, dos quadris, até o começo das costas. — É só isso. Não vou atacar uma mulher isolada pela neve. — Ele poderia ter atacado, e eu teria deixado.

Mas cada um foi para o seu quarto e, apesar da casa estar muito fria, chutei as cobertas e passei a mão no meu pescoço, que já tinha memorizado aquele toque.

TRINTA

Provérbios

EXCESSO DE BAGAGEM
J. A. Gillis
Distribuído por Panorama Comunicações

Cara J.,

Meu pior pesadelo se realizou. Minha filha está grávida. Tem 17 anos e garante que ela e o chamado namorado (que, pelo que sei, jamais trabalhou um só dia na vida) vão cuidar do bebê. Ela largou a escola e trabalha como recepcionista num restaurante. Estuda à noite numa escola técnica. Essas coisas nunca terminam bem. Já disse várias vezes a ela que ainda pode acabar com isso. Como faço para que veja o que está fazendo com a própria vida? E com a minha? Nós tínhamos planos para essa filha!

Furiosa, de Fitchville

Cara Furiosa,

Não. Você pode ser uma mãe que dá apoio. Ou pode ser uma ex-mãe. Se essa é a pior coisa que já aconteceu na sua vida, considere-se uma pessoa de sorte.

J.

O telefone tocou duas manhãs depois da visita de Matthew. Eu tinha acabado não indo à casa de Hannah para encontrar Caroline, pois Gabe chegara cinco minutos depois que o carro de Matt sumiu na rua. Embora nada tivesse acontecido, eu tinha tirado e lavado todos os lençóis, enquanto Cathy e eu tínhamos uma boa conversa de garotas. Faltavam poucas horas para eu tomar minha injeção. Rory queria vestir a roupa de morcego, como fazia todos os dias havia duas semanas, e passou-se uma boa meia hora antes que eu pudesse contar a Gabe que tinha sido bom conversar com meu velho amigo, e aquela neve toda, hein... aliás, como está sua irmã?

— Ela vai ligar. Deixe que ela conte para você — disse ele, na hora em que o telefone tocou.

Atendi.

— Mãe — disse uma vozinha tímida.

— Caroline — respondi, calma, com os olhos transbordando.

— Quero ir aí ver você. Quero que conheça o rapaz com quem estou morando, Dominico — disse ela. — Está bem?

— Qual das partes está bem? Você vir aqui ou estar morando com um rapaz? Você tem só 15 anos, Caro — respondi.

— Cat — corrigiu ela.

— Sexo não é para quem tem 15 anos, Cat — insisti.

— Mãe, é natural. Papai e Joy compreendem — disse ela.

— Venha me ver sozinha. Peça para o vovô trazer você de carro. Tenho de tomar a injeção e nós então tomamos um chá. De ervas, prometo. E conversamos de mulher para mulher. — Houve uma abafada série de chiados e sussurros do outro lado da linha.

— Dominico diz que, se você não o aceita, não pode me aceitar — disse Caroline, finalmente.

— Aceito-o como amigo seu, e você é minha filha. Sempre vou aceitá-la. Mas não, não posso aceitar quem faz uma escolha tão arriscada — afirmei, com o fone nas duas mãos para mantê-lo firme. — Em primeiro lugar: está usando anticoncepcional? Segundo: sabe com quantas outras garotas ele já...?

— Você não pode simplesmente chegar e perguntar isso para uma pessoa, mãe — disse Caroline.

— Pode, sim. E precisa. Você pode pegar um vírus só de ficar se agarrando, sem ter relação sexual. Pode pegar um vírus que pode prejudicar seu filho quando tiver um, ou prejudicar o seu cérebro. O vírus *papilloma* pode dar câncer no colo do útero. Com conseqüências que podem durar o resto da vida — disse eu.

— Eu sei.

— Suas emoções estão sempre à frente daquilo para que o corpo e a cabeça estão preparados, Caro. Sei que o desejo é verdadeiro...

— Não fale comigo como se eu fosse uma das leitoras que escrevem para você, mãe — disse ela.

— Estou falando como mãe — disse eu.

— Papai conversou tudo isso com Dominico.

— Ah. E papai concedeu sua mão para ele, não?

— Hum. Então, podemos ir aí?

Ela estava me procurando, a minha querida menina. Minha filha, cujos livro de bebê e primeiro vestido de festa estavam amarrados com um laço numa caixa de cedro no meu armário. A criança que pediu um ovo por dia toda manhã durante cinco anos e que um dia me disse que gostava tanto de mim quanto de ovo "estrelinha". Sim, ela foi a queridinha de Leo, mais do que minha. Mas *era* minha! Um dia, lavávamos suéteres de lã angorá, e ela, com uns 8 anos, tentando ajudar a mãe, secou-os na máquina. Até os zíperes encolheram. Não cabiam nem na boneca dela. Se eu não aceitasse vê-la naquele dia, ela ia se zangar. Era uma criança passional. Por outro lado, isso implicaria a aprovação do namoro. A ansiedade me atravessou como uma descarga elétrica.

— Eu não faria o que você está fazendo. É irresponsável — disse eu, pensando no longo e inexplícito carinho de Matt no meu corpo despido. — Até na minha idade seria irresponsável. — Olhei nos olhos de Cath em busca de orientação e vi que se encheram de lágrimas, enquanto ela concordava. — Esse não pode ser um relacionamento duradouro, Caroline. Você saiu daqui há apenas seis meses. Sexo é algo para pessoas que estão comprometidas...

— Nós estamos, mãe. Ele não sai com mais ninguém.

— Venha aqui e converse comigo, Caroline. Eu a amo. Quero ver você.

— Só vou se Dominico for.

— Então é melhor não vir dessa vez — disse eu, tentando disfarçar a mágoa na minha voz. — Quando vai embora? Pense nisso. Você pode mudar de idéia.

— Não vou mudar. Por isso saí daí. Você não entende nada que não combine com suas regrinhas. Nem os avós, e Gabe nem mesmo cumprimentou Dominico. Você acha que tem todas as respostas, mãe.

— Não, não acho! Só sei que você está cometendo um erro. Um erro no entender de qualquer pessoa. É... que idade tem Dominico?

— Dezoito — disse ela, convencida.

— Então, é também um ato ilegal.

— Não quero nem saber.

— Bom, não esperava que você quisesse. Ele está se aproveitando de você. Seu pai é advogado, Caroline. No caso, serviu de protetor *ad litem*. Ele tem alguma coisa na cabeça que não seja merda? Você é uma criança, Caro.

— Obrigada por ser sempre tão compreensiva, mãe. Sempre me ajuda — disse ela.

— Caro... quer dizer, Cat, espere. Deixe-me falar com os dois, você e Dominico.

— Não precisamos de uma redatora de jornal que se julga terapeuta, mãe. Se você não fosse tão... presunçosa, papai talvez não a tivesse largado.

— Pare com isso! Não tem nada a ver com seu pai e comigo.

— E agora ele trabalha seis dias por semana, mãe, por sua causa. Porque você é muito pobre e doente, e Gabe é um idiota sem solução. A vida dele está se tornando tudo o que ele jamais quis, mãe. Ele está fazendo *fechamento de firmas* e defendendo casos indicados pelo tribunal. Tudo para ganhar dinheiro para você comprar seus sapatos Kenneth Cole...

Eu não podia mais usar meus sapatos Kenneth Cole. Os saltos eram tão altos que eu tinha a impressão de andar em cima de pequenos e atormentadores arranha-céus.

— Você sabe que isso é errado e cruel! Seu pai tem uma responsabilidade com Rory, além de com você e... com Amos e... como se chama o bebê?

— Scarlett.

— Nossa! — exclamei.

— O que foi? O nome não é branco, anglo-saxão e protestante o suficiente para você, mãe? — zombou Caro. — Como você a chamaria? Gertrude ou Matilda? Para você, todo mundo deveria ter chegado aqui a bordo do *Mayflower*, mãe.

— Você sabe que não sou assim. Ninguém na minha família veio no *Mayflower* — disse eu. Mentira. As raízes da família da minha mãe estavam bem fincadas na Nova Inglaterra. — Não sou uma esnobe. Mas você também estranhou quando Rory nasceu. Perguntou: que nome é esse? Não lembra?

— Bom, eu estava errada. Rory? Nossa. Você mudou o nome dela e nem falou para o papai.

— Ah, seu pai teve um filho e nem me falou.

— Você é tão careta.

— Não permito que fale assim comigo.

— Você não consegue ouvir a verdade.

— Talvez. Talvez eu seja careta. Talvez não tenha percebido que seu pai queria mudar. Acha que não pensei nisso centenas e centenas de vezes? Mas não sou careta. Sou prática, Caroline.

— Essa é outra coisa que detesto em você. Tudo é bege para você, mãe. Bege, cartões finos, bilhetinhos de agradecimento e meias combinando com os sapatos.

— Pare com isso. Não é culpa minha.

— Você não consegue admitir que é.

— Eu conseguiria, se fosse. — Conseguiria? Pensei. Será que eu devia ter ido com Leo para aquela clareira aonde, no começo, ele queria que todos nós fôssemos? Largar o meu trabalho e os meus conhecimentos e passar a fazer compotas? Será que isso teria evitado a destruição da minha família, a amargura de Gabe, os medos e a confusão de Rory? Minhas próprias dúvidas angustiantes?

— Você podia ter tudo o que nós temos, se não fosse tão certinha, justa e antiquada.

— Talvez — respondi outra vez, triste. — Mas talvez eu não queira o que vocês têm. Talvez eu nunca fosse dar certo nisso. Tem um limite para o que você pode ceder, Caroline, até mesmo pelo seu casamento.

— Você nem tentou! Papai me disse! Ele insistiu muito para mostrar como era estúpida a vida que nós levávamos.

— Não acho que fosse uma vida estúpida. Só não era a vida que ele queria. Mas, olhe, Caroline, era a vida que ele um dia quis. Ele ajudou a fazê-la. Ele a escolheu.

— Só porque você nunca o deixou fazer nada do jeito dele. Tinha de ser tudo do jeito de Julie.

— Caroline, venha aqui conversar. Ou vamos nos encontrar num café. Vamos sentar juntas... — Eu estava falando com um telefone mudo.

E estivera falando o tempo todo.

Caroline precisava saber que ao menos se esforçara para ver a pobre e ignorante mãe. Acho que não tivera a menor intenção de vir à minha casa. Só queria mostrar às amigas que ela era uma pessoa totalmente formada sexualmente. Enfiei o rosto nas mãos.

376

— Você se machucou? A Morceguinha vai dar um jeito em você — disse Rory, olhando entre a grade que meus dedos formavam. Sentei-a no colo. Estava tão frágil como se tivesse ossos ocos, como Caroline tinha sido.

— Mamãe gosta da Morceguinha dela — disse eu.

— Caroline vem? — perguntou Gabe da porta do meu quarto.

— Não.

— Queria trazer o maravilhoso hippie. Ele não consegue dizer duas palavras sem perguntar: "Sacou qual é, cara?" É um idiota. Que bom que ela não vem — disse Gabe.

— Gabe, ela é sua irmã. E não é a única pessoa no mundo que escolheu errado. Olhe-se no espelho.

Gabe fez um revólver com o polegar e o indicador.

— Certo! Bom, mãe, só posso dizer que se prepare para ser avó. Eu não me importaria se Caroline viesse aqui, mas ele...

— O quê?

— Eu o mataria. É um idiota e aproveitador. Fede. Caroline deve ter herdado o mesmo gosto por homens...

— Cuidado com o que vai dizer — avisei.

— Desculpe.

— Ainda gosto do seu pai — disse eu. — Não me arrependo de ter tido vocês, e um dia seu pai e eu tivemos muita coisa em comum, Gabe.

— Ou assim você achava.

— Ou assim eu achava.

O telefone tocou outra vez; era Matthew. Dessa vez, atendi ao ouvir a voz dele na secretária.

— Julieanne! Tenho de sair daqui a cinco minutos, mas precisava perguntar se você está fugindo de mim. Fiz alguma coisa errada?

— Não, você foi um perfeito cavalheiro — respondi. — Só não sei se consigo sentir alguma coisa por alguém que não seja Leo. Pelo menos, por enquanto.

— Quer dizer que ainda gosta de Leo?

— Você ainda não gosta da mulher que amou até pouco tempo atrás? E Suzie?

— Sinto saudade do tempo que passamos juntos. Não delas, como pessoas. Concluí isso na noite passada, depois que conversamos. Esse capítulo está terminado. Não se pode transformar a vida num relicário do passado, Julie.

— Não estou fazendo isso.

— Bom.

— Gostei de você ter ligado.

— Mas não quer me ver outra vez. Ver mesmo.

— Eu não disse isso.

— Não quer agora.

— Bom, não sei. Depende de quais são as suas expectativas — respondi, sincera.

— Depende do que você espera que eu queira — replicou Matt. — Julie, tenho de ir. Mas queria lhe dizer: sabe que você é a primeira garota que beijei na vida? Quando foi eleita presidente da turma. — Eu tinha esquecido. Mas, naquela hora, lembrei. Um cheiro doce, de chiclete de hortelã. Lábios bem fechados. Eu encostada na parede da extensão da biblioteca na escola.

— Lembrei — disse eu.

— Bom, esperei 25 anos para fazer isso outra vez, Julie. O secundário todo. A faculdade toda. Até encontrar Suzie...

— Acha que eu gostaria de voltar a uma época em que ignorava que todas as coisas boas, todas as coisas ingênuas, no fim se estragam?

— Não é verdade, Julie! — disse ele, e o ouvi falar fora do fone com alguém que já ia conversar com ela. — Nem todas as coisas que permanecem pela vida toda, e a lembrança que tenho de você ficou comigo a vida toda, são só porque éramos crianças e bobos. Às vezes, elas ficam porque foram importantes.

— Você é romântico. Peço que me desculpe, se agora não posso ser também.

— Julie, deixe eu ver você outra vez...

— Não sei se é uma boa idéia.

— Deixe-me ir à sua casa e resolvemos. Sem pressão. — Cathy concordava com a cabeça. Sim, queria dizer, dando de ombros. Por que não?

— Até o seu pedido para vir é uma pressão — disse eu.

— Bom, está bem, então.

Ouvi minha voz dizer:

— Bom, está bom, então.

— Está bom o quê?

— Está bom, venha. Quando? Depois do Natal?

— Estava pensando em ir, ahn, no sábado — disse ele.

TRINTA E UM

Diário de Gabe

Recebi uma carta de Leo pouco antes do Dia de Ação de Graças, me convidando para passar o fim de semana com ele. Mandaria a passagem de avião. Como eu tinha tempo antes de ir para a casa da minha professora (que era aquela ótima senhora mais velha que ia direto ao trabalho e garantia ter sempre comida nas duas horas de aula), resolvi responder a carta dele.

Caro Leon [escrevi], *sou obrigado a recusar seu convite por motivos pessoais, que são: eu não vou com os seus cornos. Não estou querendo ser grosseiro. Espera-se que a pessoa admire o pai. Tentei fazer uma lista para a terapeuta de mamãe de tudo que eu admirava em você. Admirava o seu vocabulário. Admirava as ótimas coisas que fez por seus pais. Admirava o seu conhecimento sobre beisebol. E era só, Leon. Acho que, se você tem de fazer uma lista das dez coisas que admira no pai e só consegue três, e se consegue pensar em trinta coisas que admira na professora de pré-escola de sua irmã pequena, isso mostra que ou você não é uma pessoa que admiro ou que ainda estou muito irritado para ver você, digamos, pelo resto da vida.*

[Assinei *Gabe Gillis* e acrescentei, como P.S.] *A nova moda na nossa, por assim dizer, família é mudar de nome. Eu quis entrar nessa. Pensei bem e resolvi*

*usar Steiner como nome do meio para não ofender o avô. O avô é tão legal. Gené-
tica é uma coisa engraçada, não?*

Coloquei no correio a caminho da casa da minha professora, Donna,
senão nunca mais colocaria. Perderia a vontade ou esqueceria.

O tal Matthew veio ver minha mãe de novo depois do Dia das Bruxas.
Jantaram, e ela estava toda bonita num vestido emprestado de Cathy. Como
mamãe agora fazia seu trabalho quase todo e só de vez em quando me pedia para dar uma melhorada em alguma coisa ou dar um telefonema (pelo
que me pagava dez paus a hora), eu não tinha tido muito tempo de olhar os
arquivos dela. Um dia que Rory estava dormindo, olhei. E achei mais uma
poesia, no envelope no qual ia enviá-la; aliás, em dois envelopes. Um, para
a revista *Urbane* (grande chance, pensei) e outro para o pessoal da *Pen, Inc.*

Usei a impressora dela para fazer uma cópia.

Uma lamentação de insetos

Por que a joaninha voou de casa
Se a casa estava pegando fogo
E os filhotes tinham ido embora?
Será que precisava provar que não sobrou ninguém,
Ninguém que não estivesse carbonizado,
A última jóia do peito dela?
Será que precisava (ora,veja!) beijar as carapaças esturricadas
Abençoar a pira que tinha se tornado seu ninho,
Entrar no inferno da joaninha?
Por que não tomar uma cerveja?
Ou se encharcar de tequila
Numa banheira com sal nas bordas?
Traseiro arranhado com limo em alguma cama de pensão?
Afogar suas lembranças do incêndio?

Afinal, estavam todos mortos.

Por que a joaninha não voou para Belize?

Onde joaninhos dançam hula-hula nos mares de ametista?

Por que ela não fez o que queria, simplesmente?

Por que desperdiçou um tempo tão precioso?

Se ela fosse um joaninho, a poesia não teria rima.

Achei engraçado e talvez pouco decente, mas era arrepiante a opinião dela sobre os homens. Fiquei pensando se naquela poesia ela incluía todos os homens ou só meu pai. Não parecia incluir o tal Matthew, que, no dia seguinte àquele em que a levou para jantar, levou todos nós para almoçar naquele grande hotel de Milwaukee. Pensei, arrá, praticando a velha técnica de tente-ganhar-as-crianças. Mas ele mal me deu atenção, afora dizer o motivo por que trabalhava em reconstrução de faces. Era uma história bem triste. Não estou sendo sarcástico. Ele só conseguia olhar para minha mãe, como se ela fosse algum tipo de pintura muito rara. Pensei que devia ser ótimo para ela ter um conhecido que achava que ainda era bonita. E ele era uma pessoa ótima. Mostrou a Rory fotos da filha dele a cavalo. A garota se chamava Kelly. Estava na faculdade em Nova York, na Nova Escola. Queria ser jornalista, ou cavaleira profissional ou veterinária. Ou adestradora de cavalos. A garota era muito bonita. Tinha o cabelo louro mais comprido que eu já vi em alguém que não era doido. Ele tinha uma grande fazenda entre Boston e Cape Cod (bom, grande para pessoas que moram em apartamento), de uns cinco hectares. Ele ia e voltava de lá e viajava muito, ensinando outros médicos a fazer aquela coisa que ele meio que inventou para fissura de palatos.

Fui com ele até o carro que tinha alugado porque minha mãe não queria andar muito, principalmente na presença de outras pessoas. Ainda estava com medo de cair e se sentir humilhada, embora o equilíbrio dela agora estivesse quase decente.

— O que você faz, Gabe? — perguntou ele.

— Tenho aulas particulares. Tenho dificuldade de aprendizado — respondi.

— É grave?

— Bom, eles dizem que, se tivesse um cromossomo a mais, eu seria um grilo.

— Mas você é inteligente. Dá para ver.

— Eu não disse que sou idiota.

— Você quer ir para a escola?

— Talvez. Se valer a pena.

— Todo mundo vai, em épocas diferentes. Talvez o seu tempo só chegue quando tiver 20 e poucos anos.

— Talvez — disse eu. Era uma boa caminhada até o carro, uns dois quarteirões de centro de cidade. — Minha mãe ainda está parecida com o que era quando garota?

— Está quase a mesma coisa. Inteligente. Bonita... — falou.

— Metida — completei.

— É.

— Não era mais para ela ser assim.

— Para ela não é bem uma questão de ser metida, Gabe. Quer dizer, não sei como ela é agora. Mas, quando garota, era mais como se ela quisesse manter a dignidade.

— Devia ser — disse eu. — Porque meus avós eram ótimos, mas bebiam um pouco, e ela não gostava. Ela me disse que sempre quis ter controle sobre si mesma.

— Por isso a doença deve ser tão dura para ela — disse ele.

— Pode ter certeza: é dura para qualquer pessoa. Mas ela está bem melhor — afirmei.

— Você não se importa por ela e eu estarmos saindo?

— Vocês estão?

— Não. Mas eu quero. Não sei se ela quer — disse ele, enquanto eu entrava no do carro.

— Você sabe alguma coisa sobre esclerose múltipla?

— Só o que li. E o que ouvi de uma paciente minha, que tinha deformação facial e essa doença.

— Puxa, dois golpes.

— É, mas ela era ótima. Não deixava que nada a impedisse de fazer coisa alguma. Mesmo usando um andador. Ela dançava de andador.

— Nossa, espero que isso não aconteça com minha mãe.

— Seria muito duro para você.

— Não é por isso. É por causa do que você disse de ela ser tão digna e tal. Ela ia achar que nunca mais poderia sair de casa.

— Ela me interessa muito — disse ele. — Sempre interessou. Mas era preciso entrar na fila para falar com Julieanne Gillis.

Tentei imaginar minha mãe na época, como uma gostosona, alguém por quem os caras seriam capazes de matar para sair. Claro, ela tinha um pai meio famoso e morava num lugar do nível do Ritz. Mas não conseguia ver minha mãe assim.

— Sempre achei que ela gostava de mim, mas eu não tinha o mesmo nível dela. Do pai dela.

— Mas agora você tem.

— Não sei. Talvez.

— Esclerose múltipla. O grande equalizador.

Ele parou o carro.

— Olhe, você é criança, mas o que você disse é uma espécie de chicotada na sua mãe. Quer dizer, sou médico. As pessoas parecem achar que é preciso ser muito inteligente para ser médico. Na época, eu era um menino pobre que freqüentava escola pública por não ter outra escolha. Não era como sua mãe, que freqüentava porque os pais eram liberais

384

e não queriam que alguém pensasse que achavam que a filha ia pegar doença por se misturar com a gentalha.

— Eu não quis dizer nada — resmunguei.

— E ela *era* meio metida — disse ele, rindo. — Uma vez, fui a uma festa na casa dela...

— Esteve na casa dos meus avós? — perguntei, subitamente sentindo saudades deles, sem conseguir me lembrar do rosto da minha avó. Só me lembrava da voz dela, dizendo: "Ambrose, está na hora de irmos."

— Sim. Foi quando ela ia para a Escola da Senhorita Qualquer Coisa, e a festa tinha empregadas servindo...

— Sanduíches de pepino — terminei a frase para ele.

— Isso mesmo! Para garotos.

— Tinha de ser — disse eu.

— Mas sua mãe ficou constrangida por nós. Queria que fôssemos soltar pipa no Central Park. E, finalmente, fomos. Ainda me lembro dela, subindo nas pedras com a pipa, soltando a linha do carretel. Era uma garota realmente atlética. Forte.

— Por causa do balé.

— É — disse Matt, voltando a ligar o carro. — Pensei que fosse se profissionalizar. — Como se o American Ballet Theater fosse o Dallas Cowboys.

— Ela era gorda e alta demais — disse eu. — Não queria fazer aquelas coisas para ficar anoréxica. Diz que as bailarinas vivem de vodca, chocolate e cigarro.

— Ela é perfeita — disse ele.

— Você devia ficar com ela quando tem uma daquelas crises agora-sai-todo-mundo-do-barco — disse eu.

— Bom, Gabe, é o que pretendo.

TRINTA E DOIS

Salmo 37

EXCESSO DE BAGAGEM
J. A. Gillis
Distribuído por Panorama Comunicações

Cara J.,

Não posso contar para ninguém. Meu marido bate em mim. Na semana passada, eu estava tão arranhada e machucada que não pude ir trabalhar. Sou enfermeira. Você deve pensar que eu deveria saber me defender. Vejo pessoas como eu todo os dias no pronto-socorro. Mas tenho medo de sair de casa. Primeiro, porque sei que ele vai me achar e me matar. Segundo, porque ele é um pai maravilhoso e é muito conhecido na nossa comunidade. Ninguém ia acreditar em mim. E as crianças iam ficar com raiva de mim. Como o faço parar? Toda vez que me bate, ele fica triste, muito triste, mas diz que bate por causa das exigências que eu e as crianças fazemos e por causa do estresse do trabalho.

Sofredora, de Manhattan

Cara Sofredora,

Acredito em você. E outras pessoas também acreditariam. Eu garanto. Se você contar para uma pessoa e ela duvidar, conte para outra. Quero que faça um plano. E comece, aos poucos, a fazer as malas, colocando nelas as poucas coisas que você e seus filhos vão precisar para viver em outro lugar. Uma boa enfermeira encontra trabalho em toda parte. Mude de nome e, se for preciso, mude também a data de seu nascimento. As pessoas que fogem, na maioria, são encontradas porque não mudam a data de nascimento. Use a data de alguém que não precisa mais dela (para detalhes, consulte minha resposta confidencial). Seus filhos podem ficar zangados com você. Todas as crianças ficam zangadas com os pais quando precisam fazer coisas que significam grandes mudanças na vida delas. Mas o pior que pode fazer por elas é deixar que pensem que a situação que presenciam é aceitável. Vá embora enquanto você ainda consegue. Se preciso, arrume um celular para ligar para a polícia, se desconfiar que ele descobriu seu paradeiro. Arrume uma arma, se achar necessário. E vá embora. Não tente ajudá-lo. Ele está fora do alcance de qualquer ajuda. Você, não. Por enquanto.

J.

O começo do segundo começo da minha vida aconteceu inesperadamente, como tantas outras coisas. Eu não tinha exatamente desistido de planejar, mesmo sabendo que era um exercício de inutilidade. Mas tinha resolvido tentar ser feliz dentro dos limites do que podia fazer e parar de reclamar do que não podia, o máximo possível para uma pessoa do meu tipo que, em setembro, já tinha terminado de comprar e embrulhar os presentes de Natal.

Comecei a sair com um cara que conheci num espetáculo de que Cath participava. Era um sujeito ótimo, embora eu tenha sentido que empalideci quando ele disse que era advogado, mas acaba que era advogado da grande fabricante de artigos esportivos First Gear, o que eu não achava tão ameaçador, por algum motivo. Na primeira vez que saímos para jantar, perguntei:

— Então seu trabalho consiste em libertar alguém quando uma criança cai de um dos skates que vocês fabricam e machuca a cabeça?

— Você acertou na mosca — disse ele. — O que faço é tentar indenizar a criança sem arruinar a empresa. Você sabe como são as pessoas hoje: não acham que nada de ruim vá acontecer, mas, se acontece, alguém tem de pagar.

Mas depois de alguns meses encontrando Dennis quase toda semana, durante os quais vi Matthew duas vezes, resolvi terminar amigavelmente com Dennis.

Muito bom não é bom o suficiente, mesmo para mim.

Eu achava que ficaria abjetamente grata a qualquer pessoa que demonstrasse o menor interesse por mim. Mas quando a revista *Urbane* aceitou meu poema e pagou mil dólares por ele, foi para Matt que eu quis contar, antes mesmo de contar para Cathy ou Gabe.

Ele ficou em êxtase por mim. Disse que ia comprar alguns exemplares para todos da equipe dele e todos os amigos, e ele tinha muitos amigos. Sugeri ir a Boston encontrá-lo num fim de semana, mas ele tinha combinado participar de um jogo de futebol americano. Nas duas semanas seguintes, quando ele ligou, não atendi. Me senti rejeitada, desprezada. Até que ele mandou duas dúzias de rosas brancas numa taça prata e azul. O cartão dizia: *Você não gosta de mim ou dos Patriots?* Liguei para ele. Uma semana depois, recebi um convite impresso para uma reunião na casa de Matthew MacDougall dali a dois fins de semana.

Eu não queria ir. Eu queria ir, mas sabia que algo iria acontecer na frente dos amigos das mulheres dos médicos, algo que não me deixaria mais atravessar a divisa de Massachusetts. Mas pensei: era só uma festa; qual a dificuldade de se sentar num sofá e conversar com pessoas comuns? Um dia eu fui uma pessoa comum.

E achei que podia visitar Cat. Havia meses ela não escrevia uma linha. Tinha mandado para Rory um conjunto de bonecas de pano de presente de Natal; no entanto, Rory ficara assustada porque as bonecas tinham olhos, mas não tinham boca nem nariz.

Eu tinha de alugar um carro e ir ao lugar cujo nome não me lembrava mais, já que Gabe e eu sempre o chamávamos de Vale Feliz. Não seria muito difícil. Podia pedir que Cathy cuidasse de Rory, e Gabe ficaria bem sozinho, podendo recorrer a Cath se necessário. Mas soube, quando comentei sobre a viagem, que Gabe ia com os avós para Door County naquele fim de semana, fazer algumas obras no chalé antes da temporada. Ele disse que queria pescar enquanto ainda estava frio.

— Assim me sinto um Fuzileiro Naval. No verão, qualquer pessoa pode velejar — disse ele.

Então me preparei com cuidado. Guardei roupa por roupa durante semanas. Um vestido preto e justo com uma blusa de decote nas costas e que farfalhava nas pernas quando eu me mexia, o que eu achava que disfarçava os meus movimentos involuntários. Calças de pernas largas e uma blusa de cetim. Grandes e divertidas pérolas falsas enfiadas numa linha de pescar. Jeans e dois suéteres quentes. Botas e tênis. Gabe perguntou se eu estava me mudando.

Alguns dias antes de ir, a editora da *Urbane* ligou. Perguntou se podia passar meu e-mail para uma editora que tinha se interessado pelos meus "poemas de raiva". Não sabia que os poemas eram isso, mas concordei. E se tivesse um pouco de grana na história? Escrevi os poemas por uma espécie de diversão sofrida e, se fossem publicados, não seriam o glacê do bolo, seriam as rosas de glacê. Nunca esperei que alguma coisa viesse de meus poemas. Até Gabe se referia a eles como "as ditas poesias".

A editora, uma tal Amanda Senter, um nome que me pareceu estranhamente familiar, escreveu e perguntou se poderia telefonar.

— Julieanne Gillis — disse ela, quando atendi o telefone.

— Pois não?

— A última vez que a vi, você estava escondida embaixo de um piano. — Era isso, então. Tinha a ver com papai. — Fui agente de seu pai, Julieanne, durante um curto período, há muito tempo, quando eu era bem jovem. Até que passei para o outro lado do balcão. Você deve ter me visto duas vezes na vida. Mas quando li seu poema, achei que Ambrose ia gostar de saber que eu reconheci o trabalho da menina dele.

— Obrigada. É meio engraçado — disse eu.

— E o que você tem guardado na gaveta? — perguntou ela.

— Na gaveta?

— Quer dizer, tem poemas que possam formar um livro? Eu os vejo como uma espécie de rejeição triunfal da mulher contra a velha lei machista... e têm certo humor. Sabe, são poemas para ler quando se está com raiva deles. — Eu não tinha idéia do que ela estava falando. Os poemas que eu tinha escrito eram os poemas que eu tinha escrito. Quatro. Não havia pedaços de papel e anotações de poder consumado enfiadas no meu armário para serem encontrados, com grandes conseqüências, pelas crianças após a minha morte.

— Tenho uma coluna de conselhos, não sou poeta — informei.

— Por que não me deixa avaliar? Tenho uma editora própria. Lanço poucas coisas...

Acabei, consciente do firme e aprovador olhar do meu pai lá no alto, mandando dois poemas para ela. Um deles, escrevi depois que desligamos o telefone, talvez em 25 minutos.

Há dias que são melhores que outros

Não há nada de errado comigo
Que um corpo novo não pudesse curar.
Que tal uma porção de fluido espinhal?

Tem na cor pura?

Não há nada de errado comigo;

Mas preciso de duas pernas, tamanho oito.

Então eu me sentiria segura,

Um pequeno ajuste na laringe, diafragma no lugar, dois olhos novos,

Mãos ágeis, um cérebro que não funcionasse só ao contrário,

Ou talvez apenas uma promessa, digamos, de nada pior acontecer?

Uma certeira pra mim, pedido feito, não minhas três.

Só isso. Eu agüento.

Prontamente, na manhã seguinte, ela me escreveu dizendo que chorou ao ler o poema. Achei que devia estar com alguma dificuldade mental. Ela falou em prestígio e apresentação, nas ilustrações ou na ausência delas.

— Um momento, Srta. Senter — disse eu, enfim.

— Amanda — corrigiu ela.

— Amanda, do que estamos falando exatamente?

— Bom, em princípio, poesia não vende muito. Mas estou pensando que há tantas mulheres que foram enganadas ou que passaram por situações parecidas, por todos os tipos de motivos, que poderíamos apresentar o livro como um livro de amizade, de solidariedade...

— Um livro?

— Não podemos pagar muito.

— Não tenho um livro de poemas! Quantos poemas tem num livro?

— Acho que 24. Vejo um livro pequeno, bem atraente, quase como um cartão grosso de saudação...

— Eu levaria seis meses para escrever 24 poemas!

— Bom, não os esperávamos por um ano, no mínimo. Mas podemos dar cinco de adiantamento agora e mais cinco na aprovação. — Ela queria dizer cinco mil dólares. Ainda bem que eu estava sentada. Isso correspondia a um ano de terapia e aulas particulares. Mais ainda, se eu fizesse um requerimento à escola distrital e conseguisse que eles pagassem as aulas de Gabe. Como fiquei sem saber o que dizer, não disse nada.

— Lastimo não ser mais, Julie.

— Bom, acho que seria ótimo para o público.

— Como disse?

— Lançar o livro. Seria ótimo.

— Então concorda? Quem é seu agente?

— Ahn. Preciso contatá-la. — Tinha de pensar em alguém. Tinha de pensar numa velha (e era velha mesmo) amiga de meu pai para perguntar o nome de um agente. Mas não conhecia nenhuma daquelas pessoas! Não como adulta! Elas me conheceram quando pequena, de uniforme de escola. Liguei para o consultório de Cathy. Estava tão tensa e nervosa que esqueci de dizer o nome dela. — Gostaria de falar com a psicóloga.

— Ela está em consulta.

— Então, peço que ela retorne a ligação.

— Você é suicida?

— Não! — Dei uma risada. — Sou... Julieanne Gillis. Moramos na mesma casa. Cathy Gleason e eu.

— Ah, desculpe Sra. Gillis.

Cathy e eu passamos a noite olhando as lombadas dos livros de meu pai. Escolhemos o nome de uma mulher que tinha pelo menos uma possibilidade de estar viva e atuante. Achei o nome da agente dela nos Agradecimentos e, quando liguei, ela não só se lembrava de mim, como me cumprimentou com o equivalente vocal a braços abertos. Aceitou controlar meus contratos. Gostaria que eu jantasse na casa dela, na próxima vez que fosse a Nova York (próxima vez que fosse a Nova York?). Sabia que meu pai ficaria muito orgulhoso. Achava que o adiantamento estava um pouco sovina; ela ia tentar deixar os direitos para o exterior fora do contrato.

— Podemos ganhar em vendas no exterior — disse ela. Era como se falasse aramaico. Usava palavras que ouvira meu pai usar, mas na época eu tentava ignorar as palavras.

A publicação dos meus poemas era uma aterrorizante fenda numa porta aberta. Eu tinha medo de que a luz da porta aberta machucasse meus olhos. Tinha medo de desgraçar meu pai. Tinha medo de que o mundo visse o que para mim parecia com as páginas de rabiscos que Aurora mostrava na hora do jantar. (Ela dizia: "Tenho uma desculpa: escrevi uma coluna.") De repente, a viagem a Boston não era mais uma fonte de ansiedade. Era um alívio.

Matthew me encontrou no setor de bagagem do aeroporto. Ele estava com um cartão em forma de leque dos Patriots escrito FESTA DE GILLIS.

— Chega de piada com os Patriots. Quanto tempo leva daqui até a sua casa? — perguntei, séria.

— Uns vinte minutos, se o trânsito estiver bom.

— Acho que as pessoas sempre me responderam isso — disse eu. Achei graça.

— O quê?

— As pessoas sempre dizem: "Fica a uns vinte minutos daqui."

— E todos os relógios nas vitrines marcam oito e vinte.

— Não é porque é a hora em que Abraham Lincoln morreu?

— Não. Acho que é porque mostra melhor os ponteiros — disse ele.

— Acho que é por causa de Abraham Lincoln. Não me confunda. Sou especialista em trivialidades. E aconteceu uma coisa muito estranha. — Eu tinha ensaiado aquela revelação. Infantil e sedutora? Orgulhosa, mas meio confusa? Surpresa, mas segura? — Vão lançar um livro. Das minhas poesias.

— Julieanne — a reação foi diferente da que eu esperava. Muito de não-torcedor de futebol. Uma aprovação calma. Um orgulhoso aceno de proprietário. Passamos de carro pelo centro de uma pequena cidade chamada Briley e entramos numa estrada rural. Quando ele virou na entrada de uma casa de colunatas, achei que estava parando para comprar ovos. — Meu humilde domicílio.

— É uma puta mansão! — exclamei. — Desculpe o palavrão, Matt. Moro com um garoto de 16 anos. Mas nunca imaginei... — Um cavalo creme nos lançou um olhar divertido e gentil quando passamos.

— Essa é Diva, a égua que pertence à minha filha. Meu cavalo chama-se Entalhador. Ganhei de Kelly. O nome? Ela acha que é uma brincadeira para fazer com um cirurgião. Mas ele é um bom e velho garoto.

— Eu gostava de andar a cavalo — contei, pensando no Central Park e em minha mãe com suas botas de montaria.

— Podemos dar uma volta amanhã — disse Matt, ansioso.

— Não posso andar a cavalo agora.

— Não tenha tanta certeza. Com ele, é só se deixar levar.

— Matt, você é uma dessas pessoas que está sempre pronta para fazer alguma coisa, não?

— Acho que sim — respondeu ele, pegando minha mala no bagageiro. — Isso é ruim? Fico de pé o dia inteiro, fazendo movimentos mínimos e precisos com as mãos. Então, quando estou de folga, gosto de grandes movimentos. Faz sentido.

— Então, o que quer fazer andando com uma mulher que costumava dar saltos de quase um metro de altura e agora tem de tomar cuidado para dar três passos?

— A vida é mais do que agitação — disse ele, abrindo a porta.

O interior da casa era parecido com minha lembrança da Toscana, num verão em que eu tinha nove ou dez anos. Paredes douradas e espessos tapetes verdes. Móveis cor de tijolo com almofadas de listras jogadas e um candelabro que parecia a barcaça de Cleópatra. Sentei-me no sofá, de onde vi a mesa comprida, de cerejeira, simples e luzidia, e a cozinha de azulejos pintados e tranças de alho.

— Puxa, parabéns ao seu decorador.

Matt concordou, depois deu de ombros.

— Escolhi essas sobras porque gostei das cores. Comprei o lustre de Peter Mangan quando ele vendeu o protótipo de um restaurante onde gosto de ir, em Seattle.

— Você fez tudo?

— Detesto solteiros que moram em lugares de paredes brancas e móveis azul-marinho...

— Eu também, mas como consegue fazer tanta coisa?

— Olhe, tenho uma filha na faculdade. Não planejei isso. Mesmo com horários de médico, sobra muito tempo. A gente decora a casa. A gente aprende piano. Não sei. Suzie e eu viajávamos. Nunca senti... sempre quis mais um filho. Ainda quero. Não ria. As pessoas fazem isso o tempo todo, na nossa idade.

— Não estou rindo. Tenho uma filha de três anos. As pessoas acham que sou louca.

— Aceita chá?

Aceitei.

— Sabe como os ingleses chamam o chá das quatro? Consolo. Não é legal?

— Gostei. Parece com outra palavra que gosto. Meus pais eram episcopais. Vésperas. Eu gostava dessa palavra.

Tomamos chá enquanto a luz lá fora sumia e as luzes na casa de Matt, e lá de fora, entre as árvores, claro que dosadas por um timer eletrônico, iam se acendendo aos poucos e aumentando à medida que escurecia.

— Quando chegam os convidados? — perguntei. — Quero deitar um pouco, talvez tomar um banho. Pode me mostrar onde vou ficar?

Ele me levou por um pequeno corredor até um quarto com uma cama na qual eu precisaria de três degraus para subir. Queria apenas descansar um pouco, mas, quando acordei, o quarto estava escuro. Contra a vontade, gritei:

— Socorro! — E, num instante, senti o cheiro de Matt ao meu lado, seu cheiro de madeira limpa. — Desculpe, está tão escuro. Achei que meus olhos estavam me enganando.

— Isso ocorre com freqüência?

— Costumava.

— Agora, não.

— Não.

— Você enxerga lá no fim do corredor? — Eu vi o lustre, as toalhas imaculadas sobre a mesa luzidia e, à medida que meus sentidos voltavam, um por um, o cheiro de alho frito.

— As pessoas estão aí? Tenho de me vestir... — sussurrei.

— Fique calma, não tenha pressa — disse ele.

Ele acendeu a luz no banheiro (a banheira tinha degraus) e saiu do quarto. Tomei banho com cuidado, escovei o cabelo curto e disparatado pelo qual passara a ter uma grande afeição e vesti meu macio vestido preto. Tirei o brilho do meu nariz e passei batom quase incolor, que era mais indicado para mulheres mais velhas, conforme disse a moça da loja. Eu estava com boa aparência. Agora, os sapatos. Abri a sacola de sapato. Tênis. Botas. Sentei-me na cama, prestes a chorar. Via os sapatos exatamente onde estavam naquele momento: em cima da minha escrivaninha, cada um na sua sacola de algodão.

— Matt! — chamei. Ouvi música tocando. Alguma coisa suave, antiga. Voz de Julie London. Que sujeito engraçado. — Matt! — Não o ouvi se desculpar por interromper uma conversa, mas ele apareceu na porta com uma garrafa de vinho. — Esqueci os sapatos.

— Você é tão... doce, delicada.

— Fale baixo! Não quero que ninguém nos ouça! Não posso entrar lá de meias!

— Ah, pode sim, a menos que esteja com frio nos pés.

— O que seus convidados vão pensar?

— A festa está toda aqui — disse ele.

— Mas você me mandou um convite.

— Você é a festa — disse ele. — Vamos. — A mesa estava arrumada para dois. Um prato de massa nos aguardava com um fumegante molho apimentado. Ele me serviu vinho, exatamente a metade da taça.

Fiquei olhando os azulejos. Não consegui pensar em nada para dizer. Matt disse:

— Não fique chateada.

— Não estou chateada. Nem assustada. Não me entenda mal. Não sei que palavra descreve o que sinto.

— Chocada?

— Não.

— Acha que sou um idiota?

— Não — comecei a rir. — *Não* acho que seja um idiota. Não é um idiota, Matt, você é um bom partido.

— Foi preciso trinta anos para eu levar Julieanne Gillis para jantar. Queria fazer direito.

— Não faça graça. Ou, quero dizer, não fique na defensiva.

— Não estou.

— Está tudo pronto?

— Olhe, é só um prato, o único que eu sei fazer. Pode ficar aqui a noite inteira, enquanto conversamos, e vai ter o mesmo gosto. Podemos comer uns queijos antes.

— Pensei que fosse me mostrar o resto da casa.

— Certo! — disse ele, animado, servindo-se de vinho.

A escada que parecia uma onda surgindo na entrada tinha, eu contei, 17 degraus. Olhei para ele.

— Julie, deixe-me ajudá-la — disse ele.

— Não sou pequenininha, Matt.

— Mas eu não tenho mais 1,60m, querida. — O "querida" conseguiu. Alguma coisa se partiu e eu comecei a chorar.

— O que eu fiz?

— Me chamou de querida.

— Ah, eu não tive a intenção de...

— Não, eu me senti, sabe, tão cercada de carinho. Há muito tempo não sinto isso. — Nesse momento, entendi o que eu queria dizer com *muito* tempo: *anos*. E, assim, ele me carregou por aqueles 17 degraus, sem parar nem bufar. Foi pelo corredor até o quarto dele, onde me colocou gentilmente na cama.

— Tenho de dizer que essa doença afeta os terminais nervosos, Matt. Leva um longo tempo para eu...

— Era o que eu esperava — disse ele.

TRINTA E TRÊS

Cânticos de Salomão

EXCESSO DE BAGAGEM
J. A. Gillis
Distribuição Panorama Comunicações

Cara J.,

Tenho 51 anos e sou viúva. Bonita, sabe? Em boa forma. Tenho dois filhos, bons filhos, nunca deram problema. Dois anos após a morte de meu marido entrei num desses sites de encontros na internet. Minha melhor amiga faz redação e mandou meu perfil para lá. Sou bibliotecária. Adoro dançar. Adoro motos. Tenho muitas qualidades. Tive muitos casos, entre eles dois ou três com homens dos quais gostei muito. Mas assim que Mike, meu filho, reclamava de alguma coisa ou Cheryl, minha filha, largava no chão os sapatos e a sacola de livros ou discutia comigo por causa das chaves do carro, os telefonemas paravam. Os homens não querem complicação. Bom, meus filhos não são complicações, são crianças, e acho que são uma espécie de valor a mais. Boa gente. Mas não tem homem bom sobrando. Os bons, onde estão? Ou estão amarrados, ou são gays. Não vou sair por aí com um cara casado. É isso, entende?

Cheia, de Philly

Cara Cheia,

Detesto quando as pessoas dizem "sei como você se sente!" porque, em geral, não sabem, ou dizem isso porque não querem mais ouvir. Eu realmente sei o que você está dizendo. Meu marido me largou por uma mulher com a metade da minha idade quando eu tinha 40 e poucos anos e, embora não soubesse na época, estava com esclerose múltipla. Se posso achar um homem bom, toda mulher pode. E achei. Eles estão por aí. Continue na dança, irmã. As oportunidades preferem quem se mexe.

J.

Acordei sozinha na enorme cama de Matt MacDougall e comecei a rir loucamente. Ele não ouviu, pois quase deixou cair as canecas de café ao entrar no quarto e me ver dando chutes para o alto e uivando.

— Não acredito. Passei o último ano vendendo minhas roupas e me sentindo uma coisa úmida rastejando pela beira das paredes como se nunca tivesse visto o sol. Agora, estou aqui na mansão construída pelo meu parceiro de dança no oitavo ano. Dormi com você, transamos e foi bom, Matt! Nunca pensei que isso fosse acontecer outra vez!

— Você sempre acorda nessa alegria? — perguntou ele, vestindo seu moletom (azul e branco).

— Não. Às vezes, acordo morrendo de medo de estar cega do meu olho esquerdo. Ou pensando que vou ter de tomar a injeção. E sempre sozinha. A menos que Rory esteja no canto da cama. Mas, na próxima vez que isso acontecer, vou me lembrar da noite passada. Porque ela é minha, Matt. Agradeço por me dar essa manhã maravilhosa.

— Julie — disse ele.

— Não estou louca, Matt. Só quero agradecer.

— Está com fome?

— Ah, esquecemos de comer! O seu macarrão. Todo o trabalho que você teve. Minha taça de vinho pela metade!

— Eu me levantei e guardei. Podemos deixar para hoje à noite. Você apagou como uma lâmpada!!

— Ah, é isso que dá estar contente. Você é bem cuidadoso. — Peguei a caneca de café, segurando o pulso da mão direita com a esquerda. — Minha mão está tremendo, droga. Ou melhor, a droga da minha mão está tremendo. Não! Agora não! Pare, droga de mão!

— Não se preocupe, Julie. Vamos deixar uma coisa clara: eu não me importo com sua doença. Quer dizer, me importo tanto que não me importo. — Ele deu um beijo na minha boca dormida e descemos (eu, perdida num dos enormes roupões de veludo dele) com cuidado aquela escada dependurada no céu até a cozinha ensolarada. — Me dê sua caneca de café; quero trocar pela boa. Pela porcelana da minha mãe. — Sentei-me. Tinha uma xícara no meu prato, um açucareiro e cubos de açúcar com pegador.

— Todo domingo de manhã você faz isso?

— Está brincando? Tive de subir no sótão e procurar atrás dos enfeites de Natal.

— Açúcar em cubos?

— E pegador, Julie. Esse não foi da minha mãe. Kelly me deu. Disse que não é muito educado pegar o cubo com a mão. Mas sirva-se.

O anel estava no alto da pilha de cubos de açúcar mascavo.

Parecia que um gênio tinha transformado um dos torrões em cristal. Era um solitário grande. De engaste simples, mas com o brilhante do tamanho do monte Rushmore.

Pus açúcar no meu café.

— Tem leite? — perguntei.

— Quer casar comigo? — respondeu ele.

— Você me dá o leite, então?

— Você acha que *sou* louco.

— Acho que é uma extrema delicadeza, Matt. Nunca vi um anel assim, muito menos tive um.

— Experimente.

— Matt...

— Desse jeito fica um pouco frustrante.

— Não tive a intenção. Pensei que a gente estava se divertindo.

— Aí eu estraguei tudo sugerindo que você seja minha mulher?

— Não nos vemos há quase trinta anos, Matt! Nos encontramos seis vezes. Transamos uma vez. Bom, duas.

— Nós nos correspondemos e, há quase um ano, falamos horas ao telefone. Você saiu com outros homens. Eu saí com outras mulheres. Sabe que gosto de você. Espero que goste de mim. Sabe que pessoas dependem de mim para desafios físicos maiores do que a sua doença jamais será para nós. De hoje até o dia em que, bom, batermos as botas.

— O que você diria se eu não enxergasse? Ou tivesse de circular num desses carrinhos de deficientes físicos, caso levássemos Aurora à Disneyworld? Pense nisso, Matt. Pense em Suzie, escalando montanhas e, sei lá, controlando a vela mestra ou o que fosse. E se eu não pudesse fazer isso? Ou nem sempre pudesse?

Ele sentou-se e cruzou as mãos enormes e limpas. Estremeci, olhando aquelas mãos.

— Bom, não pense que não pensei nisso. Sei que você pode continuar assim pelo resto da vida, como pode ficar com uma deficiência grave. E aceito.

— E se eu perder tudo? A cabeça?

— Terei o privilégio de ser apoio e ajuda de alguém. De, realmente, ser importante para alguém. Não é pouco. De todo jeito, quando a gente se apaixona, não diz: puxa, o que faço se minha mulher não conseguir falar quando tivermos oitenta anos? Ou se ela misturar as palavras?

Estamos com 40 e poucos anos. Será que eu devia pensar nisso? Posso ser eu a acabar mal.

— São coisas em que você deveria pensar bem, se vai casar com uma mulher com deficiência...

— Então você confirma que vou me casar com uma mulher com deficiência...

Enquanto ele enfiava o anel no meu dedo, esperei o sinal vermelho para recuperar o juízo.

Não veio.

Senti apenas uma grande e avassaladora paz. Pensei numa eternidade de noites como aquela que passáramos, segura naquela casa. Aquela *casa*! Vendo as coisas ao lado de Matt, um homem que parecia querer devorar o mundo. Alguém que não detestava o trabalho que fazia, que era apaixonado por ele. Um homem grande e bonito que tinha amigos! Ele gostava de mim como fui e como era agora. Meus olhos se encheram de lágrimas. Gostava de mim até pelo que eu poderia ficar ou, pelo menos, ele achava que podia gostar. Perdi o fôlego. Eu podia ser... eu mesma outra vez. Com alguém que eu conhecia, ou tinha conhecido, como uma pessoa boa e honesta. Meu primeiro e meu último beijo. Uma união simétrica. A possibilidade de alegria. Uma presença confortadora e carinhosa ao meu lado nas noites calmas ou nas de festa. Quando os demônios surgissem ou, melhor ainda, quando não surgissem. Matthew MacDougall, um sujeito bom e paciente e, como eu tinha descoberto, sensual.

Será que pensei em seguro-saúde? Não sou idiota nem mentirosa. Será que pensei também num lar estável para Rory, numa figura paterna estável que queria um filho? Para Gabe, talvez um amigo compreensivo, que pudesse acabar com um pouco do cinismo dele em relação à lealdade masculina? Será que eu estava doida?

Não estava doida.

Estaria doida se não o aceitasse.

Eu tinha sorte à beça.

Eu ia sair daquela casa com um anel que parecia uma pequena estrela na mão. Agora, a possibilidade do livro ser lançado (a melhor coisa que me acontecera em anos) estava ofuscada pela felicidade maior que eu vislumbrava. Uma, era uma pequena ajuda, uma pequena recompensa. Por pouco tempo. Outra, era um refúgio. Eu não ia brincar comigo mesma. Queria Matt agora. Ia precisar de Matt pela vida afora.

Mas quem de nós não precisa dos outros?

As pessoas têm sido bem mais idiotas por bem menos.

Matt passou o resto do dia perguntando:

— Como vai nossa vida a dois?

Por mais que detestasse deixá-lo, sabia que de manhã teria de enfrentar a estrada para Vermont. Sabia que ele insistiria em me levar e que eu devia recusar, mas também que não havia problema em aceitar! Ele iria comigo. Eu tinha um companheiro. E depois do dia e da noite seguintes, por mais que detestasse deixá-lo, eu mal podia esperar para dar a notícia agridoce a Gabe e Cath. Aquela casa! Andei por ela, examinando as toalhas, o solário, a enorme sala de jogos com máquinas de *pinball* e uma TV do tamanho do estado de Montana! Gabe ia adorar aquela casa. Olhei as maçanetas antigas, de vidro, a mesa com pernas curvas e friso entalhado mostrando Netuno sobre as ondas.

Não tinha idéia se Gabe ficaria magoado, aliviado ou animado. Achava que seria uma mistura dos três sentimentos.

Pelo menos, ele saberia que estava livre.

Depois, pensei em Hannah e Gabe Avô.

Todo bem tem sua mancha.

Como deixá-los? *Por onde fores, eu irei.* Talvez houvesse um jeito de convencê-los, mas, não, eles tinham tantos amigos em Sheboygan e em Door County. Por outro lado, os vôos para lá não eram tão caros.

Foram apenas três horas de viagem até Pitt, em Vermont, onde paramos na pousada de que Gabe e Cat haviam falado, a um passo da divisa do estado de Nova York. Levamos um vaso de flor para a dona da pousada e me apresentei ao entregá-lo. Ela se lembrou logo dos meus filhos e seu rosto endureceu de desdém, mas não comentou nada ao nos ensinar o caminho para o Vale do Amanhecer. Fizemos o trajeto em silêncio. A estrada cheia de cores refletia meu sentimento interior. Eu ia ser mulher de um médico. Eu ia ser uma poeta publicada! Meus filhos iam viver seguros.

Eu ia ver o grande amor da minha vida e o grande amor da vida *dele*. Eu ia ver a minha menina, que crescera rápido demais. Quando finalmente entramos na estrada cheia de bordos e viramos à esquerda, a primeira coisa que vi foi a casa nova, ainda sem pintura, mas resplandecente com as enormes janelas viradas para o sul, abarrotadas de plantas de todos os tipos. Segurei no braço de Matthew. Quem era este homem? Um completo estranho. Eu ia marchar para a porta da frente do ninho de amor de Leo ao lado de minha paixão do sétimo ano que, aliás, tinha sido paixão *dele*, não minha! O que eu estava fazendo? Por que não tinha pensado nisso?

Eu não teria feito aquilo, nada daquilo, se tivesse pensado.

E, naquele momento, não adiantava pensar.

Então, andamos pelas lajes de pedra que levavam ao lar do... meu ex-marido. Caroline abriu a porta. Sem querer, pulou no meu pescoço, num abraço. Tive vontade de devorá-la. O pescoço dela ficou úmido com nossas lágrimas.

— Quer dizer que você conhece esta jovem? — perguntou Matt, áspero, quase constrangido, tão grande foi o meu abraço em Caro.

— *Esta* é minha filha! Minha linda filha Cat Steiner! — apresentei.

—Cat, este é Matt. Parece ridículo. Cat este é, bem, meu namorado — disse eu, estendendo a mão.

— Mãe! Verdade? — Cat gritou, sempre ciente das coisas importantes da vida.

— Acho que sim. É, é o que você está pensando — repliquei. — Não é uma surpresa?

— Mãe! Estou tão feliz por você!

— Está mesmo? Aqui vai tudo tão... bem quanto parece? — Passou algo pelo rosto dela. Eu chamaria de uma nuvem.

— Ótimo! — respondeu Cat, e pensei: ela é minha filha também. Morando em Deny, Vermont. — Papai está fora... mas Joy está aqui.

— Era você que eu queria ver! — disse eu. — Vou ficar só um dia. Você vai ao nosso casamento?

— Cat! — berrou uma voz no fundo da casa. Não vi problema. Eu também berrava. — Não mandei você trocar toda aquela roupa branca?

— Como vai na escola? — perguntei.

— Muito bem mesmo — disse ela. — Mas não tenho muito tempo, porque com os dois bebês e papai trabalhando muito... — percebi, um pouco assustada, as olheiras de Caroline. Ela mudou de assunto. — Você está bem, mãe?

Dei um giro no salto das botas.

— Não pareço bem?

— Sim — disse Cat pensativa, encostando-se na moldura da porta. Uma nuvem de verdade passou pelo sol, e ela estremeceu. — Você está muito bem. Como vão Gabe e Rory?

— Ele vai bem, Cat. Largou a escola, mas já está quase conseguindo o diploma equivalente à escola secundária...

— Não o culpe, mãe. Você não sabe como foi para ele.

— Não o culpo.

— Não?

— Culpei, porém não culpo mais. Nem todo mundo reage da mesma forma, como você disse ao telefone. Como vai Dominico?

— Acabou. Ele dormia com mais três garotas. Era tão bobo. — Gelei, e Cat sussurrou: — Fiz todos os testes, está tudo bem comigo. Mas que sacana!

— Sinto muito.

— Por quê? — Ela se empertigou um pouco. — Você tinha razão.

— Preferia estar enganada a ver você sofrer.

— Mamãe, é ótimo ver você feliz. Você estava tão desagradável... não quero dizer desagradável...

— É, estava muito desagradável com você. Pode falar. Eu estava péssima.

— Bom, eu também não estava ajudando. Foi melhor eu sair de casa.

— Nunca vou concordar com isso.

Todos nós viramos com o barulho do carro que vinha pelo caminho de trás. Na verdade, era um caminhão, um velho Dodge. Mas o carrinho de bebê que estava na varanda era um Zooper Baby, com todos os acessórios, exceto o massageador de pés. Leo saiu do caminhão devagar e usou uma pilha de papéis para proteger os olhos enquanto tentava identificar a estranha que estava com o homenzarrão na varanda dele, falando com a filha dele. Depois, me reconheceu, e seus ombros pareceram perder a posição de defesa.

— Julie — disse ele.

— Olá, Lee — cumprimentei-o. — Parabéns. Soube que teve uma filha.

— É. Joy é muito fértil. O bebê é uma boneca, e Joy também. E esta boneca tem sido meu braço direito — disse ele, mostrando Caroline. Leo colocou a pilha de documentos embaixo do braço. — Leo Steiner — apresentou-se, estendendo a mão para Matt, que o cumprimentou com indiferença (gostei). — Não entendi seu nome.

— Matt MacDougall.

Leo riu.

— Parece nome de ator. Você também parece ator. Amigo de Cathy? — perguntou.

— Sou cirurgião — disse Matt.

— Ahn. — Leo parecia um pouco distraído. Estava prestando atenção às janelas da casa.

— Queríamos almoçar com Cat antes de eu voltar.

— Seria ótimo, Jules, se não for hoje. Ela tem tarefas a cumprir, bastante dever de casa e andou conversando muito ao telefone.

— Abra uma exceção, Lee — pedi. De novo, ele lançou aquele olhar para dentro. — Gabe, bom, ele está... bem. Saiu da escola.

— Meu pai contou. Difícil. Quanto mais ele esperar, menos provável que volte. Então tente fazê-lo começar alguma coisa logo...

— Como se eu não fizesse isso... — falei. — Você pode insistir também.

— Como se ele me ouvisse... — Leo me imitou, e tive de sorrir.

— Não vai nos apresentar Joy? É sua mulher? Hannah e papai não... falam muito nela — comentei.

— Ahn, não. Ainda não chegamos nesse estágio de casar — disse Leo. Ele parou na porta. — Você está ótima, Julie. Parece mil vezes melhor. Uma bailarina. — *O homem ensopado de chuva.* Meus olhos arderam.

— Estou feliz, Lee. Faz tanto tempo... Sem qualquer ofensa. Matt, bem, Matt e eu acabamos de ficar noivos. Na verdade, nos conhecemos desde criança, depois tivemos um intervalo de 25 anos sem nos ver.

— Vai se *casar,* Julie?

— Bom, vou. É.

Matt pôs a mão no meu ombro e encostei a cabeça em seu peito grande e sólido. Leo me olhou. Puxa, parecia que ele estava... não. Bom, tive certeza de que parecia um pouco melancólico.

— Deixe eu levar Caroline só para almoçar.

— Não pode. Hoje de manhã ela aprontou e vai pagar por isso.

— Bom, gosto de ver que você está dando limites a ela. Mas, Leo, você é advogado. Sabe que tenho o direito de ver minha filha. Tenho direito de custódia, se você quer discutir...

— Sim, está certo. Pode ir, Caroline. — Ele parecia abatido. Almoçamos num pequeno restaurante que tinha uma boa torta.

— Está mesmo contente aqui, querida? — perguntei.

— Claro — respondeu ela.

— Parece cansada.

— Tenho muito o que fazer. Quando se vive em comunidade, todos dependem de todos. Não pode haver um elo fraco.

— Eu não consideraria uma criança como um elo fraco — afirmei.

— Bom, esperam muito de mim. Em compensação, tenho muita liberdade. — Ela deixou o cabelo cair no rosto.

— Você pode voltar para nossa casa, Caroline.

— Meu nome é Cat, e não, não posso. Eu disse a todo mundo lá que minha vida era perfeita. E é. Está ótimo. Só estou passando por uma fase difícil agora.

— Joy é dura com você?

— Estou ótima, mãe — cortou Caroline. — Você deveria estar histérica de alegria. Sempre quis que eu fizesse as tarefas domésticas.

— Quando Matt e eu nos casarmos, vou me mudar para perto de Boston. Fica praticamente ali na estrada! Você não precisa ficar o tempo todo na casa do papai.

— Veremos. O papai precisa muito de mim — disse Caro, comendo primeiro a casca da torta, como sempre fez. Não senti muita convicção no que ela disse.

— Eu também preciso de você, e não é por causa da doença.

— Você tem de saber como sua mãe gosta de você — disse Matt. — Ela fala como se você fosse uma princesa na torre. Quem sabe você pode dar uma chance para ela...

— Eu dei. Saí de casa.

— Em parte, a razão de você não querer nem pensar no assunto não é porque você sabe que não vou morar sozinha? Que você teria de se acostumar com uma pessoa nova? Mas Rory vai estar lá. Ela sente muita falta de você — disse eu.

Caroline abaixou o garfo.

— Eu também sinto falta dela. Não quero comer mais.

— Você podia morar numa escola — sugeri, olhando para Matt.

— Num internato? Não, obrigada. Aqui pelo menos eu faço parte de alguma coisa.

— Mas se não está contente... — sugeri.

— Quem disse que não estou contente? Você não pode julgar uma vida por algumas semanas.

— São seis meses, Caro.

— Meu nome é Cat, e eu não faço julgamentos rápidos. — Ela olhou direto para o meu anel. — Talvez seja uma coisa que se aprende com o tempo.

— Quer conversar a sós?

— Você se incomoda? — perguntou Caroline a Matt. Ele sorriu e concordou com a cabeça.

— Nem um pouco — respondeu.

Ficamos sozinhas e senti como ela estava em conflito. Caroline não disse nada. Até que finalmente comecei:

— Sei que foi difícil para você quando adoeci. Sei também que não foi culpa minha ou erro meu. Você também sabe. Mas temos todo o futuro para mudar as coisas entre nós. E será um futuro bem mais estável...

— Como sabe, mãe? Como sabe que ele não vai largar você também?

Eu me encolhi, como se tivesse levado um soco.

— Caroline, eu não sei. Como sabe que seu pai não vai largar Joy?

— Não vai porque eles são felizes, apenas por isso. Não é tudo uma encenação — disse ela, maldosa, mas com as lágrimas escorrendo. — O sentimento deles é de verdade. E ele jamais deixaria os bebês.

— Rory era bebê.

— Você sempre torce as coisas, mãe! Sempre! — gritou Caroline, levantando-se. — É como se tudo fosse culpa de alguém!

— Caroline, não é isso. Esqueça o que eu disse. Não é do passado que estou falando, é do futuro, e quero um futuro com você. Eu amo você. Você é a minha menina.

— Não sou, mãe. Deixei de ser há muito tempo — disse ela, infeliz.

Matt teve de me ajudar a voltar para o carro, e Caroline sentou-se no banco traseiro, ainda aos soluços. Tentei me recompor quando nos aproximamos da casa de Leo, passando lenços úmidos no rosto e, depois, pó-de-arroz.

— O encontro foi um enorme sucesso, hein? Bem-vindo à família — disse eu a Matt, tentando disfarçar o desconforto dele com uma conversinha de desculpas.

Mas ele não estava desconfortável.

— Julie, vocês duas carregam um peso enorme. É óbvio. O amor. O seu e o dela. Mas é preciso tempo para as duas verem como isso vai se resolver. Não foi um caminho de rosas para Kelly nem para mim também. Ser um pai ou uma mãe sozinho é difícil. Mas ser filho de um pai ou de uma mãe sozinho deve ser mais difícil ainda. — Olhei pelo retrovisor e vi Caroline dar um meio sorriso aguado para ele.

Satisfeita como um gato, contente demais para me sentir infeliz como devia ter me sentido, eu pensei: esse é o meu homem.

Quando viramos na estrada, vi Leo entregando o bebê pela porta telada para uma mulher cujos cachos caíam pelos ombros, embora eu não a tenha visto direito. Caroline me deu um rápido beijo de despedida e entrou. Leo desceu os degraus meio que gingando e nos acompanhou até o carro de Matt. Seu arrogante jeito leonino estava de novo no lugar.

— Cuide bem dela, Lee. Nossa filha está passando por uma fase difícil.

— Adolescência.

— Muito mais que isso. Acho que ela precisa de mim. Insista para ir me visitar.

— Vou tentar, Jules. — Ele ia se virar e parou. Engoliu em seco. — Jules, tudo de bom para você. Falo sério.

— Eu sei.

— Eu... nunca pensei que fosse perdê-la. Não é engraçado?

— Engraçado. É.

— É um sujeito de sorte, Sr. MacDonald.

— MacDougall.

— Desculpe.

— Não tem problema. Sei que tenho sorte. Estou contente de ter chegado na hora certa. Antes que outro a pegasse — disse Matt.

— Você se incomoda se eu beijar a noiva? — perguntou Leo, de repente. Antes que Matt pudesse responder, Leo se inclinou, encostou o rosto no meu e tocou meus lábios. Isso é um clichê. Dizem que acontece quando uma pessoa morre afogada: ela vê a vida inteira passar num relance. Não me afoguei, mas me lembrei das seguintes coisas: Leo com sua jaqueta preta, na porta da sala de ensaio. O dia do nosso casamento: dois garotos magrinhos naquele apartamento cavernoso, vestidos de adultos sob o florido pálio da sinagoga. O nascimento de Gabe. O urro triunfante de Leo ao ver o filho. Leo parecendo crescer 12 centímetros ao entregar a escritura do chalé aos pais. De beca na formatura, Leo procurando meus olhos, no meio da multidão. Depois, parei de me lembrar.

— Boa sorte, Lee — desejei.

Caroline tinha saído da casa, de cabelos penteados, olhos secos. Esgueirou-se por baixo do braço de Leo.

— Vou escrever para você, querida.

Ela concordou com a cabeça.

— Seja feliz. E se cuide.

— Ah, mãe — disse ela, voltando a ser quem era. — Não sou boba. Você é que se cuide.

Matt e eu entramos no carro e fomos devagar pela estrada estreita. Ouvimos o som de cascalhos atrás de nós antes de Caroline aparecer.

— Mãe, pode dizer ao Gabe para me desculpar?

Concordei com a cabeça.

Ela disse:

— Ele vai saber o que é.

Fomos embora e ela ficou lá, com os braços em torno dela mesma. Olhei até virarmos, vendo-a em meio às árvores. Ela nos olhava, parada, os olhos como uma fornalha. Até onde consegui vê-la, não se mexeu.

TRINTA E QUATRO

Diário de Gabe

Acaba que Matt era um grande sujeito de grandes gestos, alguns dos quais funcionaram. Eu não me incomodava por ele estar por lá. Veio todos os fins de semana, depois que ficaram noivos. Achei estranho (já que mamãe tinha tido aquela excelente experiência com casamento) que ela fosse querer de novo, tão logo. Mas estava claro que queria tentar a sorte outra vez, e eu não ia estar por ali para sempre.

Não tive de deixar claro que não estava procurando um pai, mas ele não desanimava fácil. Entendeu logo que eu não dava muita bola para esportes e, quando conversávamos, era sobre filmes, carro, livros e música. Não o encorajei nem o desencorajei. Mal conhecia o cara. Os dois estavam juntos havia apenas seis meses quando resolveram ir em frente. Acho que não tinham muito tempo de sobra. Já tinham bem mais de 40 anos.

Pouco antes de eles se casarem, fomos de carro para a casa dos avós. Na época, eu tinha feito um programa da Universidade do Wisconsin em Milwaukee para, digamos, excêntricos com talento, e sobrevivi a três semanas de penúria no mundo selvagem que minha mãe me impôs.

Matt ficou curioso em saber como foi. Pelo jeito, a mulher que ele tinha tido antes de mamãe tinha sido andarilha e alpinista, e ele também tinha praticado um pouco.

— Tente fazer uns abdominais para depois poder comer mais uma panqueca. Fique na bendita chuva, se esqueceu de fechar a tenda. E, ah, sim, ande de bicicleta. Tipo uns cem quilômetros por dia.

— Não parece ter prejudicado você — disse ele, quando voltei.

Eu *tinha* ganhado corpo. Na primeira semana de penúria, cada drogado ou gordo emagreceu dez quilos. Engordei cinco quilos e cresci sete centímetros naquela primavera e naquele verão. Mamãe disse que eu estava parecido com meu avô Gillis. E, quando voltei, não conseguia mais respeitar a preguiça como se fosse um sacramento. Sentia coceira se não saía e corria, fazia exercício ou andava de bicicleta algumas vezes por semana. Também aprendi umas coisas sobre raiva que não estava disposto a compartilhar com Matthew.

A coisa foi assim: nós todos nos apresentamos no acampamento e eles nos mandaram tirar de nossa enorme sacola de lona com suporte de alumínio todas as coisas escondidas, tais como aparelhos de CD, cigarros ou até um livro brochura. Tinha uma faca. Tinha uma garrafa de água. Tinha umas camisas, calças, sapatos e um saco de dormir. Nada que fosse inflar ou amaciar o seu magro traseiro. Tinha pimenta seca vegetariana. Tinha gelatina quente. No domingo, tinha panquecas para compensar esforço físico extra ou serviço prestado a outros. Serviço prestado a outros podia ser até ajudar alguém a subir uma pedra pela lateral ou consertar a bicicleta. Comida em troca de gentileza. A mais elementar mensagem da civilização. Depois que o resto do grupo de perdedores voltou para suas tocas, fiquei lá por mais duas semanas, armando e desarmando acampamentos com aquele cara, Leif, um dos líderes, que batia na minha cintura, mas podia me levantar e me jogar a três metros de distância sem problema. Nunca vi cara mais forte. Ele era discreto em relação à própria história.

Eu também era. Depois de algum tempo, porra, não tinha nada para ler nem nada para ouvir que não fossem os caras, e perguntei:

— Por que você faz isso?

— Emprego — respondeu ele.

Paciente, expliquei:

— Quero dizer, qual é a graça de ficar enfiado num lugar com vários garotos encucados?

— É que de vez em quando um desencuca um pouco.

— Em que proporção? — perguntei.

— Um para cada cinco. O resto, os pais voltam a estragá-los, comprando tudo o que eles querem.

— Esse sou eu.

— A sua história é um pouquinho diferente.

— E a sua?

— Bom, eu detestava o meu pai. Ele foi embora quando eu tinha 17 anos.

— Mesma coisa que eu. O meu me largou.

— É assim com a metade dos garotos que vem para cá.

— E deixou minha mãe com esclerose múltipla.

Leif arrancou uma folha de grama e começou a mastigá-la. Ele era bom em matéria de longos silêncios. Finalmente, balançou a cabeça e deu um muxoxo.

— O meu pai morreu.

— Morreu? — Eu quase explodi. — Você chama isso de largar você?

— Bom, nunca se consegue dizer de outro jeito. Ele morreu, mas não foi por acidente.

— Ah — disse eu, pensando que o meu caso era muito melhor do que encontrar Leo pendurado numa viga. — No meu caso, a escolha dele foi alegre.

— Você acha? — perguntou Leif. — Que ele estava feliz de largar você? Mesmo que tenha fingido, não estava.

— Estava. Muito feliz.

— É?

— É.

— Não se lembra dele quando você era mais jovem?

Fechei as mãos. A primeira porcaria de coisa que me lembrei foi do forte na árvore.

— Não — respondi.

— Isso é mentira — disse Leif, amistoso.

— Nós agora não temos que descer um penhasco ou alguma coisa assim?

— Você não gosta de espaços fechados, não é, Gabe? Está com medo do que poderia falar?

— Para ser sincero, não quero jogar você da montanha. Meu pai, meu ex-pai, é a forma mais inferior de vida humana — expliquei.

— Não conheço o cara, mas, olhe, você desperdiça um bocado de energia odiando-o. Olhei os seus chamados diários quando todo mundo se apresentou na semana passada... — Era obrigatório fazer diário. Além de mostrar que tinha feito.

— Você sabe que não posso escrever direito. Quer dizer, escrever à mão.

— Não estou me referindo à aparência. Mas tudo que estava no diário era "Leo foi embora". "Leo nos sacaneou" — disse ele.

— E daí?

— Bom, você parece uma criancinha. Seu pai foi embora e você não consegue passar por cima disso.

— Você está longe do alvo — disse eu, zombando.

— Hum.

Mais uma droga de longo silêncio.

Depois, Leif perguntou:

— Nunca pensa no poder que ele ainda tem sobre você?

— Deve ser... nenhum.

— Não. O fato é que, enquanto você o detestar, ele vai ficar grudado no seu saco, Gabe. Pense bem. A energia que você gasta odiando seu papai por deixar o coitado do Gabie sozinho podia iluminar Minneapolis inteira. Portanto, se você o perdoar, vai se livrar dele. Ele vai deixar de ter influência sobre você.

— Vai me desculpar, mas essa proposta é foda — repliquei.

— Você é criança. Não esperava que entendesse. Está na hora de escalar a montanha.

Três dias depois, ele me deixou sozinho na experiência de isolamento. Eu não estava a fim de escrever os anseios da minha alma naquele esfarrapado bloco que me obrigaram a levar. Tentei desenhar Tian. Colhi um molhe de roseira-brava para minha mãe fazer chá. E finalmente peguei uns galhinhos de árvores novas e fiz uma coroa de sonho, ou seja lá como se chama, para Rory. Usei meus velhos cadarços de sapato (tinha de levar seis pares) para fazer a coroa. Dormi umas 14 horas, acordei quando um trovão atingiu uma árvore a um meio metro de distância. Peguei a sacola de minha mãe e comecei a trançar a bendita coisa. Era como querer trançar uma lista telefônica. Pus o poncho nos ombros e me sentei no espaço aberto para o raio não me matar. Pensei que Leif fosse aparecer para me buscar. Mas me enganei. Ainda faltavam vinte das 48 horas, e ele ia me fazer agüentar com uma lata de ervilhas e uma faca. Qualquer um começaria a berrar. Então, comecei a urrar, intercalando meus urros com os do trovão, caso Leif pudesse me ouvir.

— Leo! — gritei. — Seu maldito filho da puta! Eu o perdôo, Leo! Você não é nada para mim. É invisível! É um idiota! É um perdedor e um mentiroso! Você não fez nada por mim! — A essa altura, eu estava parecido com Rory: tinha berrado tanto, que achei que fosse vomitar. E os berros continuaram saindo. — Por que você quis que eu nascesse, Leo?

Foi para provar que era homem? Ou você era doido? Leo? Pai? Pai? Está me ouvindo, pai? Por que você nos deixou? Por que me olhou como se eu fosse um besouro? Por que preferiu Cat para morar com você, pai? E não eu? Eu gostava de você à beça. Gostava à beça. Pensei que você fosse voltar. — Gritei até a chuva parar e praticamente caí para um lado, exausto. Quando acordei, Leo... não, Leif, estava com o braço em volta de mim.

— Você teve um desempenho muito bom, cara — disse ele.

Detesto esse tipo de coisa.

Minha mãe veio de avião, depois foi de carro até o acampamento para me buscar. Estava toda animada e rosada. Achei que alguma coisa tinha acontecido.

Mas nunca pensei que fossem tantas.

O negócio do livro de poesia por si só já era um grande evento, mas o cara... Ela estava assim tão borbulhante que quase nem percebeu que eu tinha mudado. Estava até com uma barba (bom, uma barbicha). No avião, ela falou sem parar até chegarmos. Ficou me sacudindo, tentanto me tirar do estupor. Também não percebeu que alguma coisa que não era física tinha mudado em mim. Talvez não tivesse mudado. Talvez, ou foi o que pensei na hora, eu estivesse apenas cansado ou com aquela coisa que as pessoas ficam depois que são seqüestradas. Mas eu estava me sentindo diferente, embora não soubesse bem em que sentido. Ou se ia durar.

Mas eu tinha algumas prioridades.

Quando cheguei à porta de casa, dei um beijo em Rory, comi duas pizzas grandes e caí na cama.

Quando acordei, ele estava lá.

Matt.

Eu meio que queria reentrar na minha vida sozinho. Mas ele era um cara legal. Só o havia encontrado umas poucas vezes. Agora eu tinha de vê-lo sob aquela espécie de luz nova e bizarra. Sabia que ele tinha passado a noite na nossa casa (embora eles não dormissem na mesma cama; eu tinha certeza disso por causa da roupa para lavar) e que ela estava doida por ele. Mas nunca imaginei que ela fosse do tipo segundo casamento, já que era tão fiel a Leo, como-pessoa-sensata, que continua sendo até hoje. Meus avós tinham uma coisa para entregar à minha mãe, então Matt tinha de ir lá pegar. Perguntou se eu ia. Dei de ombros. Ele meio que insistiu. No carro, depois de perguntar como tinha sido a viagem na selva, Matt perguntou alto se estava tudo bem comigo por ele se casar com Julie.

Respondi que eu não mandava na vida dela.

Mas achei que era o máximo da fineza ele perguntar.

Pegamos o que a vó queria dar para mamãe, que eram umas rendas feito uma espécie de chapéu, bordadas à mão pela avó da minha avó, e eram para minha mãe usar com o vestido de renda creme. Eu não podia contar para a mãe até a véspera da cerimônia.

No caminho de volta, paramos para comprar um sanduíche, e Matt perguntou se eu ia para a escola e se tinha pensado em estudar na Costa Leste. Eu disse que naquele exato momento eu queria ficar com meus avós. Ele não se opôs.

Quando entramos em casa, minha mãe de repente começou a chorar.

— Você está da altura de Matthew — disse.

Olhei bem no olho dele. Estava mesmo.

Matt ficava ao telefone quase o tempo todo, fazendo todos aqueles preparativos secretos para a cerimônia.

Até que um dia fomos de carro à casa de Connie para pegar emprestada a pequena medalha religiosa que ela queria que minha mãe prendesse na roupa de baixo. Mais uma vez, Matt fez com que eu fosse com ele.

— O que acha que seus avós estão pensando da situação? — perguntou.

Falei a verdade; disse que era impossível saber o que meus avós pensavam de minha mãe se casar com ele. Eles estavam tristes, o que era compreensível. Mais do que tristes, pesarosos. Não a estavam perdendo. Mas estavam meio que lacrando uma parte da vida deles na qual só faziam parte da família de Julieanne através de nós, os netos. Eles teriam de ter algum tipo de ligação com Leo. Em quatro séculos, nunca houve um divórcio na família Steiner. Isso me fez ficar calado, pensando.

— Em matéria de carro, esse seu é uma droga — disse Matt, sem nada a ver com o que falávamos.

— O carro me leva aonde preciso — repliquei. — Você não imagina o que enfrentamos para conseguir esse carro. Quer dizer, o que ela enfrentou.

— Qual é o carro dos seus sonhos?

— De verdade ou como Testarossa?

— De verdade.

— Um MXI. Quatro portas com...

— O Subaru, certo?

— Você conhece?

— Não entendo muito de carro. Tenho carro de médico, um Explorer, porque em geral não consigo sair da garagem e tenho de chegar ao hospital na hora. Mas, se gostasse de carros, seria desse.

No condomínio de Connie, saltei, e ela ficou na ponta dos pés para me dar um beijo. Entregou-me a medalha religiosa.

— Agora, só precisamos de alguma coisa azul antes de você entregá-la — disse. Achei que aquilo era uma brincadeira de mulher e falei que não entendia por que elas não entregavam as coisas diretamente.

— Eu também não sei — disse Matt. — Acho que, se apenas entregassem antes de ela entrar pela nave central da capela, não seria realmente um *trousseau*, uma peça para usar no dia, como elas chamam. Aquela coisa de mulher com casamento. Coisa especial que só se usa uma vez na vida.

— Por falar em nave central, onde vai ser o casamento, Matt? — perguntei.

— Cada coisa a seu tempo, Gabe — disse ele. — Ainda faltam duas semanas. Você não imagina o que eu tenho escondido na manga.

Mas eu imaginava.

Eu sabia que a grande surpresa era que ele ia pedir que Cat viesse. Ela me escrevia cartas que, de vez em quando, eu respondia em duas linhas. Estava mais ou menos contente por ela vir porque isso faria minha mãe feliz.

Três dias antes do casamento, Matt chegou de Boston com uma mala do tamanho da minha cama. Abriu-a no corredor e foi entregando passagens de avião: vó, vô, Cathy, Connie, mais duas para Stella e o marido. Depois, folhetos mostrando como eram as suítes que tínhamos no Bellagio Hotel, em Las Vegas. A capela do casamento (ele tinha riscado o preço com tinta preta, mas consegui ler) era bem grande.

— Bom, vamos nos preparar. Viajamos amanhã no vôo das quatro da tarde.

Eu sabia que Cath tinha de ter participação naquilo. O que eu não sabia era que o séquito seria formado pela metade da droga de Sheboygan, até Klaus e Liesel faziam parte, mais uma dúzia de amigos de Matt e suas mulheres, mais a filha dele. Era uma coisa quase humilhante.

Luke apareceu no seu velho caminhão de pintura (estava pintando para o verão) e perguntou:

— Que diabo está acontecendo aqui, cara?

Luke não tinha conseguido a bolsa de estudo para atletismo que queria, em parte por causa da altura e em parte porque continuava machucando o joelho. Eu ia entrar na faculdade um ano antes dele. Pela primeira vez na vida, estávamos totalmente empatados.

Tinha caminhões e porcarias na entrada da garagem, mais a placa de aluga-se e mais o cara da empresa de mudanças com contratos presos numa prancha.

— Tudo isso para um segundo casamento?

— Empreendimento de porte, cara. Matt faz tudo grande. Vão se casar em Las Vegas.

— Não vai ser aqui?

— Por causa das lembranças dela.

— Ele é do leste? Não é daqui?

— É de Boston. Mas tem essa coisa de Las Vegas na cabeça. Acho que são lembranças que ele também tem. A mulher dele morreu.

Luke concordou com a cabeça.

— Vou ficar lá uma parte do verão, depois volto e fico com os avós até as aulas começarem. Olhe, a gente pode ir a Cape Cod.

— Tenho de trabalhar até nos fins de semana, cara. Quando começam?

— Começam o quê?

— As aulas.

— Em janeiro, certamente.

— Você vai morar *em* Milwaukee? — perguntou Luke então, na nossa dali a pouco ex-entrada de garagem. — Na cidade?

— Não, aqui. Com os meus avós. Acho que não agüentaria viver num dormitório. Parece tão engraçado. Batalhas de sabão e batidas atrás de calcinhas.

— Eles não vão para lá um dia? Os avós? Para ficar perto de vocês?

— Estão pensando. Talvez, daqui a algum tempo. Estão ficando muito velhos. Seria muito desleal com Leo, pelo menos eles devem achar. E tem o chalé. Mas eles podem continuar indo lá. No verão. Adoram a minha mãe.

— Que bom. Não estou sendo cínico, cara. Pena que a Julie vai embora.

— É, ele convidou a metade da droga da cidade. Estranhei você não ir.

— Não seria má idéia. Tem umas garotas ótimas lá em Las Vegas.

Luke sorriu. Eu sorri. Ele continuava sendo Luke, basicamente um pateta de bom coração. Fiquei meio contente de ficarmos os dois zanzando um pouco pelo Wisconsin. Como eu, ele era essencialmente um garoto do tipo nota baixa, sem a menor idéia do que queria fazer. E, já que não tinha mais de me evitar em troca de status com o bando dominante, eu também não tinha por que ter raiva dele. Assim, quando a gente saía, eu não lembrava Luke de todas as vezes em que fui invisível para ele na escola. A amargura consome um bocado de energia, obrigado, Leif. Dali a pouco, éramos apenas simples amigos, como tínhamos sido muito tempo atrás, quando escrevíamos "Amor, rico amor" no meu quarto.

Mais tarde, vendo as idas e vindas na casa, e como se fosse ficar lá todos os fins de semana como fez no sétimo ano, Luke voltou. De banho tomado, cabelo com as riscas de pente, acompanhado da mãe. Ela se pendurou no ombro da minha mãe e disse:

— Vamos sentir tanta falta de você. Tanta.

— O futuro muda, Peg — disse minha mãe. — Temos de nos adaptar e mudar com ele. Também vou sentir falta de vocês. E de um bocado de gente e de coisas daqui. Da redação do jornal. De Cathy, nossa! De meus sogros. E vou sentir muita falta de Luke. Gostei que ele e Gabe voltassem a ser amigos. — Foi engraçado. Mamãe estava como ela era na época em que Peg aparecia a toda hora, embora Peg tivesse praticamente perdido a capacidade de ver mamãe na rua quando Luke se tornou um herói do esporte e mamãe, uma divorciada decrépita. O futuro muda. Você se adapta. Desiste do que incomoda porque exige muito de você.

Eu tinha de admitir. Minha mãe era um exemplo de classe.

Foi quando o WRX STI apareceu na entrada da garagem. Sabia que era o modelo do ano anterior, mas era preto clássico, com detalhes em prata e revestimento de couro. Um cara bateu à porta de casa.

— Gabe Gillis? — perguntou, quando atendi. Tinha uma prancheta na mão e estava com a camiseta da Mellony Motors.

— Sim, sou eu — respondi, incerto.

— Hum... o que está acontecendo aqui? — perguntou Luke.

Virei-me e entrei em casa.

— Escute, nem pensar que você vai me dar isso — disse eu a Matt, que estava ao telefone com donos de bufês de festas, licença de casamento e tal. — Olhe, cara, largue o telefone um minuto. — Ele pediu licença para interromper a conversa e olhou para mim. — Você não precisa dar gorjeta. É com ela que você está casando.

— Qual é, Gabe? — perguntou ele, e eu me assustei.

— Qual é o quê?

— A Lei do Homem Apátrida. Você se casa com uma mulher e com a família inteira dela. O fato é esse.

Luke veio atrás de mim.

— É um quatro portas com motor turbinado. Escute, estou querendo que você me adote — disse Luke a Matt.

— Você pode ficar com ele ou devolver — disse Matt. — Comprei para minha filha um Mustang clássico. É um ótimo carro.

— Não sou seu filho.

— Não, é filho *dela*. E isso significa que tenho uma dívida com você. Por cuidar dela tanto tempo. Mas se você acha que o carro faz você ficar idiota, mando o sujeito levar de volta.

Pensei um pouco. Era possível que o carro estivesse ligado a algum fio, mas não tinha como sair daquela situação sem ficar em dívida com Matt. Mas eu também podia curtir.

— É o carro dos meus sonhos, Matt. Tenho a satisfação de lhe dar as boas-vindas na família — disse eu. Estendi a mão, e ele meio que me abraçou.

— Eu também — acrescentou Luke.

Dirigimos pela droga da cidade inteira até meia-noite. Até os amigos de Luke dos tempos de criança ficaram pasmos, sentados nos carros deles comendo batata frita na sorveteria que tinha sido a loja do meu avô. Não foi nada mal.

Na manhã seguinte, o caos foi enorme.

Minha mãe tinha feito as malas de nós dois. Paletó esporte. Camisa branca. Gravata. Jeans. Calção de banho. Esqueceu os sapatos. Arrumei um tênis Converse vermelho de cano alto. Aquele era um pequeno gesto meu, mas importante, pensei. Fiquei imaginando que tipo de roupa Caro ia usar. Achei que uma túnica tecida à mão no rio Hudson. Eles estavam certos de que eu não sabia de nada. Mas ouvi cochichos sobre "ela" e "o avião dela". Eu estava preparado para interromper as hostilidades com Caro no fim de semana, em nome da tranquilidade de mamãe. Os avós apareceram antes das nove da manhã só para garantir que não iam perder nada da festa. Sentaram-se e ficaram perguntando: será que não devíamos ir para o aeroporto?

Matt perguntou à mamãe:

— Lembrou dos seus sapatos?

— Mas, ora — disse ela, como uma menina, insolente. Os dois morreram de rir. Aquela devia ser, claro, uma grande piada só deles.

Cath colocou na mala vestidos de mãe e filha para ela e Abby Sun. Cerca de 15 minutos antes da limusine chegar, a vó lembrou que tinha esquecido o aparelho dentário.

— Deixe, Hannah — resmungou meu avô.

— Vou ter enxaqueca o fim de semana inteiro. — Ela quase berrou com ele.

Eu me ofereci para pegar. Afinal, só tinha usado o carro uma noite. Enfim, nos enfiamos com todas as nossas tralhas no avião.

O hotel tinha fontes que dançavam ao ritmo de músicas de Frank Sinatra. No meio da droga da rua tinha uma Torre Eiffel.

— Esse lugar mudou — disse Matt, encantado. — Virou uma Disneylândia para adultos.

— É obsceno — disse minha mãe, olhando em volta com suas sacolas no chão, num saguão que não sabia se era um museu de arte, uma cascata ou um jardim com esculturas. — Mas, de uma forma meio maluca, é bonito.

— Não, é *espalhafatoso*. O que é bem diferente. *Espalhafatoso* serve — disse Matt.

— Pelo menos, tem ar-condicionado — disse minha mãe, segurando no braço dele. Vi que ela murchou e não sei se estava repensando sua decisão (no geral, na idade dela, não era má idéia) ou apenas precisando dormir. — Vou para o quarto, seus devassos, vou subir — ela avisou. Então, em vez do corte de cabelo e da massagem no spa que Matt tinha lhe oferecido, minha mãe dormiu na véspera de seu casamento, não por estar doente, mas porque, depois me disse, dormir faz as mulheres de mais de 40 ficarem lindas. Matt e Cathy, com os trinta e tantos amigos dele, mais o meu avô, que perdeu as estribeiras, jogaram vinte-e-um até as duas da manhã. O vô estava fora do seu hábitat natural. Ganhou dois mil paus e, como era o avô Steiner, avaliou o que poderia comprar com aquilo (um novo deque para o chalé) e saiu do jogo. Todo mundo ficou irritado.

Rory estava de olhos esbugalhados, mas eu a levei para assistir a uma apresentação do Cirque du Soleil que se intitulava *O*. Nela, artistas malucos, com corpos de deuses e deusas, mergulhavam, se movimentavam e subiam num palco que era, minuto a minuto, coberto com água suficiente para evitar que sofressem algum dano na espinha ou apenas com o bastante para molhar a sola dos pés deles.

— Eles são Deus?! — perguntou Rory.

— São — respondi. Ficamos no balcão e assistimos às fontes evoluírem ao som de "Dançando na chuva." — Cansada, florzinha? — perguntei. No lugar do balcão onde estávamos, chegavam borrifos de água. Olhei para baixo. Rory estava dormindo com a cabeça encostada na mesa de ferro. Carreguei-a, me esforçando para encontrar o cartão eletrônico do meu quarto. Cathy colocou Rory na cama.

— Está gostando? — perguntei.

— É meio demais — respondeu ela.

— Acho que é como Matt quer. Ele está se esforçando.

— É, e isso é bom — disse Cathy. — Bom por ele querer o máximo para ela. E ela sabe como Matt insistiu para Caroline vir e, por mais que ela não queira se aborrecer, isso a puxa para baixo. Provavelmente metade do motivo para ela ir dormir é isso. — Concordei com um meio sorriso, sabendo que Matt costumava conseguir o que queria. — Pelo menos, ela tem até às três horas de amanhã para descansar. Você vai fazer o quê? Matt queria falar com você...

Estava pensando em ver um filme.

— Ele me pediu que você conferisse umas coisas com ele antes de dormir — disse Cathy.

Portanto, vamos deixá-lo ter a surpresa, pensei. Fui descendo para o cassino. Matt estava a toda, com a gola da camisa aberta e o vô ao lado, incentivando-o. Os dois estavam praticamente de cara cheia. Deviam ser duas da manhã.

— Ei, precisam de alguma coisa?

— Dei uma olhada na sua mãe; ela está bem. Um pouco nervosa. E triste por causa da sua irmã — disse Matt.

— Foi o que Cathy disse. Legal. Eu estava lá. Ela não está acostumada com barulho e, nossa, esse lugar assusta qualquer um, Matt — disse eu. — Esta é uma grande noite. Deve ser contra o código de espada dos adolescentes ou algo assim, mas estou exausto. Tenho de dormir antes de entregar minha mãe a você. — Ele olhou o relógio.

— Você não está perdendo a mãe, Gabe. Está ganhando um admirador. Acho que chegou a hora — disse ele, me entregando outra chave de quarto. — Olhe, arrumei outro quarto para você. Com vista. — Ele achava que eu *adorava* ouvir a mesma música de Céline Dion a cada 45 minutos.

— Não precisa. Minhas coisas já estão no quarto — observei.

— Atenda ao meu pedido. — Lembrei-me do Subaru e dei de ombros. Peguei a chave e fiz um esforço para subir de elevador, meio zonzo de sono, até o 19º andar. Até que entendi. Minha irmã estava lá no quarto. Fiquei na porta, perdido por causa do sono, confuso com aquela história toda, ansioso para acabar logo. Enfiei a chave na fechadura. E lá estava ela. Talvez dois centímetros mais alta. Sentada na cama, de jeans e um suéter de seda, os olhos grudados nas fontes dançantes.

Era realmente um quarto com vista.

Tian.

TRINTA E CINCO

Diário de Gabe

— Acabei de chegar, Gabe — disse ela, pulando da cama. — Você pensou que eu nunca mais viria. E estou aqui. Olhe! — Ela abriu o armário. — O vestido da nossa formatura. Ainda cabe. Vim do aeroporto de limusine. Matt arrumou tudo para mim. Acho que ele quer você feliz.

Mas eu estava mudo. Levantei a mão. Ela correu para me abraçar, me beijou com todo o fervor de que eu me lembrava do ano retrasado. Só não era um presente, colocar nós dois sozinhos num hotel de Las Vegas, porque não tínhamos muito para fazer. O pai de Tian esperava que eu a tratasse com respeito, e eu sabia que minha mãe também, mas ela serpenteou como um peixe dourado na cama e, de certa forma, o suéter foi tirado, eu vi e toquei nos seios dela, depois cheguei à glória dos bicos dos seios e, achando que ia morrer de felicidade, levei a boca a eles. Ela pôs a mão dentro da minha camisa e puxou minhas costelas para mais perto dela.

— Senti tanto sua falta — disse ela.

— Passei meses sem pensar em mais nada, por pior que fosse me lembrar de você — cochichei nos cabelos dela. — E foi horrível, Tian.

— Eu sei. Meu pobre Gabe.

— Agora está tudo certo. — A essa altura, nossos lábios estavam arranhados e parecia que alguém tinha esfregado o queixo dela com uma esponja de aço. Ela estava incrivelmente linda, os cabelos pareciam um laço de vidro negro rodopiando sobre os ombros.

— Precisamos nos arrumar para o casamento — disse Tian.

— Claro! Quanto tempo você vai ficar aqui?

— Três dias! — disse ela, animada. Meu estômago encolheu. Três dias? Para guardar de lembrança no bolso da calça para o resto da vida.

— Certo — repliquei, e foi melhor do que nada.

Dormi como se tivesse levado uma surra e acordei com o telefone. Era Cathy.

— Sua mãe quer falar com você. — Pensei: Não, meu Deus, não permita que ela tenha uma recaída. Cathy disse que não era isso. Disse também: — Vi Ben Affleck no saguão. — O que aquilo significava eu não podia imaginar. — Comprei os vestidos das damas de honra. Verdes. Com coroas. Custaram mais ou menos duzentos cada. Não resisti... Gabe, querido, você teve uma surpresa? Com Tian?

— Parecia um sonho — respondi. — E não é fácil dizer isso.

— Vocês...?

— Não, Cath. Não que seja...

— Da minha conta. Sabia que você ia ser responsável.

— Psiu. Vamos pular o sermão. O pai de Tian mandaria a máfia tailandesa me matar.

— Mas você está contente? — continuou Cath.

— Nada mudou, Cathy. Não sinto nada diferente. Eu a amo.

— Talvez nunca deixe de amá-la, Gabe. Mas ela mora na Ásia, querido.

— Ela vai estudar em Yale. No ano que vem.

— Ah, Gabe. Você é um amor — disse Cathy. — Agora, venha falar com sua mãe.

— Querido — disse minha mãe, sentada numa cadeira azul, estendendo o braço para mim. Ela apontou o dedo como se fosse dar um tiro e sorriu. — Peguei você — disse e sorriu de novo. Depois, de repente, pareceu meio jovem e triste. — Será que vou conseguir fazer isso?

— Moleza — garanti.

— É estranho — disse ela. — Estou tão feliz. Tão feliz. Mas... acho que ainda estaria mais feliz se sua irmã estivesse aqui. Sei que você não vai entender, mas... gostaria que Leo estivesse aqui.

Minha mãe tinha razão. Não entendi mesmo.

— Hoje gosto do seu pai como de minha irmã Janey. Não quero viver com ele. Mas quero bem a ele.

— Mãe, você não tem jeito — disse eu.

A vó e Connie entraram na suíte. Traziam bengalas de ponta de borracha como aquelas que as senhoras de idade usam.

— Tirem esse negócio daqui! — minha mãe zangou. — Ontem eu estava apenas exausta por causa do calor. Estou *ótima*. Ótima mesmo. Só que há muita emoção circulando.

— Vou enfeitar bem a bengala, Julieanne. Para o caso de você precisar dela. Melhor prevenir do que remediar — disse a vó.

Tian entrou.

— Connie? — As duas se abraçaram. Tian praticamente engatinhou para o colo da minha mãe. — Não parece doente! Parece uma manequim de revista! — Tian olhou a bengala. — Precisa dela? — Minha mãe balançou a cabeça.

— Idéia da minha sogra. Acha que posso precisar, querida — disse.

— Tian, olhe só como você está! Sentimos tanto a sua falta!

— Eu também, Julie. Fico triste por toda a sua tristeza. E muito feliz por você estar feliz. Não gosto de ver você doente.

— Segredo — disse minha mãe. — Não estou tão doente quanto eles acham. Estive. Mas agora não estou. Acho que vou caminhar pelo corredor central da capela. A menos que tenha um quilômetro de comprimento!

Inclinei-me e dei um beijo no rosto dela. Pensei duas vezes nos tênis Converse vermelhos e se eu estava faltando com o respeito... Mas só pensei rapidamente. Afinal, aquele hotel era um lugar bizarro. Aí Cathy chegou, toda elegante num vestido verde com sapatos tingidos para combinar, apontei para eles, Cathy enrubesceu e mandou que todos nós saíssemos do quarto.

— Ninguém pode ver a noiva antes do casamento. E agora ela vai se vestir.

— Vocês querem trazer má sorte? — Connie zangou conosco e foi andando com aqueles enfeites floridos como limpadores de chaminé que começou a trançar na bengala.

— Connie! — ouvi minha mãe gritar quando fechei a porta. — Pare com isso! Tenho a impressão de que você está pondo flores no meu túmulo! Não preciso de bengala!

— Melhor você se sentir segura do que triste — disse-lhe Connie.

Matt estava no corredor, andando de um lado para o outro, como um sujeito nos filmes antigos aguardando o filho nascer.

— Garoto, tenho 48 anos. Ninguém imaginaria que eu fosse ficar nervoso como um noivo nervoso.

— Acho que casar não é uma coisa para ninguém ficar indiferente — disse eu. — A não ser que você se case, digamos, oito vezes.

Mas Matt continuava muito preocupado.

— Por que ela está demorando tanto? — perguntou. Eu estava prestes a aprender que os cirurgiões são como os vaqueiros, acostumados a

433

dominar e comandar. E Matt estava acostumado a zanzar entre enfermeiras subservientes que o idolatravam como no filme *Navio-hospital*, ou que diabo fosse, que ia para lugares como Guatemala e Vietnã consertar a cara de crianças. Ele ficava impaciente quando as coisas não aconteciam do jeito que queria. E eu sabia que isso era uma bandeira vermelha do tamanho do Campo Lambeay para a Srta. Julieanne Gillis, que tinha basicamente o mesmo temperamento.

Fui para o meu quarto e vesti meu smoking, tentando, desesperado, não amassá-lo com as mãos, que, de repente, pareciam estar com luvas sem dedos.

Depois, bati na porta do quarto de Tian e sugeri que ela fosse para o meu quarto, onde ficamos na cama assistindo a um filme idiota em alto volume, os dois empertigados como dois paus para não amassar minha roupa. Quando já passava das duas da tarde, ela disse:

— Gabe. — Depois, mais alto: — *Gabe!* Tenho de me vestir agora. E passar maquilagem no queixo.

Fui para o quarto de minha mãe. Cathy olhou e sorriu, Matt continuava andando para cima e para baixo, mas agora de smoking, com três amigos que eram uma espécie de clones dele, andando também em smoking idênticos. Parecia um desfile de garçons.

— Onde você estava? — perguntou, mais tranqüilo do que antes.

— Fique calmo, Matt. A situação não depende de você — disse eu.

Fui para o meu quarto. O telefone tocou. Era o vô Steiner, no corredor, perguntando como estava mamãe. Disse que Cat tinha ligado; será que eu podia ligar de volta para ela? Como quem atende a uma ordem do destino, liguei e ouvi a maldita secretária eletrônica dizendo: "Estamos lá fora, em meio às flores, mas sua ligação é importante para nós. Bendito seja."

— Ah, aqui quem fala é Gabe Gillis — disse eu, depressa. — Minha irmã Caroline Steiner, também chamada Cat, me ligou para o

Bellagio, em Las Vegas. Vou dizer para nossa mãe que Cat está pensando nela. Mais tarde.

Nos 45 minutos seguintes fiquei lá tentando não transpirar. Não adiantou. Até que liguei para minha vó, que veio correndo naquele lindo vestido de renda de senhora, de chapéu com véu, e chamou um dos milhões de serviçais do local (que parecia a idéia que um gângster faz de como deve ser uma casa de verão), que passou os amassados do meu smoking. A vó arrumou a gravata-borboleta que eu tinha conseguido colocar na vertical, em vez de na horizontal, e passou nas minhas espinhas um creme que ela usava nas olheiras.

— Gabe, sei que você escova o cabelo para baixo — disse ela. — Mas, desculpe, você fica parecido com Hitler. — Então, passei um pouco de água nos cabelos e revirei. Era para dar um efeito Brad Pitt. Mas depois a avó teve de secar a frente da minha camisa. A essa altura eu estava pronto para transpirar outra vez, com o volume de águas da Represa Hoover. No último instante, calcei meu Converse vermelho de cano alto.

Todos nós entramos no saguão mais ou menos ao mesmo tempo. Matt já estava lá embaixo, pondo em ordem suas tropas. O padrinho era Louis, colega de trabalho dele. O irmão de Lou, Joe, também era padrinho. As madrinhas de mamãe eram Connie e Stella. A menina que levaria as alianças era Tian e as daminhas, Rory e Abby, usavam vestidos verdes e coroas de pequenas flores falsas. Ficaram brincando de rodar tão rápido que Abby Sun acabou caindo no chão. Foi a única vez que vi Connie gritar com ela. Mandou-a sentar-se no chão.

Finalmente, Connie abriu a porta e um dos mensageiros do hotel entrou rápido com a cadeira de rodas.

E minha mãe sentou-se na cadeira de rodas. Quando me viu, me lançou um olhar confuso.

— Parece que não estamos mais em Sheboygan, Toto. Isso é meio bizarro.

— Bom, mãe, o cara me deu apenas um *carro* por fazer um favor para ele. E, você sabe, é o dia do casamento dele — disse eu, surpreendendo a mim mesmo. — Ele quer que você tenha uma festa linda. Não sabe que você preferiria se casar no City Hall. — As fontes então começaram a jorrar à luz do dia, ao som de "Memory" (minha mãe adora essa música, mas, sinceramente, eu agüentaria ouvir mais uma vez e depois nunca mais na vida). Minha mãe sorriu para mim. O sol surgiu e sua luz bateu na água que esguichava, num estilo cinema topográfico.

— Está tudo bom. Não está, querido? — Ela me dirigiu um olhar profundo.

— Está, mãe — disse eu.

Ela prendeu a saia em volta das pernas para não bater nas rodas de borracha da cadeira, e a vovó Steiner colocou o negócio de renda atrás do cabelo dela, torto. Connie endireitou discretamente e pegou a bengala coberta com flor. Eu peguei Abby e Rory pelas mãos e fomos para a capela do casamento. Engraçado que uma festa de casamento — ainda mais uma festa de casamento com duas meninas orientais, uma de 16 anos e outra pequena, uma velha senhora judia de chapéu azul com véu e a noiva de cadeira de rodas — tinha atraído menos olhares do que teria em Sheboygan. Quero dizer, as pessoas não tiravam os olhos das mesas de jogo. Fomos para a ante-sala da capela, que tinha uma espécie de decoração submarina, e esperamos pelo que Matt tinha guardado na manga. Houve um intervalo em que ficamos lá, meio parados, enquanto o marido de Stella e todo mundo se sentava. Parecia uma igreja comum, exceto pela mesa lateral com cortinas e laços, lá na frente, onde tinha aquele bolo de casamento do tamanho da falsa Torre Eiffel que havia do outro lado da rua.

— É assim que as pessoas se casam nos Estados Unidos? — cochichou Tian.

— Nem sempre — respondi.

E aí, ele apareceu.

Era, meu bom Deus, Elvis.

Mas, no geral, a serenata do clone de Elvis não foi de todo má. Era um cara de 20 e poucos anos, com uma voz forte, e não exagerou muito no sentimentalismo. Era o Elvis de jaqueta de couro, não o Elvis gordo, de roupa dourada e óculos escuros. E a música que cantou era sobre bobos apressados, mas incapazes de não se apaixonarem, o que fez minha mãe jogar a cabeça para trás para não chorar e a maquilagem não escorrer pelo rosto. Vi Kelly, a filha de Matt, uma loura alta com corpo de jogadora de vôlei de praia, dando uma olhada encorajadora para o Elvis, que também percebeu. Ele ficou por lá, quando normalmente teria ido embora.

Depois veio uma gravação da canção que Rory chamava "Canhão de Taco Bell".

Vovó Steiner começou a ajudar minha mãe a se levantar.

Mas minha mãe pôs as mãos nos braços da cadeira de rodas e me olhou como Rory quando fazia uma coisa inteligente, mas meio travessa.

— Peguei vocês! — cochichou ela. E disse para a vovó e Connie: — Deixei que me trouxessem na cadeira de rodas por diversão. Obrigada pelo passeio. — Então ficou de pé, levantou as sobrancelhas e gentilmente enfiou a bengala decorada atrás de uma fila de cadeiras. Estendeu a mão para mim. — Vamos, Gabe — disse. E deu um passo. Vacilou um pouco. — Não se preocupe, não estou me sentindo mal. São só os saltos e o nervosismo — disse ela.

Depois fez a cara alegre dos Gillis, empertigou-se e apertou meu braço com firmeza. E andou pela nave como um cavalo de corrida até chegar aos braços de Matt.

Este é o final do romance. Mas não da história.

TRINTA E SEIS

Salmo 65

———

EXCESSO DE BAGAGEM
J. A. Gillis
Distribuído por Panorama Comunicações

Caros leitores,

Faz um bom tempo que estamos juntos. Por isso é tão difícil dizer que está na hora de eu ir embora. Tenho de falar rápido, senão me arrependo. É difícil largar esta coluna e, mais ainda, vocês. Vocês podem achar que escrevi a coluna por acreditar que podia ajudá-los. Bom, certamente queria fazer isso e queria saber se conseguiria. Mas a verdade é que vocês me ajudaram muito a sobreviver à pior fase da minha vida. Quando me escreviam, com problemas que faziam os meus parecerem pequenos (minhas batalhas com a esclerose múltipla; um ex-marido decepcionante, apesar de boa pessoa; a educação dos filhos sozinha sendo incapacitada fisicamente), vocês me ajudavam. Ajudavam a prosseguir e a ver que havia esperança, desde que eu conseguisse respirar, apreciar uma canção, ouvir o riso de minha filha. Vocês foram minha ligação com a vida. Breve, haverá uma versão desta coluna numa revista mensal, e espero que vocês a encontrem. Se não encontrarem, saibam de uma coisa:

eu dei conselhos a vocês e, se ajudei em alguma coisa, fico satisfeita. Mas vocês devolveram a minha dignidade.

Sinceramente,
Julieanne Gillis

Foi idéia de Gabe juntar os nossos diários num romance.

Eu não sabia do diário dele — como deve ter sido difícil para ele se concentrar para escrever. Claro, ele tinha lido todo o meu diário.

Você deve pensar que todos nós vivemos felizes para sempre. Mas ninguém vive assim. Uma versão daquela bengala decorada ficou no meu armário e, às vezes, foi usada. Houve ocasiões em que tive aulas de balé. Noutras, fiquei de cama. Às vezes, não ousava levar Rory de carro para a escola e, às vezes, achava que podia ter participado da Fórmula Indy. Até agora, não tive nenhuma grande recaída. Mas a cada ano perco um pouco. Mesmo assim, meus ossos são fortes e vou lutar até ser derrubada. Se depender de mim, vai demorar muito.

Matt bebia um pouco mais que um pouco.

Não era um alcoólatra.

Os pais dele bebiam.

Nós tínhamos *isso* em comum, e as coisas podiam se encaminhar de duas maneiras. Eu não bebia muito. Ele bebia sempre que isso não oferecia riscos. Nunca bebeu perto do horário de trabalho e era um ótimo cirurgião.

Finalmente, um dia comentei o assunto com ele. Em vez de se defender, ele ficou calado por um tempo. Depois, concordou que agora estava casado e era pai de Rory, então passou a pegar menos a estrada para assistir a jogos de futebol. Nessas ocasiões, ele bebe uma taça de Merlot, enquanto eu tomo meia. Percebeu logo que eu não era uma das enfermeiras ou residentes dele, e que não podia fazer um plano para nossa vida, ou mesmo para o nosso fim de semana, e determinar o meu papel no tal plano. Isso nos custou algumas noites compridas e não muito românticas, nas quais os dois fomos longe demais com o nosso jeito irlandês. Natural. Não nos conhecíamos direito quando percorremos o longo corredor em Las Vegas. Eu não sabia que ele lavava seus copos de vinho à mão (e não na máquina). Ele não sabia que eu inundava o chão do banheiro quando lavava o rosto.

E, provavelmente, nós não nos amávamos quando nos casamos.

Matt devia achar que estava se casando com a garota que ele sempre quis, a srta. Pequena Princesa do Primário, Julieanne Gillis. Eu sabia que tinha encontrado o que era potencialmente uma coisa maravilhosa e segura. Mas, para mim, era mais a sensação de que combinávamos do que uma grande paixão. Achei que seríamos bons companheiros. Eu estaria segura. Ele estaria, em público, pelo menos, orgulhoso.

Será que é ruim dizer isso?

Estou bem mais além desse ponto para querer esconder alguma coisa. Digo a verdade.

Ele virou meu companheiro. Conseguiu. Conseguiu quando eu tropecei em algo e coloquei a culpa nele e depois ainda disse que era um doido por querer se casar com uma mulher que três dias por mês derretia como se fosse de cera. Ele ficou pasmo, mas na manhã seguinte me trouxe uma xícara de café. E nós brindamos. Fomos em frente. Se ele se impacientava nos dias em que eu não conseguia saber se queria o laptop ou o secador de cabelo, não demonstrava. Gostava de dar festas com roupas sofisticadas. Hoje, damos só uma, no Natal, porque exigem muito de mim.

Ele acha que há compensações para a anfitriã que eu deveria ter sido, já que sou tão metida. Sabe de uma coisa? Ele tem razão.

Nunca mais falei com Leo, a não ser por cartas e e-mails.

Quando já estava maiorzinha, Rory foi passar duas semanas com ele no verão. Voltou furiosa, dizendo que Joy era mandona e mesquinha com

Caroline. Isso cortou meu coração; escrevi para Cat, implorando que ficasse conosco em Boston. Mas ela resolveu ir para Nova York, tentar levar a sério o balé; foi morar com a irmã de Joy. Ela me escreve e pretendo visitá-la no próximo verão. Não sei como vai ser. Sei que Caro nunca deixou de gostar de mim, mas é tão teimosa quanto eu era nessa idade. Vai ser difícil ela admitir que morar com Leo, por mais que goste dele, não foi uma boa idéia.

Tenho esperança, já temos a dança em comum. Sempre tivemos. Tenho esperança de que Cat nos deixe ajudá-la e, aos poucos, entre de mansinho pela porta dos fundos dessa nova família. Assim, elogiarei minha filha, a bailarina, e tentarei deixar para trás minha filha, a desertora. Caroline não passou de um 1,58m de altura e eu estranharia se pesasse mais de 50 quilos. Seu desenvolvimento na dança era incrível desde que ela era uma menininha, e seu *grand jeté* já havia impressionado Leah quando era pequena.

Ela podia ser uma bailarina.

Seria uma vida difícil. Mas pontuada de grandes alegrias.

O que, como diria Gabe, é meio parecido com a vida de todo mundo.

Após o casamento, de orgulho meio ferido, Gabe disse que eu finalmente tinha uma nova vida, por isso ele não ia mais ficar muito por perto. Eu conhecia Gabe o suficiente para saber que ele reclamava demais. Ele começou a aparecer no primeiro verão, e hoje ele e Matt são cúmplices como dois ladrões.

Matt queria ter um filho comigo.

Eu disse que isso estava fora de questão. Já tínhamos mais de 40 anos e as agências de adoção não estavam a fim de mães velhas e cheias de tremedeira, se havia montes de mães adotivas jovens e fortes à disposição. Uma noite, no verão, ele chegou em casa com a foto de uma menina vietnamita de 2 anos, filha de uma prostituta, que tinha uma fissura de palato que atingia a cavidade nasal. Coloquei a foto virada para baixo em cima do meu laptop. No meio da noite, peguei a foto. Falei com Cathy pelo telefone e chegamos à conclusão de que só pensar naquela possibilidade já era uma loucura. Na manhã seguinte, eu estava pronta para dizer isso a Matthew, mas fiz o contrário e assinei os papéis de adoção.

Matt não ia fazer a cirurgia de face da própria filha. Mas deu as coordenadas nas 11 operações.

Foi depois da primeira operação (quando ele saiu da sala de cirurgia de olhos vermelhos por cima da máscara que tirou rapidamente, o sorriso que ele, valente, forçou e o sinal de que as coisas tinham ido bem) que me apaixonei por ele. Ou percebi o quanto ele era importante para mim e, prudente, havia escondido desde o começo. A partir daí, deixei o sentimento fluir sem medo.

Lembro-me de pensar, com certo pânico, como seria horrível se ele tivesse se casado com outra mulher. Na hora, fiquei louca com meu próprio marido. Passei a investir em demonstrações de apreço ao nosso casamento, como ele fazia. Não era mais uma questão de Matt ser um "bom homem". Era mais de ser um "homem sólido".

Ele virou meu coração.

Hoje, nossa filha está com 4 anos. Nós a chamamos Pamela Lang porque Matt insistiu que tivesse meu nome. As freiras no hospital de órfãos a chamavam de Lang por carinho. Em vietnamita, significa "batata-doce". Era assim que descreviam o temperamento de nossa filha, que era alegre, apesar dos enormes desafios que enfrentou. Hoje, ela canta o dia todo e fala inglês como se tivesse nascido em Marin County. Rory faria qualquer coisa por ela. E Lang aceitaria. Sem dúvida, sou a mãe mais velha da pré-escola. Bom, isso não é totalmente verdade, e não pareço tão velha quanto sou. Ah, sim, sim, é tudo vaidade, mas é verdade! O fato é que sou a única de bengala.

Pamela é meu verdadeiro nome.

Claro que a gente jamais gosta do próprio nome.

Julieanne é o nome mais bonito que eu podia imaginar. Para o livro. Este livro.

Nunca moramos em Sheboygan, no Wisconsin. Jamais sequer *estive* em Sheboygan, no Wisconsin. Mas moramos em um lugar do Meio-Oeste, onde havia uma cidade mínima, com pinheiros. O verdadeiro nome de Gabe é Daniel. Combina com ele. Tem alma de Daniel. Tivemos de mudar todos os nomes e lugares para resguardar os inocentes e, como diria o meu Gabe (vou chamá-lo de Gabe aqui, para evitar confusão), para não prestigiar os culpados. Não direi qual é o verdadeiro nome de Caroline. Um dia você pode vê-la num palco, e a dor que nós duas sentimos, que a essa altura pode estar curada, é pessoal demais.

Nenhuma das mudanças de nomes e lugares é para dar a impressão de que algo não é verdade. Meu pai era escritor; meu ex-marido, advogado. Meus pais fizeram mesmo aquela trágica viagem da qual acho que, até hoje, só conheço a versão editada. Não a que aconteceu. Mas é verdade. Às vezes, é possível e até preciso esconder os fatos para dizer a verdade.

Cath continua sendo minha melhor amiga. Quando Klaus morreu e Liesel foi morar na Europa, ela comprou a velha casa. Continua só, mas a profissão está prosperando. Tem outra psicóloga trabalhando com ela. Eu brinco que ela deve esse sucesso a mim, já que dei uma charada doméstica de disfunção familiar para ela tentar resolver. Abby Sun tem uma irmãzinha. Vou visitá-las pelo menos uma vez por ano e, dentro dos meus limites, damos uma festa de garotas crescidas: Stella, Rory, Abby e o bebê, Lang e eu. Cath e eu vamos à aula, que Leah *ainda* dá, e, mais vezes do que era de se esperar, ainda consigo levantar a perna na barra e encostar a cabeça na perna. Embora não possa mais saltar, nem fazer pirueta, ainda posso trançar as pernas, o que dá uma boa média.

O livro de poesia foi exatamente o que a agente literária disse que seria: um cartão de saudação para mulheres muito irritadas que o compravam para oferecê-lo a amigas. O romance, por causa de sua estranha justaposição de autores e origens, teve pouco sucesso. Quando foi lançado,

Gabe e eu fomos a um programa matinal na TV que você saberia qual é, com um apresentador afável e conhecido. Nós nos divertimos e acenamos para as pessoas de nossa cidade que estavam do outro lado do vidro que separava o estúdio de gravação do público. Naquela noite, fomos assistir ao *Homem de La Mancha*, de Brian Stokes Mitchell. Tomei minha injeção e passei dois dias de cama.

É a vida.

Eu ainda tenho esclerose múltipla.

E Gabe ainda tem dificuldade de aprendizado.

Ele largou a faculdade no final do primeiro semestre. Não agüentou. Acabou-se. Ele se sentiu como se tivesse sido tratado com espuma de esgoto para depois ser tratado como se precisasse de um cão-guia. Fiquei furiosa e perguntei qual era o drama de uma pessoa precisar de um cão-guia. Ou de uma bengala, por exemplo. Ele ficou constrangido. Com vergonha. Passou um ano pintando casas com Luke, morando com meus sogros, depois entrou para o curso de jornalismo na Columbia. Ficou um semestre. Depois descobriu um programa em Boston para escritores com dificuldade de aprendizado, uma faculdade dentro de uma faculdade. Era caro, mas Matt o incentivou a fazer. O dinheiro tem suas vantagens, e contratamos uma discreta professora em tempo integral para suplementar o que a faculdade dava. Gabe continuou e, com ajuda de um programa que eles costumam aplicar a crianças para organizar o processo pensamento-mão, logo deslanchou e passou a escrever o que pensava sem esquecer do começo da frase.

No verão seguinte, Gabe conseguiu estágio num jornal de Connecticut. Na segunda semana, depois de mudar para um quarto na casa de uma senhora que tinha (como ele disse) uns cinco ou seis labradores, foi de carro para Yale. Não sabia o que ia encontrar. Exceto por alguns bilhetes, ele não tinha notícias de Tian desde o meu casamento. Meu coração ficou apertado quando pensei no que, com certeza, o receberia:

Tian cumprimentando, alegre, o amigo-americano-de-quem-um-dia-gostei. Não tive notícias dele. Não tive notícias por dois dias.

Até que a mamãe-galinha se manifestou e deixei um recado no celular dele.

Naquela noite, quando ele ligou, minhas primeiras palavras foram:

— O que houve, Gabe?

E ele respondeu:

— Tudo.

Eles continuam juntos. Tian termina a primeira parte da faculdade no ano que vem, assim como Gabe. Depois, tem oito duros anos de medicina pela frente, e vou estranhar se conseguirem ficar juntos. É incrível a imensa pureza do amor que sentem. Lembro-me de duas crianças que um dia conheci, crianças que não podiam esperar. Eles talvez possam.

Coisas estranhas acontecem. Contra todas as expectativas. Sei por experiência. Tive sorte. Pode ser que eles também tenham. Gabe é o tipo da pessoa que eu sabia que ia ficar muito mal se nunca encontrasse alguém. Ele a encontrou aos 14 anos.

Miríades de desconexões. Uma versão dessa frase é o título que dei para um livro de, digamos, poesia para as irritadas. Mas é um espelho da minha vida, ou uma metáfora dela. Tive uma vida tão certinha como a bainha de uma das minhas camisas à Katharine Hepburn enfiadas nas minhas sempre-tão-bem-passadas calças. Depois, aos poucos — a bainha que protege os nervos se abre e solta do corpo de quem tem esclerose múltipla —, aquela vida começou a se soltar, partes do todo, filha e marido se soltando e se afastando, função e forma escapando da minha capacidade de alcançar, até que o todo era uma coleção, com pedaços em locais diversos, e não mais uma soma coesa. Pensei então; pronto, a minha vida e a de meus filhos nunca mais viria a ser mais do que uma fração do que tinha sido.

Mas, aos poucos, bem devagar, mais graças a Cathy e Gabe do que a mim, as partes começaram outra vez a se juntar numa coisa, em mais outra. Não sei se minha primeira vida foi de alguma maneira falsa. Não foi um fracasso, mas tinha uma garantia limitada. Esta é a vida que tenho agora, e tenho de achar que é melhor. Tem o buquê da longevidade.

Nem toda mulher que tem essa doença desgraçada vai agüentar tudo o que eu agüentei. Estou rodeada pela medicina — com Kelly, filha de Matt, na faculdade de medicina, com Tian e meu marido. Há muitas outras pessoas que são atingidas com mais intensidade pela doença e nunca fazem cara feia. É o que digo agora, quando dou palestras: da necessidade de serviços e pesquisa e da necessidade de determinação — além do que Jennet me disse há tanto tempo, a necessidade de se levantar e viver. Sou apenas uma pessoa, mas tenho uma boca bem grande. Talvez, como Leo disse, eu um dia tenha sido a duquesa da elegância e mereça uma promoção. Mas ninguém merece esse tipo de promoção. E ninguém *merece* essa boa virada da sorte. É como vovô Steiner (bendito seja, ele continua ótimo) disse a Matt naquele fim de semana de jogo de cartas. Você vence e alguém vai à falência. Na próxima vez, pode ser você.

Algumas noites, depois de um dia frustrante, um dia de falar palavras truncadas, tropeçar em cadeiras e derramar creme da xícara de café enquanto vejo minha mão soltar a colher, depois de mandar Lang para o quarto dela porque eu precisava ou perder o jogo de futebol de Rory, sonho que estou dançando. Sonho que as luzes se acendem e sou Odette, a princesa-cisne. Vôo no palco e levanto os braços, meu tornozelo chega à testa num *grand battement.* Meus saltos adejantes não exigem esforço, como nunca aconteceu na realidade. Minhas mãos cruzadas, na posição do cisne, são a pungência em forma humana. Olho para a platéia e lá está Leo, balançando a cabeça, contrariado, por eu não conseguir levantar da mesura que fiz; ele dá de ombros em seu casaco e sai sem olhar para trás. Acordo e minhas mãos estão adejando: é porque tremo à noite; às vezes tremo tanto que não consigo dormir.

Aí, acordo Matt, mesmo que ele tenha uma cirurgia de manhã. Sacu-do-o e pergunto:

— Nós ainda estamos casados?

Ele resmunga:

— Sim, Julieanne, estamos. Durma. Ainda estamos casados. Estou aqui. — Com sorte, caio numa espécie de torpor, uma imitação de des-canso, suando e tremendo. Seguro na perna de Matt para garantir que ele não foi para onde eu não posso ir.

E quando acordo, de manhã, sinto o cheiro do café fervendo. Ele continua lá. Eu continuo lá. Mais uma manhã.

4 de julho de 2004
Cape Cod, Massachusetts

Este livro foi composto na tipologia
Lapidary333 BT, em corpo 13/17, e impresso em
papel off-white 80g/m², no Sistema Cameron da
Divisão Gráfica da Distribuidora Record.